HEYNE BÜCHER

SCIENCE FICTION

Von **Norman Spinrad** erschien in der Reihe
HEYNE SCIENCE FICTION & FANTASY:

Der stählerne Traum · 06/3783
Eine Welt dazwischen · 06/3963
Russischer Frühling · 06/4944
Bilder um 11 · 06/5664
Deus X · 06/5917
Das tropische Millennium · 06/6378

Als HIGH 8000:

Champion Jack Barron · 06/8008

NORMAN
SPINRAD

DAS TROPISCHE MILLENNIUM

Roman

Aus dem Amerikanischen von
PETER ROBERT

Deutsche Erstausgabe

WILHELM HEYNE VERLAG
MÜNCHEN

HEYNE SCIENCE FICTION & FANTASY
Band 06/6378

Titel der amerikanischen Originalausgabe
GREENHOUSE SUMMER
Deutsche Übersetzung von Peter Robert
Das Umschlagbild ist von Mark Harrison

Umwelthinweis:
Dieses Buch wurde auf
chlor- und säurefreiem Papier gedruckt.

Redaktion: Evi Schlenker-Diedekeert

Erstausgabe:
A Tor Book,
published by Tom Doherty Associates, Inc., New York
Mit freundlicher Genehmigung des Autors und
Danny Baror International, Inc., Literary Agency, Armonk, NY

http://www.heyne.de
Deutsche Erstausgabe 7/2001
Printed in Germany 5/2001
Umschlaggestaltung: Nele Schütz Design, München
Technische Betreuung: M. Spinola
Satz: Schaber Satz- und Datentechnik, Wels
Druck und Bindung: Elsnerdruck, Berlin

ISBN 3-453-18835-7

Pour le peuple et l'exception française.
Merci pour votre compréhension.

INHALT

Erster Teil

ECHTBLAUER BLUES

I

»Auf Brot & Spiele«, sagte Mervin Appelbaum und prostete ihr mit einem letzten Glas Champagner zu, als der Right-Stuff-Flug von Tripolis aus der Warteschleife herauskam, die Wolkendecke durchstieß und zum Landeanflug auf Newark International ansetzte.

»Auf die Gärten Allahs«, erwiderte Monique Calhoun und klebte sich ein virtuelles Grinsen ins Gesicht, während sie ein virtuelles Glas hob.

Ihr Kunde hatte keine Ahnung, dass der Titel, den sie dem Projekt gegeben hatte, eine abfällige Anspielung auf ein schäbiges Hollywood-Motel aus dem zwanzigsten Jahrhundert war, in dem berühmte und bedeutende Schriftsteller wie Fitzgerald und Faulkner unter dem moralisch anästhesierenden Einfluss von Strömen von Alkohol wie am Fließband Drehbücher für konzernkapitalistische Traumfabriken produziert hatten.

Es sind Leute wie du, Mervin, die einem diesen Job vermiesen, hätte sie am liebsten gesagt, aber sie beherrschte sich.

Während ich selbstredend so rein bin wie echter Schnee.

Nicht dass die Satzung von Brot & Spiele dessen Bürger-Aktionären außer Dividenden und Zusatzleistungen nicht auch eine moralische Rechtfertigung geliefert hätte.

Den hypokritischen Eid, wie man es in B&S-Kreisen manchmal nannte.

Wie es die professionelle Aufgabe eines Anwaltssyndikats war, die Interessen einer jeden natürlichen oder juristischen Person zu vertreten, die in irgendeiner Jurisdiktion eines Verbrechens angeklagt war, so war es die professionelle Aufgabe eines Vermittlungssyndikats und seiner Bürger-Aktionäre, die Interessen des *Kunden* zu *dessen* Zufriedenheit zu vertreten, nicht zu seiner bzw. ihrer eigenen.

Wie Monique es wieder einmal auf so bewundernswerte Weise getan hatte.

Mervin Appelbaum war Direktor eines konzernkapitalistischen Dinosauriers namens Advanced Projects Associates. Seine Aufgabe bestand darin, Interessenten für dessen Dienstleistungen zu finden.

APA schien aus einer Suite in einem schicken Bürogebäude in London, einem gemeinsamen Fonds oder vielleicht auch nur Kreditlinien und den E-mail-Adressen echter Bausyndikate zu bestehen, welche die Verträge erfüllten. In alter konzernkapitalistischer Tradition tätigte das Unternehmen die Geschäftsabschlüsse und schöpfte den Rahm ab, machte selbst aber nichts, was irgendwelchen Mehrwert schuf.

Das betreffende Geschäft, wenn auch nicht das Unternehmen, war ihr anfangs idealistisch blau erschienen. Im zwanzigsten Jahrhundert hatte Muammar al-Gaddhafi, ein libyscher Generalissimus, der ein Faible für bizarre Kostüme und die Finanzierung extravaganter Projekte mit den Erträgen aus dem Ölreichtum seines Wüstenstaats hatte, den Bau einer ganzen Reihe von Tunnels veranlasst, die das Wasser von Oasen im Landesinneren zu den großen und kleinen Städten in der Küstenebene befördern sollten, wo der größte Teil der Bevölkerung lebte.

Ähnlich wie die frühere und noch grandioser naive Eindämmung des Nils bei Assuan und viele weitere derartige fehlgeplante klimatechnische Projekte bis zum heutigen Tag schien das damals eine gute Idee gewesen zu sein.

Aber so wie der Assuan-Staudamm die Fruchtbarkeit des Niltals zerstört hatte, indem er der sie gewährleistenden jährlichen Überflutung ein Ende setzte, hatte die libysche Wasserbehörde die Grundwasserträger der Oasen mittlerweile längst leergesaugt.

Und während eine simple Atombombe vielleicht genügt hätte, um den Assuan-Staudamm zu beseitigen, den Nasser-See trockenzulegen und die letzten Reste des zentralafrikanischen Schlicks wieder den Nil hinunterzuschicken, würde man schon etwas Raffinierteres brauchen als eine terroristische blaue Bombe, um ein Tunnelnetz zwischen ausgetrockneten Oasen und den Überresten der überfluteten Bevölkerungszentren in der Küstenregion wieder in einen wirtschaftlichen Aktivposten zu verwandeln.

Um dies – mit einem hübschen Profit natürlich – zu bewerkstelligen, wollte Advanced Projects Associates Entsalzungsanlagen an der Küste bauen, dort, wo die eingegangenen Oasen gewesen waren, große Krater in den Boden sprengen und die ursprüngliche Pumprichtung des Wassers umkehren, um die Krater zu füllen und auf diese Weise große künstliche Seen zu schaffen, umgeben von neuerlich wertvollem, erstklassigem Grund und Boden.

Es hatte wie eine gute Idee geklungen, als Giorgio Kang sie mit der Sache betraut hatte. Aber wieder einmal erwies sich das, was in Giorgios klimatisiertem Büro in New York echtblau erschienen war, vor Ort in den Ländern der Verlorenen als etwas ganz anderes.

Die Maschine hatte Newark International von Osten her angeflogen, über die Meeresfrüchte-Farmen und die tristen, moskitoverseuchten Sumpfgebiete des südlichen Long Island hinweg, wo sich früher einmal die größte Luftverkehrsdrehscheibe New Yorks befunden hatte, damals, als die Insel noch erheblich größer gewesen war als heute.

Doch als die holländischen Ingenieure ihre Kostenvoranschläge vorgelegt hatten, hätte selbst ein fachfremder Idiot sich ausrechnen können, dass die Rettung des JFK International Airport auch nicht andeutungsweise kosteneffektiv gewesen wäre. Tatsächlich würde schon die Eindeichung Manhattans dafür sorgen, dass die Eigentümer und Mieter für die nächsten paar hundert Jahre mit der Abzahlung der Anleihen beschäftigt sein würden.

Jetzt flogen sie über den Apple selbst hinweg, über die rundum eingedeichte Insel Manhattan mit ihren Nichtalabastertürmen, die zwar nicht gerade unbefleckt waren von menschlichen Tränen, aber zumindest weit über den Wasserspiegel der ansonsten alles verschlingenden Treibhausflut aufragten.

Man konnte darin eine Metapher für die eiserne Entschlossenheit des Apple sehen, durch einen schieren ökonomischen Willensakt über seinen natürlichen Anteil am planetaren Desaster zu triumphieren und auf der Gewinnerseite zu bleiben – vor allem, wenn Brot & Spiele dafür bezahlt wurde, der Sache so einen triumphalen grünen Anstrich zu geben –, und in den zusätzlichen Ausgaben, die erforderlich gewesen waren, um die Freiheitsstatue davor zu bewahren, den Weg des JFK-Airports zu gehen, einen typischen Touch New Yorker Unbekümmertheit.

Auf dem Gleitweg nach Tripolis hinein hatte Monique hingegen zweifelsfrei festgestellt, dass sie sich wieder einmal den Ländern der Verlorenen näherte.

Dieses immer gleiche, vertraute flaue Gefühl irgendwo zwischen ihrem Bauch und ihrem Gewissen. Das immer gleiche nagende Zwicken empörter echtblauer Rechtschaffenheit. Die gleiche schuldbewusste, aber aufrichtige grüne Dankbarkeit dafür, dass sie und ihr

Kunde nun zwar einem weiteren schrecklichen Ort einen Besuch abstatten, aber in einem klimatisierten First-Class-Hotel absteigen würden, sodass sie nicht einmal das dortige Leben ertragen musste, während sie dort lebte.

Monique wusste es nicht, aber es konnte durchaus sein, dass Tripolis einmal ein Phantasiegebilde aus Tausendundeiner Nacht mit einem goldenen Strand an einem azurblauen Meer gewesen war. Nun jedoch hatte das Mittelmeer die libysche Küste schon längst überflutet und auch das ehemalige Hafenviertel von Tripolis verschlungen, sodass die Stadt, der sich die Maschine über eine endlose Wüste aus Wattflächen, Gezeitentümpeln und halb versunkenen Ruinen näherte, eine typische ›nachgewachsene‹ Meeresküsten-Metropole dieses Landes der Verlorenen war.

Billig hingehauene Bürotürme und noch billigere Wohnblocks, umringt von Baracken und – in diesem Fall – Zelten. Nur Regierungsgebäude, Moscheen und die auf hohen künstlichen Hügeln errichteten Häuser der Reichen zeugten von Investitionen in eine lokale Zukunft, die über den nächsten Dienstag hinausreichten, und sie waren bloß ein Testament für die unübersehbare architektonische Schwindsucht.

Wer wusste schon, wie weit das Wasser noch steigen würde, bis der Meeresspiegel sich stabilisierte? Die Eiskappe im Norden und das Schelfeis der Antarktis mochten weitgehend verschwunden sein, aber würden die Wolkendeckengeneratoren der Abschmelzung der antarktischen Kontinentalkappe *wirklich* Einhalt gebieten? Wer würde in etwas auf Dauer Gebautes investieren, wenn niemand wusste, ob oder wann oder wie weit die Stadt noch zurückverlegt werden musste?

In einer Prozedur, die Monique längst gewohnt war, beförderte ein klimatisierter Jetway sie und Marvin Appelbaum in das klimatisierte Terminal, wo ein Funktionär der Wasserbehörde sie durch den VIP-Zoll schleuste und direkt zu einer klimatisierten Limousine brachte, die mit ihnen durch den Schmutz zu ihrem klimatisierten Hotel brauste.

Der einzige Kontakt mit der lokalen Atmosphäre, den sie ertragen mussten, fand statt, als sie die wenigen Meter zwischen der Limousine und dem Hotel zurücklegten, volle neunzig Sekunden sengender, trockener Hitze und gnadenlos grellen aktinischen Sonnenscheins, die Appelbaum dazu brachten, herumzulamentieren und über schäbige Hotels zu meckern, die keinen anständigen Zugang durch eine klimatisierte Garage boten.

Monique hatte es geschafft, sich am Riemen zu reißen und nicht darauf hinzuweisen, dass die unglückliche einheimische Bevölkerung nicht in den Genuss solcher erholsamer Annehmlichkeiten kam, dass Milliarden von Menschen in den Ländern der Verlorenen ein solch toxisches Klima und Schlimmeres zeit ihres gesamten kurzen Lebens ertrugen.

Vor Wut kochend und vor sich hinfluchend betrat sie ihr übliches klimatisiertes VIP-Zimmer, blieb vor dem üblichen verschlossenen Fenster stehen und ließ mit ihrer üblichen Anwandlung von echtblauem Blues den Blick über die Szene drunten schweifen.

In ihrer Eigenschaft als Mitarbeiterin des VIP-Service von Brot & Spiele war es nur allzu oft Moniques Aufgabe, besagte wichtige Persönlichkeiten auf Geschäftsreise in die Länder der Verlorenen zu führen, und nur allzu oft fand sie sich dann in einem Klon dieses Zimmers wieder, wo sie aus klimatisierter Höhe auf die malariaverseuchten Mangrovensümpfe an den Küsten von China, Brasilien oder Texas, die Flusskahnhütten von Nouméa, Perth oder Hokkaido, die Favelas von Athen, Ankara oder Nairobi, die zusammengestoppelten Beduinenzelte und Bruchbuden von Tripolis oder was auch immer hinunterschaute und sich wie einer jener

Kolonialherren in den historischen Filmen vorkam – fehlte nur noch ein serviler Eingeborener in roter Drehorgelspielermontur vom Zimmerservice, der ihr einen Mint Julep kredenzte, und sie wäre endgültig in ihren Schuldgefühlen ertrunken.

Das Echtblau sang ein trauriges Lied, nämlich dass die Erwärmung trotz der eindeutigen Zunahme der Biomasse mehr Verlierer als Gewinner hervorgebracht hatte oder dass zumindest die Verlierer mehr verloren hatten als die Gewinner gewonnen, und dass auf dem Planeten darum irgendwie der Status quo ante wiederhergestellt werden sollte, so wie Gott oder das größtmögliche Wohl für die größte Zahl oder das lokale Eigeninteresse es wollte.

Moniques Streifzüge durch die Länder der Verlorenen hatten sie davon überzeugt, dass da zumindest in gewissem Sinn etwas dran war. Die Wüsten im Innern von Nordamerika, Asien und Afrika hätten ebenso gut ein anderer Planet sein können, auf dessen Oberfläche Menschen ohne Klimaanlagen keinerlei Aussichten hatten zu überleben. Was von Japan übrig war, klammerte sich unsicher an Erdbebenzonen im Hochland. Im Mündungsgebiet des Mississippi stand ein Teil des ehemals besten Ackerlands der Welt unter Wasser. Sämtliche Anrainerstaaten der Pazifikküste schwärten von Flüchtlingen aus Polynesien und den Küstenregionen Südostasiens.

Man hätte schon ein Herz aus Stein haben müssen, um kein Mitgefühl für die verzweifelten, besitzlosen Milliarden der Länder der Verlorenen zu empfinden.

Man hätte ein Gehirn von ähnlicher Dichte haben müssen, um dem Schicksal nicht dankbar zu sein, dass man nicht zu ihnen gehörte.

Man hätte ein Heiliger wie Gandhi oder eine Heilige wie Diana sein müssen, um den Gedanken ins Auge zu fassen, die neuerdings linden, grünen Länder Nordeuropas, Amerikas und Sibiriens, die auf ihre Kosten von der grauen Düsternis des Winters befreit worden waren, zu ihrer Rettung in Zahlung zu geben.

Und darum quälte sich Monique Calhoun, Bewohnerin des Apple, Tochter des Treibhauseuropas, mit ihrem grünen Schuldbewusstsein herum und tröstete sich mit dem Gedanken, dass Projekte wie dieses, das der libyschen Wasserbehörde mit Hilfe von Brot & Spiele verkauft werden sollte, zumindest zur Linderung der Katastrophe beitrugen.

Außerdem gab es schlimmere Kunden als Mervin Appelbaum. Grauhaarig, mit sich lichtenden Haaren, rosa und rundlich wie ein Cherub, gekleidet in einen jener weiten, kurzärmeligen braunen Pantalon-Anzüge, wie Saville sie für solche Klimata empfahl, behielt Appelbaum – ein stolzer Großvater – im Gegensatz zu gewissen hochwichtigen Widerlingen, die ebenfalls alt genug gewesen waren, um ihr Vater zu sein, seine Hände und seine Anzüglichkeiten bei beziehungsweise für sich.

Er stellte sogar eine halbwegs glaubhafte Simulation idealistischer Begeisterung zur Schau, als er Muammar Al Fawzi, dem Leiter der libyschen Wasserbehörde, die Einführung zu dem audiovisuellen Spektakel vortrug, das Brot & Spiele vorbereitet hatte.

»Die Gärten Allahs werden den großen Traum Ihres erlauchten Namensvetters erfüllen, Scheich Al Fawzi, wenn auch nicht genau auf die Art, wie er es gewollt hat, und mit ein wenig kreativer Finanzierung zu einem Preis, den Sie sich problemlos leisten können«, plapperte er, während Monique das Holodeck hochfuhr und den Chip lud.

»Mich nach dem Kleiderständer der Wüste zu benennen, war die Idee meines Vaters, nicht meine, Mr. Appelbaum«, sagte Al Fawzi trocken. Er trug ein schlichtes weißes Gewand, einen kurzen schwarzen Bart und eine müde, sarkastische Miene zur Schau, die dauerhaft in sein bleiches, ledriges Gesicht eingraviert zu sein schien.

»Ich wollte damit nur …«

»Überdies ist ›Scheich‹ kein Titel, der im postmodernen Libyen anerkannt wird, und glauben Sie mir, so etwas wie einen Preis, den wir uns problemlos leisten können, gibt es nach Lage der Dinge nicht.«

»Fertig«, verkündete Monique.

»Na, dann starten Sie mal Ihre Show«, sagte Al Fawzi schleppend mit einer lässigen Handbewegung, eine Anspielung sowohl auf einen Impresario als auch auf einen fiktiven orientalischen Potentaten, die Monique irgendwie einnehmend fand.

Al Fawzis unscheinbares Büro füllte sich mit der AV, der audiovisuellen Präsentation, die die Imagegestalter und Spin-Leute von Brot & Spiele vorbereitet hatten, und zwar mit nicht geringen kreativen Konflikten, wie man Monique zu verstehen gegeben hatte.

DIE GÄRTEN ALLAHS!

Fließende grüne Lettern schwebten vor ihnen, während sie über ein azurblaues Meer auf eine gnädig verschwommene, ferne Küste zuschwebten.

Jemand hatte vorgeschlagen, mit einem echten Muezzin-›Allah Akbar‹-Gesang anzufangen, aber das war rasch als gefährlich, ja geradezu beleidigend plump verworfen worden. Stattdessen ertönte nun eine elektronische Basslinie, die den Rhythmus des Gesangs nachahmte, und ein Tenor heulte den Titel so, dass sich die Phrasierung darin spiegelte.

Die Schriftart sollte arabische Schriftzeichen andeuten, aber für Monique hatte sie eher etwas von klassischen Graffiti des zwanzigsten Jahrhunderts. Grün war die Signalfarbe des Islam, aber da sie auch eine politische Bedeutung hatte, die in den Ländern der Verlorenen nicht sonderlich gut ankam, hielt man es für das Beste, sie mit einem gleichzeitigen strahlenden Echtblau auszubalancieren.

Aus solch fein gesponnenen kulturellen und motivationalen Details bestand eine typische AV des Syndikats. Brot & Spiele. Obwohl Monique nicht recht verstand, was Brot damit zu tun hatte.

Verkauft werden sollte in erster Linie der klimatechnische Plan des Kunden, unterschwellig sprach die Präsentation jedoch auch das an, was die diversen islamischen und arabischen Bevölkerungsgruppen, die wohl kaum bestens mit der Hollywood-Folklore des frühen zwanzigsten Jahrhunderts vertraut war, mit dem Titel, den Monique dem Projekt gegeben hatte, verbinden sollten.

Der Garten war das ureigenste Paradiesbild des Korans und die Oase seine Verkörperung in Grund und Boden, nach der die Gläubigen streben mochten, ein Bild, das den Wunsch nach Reichtum wie auch nach Tugendhaftigkeit ansprach. Oasen zu erschaffen oder wiederzuerschaffen, Gärten in die Wüste zu bringen, war deshalb sowohl das eingestandene sozioökonomische Ideal arabischer Regierungstätigkeit gleich welchen Systems als auch die mystische utopische Vision, Allahs Werk zu tun, indem man ein Stück seines Paradieses auf die Erde holte. Aus diesem Grund, so schien es, war Grün die heilige Farbe.

In der AV übersetzte sich das in einen raschen Flug über ausgelaugte, ausgeblichene, graubraune Wüsteneien, die wie eine Tapete abgezogen wurden und den Blick auf schematische Darstellungen des nunmehr trockenen und nutzlosen Tunnelsystems freigaben, das der Kleiderständer der Wüste ›den großen künstlichen Fluss‹ genannt hatte, während eine trockene Buchhalterstimme dezidiert vom Scheitern dieses Projekts berichtete, gefolgt von einer viel längeren virtuellen Reise durch die in hypersatten Grüntönen glänzende virtuelle Zukunft, in deren Verlauf eine lasziv-kehlige Frauenstimme eine verführerische Beschreibung des Paradieses gurrte, das Advanced Projects Associates der ausgedörrten libyschen Erde bescheren wollte, wobei im Hintergrund eine arabische Version von Ravels *Bolero* anschwoll.

Monique beobachtete Muammar Al Fawzis Reaktion aus dem Augenwinkel, als sich an der heutigen Küste mit Atomstrom betriebene Entsalzungsanlagen erhoben, übernatürlich blaues Wasser durch die trockenen Tunnels des großen, künstlichen Flusses strömte, kleine, saubere nukleare Sprengladungen Seebetten heraussprengten, in die sich sodann schäumende Fontänen ergossen, um sie herum wie aus dem Nichts Palmen und weite grüne Rasenflächen entstanden und die Musik sich zur triumphalen orgasmischen Klimax steigerte.

O ja, es war kitschig, o ja, es war so durchsichtig, wie es die Schlafzimmermasche mit dem *Bolero* runde zwei Jahrhunderte lang gewesen war, und o ja, sie sah, wie er dagegen ankämpfte. Der Leiter der Wasserbehörde war ein kultivierter Zyniker, der sich über die Natur dieser Masche zweifellos ebenso im Klaren war wie all die Mädchen, ob unreif oder nicht, die Ravels Schlafzimmermusik über die Jahre hinweg trotzdem erlegen waren.

Es war die *unterschwellige Ansprache,* mit der man sie kriegte. Auf dieser Ebene war Al Fawzi gegen die Schliche der Spin-Leute von Brot & Spiele ungefähr genauso immun wie ein fünfzehnjähriges Mädchen gegen die biorhythmische, protoplasmische Verführung durch diese Musik. Seit zweihundert Jahren gab es wahrscheinlich kein einziges weibliches Wesen im Westen, das nicht wusste, was ein Kerl im Schild führte, wenn er den *Bolero* auflegte. Trotzdem funktionierte es immer noch.

Und als die AV die Wüsteneien zum Schluss im Zeitraffer und in Abstimmung auf den musikalischen Orgasmus geradezu explosionsartig zu einer Orgie überbelichteter Grüntöne erblühen ließ, hätte Muammar Al Fawzi, seinem Gesichtsausdruck nach zu urteilen, fürwahr die Hand in der Hose gehabt, wenn es um Sex und nicht um ein Bewässerungsprojekt gegangen wäre. Und wenn er eine Hose getragen hätte.

»Sehr amüsant …« sagte er, als er blinzelnd wieder zu sich fand. Aus seinem Benehmen sprach erneut eine gewisse Gereiztheit. »Eine richtige kleine … Magical Mystery Tour«, setzte er schleppend hinzu, als wollte er ihnen deutlich machen, dass er kein trotteliger Turbanträger war.

Appelbaum holte einen Chip und ein Printout aus seinem Aktenkoffer und gab ihm beides. »Die Pläne und die finanziellen Details«, sagte er. »Wie Sie sehen werden, hat das nichts mit Magie zu tun, es ist alles simple, erprobte Technik. Und an der Finanzierung ist ebenfalls nichts Mysteriöses – wenn Sie vierzig Prozent aufbringen, haben wir Interessenten, die den Rest dazuschießen.« Er warf Al Fawzi ein gewinnendes, listiges Großvaterlächeln zu, schien ihm beinahe zuzwinkern zu wollen. »Nicht in Gestalt eines zu verzinsenden Darlehens, sondern für einen Prozentsatz der Erlöse aus den Grundstücksverkäufen, in der bewährten islamischen Tradition.«

»Ach wirklich?« entgegnete Al Fawzi. »Keine Magie bei der Technik? Nichts Mysteriöses bei der Finanzierung? Wollen wir dann zur Besichtigungstour aufbrechen?«

Diese erwies sich als ein langer, langsamer, an den Nerven zerrender Flug in einem brutheißen libyschen Blimp durch die Sahara nach Südosten. Um die Oberfläche der stattlichen Ansammlung von Solarzellen zu maximieren, die die Propeller antrieben, hatte die gasgefüllte Hülle die Form eines riesigen Flügels, was jedoch zu einer gewissen erhöhten Anfälligkeit für das achterbahnartige Auf und Ab der Luftströmungen führte, von denen es viele gab. Monique befasste sich lieber nicht mit der Frage, ob die Wasserbehörde sich für Helium entschieden hatte oder ob der Ballonflügel mit billigem, aber explosivem Wasserstoff gefüllt war.

Allerdings kam sie kaum umhin, sich mit der Landschaft unter ihnen zu befassen, und je mehr sie das tat, desto hirnrissiger kam ihr dieser ›Gärten Allahs‹-Plan vor.

Die tiefe Sahara war eine weitgehend unbewohnbare Wüste gewesen, lange bevor die Hand des Menschen ihre Grenzen nach Süden verschoben und ihre Temperaturen steil in die Höhe getrieben hatte. Jetzt kostete es die ächzende Klimaanlage der Gondel große Mühe, eine Innentemperatur von unter vierzig Grad Celsius aufrechtzuerhalten, als der Blimp wie ein übergroßer Mantarochen durch ein Luftmeer flatterte, das mindestens zwanzig Grad heißer war, bei einer Luftfeuchtigkeit von annähernd null Prozent.

Sanddünen und Steinwüsten brieten unter einem erbarmungslosen, wolkenlosen Himmel, der von einer sadistischen Sonne beinahe weiß gebleicht wurde. Von hier oben aus sah man keine Fata Morganas, aber die Sonne, der weiße, konturlose Himmel und die vom schattenlosen Boden pulsierend in die ultrahocherhitzte Atmosphäre aufsteigenden Hitzewellen verwandelten den Horizont in ein silbernes Mikrowellenflirren und die Landschaft unten in eine irreale, unirdische, grelle Abstraktion.

Wenn auf der Erde wirklich einmal der nicht mehr zu kontrollierende Venuseffekt eintrat, würde er sicher hier beginnen, in der Sahara, einem riesigen Totenland, das sich von der überschwemmten Mittelmeerküste bis tief ins verdorrende Herz Afrikas erstreckte und, soweit es die Erhaltung der Lebensformen der gaiaschen Biosphäre betraf, jetzt schon nicht mehr zu dieser Welt gehörte.

Wenn man Wasser in die Krater hier pumpte, würde es wie dampfende Suppe auf einem Herd in die Atmosphäre verdunsten. Es war so heiß und trocken hier, dass sich nicht einmal eine lokal begrenzte Wolkendecke bilden wollte. Da könnte man ebenso gut die Fenster dieser Gondel öffnen, um mit Hilfe der Klimaanlage den ganzen Planeten abzukühlen.

Oasen? Palmen? Feldfrüchte? Gärten? Menschen?

Wasser hin oder her, in dieser Hitze, unter dieser Sonne konnte nichts leben.

Das musste Advanced Projects Associates doch wissen.

Und Muammar Al Fawzi kam Monique auch nicht gerade wie ein Vollidiot vor.

Was führte APA also wirklich im Schilde?

Und warum hatte Al Fawzi sie zu dieser qualvollen Besichtigung des schreiend Offensichtlichen gezwungen?

Wie sich herausstellte, lautete die Antwort auf die zweite Frage, dass Muammar Al Fawzi mit dieser lokalen Version einer audiovisuellen Brot & Spiele-Präsentation oder vielmehr Anti-Präsentation auf seine sardonische Weise darauf abzielte, ihnen eine unumwundene Antwort auf die erste zu entlocken.

Nach einiger Zeit, viel zu viel Zeit für Moniques Geschmack, nach Stunden dieser Kavalierstour durch das leblose, backofenheiße Nichts, nachdem sie schon ordentlich in ihrem eigenen Schweiß kochte und Appelbaum wie eine gestrandete Mississippi-Seekuh keuchte, fasste Al Fawzi sein Argument, das er – jedenfalls soweit es sie betraf – schon längst vorgebracht hatte, endlich in Worte.

»Sie sehen also, Scheich Appelbaum«, begann er, als wäre das Basar-Gefeilsche bereits seit einer Weile im

Gange, »die Vorstellung, in dem, wozu die Sahara geworden ist, wieder Oasen einzurichten, entbehrt, sagen wir mal, einer gewissen praktischen Kosten-Nutzen-Glaubwürdigkeit.«

»Vielleicht, wenn das Tunnelsystem nicht schon gebaut wäre«, erwiderte Appelbaum. »So jedoch brauchen wir nur ein paar ultramoderne atomar betriebene Entsalzungsanlagen vom günstigsten Anbieter aufstellen zu lassen, Pumpstationen kriegen wir von einer ganzen Reihe ausgetrockneter Ölfelder für 'nen Appel und 'n Ei und ein paar Atomsprengköpfe sind auch schon problemlos auf dem freien Markt erhältlich.«

Al Fawzi sah ihn an, wie ein Beduine aus alten Zeiten ein spätkrankes, skrofulöses Kamel betrachtet haben mochte. »Nach dieser Logik bräuchten wir nur ein bisschen polaren Permafrost abzutauen und das Wasser in ein paar ausgewählte Krater zu pumpen, um den Mond in den Garten Eden zu verwandeln.«

»Die Atmosphäre da draußen ist absolut atembar.«

»Vielleicht möchten Sie dann, dass wir Sie für ein paar Stunden da draußen absetzen, damit Sie sie atmen können, sozusagen als Experiment …? Mit so viel Wasser, wie Ihr Stoffwechsel benötigt?«

Eine Art Vorhang ging vor Appelbaums Augen herunter. Wenn er nicht bereits schweißnass gewesen wäre, hätte er jetzt angefangen zu schwitzen. Irgendwie merkte Monique, dass ihr die Sache Spaß zu machen begann.

»Ich möchte Sie daran erinnern, Mr. Appelbaum, dass meine Position eine gewisse bescheidene Fachkenntnis im Bereich Klimatechnik erfordert. Es mag zwar stimmen, dass Sie das Wasser genauso schnell herpumpen können, wie es verdunstet, aber dadurch würde weder die Umgebungstemperatur um ein einziges Grad sinken noch die Feuchtigkeit auch nur um ein Jota steigen. Wenn Sie eine ausreichende Wolkendecke erzeugen wollen, um die Gegend auch nur halbwegs bewohnbar oder landwirtschaftlich nutzbar zu machen, müssten Sie Tausende solcher künstlichen Oasen anlegen. Und wenn Sie schon dabei sind, warum verschließen Sie dann nicht gleich die Meerenge von Gibraltar und den Bosporus mit einem Damm und pumpen so viel Wasser aus dem Mittelmeer in die Sahara, dass man die alten Küstenregionen wieder besiedeln und die Wüste in eine afrikanische Version der sibirischen Steppe umwandeln kann?«

»Das ist ein ernsthafter Vorschlag, Mr. Al Fawzi«, fauchte Appelbaum gereizt.

»Dann schlage ich vor, wir kommen jetzt ernsthaft zum Geschäft.«

Das tat Mervin Appelbaum schließlich und in diesem Moment verdunstete Moniques Spaß an dem Wortgefecht so schnell wie ein Tautropfen in der Wüstensonne.

»Fullerkuppeln mit regelbarer Albedo über den Seen und dem umliegenden Ackerland«, sagte Appelbaum. »Normale israelische Fertigbauteile.«

»Zu erheblichen zusätzlichen Kosten.«

»Die unsere … Finanziers tragen werden.«

»Ach ja? Und welchen Zweck verfolgen sie damit?«

»Landwirtschaft.«

»Nicht gerade eine kostengünstige Methode, Gurken und Orangen anzubauen.«

»Das ist nicht ganz das, was ihnen vorschwebt. Sie würden Feldfrüchte anbauen, die den finanziellen Ertrag pro Hektar maximieren.«

»*Sie* – das sind doch nicht zufällig Böse Buben, oder …?« erkundigte sich Al Fawzi.

»Wäre das ein Problem für Sie?« fragte Appelbaum.

»Für mich persönlich nicht«, sagte Al Fawzi. »Aber es gibt hier gewisse humorlose, konservative Leute, die nicht recht einsehen wollen, dass das, was sich Böse Buben nennt, ein rechtmäßiges Syndikat von Bürger-

Aktionären ist und keine wieder auflebende kriminelle Triade.«

»Das Böse-Buben-Syndikat richtet sich strikt nach den örtlichen Gesetzen aller Jurisdiktionen, in denen es tätig ist«, betonte Appelbaum.

»Oder sorgt dafür, dass sie geändert werden, wenn sie ihm nicht passen.«

»Sei dem, wie dem sei, in dieser hier *ist* der Anbau von Marihuana legal.«

»Soll das heißen, dass keine Gesetzesanpassungen erforderlich wären?«

»Nun ja, Koka ist eine noch lukrativere Pflanze, was den finanziellen Ertrag pro Hektar betrifft«, meinte Appelbaum. »Ausschließlich für den Export, natürlich, und mit einem attraktiven Steuersatz belegt.«

»Schlafmohn wäre sogar noch profitabler«, schlug Al Fawzi süffisant vor.

»Selbst für Böse Buben gibt es irgendwo eine Grenze«, schnaufte Appelbaum indigniert.

»Schön zu wissen …«

Für dich vielleicht, dachte Monique verdrossen.

Nicht dass sie etwas Besonderes gegen Cannabisprodukte, eptifiziertes Kokain oder auch nur das Böse-Buben-Syndikat gehabt hätte, das schließlich ebenso wenig ein kapitalistisches Ausbeuterunternehmen war wie Brot & Spiele.

Was den Rückflug mit dem Blimp nach Tripolis noch unangenehmer machte als den Herflug, war nicht so sehr das Geschäft, das Appelbaum und Al Fawzi unterwegs miteinander austüftelten, als vielmehr die völlig korrekte Erwartung, dass Brot & Spiele und sie selbst als dessen Repräsentantin ihre professionelle Pflicht tun würden, um den hiesigen Eskimos diesen speziellen Eisschrank zu verkaufen.

Selbst bei den dreißig Prozent, auf die Al Fawzi Appelbaum herunterhandelte, würde die libysche Wasserbehörde noch massenhaft Geld in diesen Plan stecken, das ja irgendwoher kommen musste, und ob nun durch Steuern oder durch eine Erhöhung der Wasserpreise, es konnte nur beschafft werden, indem man der einheimischen Bevölkerung das ausgedörrte, fadenscheinige Fell noch weiter über die Ohren zog.

Gewinner und Verlierer.

Böse Buben würde große Mengen kostengünstiges Cannabis und Kokain bekommen. Advanced Projects Associates würde allein schon für die Abwicklung des Geschäfts eine Mörderkohle einstreichen. Die Subunternehmer würden auch noch gut verdienen, selbst nachdem APA den Rüssel in den Honigtopf getunkt hatte. B&S würde den lukrativen Vermittlungsvertrag kriegen. Die Wasserbehörde oder eine andere libysche Dienststelle würde beträchtliche Steuern kassieren. Und auf jeder Station des Weges würde reichlich Bakschisch hin und her wandern, während eine Hand die andere wusch.

Die libyschen Bürger jedoch, die, wie in den Jurisdiktionen dieser Länder der Verlorenen üblich, keine Anteile an den Ölfirmen besaßen und darum nicht einmal an den letzten allmählich versiegenden Einkünften aus der Ölproduktion profitierten, würden nicht viel mehr bekommen als einen kräftigen Tritt in den Hintern. Das Böse-Buben-Syndikats mochte ein paar tausend Arbeitskräften vor Ort satzungsgemäß Bürger-Aktionärsstatus gewähren, aber diejenigen, die die Arbeiter und deren Familien bedienten, würden als Lohnsklaven auf sich selbst gestellt sein. Die Wüste würde nicht blühen. Die ›Gärten Allahs‹ würden versiegelte Terrarien sein, die ebenso gut auf dem Mond oder auf dem Grund des Marianengrabens liegen könnten.

Gewinner und Verlierer.

Brot & Spiele würde von Ersteren ein saftiges Honorar dafür bekommen, dass es Letzteren dieses krumme

Ding verkaufte – zwar nicht gerade auf ehrenhafte Weise, wie Monique fand, aber gewiss nicht ohne harte Arbeit.

Aus undurchsichtigen Gründen schien der klimatologische Würfel stets zum Nachteil der Länder der Verlorenen zu fallen und immer mehr schlechtes Karma für sie zu bringen. Monique hingegen konnte aus keineswegs undurchsichtigen Gründen, aber mit den ehrlichsten blauen Gefühlen, nicht umhin, das ihre dazu zu tun.

Der Rückflug nach New York, erster Klasse und überschallschnell, war zu lang und der Film zu kurz gewesen, als dass Monique es gänzlich hätte vermeiden können, sich mit Mervin Appelbaum zu unterhalten, und der unerschöpfliche Champagner, mit dem sie das Erlebnis schöner zu färben versuchte, verstärkte ihre Schweigsamkeit auch nicht gerade.

Außerdem war sie schließlich beim VIP-Service und als Bürger-Aktionärin von B&S war es ihre durchaus vom eigenen Interesse geleitete berufliche Pflicht, den Kunden nicht nur bei Laune zu halten und seine Interessen zu vertreten, sondern das auch auf kreative Weise zu tun und Begeisterung zumindest zu simulieren.

Und obwohl sie keine Spin-Frau und auch keine Imagegestalterin war, wusste sie verdammt gut, dass sie – wenn auch eher unabsichtlich – allzu kreativ gewesen war, als sie dem Projekt den Titel ›Die Gärten Allahs‹ gegeben hatte.

Appelbaum besaß zumindest den Anstand, erst aufs Geschäftliche zu sprechen zu kommen, als sie das Erdbeer-Dessert schon weitgehend verschnabuliert hatten. »Könnte sein, dass wir ein kleines Problem haben, der lokalen Wählerschaft das Projekt zu verkaufen«, sagte er, nach Moniques Ansicht eine grandiose Untertreibung.

Trotzdem beschloss sie, die Naive zu spielen. »Soweit

ich weiß, gibt es eigentlich gar keine libysche Wählerschaft in diesem Sinne«, sagte sie. »Und selbst wenn es sie gäbe, ist die Wasserbehörde eine transsouveräne Einrichtung …«

»Dann nennen wir's die öffentliche Meinung. Das Tunnelnetz ist doch ziemlich anfällig für Sabotage, die Entsalzungsanlagen noch mehr. Nichts, womit ein gutes Security-Syndikat wie die Straßenkrieger oder die Legion nicht fertig würde, aber die sind nicht billig, und selbst Terrorismus niedrigen Grades würde die Profitrate deutlich reduzieren.«

»Sie möchten, dass die libysche Bevölkerung Big Brother liebt.«

Appelbaum warf ihr einen verständnislosen Blick zu.

»Dass sie die Gärten Allahs liebt …«

»Stimmt. Wie verkaufen wir sie den Turbanträgermassen?«

»Jedenfalls nicht mit den wirtschaftlichen Vorteilen für ihren Lebensstandard, so viel steht fest. Wir müssen sie unterschwellig ansprechen.«

»Wir bezahlen Brot & Spiele nicht dafür, das auf der Hand Liegende erzählt zu bekommen, Miss Calhoun.«

»Aber es *liegt* auf der Hand, Mr. Appelbaum, und dank meines Genies sind wir schon halb am Ziel«, platzte Monique zu ihrer eigenen Überraschung heraus. »Wir verkaufen ihnen die Gärten Allahs unterschwellig als die Gärten Allahs.«

»En inglés, por favor.«

Mist. Jetzt musste sie es ihm erklären. Na ja, früher oder später wäre das ohnehin fällig gewesen.

»Wir machen das Gleiche wie schon mit unserer AV-Präsentation, bloß in großem Maßstab. Werbespots. Reklametafeln. Populäre Songs. Graffiti. Unterstützung von Mullahs, wenn wir's deichseln können. Berufen uns auf Koranverse. Malen alles grün. Das heroische und gerechte libysche Volk folgt tugendsam dem Wort des Propheten und erfüllt den Willen Allahs, indem es in der Wüste dessen Gärten anlegt.«

Monique merkte, dass es sie würgte, und das lag nicht an ihrer letzten Erdbeere. »Damit sollte es uns gelingen, Ihre Infrastruktur gebaut zu kriegen, ohne dass die Eingeborenen übertrieben unruhig werden.«

»Und wenn ihnen klar wird, was sie da getan haben?«

Gnädigerweise wurde in diesem Moment das Licht in der Kabine gedämpft, weil der Film begann.

»Darauf komme ich gleich noch«, sagte Monique. »Jetzt möchte ich mir erst mal das da ansehen.«

Das da war, wie es das Kismet und die Natur des Fluges wollten, ein erotisches Remake eines klassischen Disney-Zeichentrickfilms namens *Aladin*, mit den Originalsongs in der Neufassung der Silicon Wayfarers und einer nahtlosen Kombination von Computerkulissen und Phantasiegeschöpfen mit echten Schauspielern. Tausendundeine Nacht als total überkandidelte Porno-Oper.

Aladin? Disney? Tausendundeine Nacht?

Verdammt.

Mitten im Film merkte Monique, dass sie die Lösung hatte.

Als das Licht wieder heller wurde, hatte sie sich dazu durchgerungen, sie Appelbaum darzulegen.

»Man legt zuerst einen *echten* Garten Allahs an, stellt ihn fertig, bevor man was anderes baut, und sorgt dafür, dass er immer der größte und beste ist. Der größte See in der größten Oase. Ein künstliches tropisches Riff. Boote mit Glasboden. Tauchmöglichkeiten. Der größte botanische Garten der Welt. Plattenwege. Brunnen, die die Luft mit vielfarbigem Dunst erfüllen …«

»Haben Sie den Verstand verloren?«

»Ein Museum der islamischen Kunst! Ein Museum der islamischen Kultur! Eine gewaltige, moderne Moschee! Alles in Absprache mit den obersten Mullahs und islamischen Gelehrten geplant und entworfen!«

»Das ist Wahnsinn!« rief Appelbaum. »Das würde ja so viel kosten wie eine kleine Disneyworld …«

Er brach ab.

»Oh«, sagte er.

»Eine *islamische* Disneyworld«, ergänzte Monique mit sonnigem Lächeln. »Und zwar die einzige. Eine Milliarde Moslems weltweit. Sie kommen mit Frauen, Kindern, dem ganzen Harem, weil's den höchsten religiösen Autoritäten zufolge garantiert koscher… äh… halal ist. Diese Autoritäten schütten zehn Prozent der Gewinne an islamische Wohltätigkeitseinrichtungen aus. Und weitere zwanzig Prozent an die Bürger Libyens, die damit zu Bürger-Aktionären werden und als solche einmal pro Jahr mit ihrer Familie freien Eintritt haben.«

»Zehn Prozent.«

»Wieviel auch immer. Glauben Sie wirklich, dass es danach noch unschönen Radau wegen der Sachen geben wird, die Sie anschließend mit Ihrem übrigen Grund und Boden anstellen?«

Und Appelbaum hätte von einem Ohr zum anderen gegrinst, wenn das physikalisch möglich gewesen wäre. »Auf Brot & Spiele!« hatte er entzückt ausgerufen.

»Und auf das, was wir tun«, hatte Monique aufrichtig erwidert. »Wir … sind … *die Größten!*«

»Ich würde sagen, das schreit geradezu nach weiterem Champagner, Miss Calhoun«, und Mervin Appelbaum hatte gebieterisch mit den Fingern geschnippt, um den Steward auf sich aufmerksam zu machen.

Danach brauchte sie nur noch Small Talk zu machen und sie brauchten auch den Steward nicht mehr zu rufen, damit er ihre Gläser immer wieder nachfüllte.

Während das Fahrwerk und die Landeklappen ausgefahren wurden, das Flugzeug die ausgedehnte Stadtlandschaft aus schäbigen Hotels, vorsintflutlichen Einkaufszentren, zerbröckelnden Lagerhäusern und alten Industrieanlagen um Newark International herum überflog, jene übliche, scheibenförmige Flughafenanlagerung, und auf der Landebahn aufsetzte, tröstete Monique ihr echtblaues Gewissen mit dem Gedanken, dass sie bei diesem schäbigen Deal immerhin *etwas* für die libyschen Bürger herausgeholt hatte.

Ihr hatten sie es zu verdanken, wenn sie nun wenigstens *Bürger-Aktionäre* von *irgendetwas* wurden, was man nur von den wenigsten jener unglücklichen Einwohner der Länder der Verlorenen sagen konnte, die politisch von militärischen oder sonstwelchen Generalissismi, inkompetenten retrosozialistischen Träumern oder nepotistischen Monarchen und ökonomisch von den letzten konzernkapitalistischen Dinosauriern beherrscht wurden, sofern überhaupt jemand ökonomisch irgendwas mit ihnen zu schaffen haben wollte.

Natürlich – und auch das war ihr zu verdanken – würde Brot & Spiele bei diesem Deal genauso absahnen wie die anderen auch. Zumindest würde sie für die nächsten paar Wochen der Liebling von Giorgio Kang und dem Vorstand des Syndikats sein. Vielleicht lagen sogar ein paar zusätzliche Aktien für sie drin. Die *sollten* jedenfalls drinliegen, verdammt noch mal. Sie hatte sie sich zweifelsohne verdient.

Tja, so bin ich nun mal, dachte Monique Calhoun, als das Flugzeug zum Terminal rollte. Blau denken, grün leben, wie es sich für die Enkelin von Cajun-Flüchtlingen aus *Lost Louisiane*, dem verlorenen Louisiana, gehörte, die als Tochter französisch-amerikanischer Eltern im goldenen Sibirien zur Welt gekommen war.

Was sie sogar in ihren eigenen Augen zur perfekten Brot & Spiele-VIP-Betreuerin für die Mervin Appelbaums der Welt und ihre Unternehmungen in diesen Ländern der Verlorenen machte.

Denn B&S war zwar ein modernes postkapitalistisches Syndikat und deshalb per definitionem und ökonomischem Eigeninteresse ein Geschöpf der grünen Breiten, der Länder der Gewinner, wo das Geld war, aber ein guter Teil seiner Gesamteinkünfte stammte von Unternehmen wie Advanced Projects Associates und diente, noch schlimmer, der weiteren Bereicherung der Habgierigen auf Kosten der Notleidenden.

Wer wäre da besser zum Vermittler geeignet als jemand, der innen blau, außen jedoch grün war.

Oder war es andersherum?

Wie lautete das alte Rätsel noch?

Ist ein Zebra ein weißes Tier mit schwarzen Streifen oder ein schwarzes Tier mit weißen Streifen?

Nun, heutzutage gab es vielleicht keine wilden Zebras mehr, aber Monique schätzte, dass trotzdem jede Menge Tiere wie sie selbst frei herumliefen, auf die die moderne Lösung des alten Rätsels passte.

Eine Monique Calhoun war ein farbloses Tier mit blauen *und* grünen Streifen.

Es war ein milder Märznachmittag in Paris, nicht mehr als 28 Grad Celsius, Luftfeuchtigkeit nicht höher als fünfzig Prozent, und die sanfte Brise, die für Abkühlung gesorgt und die schwüle Feuchtigkeit abtransportiert hatte, hatte die Luft auch von Giftstoffen gereinigt und den Himmel tiefblau gefärbt.

Dieselbe Brise wehte durch den Bambuswald in den Gärten der Tuilerien. Sie ließ die Stämme schwanken und klappernd aneinander schlagen, sodass die unruhigen Papageien aufflogen, sorgte aber auch für die musikalische Begleitung der natureigenen Marimba-Band, als Eric Esterhazy sich an sein Opfer anschlich.

Trotzdem war Prinz Eric alles andere als zufrieden. Es war einfach nicht richtig. Es hatte absolut keinen Stil. Er konnte dem Gerät, das man ihn zu benutzen befohlen hatte, nicht einmal dadurch Würde verleihen, dass er es als Waffe betrachtete.

In der rechten Außentasche seines gelben Leinenjacketts steckte ein Zylinder mit komprimierter Luft, der die Linie des Kleidungsstücks dermaßen ruinierte, dass er gezwungen gewesen war, die linke Tasche mit Kieselsteinen zu füllen, um nicht verunstaltet zu wirken. Ein Prinz, selbst ein falscher Prinz, sollte in der Öffentlichkeit nicht den Eindruck erwecken müssen, als hätte sein Schneider ihn mit Konfektionskleidung direkt von den Stangen der Galeries Lafayette behängt.

Weniger auffällig, aber trotzdem lästig war der Schlauch, der sich durch ein Loch im Saum des Taschenfutters durch seinen rechten Ärmel zu dem ... Instrument schlängelte, das er in der rechten Hand hielt.

Er konnte es kaum als Schusswaffe ansehen. Es feuerte haarfeine Projektile aus gehärtetem Gel ab, die ein gentechnisch maßgeschneidertes Toxin enthielten. Sie fühlten sich wie Insektenstiche an, wenn sie eindrangen, lösten sich dann im Blut auf und bewirkten, dass die Zielperson ungefähr achtundvierzig Stunden später an starken Gehirnblutungen verschied. Dabei hinterließen sie keine chemische Signatur.

In Erics Augen war dies ebenso wenig ein anständiger Hit wie die feige amerikanische Praxis, Schwerverbrecher mit ›Todesspritzen‹ über den Jordan zu schicken, als wäre das eine Art ärztlicher Prozedur, eine ehrenhafte Hinrichtung.

»Nicht nur das, Mom, es erinnert mich an den alten bulgarischen Regenschirmtrick, der schon mit Todor Schiwkow aus der Mode gekommen ist«, hatte er sich beklagt. »Geschmacklos, richtig geschmacklos.«

»Was willste denn machen, Eric, willste ihn mit 'ner antiken MP durchsieben und den Knaben mitten aufm Place Maubert aus 'nem schwarzen Citroën schmeißen?«

»Das wäre zumindest ein klares Wort.«

»Als du deinen ersten Hit gemacht hast, warste noch nich so 'n Klugscheißer, oder seh ich das falsch«, hatte Mom ihm ins Gedächtnis gerufen und dann gnädigerweise aufgehört, die Gangsterbraut aus der Prohibitionszeit zu mimen, was nur sie so amüsant fand. »Wenn mich die Erinnerung nicht trügt, mein Traumprinz, war's damals dein Hauptproblem, dir nicht in die Hosen zu scheißen.«

Damit war die Diskussion zu Ende und Mom hatte den Sieg davongetragen, ein kleine Freude, die sie sich immer gern gönnte, ob sie nun fürs Syndikat sprach oder nicht. Obwohl der Grund für sein damaliges Zögern nicht so sehr Angst gewesen war, soweit Eric sich entsann, sondern vielmehr ein gewisses moralisches Widerstreben, das er in jener Zeit verspürt hatte, wie er sich undeutlich zu erinnern glaubte.

Mom hatte auch damals schon das letzte Wort gehabt.

»Die Aufrechterhaltung der Zivilisation war schon *immer* ein schmutziger Job, zu dem ein gewisses Maß an Dreckarbeit gehört, Kleiner«, erklärte sie ihm. »*Irgendwer* muss damit reich werden. Warum also nicht du?«

»Du spricht von M ...«

Mom unterbrach ihn, indem sie ihm einen Finger an die Lippen legte. »Betrachte es als Initiationszeremonie«, riet sie ihm, »als der Gemeinschaft dienliche Entkörperung eines verknöcherten kapitalistischen Scheißkerls, der einem wunderbaren Geschäft im Wege steht, bei dem die Lohnsklaven der Kaffeeplantagen in den Appalachen aus ihren Kerkern befreit und Bürger-Aktionäre eines neuen Koka-Syndikats werden, das viel Verständnis für die finanziellen Interessen aller Bürger-Aktionäre von Böse Buben hat. Betrachte es als einen Dienst an der Menschheit.«

»Tja, ähm ...«

»Hör zu, Eric, willst du dein Leben lang Laufbursche

für die großen Jungs von Böse Buben bleiben, oder willst du, dass sie dich zum Prinzen machen? Sie mögen ja hoffnungslose Romantiker sein, aber solche Bonbons verteilen sie nun mal nicht an grüne Jungs, die nicht beweisen wollen, dass sie's ernst meinen, indem sie ihren ersten Auftrag ausführen.«

»Tja, also, wenn du's so formulierst, Mom …«

Sie schaffte es wirklich immer wieder, es so zu formulieren, dass er die Dinge mit ihren Augen sah, indem sie entweder an seinen romantischen Idealismus oder an seine elementaren Überlebensinstinkte appellierte, am häufigsten jedoch, indem sie ihn davon überzeugte, dass es ihm mit ein wenig Phantasie gelingen würde, beides zur Deckung zu bringen.

»Dein Vater hatte die Überlebensinstinkte eines Lemmings«, hatte sie ihrem unreifen einundzwanzigjährigen Sohn erklärt, als sie ihm endlich ihre schlimme Lage klarmachte. »Er hat sich aus der Affäre gezogen, indem er sich im Klo runtergespült und es *uns* überlassen hat, mit Leuten klarzukommen, die nicht aus lauter Wohltätigkeit Schulden abschreiben, um nett zu Witwen und Waisen zu sein.«

Eric Esterhazys Vorfahren väterlicherseits waren balkanesische Gauner gewesen, deren bescheidene Ursprünge als Pferdediebe weit in die Ära von Kaiser Franz Josef zurückreichten. Sie stammten aus jener grob umrissenen Gegend, wo Ungarn, Rumänien, Polen und die Ukraine mit flexiblen Grenzen aneinander stießen, die von einer Woche zur anderen Rumänen in Ungarn und Polen in Ukrainer verwandeln konnten und es für gewöhnlich auch taten.

Das führte nicht gerade zu atavistischen ethnischen Loyalitäten, vor allem auch deswegen nicht, weil der Familieneintopf sein Maß an Juden und Zigeunern enthielt; folglich waren die Esterhazys gut auf das Überleben in der postnationalen Welt vorbereitet.

Während des Zusammenbruchs des Kommunismus hatte sich Erics Großvater aus Rumänien nach Frankreich geschmuggelt, wo er sich mit den üblichen kleinen Gaunereien durchschlug, bis die Erwärmung den ehemals wertlosen karpatischen Grund und Boden, der seinem Vater zur Begleichung einer ansonsten nicht einzutreibenden Schuld angedreht worden war, in eine erstklassige Marihuanaplantage an einem Berghang verwandelt hatte.

Erics Vater wuchs also als wohlhabender Nachfahr zu Reichtum gekommenen ehemaligen Flüchtlingspacks an den nobelsten Orten Europas und Sibiriens auf und heiratete standesgemäß einen *amerikanischen* Flüchtling, eine ehemalige Bewohnerin von Florida, die so wenig wie möglich darüber sprach, auf welche Weise sie früher ihren Lebensunterhalt bestritten hatte, als sie sich noch auf den Spielplätzen der grünen Welt mit all ihren lichten und eher schattigen Seiten herumgetrieben hatte.

Eric genoss dieses unbeschwerte Leben ebenfalls, bis er neunzehn wurde. Dann bekam ein Konsortium ukrainischer Weizensyndikate die Finanzierung für eine Reihe von Wolkendeckengeneratoren zusammen, mit deren Hilfe sie die Rentabilität ihres Ackerlands wiederherstellen wollten.

Vom Standpunkt der ukrainischen Weizensyndikate aus war das Vorhaben nicht übermäßig erfolgreich, aber die üblichen unvorhergesehenen Nebenwirkungen andernorts, in diesem Fall das Absinken der Temperaturen und die Rückkehr des Schnees in gewissen Teilen der Karpaten, hatten katastrophale Folgen für das Vermögen der Esterhazys.

Dad stellte sich dieser veränderten wirtschaftlichen Realität auf seine Weise, nämlich indem er genug Schnaps trank und genug Drogen nahm – gegen Ende hin auf Kredit –, um sicherzustellen, dass er nicht mehr da sein würde, wenn die Schlussmusik ertönte.

Er hinterließ Mom und Eric einen kleinen Berg Schulden bei einigen nicht gerade sympathischen Leuten.

Aber Mom war eine Überlebenskünstlerin. Mom hatte nicht vor, ihren Lebensstil aufzugeben. Mom hatte Connections. Mom konnte einem Zwanzigjährigen ohne ersichtliche verwertbare Fähigkeiten Arbeit verschaffen.

Mom, so stellte sich heraus, als es darauf ankam, war eine in Ehren ergraute, pensionierte Bürger-Aktionärin von Böse-Buben und hatte alte Liebhaber im Syndikat, die einigen Einfluss besaßen.

Genug Einfluss, um ihren Sohn hineinzubekommen.

Mom zufolge mochte es zutreffen, dass Böse Buben von Elementen der russischen und italienischen Mafia, der orientalischen Triaden, der kolumbianischen und mexikanischen Drogenkartelle und diverser anderer nicht unbedingt hundertprozentig legaler Unternehmungen gegründet worden sei, aber auf der Basis einer ordnungsgemäßen Syndikatssatzung, die nicht nur verlange, dass sämtliche Aktivitäten des Syndikats in der Souveränität, in der sie stattfänden, legal seien, sondern die auch das Anheuern von Lohnsklaven verbiete und allen Böse-Buben-Mitarbeitern bis zum untersten Handlanger auf einer Koka-Plantage Bürger-Aktionärsstatus gewähre.

Böse Buben sei ebensowenig ›böse‹, wie die ›Buben‹, die das Syndikat führten, unreife Jugendliche seien. Der möglicherweise apokryphen Syndikatslegende zufolge habe der Name im ursprünglichen Satzungsentwurf eigentlich ›Wilde Jungs‹ gelautet, bis ein literarisch gebildeter Bürger-Aktionär, der den Roman aus dem zwanzigsten Jahrhundert gelesen hatte, darauf hingewiesen habe, dass dieser gewisse unerwünschte homoerotische Anspielungen enthalte.

Viele Böse-Buben-Unternehmungen seien nicht lichtscheuer als andere hochriskante, hochprofitable Operationen, deren Erfolg sich bestechlichen Politikern, Gesetzesanpassungen und nachdrücklicher Überredung verdanke. Der Rest bestehe weitgehend aus der Vermarktung von Waren und Dienstleistungen – produziert in kleinen Souveränitäten, wo ihre Herstellung legalisiert worden sei – auf großen Märkten, wo sie nicht, nun ja, nicht ganz, nun, wir wären nicht Böse Buben, wenn wir unsere Satzung nötigenfalls nicht ein bisschen hinbiegen würden …

Böse Buben sei keine Gang, die von zigarrerauchenden Paten befehligt werde, auch kein raubgieriger kapitalistischer Konzern im Besitz zigarrekauender Plutokraten; es sei eine ordentliche syndikalistische Demokratie mit einem von den Bürger-Aktionären gewählten Vorstand.

Und überdies sei das Syndikat so grün wie nur was; wenn Böse Buben eine Möglichkeit dazu sähe, würde es den ganzen Planeten in einen großen Spielplatz verwandeln, auf dem ewiger tropischer Sommer herrsche und wo sich jedermann vergnügen könne, denn schließlich stammten seine Profite ja größtenteils aus einer Art Freizeitbranche.

»Die Patensöhne von Robin Hood, Jesse James und den Freibeutern auf einem Kreuzzug gegen bösen Nationalismus und neu auflebenden Kapitalismus und für diesen erquicklichen grünen Lebensstil, den wir weiterhin beibehalten möchten, nicht wahr, Eric?« erklärte ihm Mom, als er sich nicht vor Begeisterung überschlug. »Oder hast du vielleicht eine bessere Idee, Kleiner?«

Nun, das hatte jedenfalls seinen romantischen Reiz für einen Jungen, der über die Alternativen gar nicht erst nachdenken wollte, und so unterschrieb Eric die Böse-Buben-Satzung, nahm seine Anteile in Empfang und begann seine Karriere ganz unten als Laufbursche für das mittlere Management in Europa.

Nach einer Weile erkannten die Leute an der Spitze –

zweifellos mit Moms Nachhilfe –, dass Erics familiäre Zugehörigkeit zum Eurotrash ihm problemlosen Zugang zu gewissen hochmögenden Kreisen verschaffte, in denen sie noch immer als soziale Parias galten.

Daher der Vorschlag, ihn zum Prinzen zu machen.

Sobald er seinen ersten Auftrag erledigt hatte, kein Problem.

Es gab kaum eine Souveränität, in der es illegal war, sich Prinz zu *nennen*, aber dafür jede Menge Händler, die sich gegenseitig mit billigen Titeln unterboten. Brot & Spiele führte ihn in die Gesellschaft ein, und als sein Name dann regelmäßig in den Klatschforen und Kurorten der High Society auftauchte, eignete sich ›Prinz Eric Esterhazy‹ bestens als Aushängeschild für ein Casino in Lille oder ein Bordell in Amsterdam.

Prinz Eric schlenderte lässig und scheinbar ziellos durch das Bambuswäldchen, verringerte und vergrößerte den Abstand zu Gauldier, steuerte auf ihn zu und entfernte sich wieder von ihm, näherte sich ihm auf indirekte Weise, sodass es wie ein zufälliges Ereignis aussehen würde, wenn sich ihre Wege kreuzten, und zwar sowohl für die Zielperson selbst als auch für jeden Beobachter, der den Anschlag vielleicht mitansehen würde.

Er war auch nicht der einzige falsche Flaneur, der an diesem sonnigen Nachmittag eine solche Scharade spielte. Das Bambus-Boudoir der Tuilerien war nämlich ein wohlbekannter Treffpunkt für preiswerte, aber nicht unbedingt reizlose oder geschmacklos kostümierte Huren unterschiedlichen Geschlechts, die herumpromenierten und ihre Waren vor einer gleichermaßen unterschiedlichen potenziellen Klientel zur Schau stellten, die so tat, als nähme sie das Angebot nicht in Augenschein.

Pierre Gauldier war ein bekannter Stammkunde im Bambus-Boudoir; jene, die dort ihrem Gewerbe nachgingen, kannten ihn nur allzu gut als Schnorrer, der seine Position als Präfekt der Force Flic ausnutzte, um sich umsonst bedienen zu lassen – ein Ansinnen, mit dem er oft erst nach dem Fakt des Akts herausrückte. In der Tat sangen die Vögelchen, dass sein perverses Spielchen gerade darin bestand, den korrupten Cop zu mimen, der ehrliche Gewerbetreibende zu Freistößen im nächsten Gebüsch erpresste.

Die Selbständigen im Bambus-Boudoir waren keine Bürger-Aktionäre von Böse Buben und die Beziehung zwischen Böse Buben und dem Pariser Polizeisyndikat war im Allgemeinen bewundernswert symbiotisch; wenn sie an das Syndikat herangetreten wären, um mit einer Plage wie Pierre Gauldier fertigzuwerden, hätte dieses es darum normalerweise für klug befunden, einen solchen Auftrag abzulehnen.

Monsieur Gauldier war jedoch in letzter Zeit dazu übergegangen, als freischaffender Erpresser gewissen Unternehmen Geld statt Ficks abzunötigen, Unternehmen, die zwar nicht direkt zu Böse Buben gehörten – niemand war so dumm, das zu versuchen –, aber doch Versicherungsverträge mit dem Syndikat abgeschlossen hatten.

Wie der glückliche Zufall es wollte, hatten die Huren vom Bambus-Boudoir eine Sammlung zum Zwecke der Beseitigung Gauldiers veranstaltet und Böse Buben den Auftrag ungefähr zur selben Zeit angeboten, als das Syndikat bei Force Flic Klage über diese Störung ihres gemütlichen Konkordats zu führen begann.

In Anbetracht der bestehenden Beziehungen zwischen Böse Buben und Force Flic und da dies schließlich immer noch Frankreich war, wenigstens im kulturellen Sinn, bestand die Antwort in einem typisch französischen Achselzucken und der Andeutung, die Ritterlichkeit gebiete es in der Tat, dass Böse Buben diesen in Not geratenen Damen der Nacht zu Hilfe eile. Aber geht dabei nicht so plump zu Werke, dass wir gezwungen sind, im Falle eines solchen Dienstes an der Allgemeinheit Ermittlungen anzustellen. Und dazu wären wir um unserer eigenen Moral willen gezwungen, wenn es den Anschein hätte, als wäre ein Polizeibeamter tatsächlich ermordet worden.

Folglich hatte man Prinz Eric Esterhazy Gelegenheit zu einer guten Tat geboten und ihn mit dem lächerlichen Gerät ausgerüstet, das ihm gegenwärtig auf so unvorteilhafte Weise das ansonsten hervorragend sitzende Jackett bauschte.

Im Gegensatz zu dem, was der Volksmund so sagte, war dies ein Angebot gewesen, das er durchaus ablehnen konnte. Als Bürger-Aktionär von Böse Buben hatte man die Möglichkeit, seine Karriere zu fördern und sich erhebliche Bonusse zu sichern, indem man gelegentlich spezielle Dienstleistungen übernahm.

Nun, eigentlich nur eine.

Leider war die Zeit noch nicht vorbei, in der die Beseitigung gewisser widerspenstiger Individuen von elementarer Bedeutung für das fiduziarische Wohl der Syndikatssache war. Doch die Syndikatssatzung verbot Lohnarbeit, und hauptberuflichen Mördern den Bürger-Aktionärsstatus zu gewähren, schien keine sonderlich gute Idee zu sein.

Da war es doch viel besser, wenn man zur Ausführung solcher gelegentlichen speziellen Dienstleistungen auf Bürger-Aktionäre zurückgreifen konnte, die im Hauptberuf anderen Beschäftigungen nachgingen.

Höchstens ein oder zwei Mal pro Jahr, Eric. Und du kannst jeden Auftrag ablehnen, ohne dass wir dir böse sind, wenn du das Gefühl hast, dass er dein Moralempfinden oder deine politischen Prinzipien verletzt, wir können ihn immer jemandem geben, der darin mehr Erfüllung fände. Sie hatten noch nie mehr als einen Hit pro Jahr von ihm verlangt und wenn er einen solchen

Auftrag einmal aus moralischen oder ästhetischen Gründen ablehnte, gab es in der Tat kein unangenehmes Nachspiel.

Da nun die Ausführung dieses Auftrags ästhetisch so viel zu wünschen übrig ließ, konnte man mit Fug und Recht sagen, dass es ein Akt echter Selbstaufopferung sein würde, den unehrenwerten und verabscheuungswürdigen Monsieur Gauldier daran zu hindern, weiterhin den geschäftlichen Verkehr in diesem schönen Freudengarten sowie die harmonische Beziehung zwischen Böse Buben und Force Flic zu stören.

Nun ja, Adel verpflichtete.

Er war schließlich ein Prinz, oder nicht?

2

Monique Calhoun fuhr mit dem Fahrstuhl nach unten, durchquerte mit großen Schritten das Foyer und trat auf die Seawall Avenue hinaus, den Boulevard auf dem Deichwerk, das Manhattan umgab, das einzig wahre New York, die Stadt, die sie widerwillig liebte und freudig hasste.

Das machte sie natürlich zu einer echten New Yorkerin.

Und es gehörte an sich schon zur entsprechenden mentalen Einstellung, der *attitude*.

Für einen Nicht-New-Yorker mochte ihre enge Studiowohnung im zehnten Stock eines Hochhauses an der Seawall Avenue wohl kaum ein Kandidat für das Objekt der Zuneigung sein, aber diejenigen, die in den Genuss eines frühabendlichen Rendezvous darin kamen, versäumten es nur selten, ihren Neid zum Ausdruck zu bringen.

An einem schönen Tag war der Westblick durch das Panoramafenster bei Sonnenuntergang nämlich so herrlich, dass einem das Herz stehen blieb, wenn der flammende, vom Dunst über der Küste von New Jersey bronzierte Ball der Sonne majestätisch hinter die filigrane Märchenlandschaftssilhouette der Palisades sank, den Himmel mauve, purpurrot und orange färbte und den Hudson River in einen strahlenden Spiegel aus gekräuseltem Licht verwandelte.

Im kalten, grausamen Licht des Morgens auf Höhe des Deiches bot sich jedoch ein weitaus weniger romantischer Blick. Die Skyline der Palisades war schonungslos ihres Zaubers entblößt und entpuppte sich als Mischmasch aus Fabriken, Wohnblocks, Windmühlen, Tankansammlungen und Solaranlagen.

Hausboote, Lastkähne, Sampans und Anlegeplätze für Fischerboote mit ihrem chaotischen Netzwerk verrottender Gangways bildeten eine amöbenartige schwimmende Favela draußen vor dem Deich, erstreckten sich fünfhundert Meter und weiter in den Hudson hinein und zogen sich an Manhattan entlang, so weit das Auge reichte. Und während Monique im zehnten Stock weitgehend von dem Geruch verschont blieb, bekam sie nun eine satte Dosis Kochfeuerrauch, Bratfisch und Frag-lieber-nicht ab, obwohl die Sonne das River-City-Aroma gerade erst zu verdampfen begann.

Wenn das Paris ihrer Kindheit vom Glück begünstigt war und die Länder der Verlorenen, in die sie ihre mit schlechtem Gewissen unternommenen beruflichen Tagesausflüge führten, beim klimatologischen Würfelspiel das Nachsehen hatten, so war New York irgendwie sowohl blau und grün als auch keins von beidem.

New York bezog seine Lebenskraft von seinen perfekten Wintern, dem klaren blauen Himmel, der würzigen Luft, die einen Hauch zu warm war, als dass man sie frisch nennen konnte. New York badete in seinen goldenen, tropischen Frühlingen und Herbsten, wenn es nicht von deren Monsunregen durchtränkt wurde.

New York schmorte in seinen grässlichen Sommern, in denen man Eier auf dem Pflaster braten und in der extrem feuchten Luft kochen konnte, sofern es einem gelang, die Moskitos und Fliegen daran zu hindern, sie vorher aufzufressen, und in denen Orbitalspiegel jeden zweiten Tag die Inversionsschicht wegbrennen mussten, damit die Luft halbwegs atembar blieb.

Die Versumpfung so großer Küstenstriche in Brooklyn, der Bronx und auf Long Island mochte zwar die

Brutstätten für Myriaden von Moskitos, Fliegen und Sumpfratten – sowie von Alligatoren, Mokassinschlangen und katzengroßen Kakerlaken, so ging jedenfalls die Sage – hervorgebracht haben, aber sie hatte auch den Lebensraum für eine verschwenderische Fülle von Krebsen, Hummern, Garnelen, Langusten, Welsen, Karpfen und Schellfischen geschaffen, dadurch die Meeresfrüchte in der Region so billig gemacht und eine Aquakultur und Fischereiindustrie ins Leben gerufen, in der die meisten Flüchtlinge aus den Küstenregionen Südostasiens und von den pazifischen Inseln auf die eine oder andere Weise eine Erwerbstätigkeit fanden.

Sind wir blau? Sind wir grün?

Der heiße und der kalte Krieg? Auf welcher Seite stehen wir?

Auf *unserer* Seite, Mann, was sonst?

Und wir werden schon dafür sorgen, dass es auch die Seite der Gewinner bleibt.

Statt einer Politik hatte New York eine *attitude*.

Gewinner und Verlierer?

Wir tun, was nötig ist.

Der Anstieg des Meeresspiegels droht den Apple unter Wasser zu setzen?

Dann heuern wir eben die Holländer an, damit sie ihn eindeichen.

Das wird aber 'ne Stange kosten.

Schicksal.

Brooklyn, die Bronx und Long Island waren zu Fischfutter geworden?

Dann verdrücken wir so viel Hummer Newburg, Bouillabaisse und Linguine Marinara, wie wir runterkriegen, und verscherbeln den Rest zu 'nem guten Preis an die Landeier westlich vom Hudson.

Attitude.

Monique hatte es einfach nicht kapiert, als sie als frisch gebackene College-Studentin direkt aus Paris nach New York gekommen war, in eine Stadt, die auf einem anderen Planeten zu liegen schien.

Paris mochte nicht gerade die billigste Hauptstadt Europas sein, aber nicht mal Nowosibirsk oder Zekograd hätten sie auf die Preise hier vorbereiten können. Die Errichtung des Deichs, der New York vor dem Wasser rettete, hatte die Stadt in ein Meer aus Anleiheschulden gestürzt und die Folge war, dass es himmelhohe Steuern auf alles gab, anscheinend sogar Steuern auf Steuern. Das führte dazu, dass die Preise in den Schaufenstern unwirklich waren und man für einen Betrag, mit dem man in Paris anständige vierzig Quadratmeter hätte mieten können, hier nur das Gegenstück eines Dienstmädchenzimmers bekam. Die Metro war schon längst überflutet, die Straßenbahn war teuer und unzuverlässig, die motorisierten Taxis waren nur für die Reichen da.

Wie *leben* die Leute hier?

Was *will* ich hier?

New York brachte Monique sehr schnell bei, wie die Antwort auf die erste Frage lautete. Man verschwendete weder Zeit noch Energie damit, über die Steuern, das Klima, die generelle Ungerechtigkeit oder die beschissene Besenkammer von einem Apartment zu meckern und zu stöhnen, außer wenn man die Muße hatte, New Yorks beliebtestem Gesellschaftsspiel zu frönen.

Man schlug sich durch.

In der Columbia University gab es Wohnheime, die sich Studenten leisten konnten, wenn sie zu dritt ein Zimmer nahmen. Auf der Straße bekam man reichlich, mannigfaltig und billig zu essen. Die Fahrradtaxis und Rikschas des grauen Marktes fuhren einen zu niedrigen, unbesteuerten Preisen herum, die man aushandeln musste. Steuerfreie Second-Hand-Konfektionskleidung oder handgefertigte neue Kleidung war billig, sobald man sich auf der Straße auskannte und wusste, wie man die Schwarzmärkte fand. Im Sommer trug man Moskito-Abweiser und besorgte sich einen akustischen Kakerlakenschutz sowie eine Klimaanlage, ganz gleich, wie.

Man entwickelte die *attitude*.

Sonst …

New York brauchte etwas länger, um ihr beizubringen, die Ironie der Antwort auf die zweite Frage in vollem Umfang zu würdigen, obwohl sie sie schon vor ihrer Abreise aus Paris gekannt hatte.

Monique war nach New York geschickt worden, um ein echtblaues soziales Gewissen zu entwickeln. Es war ein ausgehandelter Kompromiss gewesen, um einen Waffenstillstand in dem familiären heißen und kalten Krieg herbeizuführen.

Mutter war im milden, unbeschwerten Paris als Tochter von Cajun-Flüchtlingen aufgewachsen, die ein Restaurant im Marais namens Bayous et Magnolias führten.

Vater war der Sohn eines französischen Architekten, der einen Haufen Geld damit verdient hatte, den großen Bossen des boomenden Sibirien protzige Villen auf den Leib zu schneidern. Dort lernte er eine amerikanische Public-Relations-Beraterin kennen, die das Gleiche mit ihren raubeinigen Images tat. Nachdem sie im Wilden Osten ihr Vermögen gemacht hatten, waren sie nach Paris gegangen, um dort das Leben zu genießen.

In Paris jedoch verfügte eine amerikanische PR-Lady mit begrenzten Französischkenntnissen kaum über das Gehalt, an das sie sich im goldenen Sibirien gewöhnt hatte. Und ein Architekt, der sich auf Neo-Las-Vegas-Herrenhäuser für die neue sibirische Plutokratie spezialisiert hatte, war in der Stadt des Halogenlichts auch nicht gerade heiß begehrt.

Zu dem Zeitpunkt, als Moniques Eltern heirateten, hatten ihre Großeltern väterlicherseits also ihre Wohnung in Paris verkaufen und sich auf einen Landsitz im Var zurückziehen müssen, wo sie von ihrem Kapital leben konnten, aber nicht mehr reich genug waren, um hochnäsig auf die Tochter bescheidener Gastronomen herabblicken zu können, die in ökonomischer Hinsicht angeblich nicht standesgemäß für ihren Sohn war.

Das Blau und das Grün verhielten sich jedoch zueinander wie Hund und Katze.

In Mutters Familie trug man das Blau auf der Zunge, ganz zu schweigen von der Dekoration und der Speisekarte ihres Restaurants. Die Sehnsucht nach Lost Louisiane war ihre Geschäftsgrundlage und keine Austern Bienville und kein Langustengumbo verließen ihre Küche ohne eine triefende Garnierung aus spanischem Moos und echtblauem klimatologischem Revanchismus.

Vaters Eltern wiederum, die durch die Erwärmung Sibiriens und die anschließenden Boomzeiten so reich geworden waren, dass sie in der Dauerkrise mitten in ihrer Karriere jahrzehntelang von ihrem Geld leben konnten, hatten ihr eigenes klassenspezifisches Interesse daran, die schöne, klimatisch so angenehme neue Welt durch eine grüngetönte Brille zu betrachten.

Der Konflikt verlor auch nicht an Schärfe, als Vater – unter dem unheilvollen blauen Einfluss von Mutter und deren Eltern, so sahen es jedenfalls *seine* Eltern – die Laufbahn eines Klimatech-Ingenieurs einschlug. Seine Eltern zu ärgern und seine Freundin zu beeindrucken, indem man sich zum Feind ihrer Klasse erklärte, war ein jugendliches Verhalten, das wohl nie aus der Mode kommen würde.

Wenn Moniques beide Großelternpaare doch einmal miteinander sprachen, taten sie es mit voller Lautstärke und benutzten das Schicksal ihrer geliebten Enkelin dabei oft genug als dialektischen Federball.

Angesichts dieser Kindheit ernteten Moniques Eltern

bei ihrer Tochter durchaus begeisterte Zustimmung, als sie zum entsprechenden Zeitpunkt beschlossen, sie von diesem ideologischen Schlachtfeld abzuziehen und auf eine amerikanische Universität zu schicken. Es war auch politisch ein cleverer Schachzug.

Ihre Großeltern mütterlicherseits stimmten aus nostalgischen blauen Gründen zu und empfahlen Tulane, das auf angemessen schlammigem Sumpfland in Bayou-Vororten von St. Louis wieder aufgebaut worden war.

Ihre Großeltern väterlicherseits stimmten aus praktischen Karrieregründen zu – eine anglophone höhere Bildung war unverzichtbar, selbst die mächtigen Sibirier mussten ihre Kontakte mit der übrigen Welt auf Englisch pflegen –, nahmen aber an, die Wahl würde auf Berkeley, Stanford oder eine der Newer-Age-Universitäten fallen, die von den großen Syndikaten mit ihren Zentralen im Lotusland des pazifischen Nordwestens finanziert wurden.

Stattdessen fiel sie auf die Columbia University in New York, einer Stadt mit einer so undurchsichtigen politischen Färbung, dass beide Großelternpaare gleichermaßen unzufrieden waren. Es war eine weitaus härtere Stadt als das klimatisch begünstigte Paris; dort – so hofften ihre Eltern jedenfalls – würde das Bewusstsein ihrer Tochter für die beklagenswerte Tatsache geschärft werden, dass es Menschen gab, für die die Erwärmung nicht nur Palmen und lange, goldene Nachmittage im Jardin des Plantes bedeutete, ohne dass man Monique dazu gleich ins Exil schicken und in einer richtig schlimmen Metropole eines Landes der Verlorenen eine drittklassige Ausbildung bei Wasser und Brot absolvieren lassen musste.

Monique erschauerte innerlich ein bisschen, als sie die Treppe zum Fahrradtaxistand auf der West End Avenue hinunterstieg. Sie wusste, dass es irrational war, aber sie wusste auch, dass es unnatürlich wäre, sich jemals an *das hier* zu gewöhnen.

Die Seawall Avenue lag ungefähr fünf Meter über dem Hudson und wenn sie von dort aus nach Westen schaute, schien die Wasseroberfläche mehr oder weniger auf Augenhöhe zu sein. Aber die West End Avenue lag nicht nur östlich der Seawall Avenue, sie lag auch *tiefer*.

Zehn Meter tiefer.

Das hieß, auf halber Höhe der Treppe war die Wasseroberfläche des Flusses *über ihr*. Das Wohnheimzimmer, das ihr als Studentin zugewiesen worden war, hatte im Erdgeschoss gelegen. Das war ihr nicht weiter wichtig erschienen, bis sie zum ersten Mal auf der Seawall Avenue gestanden hatte, um auf den Fluss hinauszuschauen, dann nach Osten zurückgeblickt hatte, woher sie gekommen war, und die schreckliche Wahrheit erkannt hatte.

Der Ort, wo sie wohnte, lag *unterhalb des Meeresspiegels*. Jede Nacht, wenn sie schlief, türmte sich ein bedrohlicher Ozean über ihr auf. Selbst jetzt, oben im zehnten Stock, hatte sie deswegen noch immer gelegentlich Alpträume.

Dieses Erlebnis hatten die Mystiker der dritten Kraft Satori genannt. Falls ihre Eltern sie nach New York geschickt hatten, damit sie ein echtblaues soziales Gewissen entwickelte, so hatten sie in diesem Augenblick Erfolg gehabt. In diesem Augenblick hatte Monique schlagartig begriffen.

Als sie dort unten in der Stadt unter dem Meeresspiegel lebte, nachts von Flutwellen träumte, die über sie hinwegspülten, sich durch die chronisch überschwemmten Straßen schleppte, arm wie eine Kirchenmaus wegen der schwindelnd hohen Überlebenssteuern, Schulter an Schulter, Wange an Wange, Nase an Achselhöhle mit den bis hierher gelangten Flüchtlingen und ihren heimatlosen Nachkommen, taten ihr die erschöpften Menschenmassen von den versunkenen Inseln und untergegangenen Küstenregionen wirklich Leid, und im Treibhaussommer, wenn die Temperatur und die Luftfeuchtigkeit höher waren als in den wildesten Märchen ihrer Großeltern vom untergegangenen New Orleans und gewaltige Wolken riesiger Moskitos in die Nächte einfielen, fühlte sie sich eins mit den Überlebenden in den Dschungelrandgebieten des Amazonasmeeres.

Das war das Blaue daran.

Das Grüne war, dass ein im sonnigen, schwülen Paris aufgewachsenes Mädchen eine Heilige mit Dornenkrone und härenem Gewand hätte sein müssen, um eine solche von den Göttern des Zufalls begrünte Umgebung gegen den immer wieder aufgeschobenen, aber nicht aufgehobenen Todeskampf der Länder der Verlorenen einzutauschen.

Ein farbloses Tier mit blauen und grünen Streifen.

Was sie, wie sich herausstellte, nach Abschluss ihres Studiums zu einem wertvollen neuen Mitglied von Brot & Spiele machte, dessen Syndikatskultur infolgedessen ein Angebot darstellte, das sie nicht ablehnen konnte.

Moniques Fahrradtaxi setzte sie an der Vierunddreißigsten Straße ab, wo die Zentrale von Brot & Spiele bescheidene vier Stockwerke in der Spitze des Empire State Building einnahm. Diese zweitwichtigste visuelle Ikone des Apple hatte während der zwei Jahrhunderte, in denen sie für New York dasselbe gewesen war wie der Eiffelturm für Paris, ihre Höhen und Tiefen erlebt, und als Brot & Spiele einzog, durchlief sie gerade eine ihrer schäbigen Phasen.

Für B&S war es genau aus diesem Grund das ideale Geschäft, da die Freiheitsstatue nun mal nicht zu haben war. Das Syndikat erwarb die obersten dreißig Etagen für ein Butterbrot, renovierte das Äußere und die Eingangshalle des Hochhauses, beleuchtete es wie einen Weihnachtsbaum aus Halogen- und Laserlicht, funktionierte die obersten vier Etagen zu seiner Zentrale um und verkaufte dann die sechsundzwanzig Stockwerke darunter der Reihe nach zu immer höheren Preisen an schicke Unterhaltungs-, Couture-, Reise- und Urlaubssyndikate.

Das führte nicht nur zu einem hübschen Profit für die Bürger-Aktionäre, sondern hatte auch zur Folge, dass die Immobilienpreise im restlichen Wolkenkratzer in die Höhe schossen und sowohl die Ausstattung als auch das Prestige des Gebäudes anschließend runderneuert wurden, sodass Brot & Spiele zu guter Letzt bequem und ganz allein hoch oben im wiedergeborenen architektonischen Wahrzeichen der Stadt saß.

Das heißt, im krönenden Monument von New Yorks mächtigem architektonischem Komplex, dachte Monique trotz des abgegriffenen Wortspiels jedes Mal unwillkürlich, wenn sie die ungeheuer lange graue Wand des Empire State Building zu dem gerundeten, glänzenden, silbrigen Turm darauf emporstarrte, von dem B&S zwecks Verstärkung des phallischen Effekts die Antenne hatte entfernen lassen.

Absichtlich?

Was denn sonst!

Werbung, Public Relations, Lobbyarbeit, Organisation von Events, Promotion, auf welche Weise auch immer der Kunde mit der Öffentlichkeit in Berührung zu kommen wünschte, B&S konnte es erledigen, sofern man genug dafür zahlte.

Aber Brot & Spiele war nicht damit zufrieden, nur das *führende* Vermittlungssyndikat der Welt zu sein, es wollte *das* Vermittlungssyndikat überhaupt sein und es hatte sich nicht oben in diesem ultimativen Totempfahl für die Potenz des Bildes von der unterschwelligen Ansprache eingenistet, ohne sich voll und ganz über die Wirkung im Klaren zu sein, die es damit erzielte.

Und auch nicht ohne einen syndikatsgemäßen Sinn für Humor, wie sie zugeben musste.

Dessen unglückliches Ziel sie hoffentlich nicht werden würde.

Brot & Spiele hatte einen privaten Expresslift zu seiner Bürosuite, und Monique fuhr damit ins Land des mittleren Managements, wo sich Giorgio Kangs Nest befand.

Giorgio hatte auf humorvolle Weise anerkannt, dass sie nicht nur geholfen hatte, das ›Gärten Allahs‹-Projekt für den Kunden zum Abschluss zu bringen, sondern dies auch auf eine Art getan hatte, die B&S wahrscheinlich eine das Volumen des ursprünglichen Geschäfts übersteigende Dreingabe in Form eines langfristigen Vermittlungsvertrags mit der geplanten islamischen Disneyworld einbringen würde.

Doch obwohl sie von Giorgio ihre Aufträge bekam, war er nur ein leitender Kundenbetreuer, weit unterhalb der Vorstandsetage und auf gleicher Etage ebenso weit von der Buchhaltungsabteilung entfernt.

Als von oben kein sofortiger Bonus in Form zusätzlicher Aktien kam, betrachtete sie daher Giorgios Versicherung, es handele sich nur um eine bürokratische Verzögerung, keineswegs als definitive Wahrheit.

»Mach dir keine Sorgen, Monique, sobald wir den Vermittlungsvertrag für Allahs Gärten kriegen, siehst du dafür mindestens hundert Aktien.«

»Und wenn wir ihn nicht kriegen?«

»Nun sei mal realistisch, cara mia, wer käme denn bei einer Sache von dieser Größenordnung sonst noch in Frage?«

Das stimmte, aber mittlerweile hielten sie sie seit sechs Wochen mit unwichtigem Kram in der Stadt auf Trab, während sie immer nervöser auf ihren nächsten Auftrag wartete.

Und ließen ihr ein bisschen zu viel Zeit zum Nachdenken.

Der Satzung von B&S zufolge musste sich das Syndikat der Wünsche aller zahlenden Kunden annehmen, die kamen: Grüne, Blaue, Böse Buben, die Tourismusbehörden zentralafrikanischer Katastrophengebiete, erzkonservative kapitalistische Räuber, wer auch immer.

Folglich stammte ein guter Teil seiner Einkünfte von niederträchtigen alten Unternehmensdinosauriern wie Advanced Projects Associates, die ihre Dienste an das menschliche Strandgut verkauften, das den Planeten – oder zumindest seine kleine Ecke davon – verzweifelt abzukühlen versuchte.

Und Monique leistete dank ihrer echtblauen Einstellung just für solche Kunden bessere Arbeit als die meisten grün gefärbten Brot & Spiele-Mitarbeiter. Wie sie gerade wieder einmal bewiesen hatte.

Das hatte seine negative Seite, überlegte sie nun besorgt, ebenso wie seine deutlicher sichtbare positive Seite.

Die positive Seite war, dass Brot & Spiele sich überhaupt nur aus diesem Grund für sie interessiert hatte und dass ihre berufliche Laufbahn sie darum so rasch zum VIP-Service geführt hatte, dem gemütlichsten Posten im Syndikat, weil man dort die Aufgabe und den erforderlichen Etat hatte, den Ansprüchen von großen Tieren beiderlei Geschlechts gerecht zu werden, wozu auch Reisen im angemessenen großen Stil gehörten.

Die negative Seite war, wohin diese Reisen Monique im Allgemeinen führten. Nämlich meistens in die Länder der Verlorenen. Wie sie jetzt zu ihrer Bestürzung erkannte, hatte sie sich unbewusst zu einer Art Spezialistin dafür entwickelt. Und das hatte sie noch einmal nachdrücklich unter Beweis gestellt, indem sie einen Routineeinsatz in Libyen in eine potenzielle Goldgrube für Brot & Spiele verwandelt hatte.

Als Giorgio Kang ihr also am Telefon erklärte, er habe endlich »den Finger im Topf und was Schönes geangelt«, hoffte Monique inständig, dass sie die Ironie, die sie in seiner Stimme gehört zu haben glaubte, nur hineininterpretiert hatte und dass das Syndikat den alten Spruch – keine gute Tat bleibt ungestraft – nicht kannte.

Giorgios Nullachtfünfzehn-Büro war mit schickem pseudoitalienischem Schnickschnack dekoriert, wie es sich für seine aufgesetzte pseudoitalienische Charaktermaske gehörte – ein elegant geschwungener Schreibtisch aus pinkfarbenem Marmorimitat, Stühle und Sofa wie aus einem Phantasieraumschiff voller venezianischer Deko-Objekte und als Mittelpunkt das Kaffeemonster, eine riesige, glänzende, verchromte Kaffeemaschine, die jede dem Menschen bekannte Variante des Getränks produzieren und dabei eine annehmbare Imitation einer Dampfpfeifenorgelversion von ›O Sole Mio‹ zu Gehör bringen konnte.

Giorgio selbst trug einen engen, maßgeschneiderten, taubenblauen Baumwollanzug mit enormen Revers, ein weißes, bis zum Brustbein offenes Frackhemd und eine leicht verspiegelte Sonnenbrille mit Titaniumgestell und nach hinten gezogen Gläsern. Sein glattes schwarzes Haar schien zu einem Helm geformt zu sein.

Giorgios Eltern waren vietnamesisch-chinesische Fischer, die nach New York ausgewandert waren, um in den Marschen der South Bronx zu arbeiten, und noch eine Reihe von Krabbenfischerbooten besaßen. Getauft war er auf den Namen George. Monique hatte nie so recht verstanden, warum er Italiener geworden war. De gustibus non, oder wie immer man in Mailand sagte.

Giorgio machte zwei doppelte Espressi mit einem Schuss Anisette, stark genug, um Tote aufzuwecken und einen Spiegelsatelliten in den Orbit zu schießen.

»Hättest du Lust, die Vertretung des Syndikats in Paris zu übernehmen?« fragte er.

»Paris in Frankreich oder die Geisterstadt in der texanischen Wüste?« erwiderte Monique, schaute dem geschenkten Gaul ins Maul und zählte seine Zähne.

»Im Ernst«, sagte Giorgio. »Der Gärten-Allahs-Deal ist durch. Der Vorstand war beeindruckt und dankbar. Das ist deine Belohnung.«

»Ich hätte lieber meine Gratisaktien.«

Giorgio winkte in recht gut gespielter römischer Unbekümmertheit ab. »Kriegst du auch, cara mia«, sagte er. »Fällt nicht in mein Ressort, aber ich hab gehört, dass hundertfünfzig unterwegs sind. Was weißt du über UNACOCS?«

»Unakoks? Steigst du jetzt in den Drogenhandel ein?«

Giorgio zeigte sein perfektes Lächeln. »Damit liegst du gar nicht mal so weit daneben. Die Jahreskonferenz der Vereinten Nationen zum Thema Klimastabilisierung. UNACOCS für ihre Freunde, vorausgesetzt sie haben welche. Du hast doch bestimmt davon gehört.«

»Hat das was mit dem Venuseffekt zu tun?«

Giorgio nickte.

Richtig.

Die typische UN-Antwort auf die Venuseffekt-Hysterie vor ein paar Jahren.

Soweit Monique sich erinnerte, hatte eine Wissenschaftlerin namens Allison Larabee ein Klimamodell vorgestellt, das angeblich zeigte, dass die Erwärmung, sofern sie nicht gestoppt wurde, irgendwann plötzlich exponenziell verlaufen und die Erde in einen sechshundert Grad heißen Klon der Venus verwandeln konnte, und zwar noch innerhalb der theoretischen Lebensspanne bereits geborener Kinder, obwohl diese natürlich nicht lange genug leben würden, um das noch mitanzusehen.

Da solche schrecklichen Klimamodelle alle Jahre wieder im Dutzend erstellt wurden, kein Klimamodell welcher Couleur auch immer sich jemals als brauchbar und zuverlässig erwiesen und Larabee sich nicht der Dienste von Brot & Spiele versichert hatte, waren die lauten blauen Aufschreie, die darauf folgten, weitgehend auf die Fachzeitschriften und wissenschaftlichen Sites beschränkt gewesen.

Hätte B&S den Vertrag bekommen, hätte es die Geschichte sicher auf die Titelseiten der allgemeinen Nachrichten-Sites und der Presse gebracht, indem es die Kampagne auf Larabees Behauptung zugeschnitten hätte, ihr Modell zeige, dass all die popligen Souveränitäten, Halbsouveränitäten und Syndikate mit ihrer pausenlosen Herumbastelei an weltweiten Klimaeffekten *jetzt gerade* im Begriff seien, den Venuseffekt auszulösen.

Wie sich herausstellte, hatte das plötzliche, endgültige Zerbrechen der nordpolaren Eiskappe ein oder zwei Jahre später die Geschichte ohnehin groß herausgebracht. Die Revolverblätter hatten losgekreischt, es sei bereits zu spät, und in den Kirchen war angesichts des nahenden Endes die heilige Panik ausgebrochen.

Daher hatten die UN beschlossen, dass etwas geschehen müsse.

Oder dass es zumindest so aussehen müsse, als geschähe etwas.

Und darum hatten sie – was sonst? – diese jährlichen Konferenzen ins Leben gerufen.

Es war ihnen zwar nicht gelungen, ein weltumspannendes Klimakontrollprogramm gemäß den echtblauen planetaren Zielen zu koordinieren, aber dafür hatten sie es immerhin geschafft, den Venuseffekt auf die hinteren Seiten und in die letzten Files der Nachrichtensyndikate zu verbannen und diese Konferenzen in gähnend langweilige Veranstaltungen zu verwandeln, die man ohne weiteres ignorieren konnte.

»Wie viele hat's schon gegeben, vier?«

»Fünf«, sagte Giorgio. »Das ist Nummer sechs.«

Irgendwas stimmte hier nicht. Die Vereinten Nationen waren schon längst ein schäbiges, zahnloses, von Blähsucht heimgesuchtes Forum für das Gejammer und Gebettel all der verarmten und atavistischen Vollsouveränitäten der Länder der Verlorenen geworden, die sie zahlenmäßig dominierten.

Und …

»*Paris*? Aber sind die bisher nicht immer an billigen Schauplätzen in den Ländern der Verlorenen abgehalten worden?«

»Brasília, Damaskus, Nairobi, Tijuana, Colombo …«

»Und warum Paris?«

Giorgios Achselzucken war eher typisch französisch als italienisch, obwohl man vielleicht Pariserin sein musste, um das zu merken. »Warum nicht? Höchstwahrscheinlich haben die Verantwortlichen sich endlich mal für eine Stadt mit Weltklasserestaurants entschieden.«

»Und sie haben Brot & Spiele engagiert? Wofür?«

»Für das, was wir so gut können, cara, ihrem Event Schwung zu geben, ihm ein Gütesiegel, eine Spur Klasse zu verleihen.«

Monique musterte Giorgio mit zusammengekniffenen Augen. »Die haben uns doch noch nie engagiert, oder?«

Giorgio nickte und lächelte ihr gleichzeitig zu. »Und die Folge war, dass UNACOCS immer ein erbärmliches Image hatte, dass es ihr an einer gewissen Glaubwürdigkeit mangelte …«

Die Sache begann, wie Giorgios Familienunternehmen zu riechen. »Und erst recht an ausreichenden finanziellen Mitteln, um ein solches Event in einer Stadt wie Paris stattfinden zu lassen«, sagte Monique. »Oder sich unsere Dienste leisten zu können.«

»Für die sie deshalb im Voraus bezahlt haben«, sagte Giorgio strahlend.

»Wieso hab ich nur das Gefühl, dass du mir irgendwas verschweigst, Giorgio?«

Einen Moment lang hörte Giorgio Kang mit dem ganzen Theater auf. Einen Moment lang war Giorgio wirklich ehrlich. »Weil ich's auch nicht kapier«, sagte er. »Die finanzielle Geschichte ergibt für mich nicht mehr Sinn als für dich.«

Dann hatte er wieder seine Maske auf, diesmal die des glatten Mafia-Dons, wie man ihn aus den Medien kannte. »Das ist ein Angebot, das du durchaus ablehnen kannst, Monique«, sagte er aus dem Mundwinkel und klopfte Asche von einer imaginären Zigarre. Er lächelte reichlich albern. »Wenn du den VIP-Service in Paris, Frankreich, nicht übernehmen willst, kann ich dir wirklich einen alternativen Auftrag anbieten …«

Monique ließ sich nicht dazu herab, ihm die erwartete Frage zu stellen.

»Paris, Texas«, sagte er.

Die Sonne glitt am Himmel herunter, die Schatten im Bambus-Boudoir der Gärten der Tuilerien wurden länger und auf Prinz Eric Esterhazy warteten bereits wichtigere und angenehmere Aufgaben.

Ein Stück weiter vorn war der abscheuliche Monsieur Pierre Gauldier in einem schattigen Wäldchen neben dem Weg mit einer polynesischen Hure ins Gespräch gekommen. Sie trug ein kurzes Knitterseideimitat eines Baströckchens und einen winzigen Mylar-BH, der der Phantasie kaum noch etwas übrig ließ, Gauldiers glotzäugige Aufmerksamkeit jedoch vollständig an sich fesselte.

Es wurde Zeit, die Sache zu Ende zu bringen.

Eric schlenderte langsam den Pfad zu diesem nicht gerade romantischen Rendezvous entlang, ohne auch nur für eine Sekunde Blickkontakt mit seiner Zielperson aufzunehmen, hielt nicht einmal kurz inne, als er die rechte Hand hob und sich die langen blonden Haare zurückstrich, eine völlig natürliche Geste in Anbetracht der Brise, und just als er hinter Gauldier vorbeiging, ließ er den Arm wieder an die Seite sinken, richtete die in seiner Hand verborgene Mündung en passant auf den Nacken des Schurken, drückte auf den Abzug und ging weiter.

C'était tout.

Gauldier nahm kaum Notiz von der giftigen Gelnadel, die ihn töten würde, hob nur halb die Hand, um sich an der Stelle des ›Insektenstichs‹ zu kratzen, der anscheinend eher dem einer Stechmücke glich als dem einer wütenden Biene oder eines formidablen Seine-Moskitos, hielt inne und richtete seine volle Aufmerksamkeit dann wieder auf das Dekolleté der Hure.

Eric fand die ganze Sache unangenehm klinisch, ja sogar unmännlich, und zwar in einem solchen Maße, dass er sich trotz seines äußerst geringen Mitgefühls für solche Heimtücker wie Pierre Gauldier kurz mit dem Gedanken trug, ihm als Beau geste für morgen irgendwie eine Bettgefährtin zu besorgen, sodass er sozusagen im Sattel sterben konnte. Doch dann dachte er daran, wie wütend sie im Syndikat sein würden, falls sie erfuhren, dass er tatsächlich so eine gefährliche Dummheit begangen hatte, und das reichte, um diese ritterliche Phantasie zu bannen.

Nach dieser ganzen Affäre war Eric in einer gereizten Stimmung, die so gar nicht zu einem solch goldenen Nachmittag passen wollte. Um sich aufzumuntern, beschloss er darum, etwas kitschig Amüsantes und absolut Touristisches zu unternehmen.

Statt nach Norden durch die Tuilerien zur Rue de Rivoli zu schlendern und ein normales Taxi zu nehmen, ging er nach Süden zur Seine, zum Quai des Tuileries, und nahm stattdessen eine Gondel.

Der Untergang von Venedig hatte das Gondoliere-

Syndikat der Erwerbsgrundlage beraubt und seine Boote überflüssig gemacht. Einige Gondolieres waren nach Amsterdam ausgewandert, wo die holländische Ingenieurskunst ein Kanalsystem von angemessener Größe aufrechterhalten hatte, andere hatten in St. Petersburg oder Los Angeles ihr Glück versucht, aber die meisten waren der Ansicht gewesen, dass die Seine die größte Ausbeute an Touristen liefern würde.

Damit hatten sie nicht ganz Unrecht, aber die Seine war nicht der Canal Grande. Obwohl auf ihrem ganzen Weg durch Paris von künstlichen Kais umschlossen, war die Seine ein richtiger Fluss mit einer starken westlichen Strömung, auf dem eine Menge motorisierte Boote fuhren – Touristenboote und sogar Handelsschiffe –, und singende Gondolieres in albernen Kostümen, die ihn mit Rudern zu befahren versuchten, erwiesen sich rasch als hilflose Gefahr für den Verkehr auf dem Fluss, ihre naiven Touristenpassagiere und sich selbst.

Nach einer kurzen Phase, in der totales Chaos herrschte, verfügte das Syndique de la Seine, dass die Gondeln motorisiert werden mussten, und die unglücklichen verpflanzten Venezianer hatten nicht die Absicht, darüber zu streiten, nachdem diese Lösung einmal vorgeschlagen war.

Darum war die Gondel, die Eric bestieg – trotz ihrer üppigen Rokoko-Schneckenverzierungen am zurückgebogenen Bug und Heck und des traditionell kostümierten Gondolieres, der das Ding mit einem einzelnen langen Ruder zu bewegen und zu steuern schien –, in Wahrheit ein Disney, das von einer diskreten Elektroturbine angetrieben und mit verborgenen Pedalen gesteuert wurde.

»*La Reine de la Seine*«, erklärte Eric dem Gondoliere, denn mehr brauchte er nicht zu sagen, außer natürlich, dass keine musikalische Begleitung erforderlich sei, und die Gondel fuhr auf den Fluss hinaus, nach Westen und zum linken Ufer hinüber, zum Port de la Bourdonnais, wo, wie sogar der primitivste sibirische Tourist wusste, die Königin des Flusses zu dieser Stunde vor Anker liegen würde.

Auf der Seine herrschte reger Verkehr. Zu dieser späten Stunde waren hauptsächlich Touristenboote unterwegs: Gondeln, riesige pseudopolynesische Auslegerkanus mit einem Haufen funktionsloser Ruderer im kompletten Inseloutfit, Drachenboot-Disneys und alte Bateaux mouches, diese großen, rundum verglasten Monstrositäten, von denen viele kläglich versuchten, mit Schaufelrädern, weißlackierten Verzierungen, Bootsführern in weißen Eiskremanzügen und scheußlicher Louisiana-Cuisine direkt aus der Mikrowelle *La Reine* nachzuahmen.

Obwohl *La Reine*, um die Wahrheit zu sagen – die man nicht sagte, weil Böse Buben in keiner Weise dem grotesken Gedanken anhing, Ehrlichkeit währe stets am längsten –, eigentlich ihre Inspiration von diesen Bateaux mouches bezogen hatte, die während der Louisiane-perdue-Mode oberflächlich auf Mississippi-Riverboat-Nostalgie getrimmt worden waren, einer Mode, die viele Jahre vor ihrem Stapellauf aufgekommen und wieder verschwunden war.

Nun, nicht ganz verschwunden. Diese kurzlebigen Moden mochten ziemlich rasch déclassé sein, aber keine derartige Ersatzmode schien in Paris jemals wieder vollständig zu verschwinden. Die Touristen strömten nach wie vor in hellen Scharen zum Montmartre, wo die schäbige Illusion eines Paris des neunzehnten Jahrhunderts in der Hollywood-Version aus dem zwanzigsten Jahrhundert noch immer aufrechterhalten wurde, voller Straßenmaler mit Baskenmützen, uriger, ohnmächtig im Rinnstein liegender Clochards, Nutten in Can-Can-Kostümen, Can-Can-Ausgaben von Huren mit Herz und als Apachentänzergruppen kostümierter

Taschendiebe. Die Rue des Rosiers tat immer noch so, als wäre sie eine Straße in einem alten osteuropäischen Ghetto, obwohl gewisse Misshelligkeiten mit israelischen Exilanten Force Flic veranlasst hatten, im Quartier keine als Kosaken verkleideten Polizisten mehr einzusetzen. Ganz in Schwarz und mit Fusselbart in Cafés im Quartier Latin herumzuhängen, in denen es von alten Zeitungen, Sowjetfahnen und antiken Che-Guevara-Postern wimmelte, war aber immer noch eine brauchbare Strategie, um kulleräugige Mädchen aus Sibirien aufzureißen, die mal was Existenzialistisches erleben wollten.

Die Louisiane-perdue-Mode war jedoch kein x-beliebiger virtueller alter Hut gewesen, den die Stadt des Lichts sich zwecks Verführung der Touristen aufgesetzt hatte, sondern ein spontanes Gewächs (was sie in abgeschwächter Form immer noch war) wie das spanische Moos an den Zypressen, die über den Kais um die Île St. Louis herum aufragten, die in den Gärten des Luxembourg emporgeschossenen Palmen oder die Seine-Alligatoren, ein Gewächs, das sich um die romantischen Tiefenschichten der Seelen der Pariser gerankt hatte wie damals in einem längst vergangenen Jahrhundert eine ähnlich schmalzige Version eines imaginären Wiens, Marzipangebäck und Straußwalzer statt Austern Bienvielle und Dixieland Jazz.

In Paris hegte und pflegte man noch immer eine atavistische frankophone Solidarität und darum rührte die louisianische Diaspora das Herz der Stadt. Als New Orleans, verwesend und von Grünspan triefend, langsam in dem Sumpfland versank, aus dem es sich einstmals erhoben hatte, waren die Flüchtlingswellen mit offenen Armen willkommen geheißen worden wie ein verloren geglaubter Franzosenstamm und es kümmerte niemanden, dass nicht mehr als ein Zehntel von ihnen echte Cajuns gewesen waren, von denen weniger als die

Hälfte bei ihrer Ankunft Französisch sprachen, und zwar ein völlig unverständliches Patois.

Außerdem hatte Paris schon immer eine Vorliebe für Jazz gehabt, je altmodischer und damit ungefährlicher, umso besser, und so unauthentisch die verwässerten Cajun-Gerichte und die scharf gewürzte kreolische Kost, die allgemein als La Cuisine Louisiane galten, auch sein mochten, sie schmeckten nach einer Exotik mit französischer Note, und in der Tat gewann die Kunst etlicher Zwei-Sterne-Chefs durch ihren Einfluss ein gewisses Etwas, vor allem die von einem, Anton Dubrey, den Prinz Eric nach vielen höchst erfreulichen Testessen zum Herrscher über den Speisesalon von *La Reine de la Seine* auserwählt hatte.

Zweifellos hatte auch das Klima etwas mit diesem Versuch zu tun, New Orleans an der Seine wiederzuerschaffen, und ganz sicher mit dessen optischem Fortbestehen, nachdem die Louisiane-perdue-Mode zum Kitsch verblichen war.

Gnädigerweise hatte die Treibhauserwärmung Paris von der grässlichen, feuchten Schwüle eines klassischen New-Orleans-Sommers verschont, aber über Wüstentrockenheit konnte sich auch niemand beklagen; der Bereich der milden Frühlings- und Herbsttemperaturen war ziemlich ähnlich, die Sommer waren absolut tropisch und Winter gab es nicht, sodass die Flora und Fauna, die auf die eine oder andere Art mit den menschlichen Flüchtlingen aus dem verlorenen Louisiane gekommen war, nicht nur gedieh, sondern sich als praktisch unausrottbar erwiesen hatte.

Als die Gondel Eric an den bemoosten Steinen des Quai Anatole-France vorbeitrug, achtete er darauf, die Hand nicht aus Gedankenlosigkeit ins Wasser hängen zu lassen, wie es geistesabwesende Touristen zum Entzücken der Alligatoren hin und wieder taten. Ultraschall-Moskito-Abweiser waren überall in der Nähe der

Seine zu fast jeder Jahreszeit *de rigueur* und er hatte seinen aktiviert, lange bevor er den Fluss erreicht hatte.

Er war schwer für Eric, sich vorzustellen, wie diese langsame Fahrt auf dem träge dahinströmenden Fluss mit all den Booten darauf in längst vergangenen Tagen gewesen wäre, von denen er nur noch ein verschwommenes Bild hatte. Als die Kais noch nicht mit Krusten aus üppigem grünem Efeu, duftendem Geißblatt und Purpurwinde überwuchert gewesen waren, die den sich neigenden Nachmittag mit einem erotisch süßen, tropischen Boudoir-Duft parfümierten. Wie viel würdevoller die Bürotürme und die Haussmannschen Wohnblocks der Avenuen New York und Kennedy ohne die hohen Palmen und die noch höheren Eukalyptusbäume gewirkt haben mussten. Wie nackt das Musée d'Orsay ausgesehen haben musste, als die dem Fluss zugekehrte Seite des alten Bahnhofs sich noch nicht hinter ihrer riesigen Hecke aus Trauerweiden erhoben hatte, deren Äste fast bis zum Wasser hinunterhingen und in deren Moos leuchtend bunte afrikanische Finken sangen, während Tukane und Scharen von Sittichen auf seinem Dach und seiner Brüstung kreischten.

Die Gondel fuhr unter dem begrünten Mauerwerk der Pont d'Alma und dann unter der Pont Debilly hindurch, während sie sich allmählich dem linken Ufer näherte, und folgte der sanften Krümmung des Flusses, bis diese mit einem Mal den Blick auf die dramatische Szenerie freigab, die sicherlich *das* malerische Wahrzeichen von Paris war.

Am rechten Ufer lag der Trocadéro wie ein von Benito Mussolini auf LSD kreierter Hochzeitskuchen aus Beton, die Balkons moderne hängende Gärten von Babylon, der Platz zwischen dem Gebäude und dem Fluss ein tropischer Garten mit Palmitos, Palmen und leuchtend bunten Hecken aus exotischen Südseepflanzen.

Am linken Ufer, vom Trocadéro aus jenseits der Pont

d'Iéna, erhob sich der Eiffelturm aus dem an seinen Säulen hochkletternden Gewirr von Purpurwinde, Geißblatt, Efeu und Bougainvillea wie ein riesiger gusseiserner Baum, der aus dem Unterholz eines Regenwaldes emporstrebte. Vom Fluss aus konnte Eric durch seine Beine hindurch den Ehrfucht einflößenden Laubengang riesiger immergrüner Eichen sehen, die übers Champ-de-Mars marschierten, obwohl eine weiße, mit Säulen verzierte georginische Plantagenvilla als architektonisches Licht am Ende des Tunnels zugegebenermaßen besser ausgesehen hätte als das quadratische, gedrungene Profil der École Militaire.

Am Flussufer gleich östlich vom Eiffelturm war ein Stück des Quai Branly als Vergnügungsviertel aufgemacht, komplett mit Replikaten von Pferdekutschen, einem mit kunstvollen Details verzierten und mit teurem Touristenschund voll gestopften Hafenspeicher, thematisch konzipierten Fast-Food-Läden und herumschlendernden, Banjo spielenden schwarzen Minstrel-Sängern mit Strohhüten.

In diskretem Abstand von diesem billigen Spektakel und dessen Kundschaft, abgetrennt durch einen schwarzen Eisenzaun und eine hohe, abschirmende Formstrauchhecke, befand sich ein flacher weißer Einstiegspavillon, der auf geschmackvolle, subtile Weise an eine Gartenlaube an einem Fluss in einem Wäldchen aus gerade in voller Blüte stehenden Magnolienbäumen erinnerte. Davor war *La Reine de la Seine* vertäut.

La Reine war anderthalb mal so lang wie das größte der Bateau-mouche-Touristenboote, welche die Seine über ein Jahrhundert lang befahren hatten, aber nicht viel breiter, weil diese uneleganten, verglasten flachen Boote so konstruiert waren, dass sie die maximale Anzahl von Touristen pro Fahrt aufnehmen konnten; das hieß, dass nichts viel Breiteres durch die schmalsten Zentralbögen der vielen den Fluss überspannenden

Brücken passte und alles, was annähernd zweimal so lang war, die 180-Grad-Wende um die Île St. Louis herum nur mit großen Schwierigkeiten bewältigen konnte.

Aber da die Bateaux mouches weniger Tiefgang hatten als die alten Seine-Frachter und die Hausboote, zu denen diese umgebaut worden waren, konnte sich die *Königin des Flusses* ein komplettes Deck unterhalb der Wasserlinie leisten, und das brauchte sie auch, weil die Schiffe wegen der Höhe der niedrigsten Brückenbögen von der Konstruktion her praktisch auf zwei Decks oberhalb beschränkt waren.

Als Prinz Erics Gondel näher kam, sah er eine leicht überdimensionierte Kopie eines klassischen Mississippi-Schaufelraddampfers vor sich, die den Büchern von Mark Twain entsprungen zu sein schien. Auf dem Unterdeck gab es eine offene Promenade am Bug und eine überdachte am Heck, verbunden durch eine geschlossene Veranda um die Kabine herum. Das Oberdeck war ein offener Pavillon mit der Casino-Kabine in der Mitte und dem Ruderhaus vorne. Mittschiffs – backbord und steuerbord – saßen riesige Schaufelräder. Die Relings der Promenaden und des Pavillons waren verschnörkelte Holzschnitzereien, die irgendwie an die Säulen georginischer Plantagenvillen wie auch an die eisernen Balkongeländer im French Quarter von New Orleans erinnerten. Alles war entweder strahlend weiß oder poliertes Messing.

Das Einzige, was zur Vervollständigung des Bildes fehlte, waren zwei hohe Schornsteine, aus denen Rauchwolken und Ruß quollen, während die Besatzung die Kessel heizte. Die würden erst erscheinen, wenn *La Reine de la Seine* abgelegt hatte.

Die Passagiere für die abendliche Fahrt versammelten sich bereits im Einstiegspavillon, als er am Landungssteg ankam, aber niemand durfte an Bord oder auf den Kai, bis Prinz Eric Esterhazy oben an der Gangway stand, um seine Gäste zu begrüßen. In seinem momentanen Aufzug konnte er seinen Pflichten jedoch nicht nachkommen.

Anders als auf echten Flussdampfern, die Passagiere den ganzen mächtigen Mississippi hinauf und hinunter transportiert hatten, gab es auf *La Reine de la Seine*, die immer nur die ewig gleiche Rundfahrt zwischen dem Eiffelturm und der Île St. Louis machte und höchstens einmal bis zum Port de Bercy fuhr, keine Einzelkabinen.

Nun, das stimmte nicht ganz. Unter Deck, wo sich auch der Maschinenraum und die Kombüse befanden, *gab* es ein Dutzend Phantasie-Boudoirs für unterschiedliche Geschmäcker, die zwar nicht für einen erträglichen Aufenthalt während der mehrtägigen Reisen zwischen New Orleans und St. Louis gedacht, aber für die erotische Idylle einiger weniger Stunden durchaus angenehm waren.

Eine davon hatte Eric als Garderobe und Ankleideraum mit Beschlag belegt und dorthin begab er sich sofort, nachdem er an Bord gegangen war, um seinen Prinzenanzug für den Abend anzulegen. Diese Kleider waren weder richtige Kostüme noch richtige Uniformen, aber in der Métro hätte man sich mit ihnen auch nicht unbedingt wohlgefühlt.

Nach eingehender Überlegung entschied er sich für ein königsblaues Samtensemble, das vom Schnitt her an den dekorativ überhöhten Aufzug eines Flussdampfer-Spielers erinnerte, und betonte es mit einem authentischeren weißen Rüschenhemd und einer schlichten Westernkrawatte aus schwarzem Schlangenleder, die er mit einer türkisen Kürbisblütennadel befestigte. Der Anzug passte farblich gut zu seinen langen blonden Haaren, aber er fragte sich, ob die grünliche Tönung der Krawattennadel nicht ein bisschen mehr ins Blaue spielen müsste, damit sich die Farben nicht bissen. Andererseits diente eine raffinierte Note des Missklangs hier und dort als Demonstration prinzlichen modischen Wagemuts.

Dermaßen gerüstet, kehrte Prinz Eric Esterhazy zum Eingang an der Gangway zurück, um seine Gäste zu empfangen.

»Es ist schon wieder viel zu lange her, Madeleine, Sie arbeiten wie immer zu hart …«

»Herrenabend heute, Georges, oder ist mir da etwas entgangen?«

Zutritt zu *La Reine* hatte man nur auf Einladung – obwohl man eine Einladung verlangen konnte, wenn man erst einmal auf der Liste der Ladungswürdigen stand –, und obwohl andere Böse-Buben-Abteilungen die Gästelisten aufstellten, wurde nach außen hin so getan, als wären sämtliche Besucher persönliche Gäste von Prinz Eric Esterhazy, und Eric unterschrieb jedes Einladungsformular mit einem antiken Mont-Blanc-Füllfederhalter, um den Schein zu wahren.

»Freut mich sehr, Sie zu sehen, Pierre …«

»Hübsches Kleid, Elvira, in Pfirsich sehen Sie einfach überwältigend aus …«

Jeder VIP, jedes große Tier, jeder was auch immer, den Böse Buben aus eigenen Gründen an Bord haben wollte, wurde dank eines Headup-Displays in der Kontaktlinse in Erics linkem Auge mit Namen begrüßt, und da Eric schließlich ein Prinz *war*, wurde jeder, so mächtig er auch sein mochte, mit Vornamen angesprochen. Jede Frau bekam den galanten alten rumänischen Handkuss, den nur diejenigen mit ernster Miene ausführen konnten, denen es genetisch in die Wiege gelegt war.

»Ah, Alicia, wie reizend Sie heute Abend aussehen …«

»Mon Dieu, Antoine, Sie sehen aus, als hätten Sie sich in letzter Zeit halb zu Tode amüsiert …«

Nach der Krönung zum Traumprinzen hatte Böse Buben Eric als Aushängeschild eines bescheidenen Bordells nach Amsterdam geschickt, ihn dann zum Strohmann eines Porno-Opernpalastes in Baden-Baden und anschließend zu dem eines erstklassigen Casinos in Lille befördert, um ihn auf seine Funktion beim Start und im laufenden Betrieb von *La Reine de la Seine* vorzubereiten.

Dessen Wesen nicht ganz dem äußeren Anschein entsprach.

»Endlich wieder zurück aus Zekograd, Ahmad ...«

»Ist es wirklich wahr, dass die gesamte Schlafmohnernte weggespült worden ist, Gunter?«

Das Casino, die Bars, das Restaurant und die sexuellen Dienstleistungen waren zwar so unverschämt teuer, dass der Flussdampfer möglicherweise Gewinn abwarf, aber beim Bau von *La Reine* waren in jede Nische und jeden Winkel topmoderne Überwachungsanlagen integriert worden, denn ihr eigentlicher Daseinszweck war die Erlangung von Informationen und speziellen Dienstleistungen, das Einfangen, Zähmen und Abrichten all der großen Tiere, die das Böse-Buben-Syndikat oder dessen zahlende Kunden einfangen, zähmen und abrichten wollten.

»Ist an diesen Hochzeitsgerüchten wirklich was dran, Ian?«

»Was ist eigentlich aus dem Opernprojekt über Napoleon geworden, Maxine? Ich fand, die Rolle war Boris wie auf den Leib geschrieben.«

Wer wäre ein besserer Strohmann für ein solches Unternehmen gewesen als Prinz Eric Esterhazy?

Prinz Eric hatte den Namen und die gesellschaftlichen Verbindungen und er galt als einer von vielen schäbigen falschen Prinzen, ein Ruf, den ihm Böse Buben mit Bedacht verschafft hatte.

Er verstand vielleicht nichts von Schiffen oder vom Navigieren und konnte auch nicht mit der Führung der Bücher betraut werden, aber er war im Syndikat so weit gereift, dass auch das Sammeln geschäftlicher Insiderinformationen zu seinem Aufgabengebiet zählte.

Wer wäre dazu geeigneter gewesen als ein Operettenprinz, in dem niemand mehr sehen konnte als einen besseren Türsteher?

Sobald die Passagiere des Abends an Bord waren und die Gangway hochgezogen war, stolzierte Eric durch den großen Salon, die halbkreisförmige Treppe zur Promenade auf dem Oberdeck hinauf und dann nach vorn zum Ruderhaus, um sich bei der Beaufsichtigung des Fahrtantritts sehen zu lassen.

Es mochte zwar nur Theater sein, aber es machte ihm wirklich Spaß, dabei die Hauptrolle zu spielen.

Der Kapitän von *La Reine*, Dominique Klein, trug zwar ein prachtvolles Kostüm – weiße Pantalons, blaue Jacke und eine freizügig mit goldenen Bändern geschmückte Mütze –, war aber ein schweigsamer Seine-Schiffer von Beruf und eignete sich nicht sonderlich zum Bühnenstar.

Der ›Steuermann‹, Eddie Warburton, steckte in einem weißen Anzug wie der ältere Mark Twain und hatte sich sogar überreden lassen, sich dessen Haar- und Barttracht zuzulegen, wusste aber ungefähr genauso viel wie Eric darüber, wie man ein Schiff durch die Strömungen der Seine lenkte; er war Ingenieur für virtuelle Effekte und vorher bei einem mittelgroßen Wanderzirkus beschäftigt gewesen.

Das Ruderhaus mochte ein perfektes Simulacrum seines historischen Pendants sein, und ja, da war sogar ein großes Rad, mit dem man *La Reine* zumindest theoretisch steuern konnte, falls der Computer versagte oder man einem Anfall von Wahnsinn erlag, aber die Bildschirme, Tastaturen und Konsolen zwischen dem Rad und den Vorderfenstern waren die eigentlichen Steuerelemente des Schiffes.

Daher war es nicht ganz ungerechtfertigt, dass Prinz Eric ins Ruderhaus marschierte, als stünde *La Reine* wirklich unter seinem Kommando. Schließlich war es nicht Aufgabe eines Prinzen, sich um die schäbigen Einzelheiten zu kümmern, und falls Kapitän Klein über Bord ging und von den Alligatoren gefressen wurde, konnte das Computersystem des Flussdampfers die abendliche Fahrt tatsächlich allein zu Ende bringen.

»'n Abend, Hoheit«, sagte Warburton schleppend.

»Fertig, Käpt'n?«

»Bien sûr, Monsieur Esterhazy.«

»Lichter an, Eddie!«

»Rock and Roll!« sagte Warburton und drückte auf die entsprechende Taste.

Eric sah das Resultat live von draußen nur dann, wenn Änderungen geprobt wurden, aber er hatte die Berichte und die Werbefilmchen so oft gesehen, dass nun vor seinem geistigen Auge das Bild erstand, das sie jetzt drüben beim Trocadéro, beim Eiffelturm und überall an diesem Stück des Flusses sahen, und falscher Prinz hin und her, er war noch nicht so abgestumpft, dass er es nicht genauso aufregend gefunden hätte.

»Bah-*bah*-BAH! *BAH-BAH!!*«

Eine bombastische, aufgezeichnete Orchesterfanfare schallte über die Seine, während die in den Holzelementen verborgenen Halogenröhren den großen weißen Flussdampfer spektakulär erstrahlen ließen und mittschiffs zwei große, holographische virtuelle Schornsteine emporwuchsen, die schwarze Wolken virtuellen Kohlerauchs und Fontänen weißen virtuellen Dampfs ausspien.

Die Laser von *La Reine* malten ein virtuelles Feuerwerk an das dunkelrot werdende, dämmrige Himmelsgewölbe, während die Schaufelräder sich zu drehen begannen. Die Band im großen Salon hob mit ›When the Saints Go Marching In‹ an, als das Schiff langsam vom

Landungssteg wegbugsiert wurde, und der Song tönte aus den Lautsprechern über den Fluss.

Die Band ging zu ›Rollin' on the River‹ über, als *La Reine de la Seine* die Mitte der Fahrrinne erreichte, eine majestätische Wende nach rechts machte und mit ihrer gemächlichen Höchstgeschwindigkeit unter ihrer eigenen virtuellen Aurora borealis ostwärts fuhr.

Den Kopf leicht in den Nacken gelegt, schaute Eric Esterhazy aus den Vorderfenstern des Ruderhauses, eine hochherrschaftliche Ikone, an die er selbst in diesem Moment mehr als nur halbwegs glaubte.

Während sie würdevoll auf der Seine dahinpromenierten, linkes Ufer, rechtes Ufer, gingen überall die Lichter an, noch bevor es richtig dunkel wurde, als geschähe dies nur, weil *La Reine* vorbeifuhr; Gondeln, Kanus, Drachenboote, selbst Bateaux mouches hielten mitten im Strom inne, damit ihre Touristen den Anblick bestaunen und bejubeln konnten; im Hintergrund stand der Eiffelturm, das Musée d'Orsay kam näher, *La Reine de la Seine* war wirklich die Königin des Flusses.

War ihr Herr deshalb nicht in einem gewissen Sinn durchaus ein echter Herr?

Gab es ein edleres Herrschaftsgebiet als die Stadt des Lichts?

War Eric Esterhazy nicht wahrhaftig der Fürst der Stadt?

3

Für Monique Calhoun war es eine hektische und ziemlich rätselhafte Woche in Paris gewesen und dabei hatte die Jahreskonferenz der Vereinten Nationen zum Thema Klimastabilisierung noch nicht einmal begonnen.

Sie verspürte tatsächlich *Erleichterung*, gebührend schuldbewusste Erleichterung, aber trotzdem Erleichterung, dass Vater auf der anderen Seite der Welt war, an irgendeinem tot geborenen Projekt zur Entsalzung des Sumpflands von Hanoi arbeitete und Mutter mitgenommen hatte.

Unter den anstrengenden beruflichen Umständen würde sie den familiären Pflichten ausreichend Genüge tun, wenn sie im Bayous et Magnolias zu Abend aß. Das Telefonat mit ihren Eltern hatte ihr nur allzu deutlich klar gemacht, wie das Leben ausgesehen hätte, wenn die beiden in der Stadt gewesen wären und sie sich nicht davor hätte drücken können, en famille in ihrem alten Zimmer in der Wohnung auf der Avenue Émile-Zola zu wohnen.

Doch obwohl sie nicht in der Stadt waren, sondern auf der anderen Seite der Welt, hatten sie sich gründlich vor den Kopf gestoßen gefühlt, als sie ihnen für das freundliche Angebot gedankt, jedoch erklärt hatte, sie werde im Hotel Ritz wohnen.

»Ist die elterliche Wohnung nicht mehr gut genug für unsere Frau von Welt?«

»Wirklich, Maman …«

»Wie kannst du dir bloß eine Suite im Ritz leisten?«

»*Ich* gar nicht, Vater, das kann kein Mensch. Brot & Spiele bezahlt die Rechnung. Versucht daran zu denken, dass dies *keine* Urlaubsreise nach Hause ist, ich bin beruflich für das Syndikat hier!«

»Trotzdem, Monique, würdest du dich daheim nicht wohler fühlen? Du hättest die ganze Wohnung für dich.«

»Doch, natürlich, Maman«, hatte Monique gelogen. »Aber ich brauche die Suite im Ritz als *Büro*.«

Letzteres war zumindest zur Hälfte wahr. Die Pariser Zweigstelle von Brot & Spiele hatte zwei Etagen in einem umgewandelten Haussmannschen Wohnhaus gleich hinter dem Trocadéro inne; Monique würde deren Personal benutzen, wenn es nötig war, und man hätte ihr dort auch einen Büroraum zur Verfügung stellen können.

Aber sie war hier, um VIP-Service zu machen, und das hieß, dass sie nah bei ihren Schützlingen bleiben musste, die größtenteils im Ritz oder in ähnlichen Hotels untergebracht sein würden. Außerdem war sie befugt, sich eine First-Class-Suite zu mieten – ging alles auf Spesen. Es war ein genialer Job, aber irgendjemand hatte ihn ja kriegen müssen.

Das Ritz war rund zwei Jahrhunderte lang so nobel gewesen, dass es schon ein Synonym für Noblesse geworden war, und Moniques Suite, wiewohl keineswegs das Beste, was das Hotel zu bieten hatte, bestand aus einem Schlafzimmer ungefähr von der Größe des Wohnzimmers ihrer Eltern, einem Salon, der annähernd halb so groß war wie deren ganze Wohnung, und einem Bad, das größer war als ihre Studiowohnung in New York.

Die Einrichtung der Suite war eine bizarre Melange aus Louis-Sowieso-Rokoko und Retro-Deco. Das Bad bestand aus verschlungenem Chrom und schwarzem Marmor und erinnerte sie sowohl ans Chrysler Building als auch an die klassische Harley-Davidson von 1950. Das Schlafzimmer prunkte mit burgunderroter Veloursstapete und vergoldeten Wandleuchtern, einem gewaltigen Himmelbett mit Baldachin und Borten in der gleichen Farbzusammenstellung, einem riesigen, antiken Bokhara-Teppich, einem Kristalllüster mit Halogenleuchten, zusätzlichen Tiffany-Lampen und einer Decke, deren Fruchtgehänge-Stuck ebenso wie das zentrale Medaillon sorgfältig in kräftigen Farben gestrichen war. Der Salon spiegelte diesen Stil in Königsblau und Gold, mit antiken Sofas aus dem achtzehnten Jahrhundert, Tischen mit dicht an dicht stehenden Bauhausstühlen und einem Schreibtisch samt Medienkonsole, die auf atemberaubende Weise in Mahagoni mit abstrakten Schnitzereien und silbernen, filigranen jemenitischen Intarsien verpackt waren.

Die Suite erschien Monique mehr als nur ein bisschen überspannt, aber genau darum ging es; die Räumlichkeiten sollten schließlich das Hauptquartier des VIP-Service sein und mussten deshalb unterstreichen, dass dessen Herrin selbst eine prominente Persönlichkeit war.

Lars Bendsten schienen sie jedenfalls einzuschüchtern, als Monique den Generalsekretär der Jahreskonferenz der Vereinten Nationen zum Thema Klimastabilisierung zu einem Kennenlerntreffen in die Suite einlud.

Als Impresario der Veranstaltung repräsentierte Bendsten den Kunden, *war* in einem funktionellen Sinn der Kunde, sie hingegen seine Untergebene, aber er betrat die Suite, als wäre er zu einer Audienz bestellt worden.

Bendsten, ein hoch gewachsener Mann mit silbernem Haar, der einen dunkelblauen Diplomatenanzug der UN trug, war einer jener skandinavischen Akademiker, denen sich die Vereinten Nationen aus strategischen Gründen wieder zugewandt hatten, um ihrem überaus zutreffenden Image als zänkischer, um Almosen bettelnder Debattierclub der Länder der Verlorenen, das sie bei den Wirtschaftsmächten hatten, etwas entgegenzusetzen.

Bendsten hatte die üblichen Manieren und die typische kühle Selbstbeherrschung, aber Monique spürte etwas anderes darunter. Vielleicht lag es an der Art, wie er ihr liebenswürdiges Angebot – Champagner oder Sherry – abgelehnt und stattdessen ein Glas eiskalten Wodka pur verlangt hatte.

»Nun, was kann ich für Sie tun, Herr Generalsekretär?« sagte Monique, nachdem sie diese Präliminarien hinter sich hatten.

»Mr. Bendsten reicht, Mademoiselle Calhoun«, erwiderte er steif und genehmigte sich einen Schluck Wodka, und zwar auf eine Art, die darauf schließen ließ, dass es sich nicht um seinen ersten an diesem Tag handelte, obwohl es noch nicht einmal Zeit für eine kultivierte britische *teatime* war. »Im Moment nicht sehr viel, weil die Werbeschauen und Exponate erst noch im Grand Palais aufgebaut werden und die … geladenen Teilnehmer bisher noch nicht eingetroffen sind.«

»Werbeschauen …? Exponate …? Man hat mir zu verstehen gegeben, dass UNACOCS eine wissenschaftliche Tagung sei.«

Bendsten rutschte nervös hin und her. »So ist es auch, Mademoiselle Calhoun. Aber um sie in Paris veranstalten zu können, wo wir … wo sie, wie zu hoffen ist, mehr echte Aufmerksamkeit seitens der Medien erregen wird, und um uns zu diesem Zweck die Dienste Ihres Syndikats leisten zu können, war es nötig … äh … über das Ausgabebudget der Vereinten Nationen hinauszugehen und einige zusätzliche Mittel zu beschaffen.«

Jetzt, wo sie darüber nachdachte, schien es wirklich eine budgetsprengende Übertreibung zu sein, das Grand Palais für eine Veranstaltung zu mieten, die noch nie viel mehr als einen schicken Vortragssaal mit tausend Plätzen benötigt hatte.

Das wird ja immer merkwürdiger, dachte Monique, während sie ihn schweigend anstarrte.

»Nichts Ungebührliches, verstehen Sie«, sagte Bendsten und betrachtete seinen Wodka. »Ein paar ... lehrreiche Ausstellungsobjekte ... einige ... Industrieschauen ... von Organisationen, die genauso mit der Wiederherstellung eines stabilen planetaren Klimas befasst sind ...«

»Mmmm ...« machte Monique vorsichtig.

»Und natürlich wünschen unsere Kunden im Gegenzug für diese Subventionen ein aufpoliertes, zugkräftigeres Image für UNACOCS und die Beteiligung ihrer Teilhaber ...

»Deshalb Paris. Deshalb Brot & Spiele.«

Bendsten lächelte. Mehr oder weniger.

»Genau, Mademoiselle Calhoun.«

»Vielleicht wäre es eine gute Idee, wenn ich mir den ... Ort des Geschehens ansähe, solange wir beide noch Zeit haben, also bevor die Hauptpersonen eintreffen.«

»Ausgezeichnete Idee, Mademoiselle Calhoun.« Der Generalsekretär kippte zügig den Rest seines Wodkas hinunter, während er aufstand, um die Zusammenkunft zu beenden. »Es wäre mir ein Vergnügen, Ihnen alles zu zeigen. Sagen wir, morgen Nachmittag um halb vier?«

Als Monique die hochoffizielle Freitreppe zum ziemlich bombastischen Eingang des Grand Palais hinaufging, kam ihr die Erinnerung an das Gespräch mit ihren Großeltern beim gestrigen Abendessen wie ein unerwünschter Rülpser wieder hoch, gewürzt mit dem Geschmack von Jambalaya und rotem Umberfisch nach Cajun-Art.

Das Cajun-Restaurant ihrer Großeltern im Marais, wie der Bezirk selbst nicht mehr schick, war jetzt nur noch ein Kuriosum. Das Marais war Sumpfland an der Seine gewesen, dann ein raues Quartier populaire, anschließend ein Bezirk mit einem munteren Nachtleben und jetzt war es eine Nachbildung des French Quarter von New Orleans, seinerseits eine verschwundene louisianische Nachbildung des mythischen Paris, um den seltsamen karmischen Kreislauf zu vollenden.

Am Vordach über dem Eingang von Bayous et Magnolias war immer noch ein Holo-Flussdampfer zu sehen, der unstimmigerweise auf einem riesigen Bayou mit Zypressen und Trauerweiden an den Ufern dahinschipperte, und der Speiseraum war nach wie vor der mit Glas überdachte Innenhof eines ehemaligen Mietshauses aus dem sechzehnten Jahrhundert.

Das Grand Palais war im neunzehnten Jahrhundert als das gebaut worden, was es jetzt war, ein Ausstellungszentrum, kein Austragungsort für Konferenzen. Die Kristallpalastdecke mit ihrem eisernen Jugendstilträgerwerk war während der diversen Renovierungen erhalten und restauriert worden, das Deckenglas hatte man aufgemöbelt, sodass ›natürliches‹ Licht in verschiedenen Farbtönen hereinfiel, das Trägerwerk eher knallig vergoldet und mit verborgenen Halogenröhren ausgestattet, die Beleuchtungs-, Ton- und Computersysteme auf den allerneuesten Stand gebracht. Aber es war trotzdem ein einzelner riesiger Raum, der sich viel eher für Volksfeste, Buchmessen und Industrieausstellungen eignete als für Konferenzen.

Ein merkwürdiger Veranstaltungsort für eine wissenschaftliche Tagung, hatte Monique bei dem müßigen Tischgespräch am Vorabend unklugerweise zu ihren Großeltern gesagt. Warum das Grand Palais?

Ihre Großeltern hatten lautstark darauf beharrt, dass sie die echtblaue Antwort kannten.

Wegen Moniques Beteiligung hatten sie sich über diese Konferenzen informiert. Und sie wussten tatsächlich mehr über UNACOCS, als Monique ihrer eigenen Ansicht nach aus beruflichen Gründen eigentlich hätte wissen müssen.

Oma und Opa zufolge waren die Konferenzen von den UN in der Tat als Trick konzipiert worden, um den Anschein zu erwecken, dass man etwas gegen den drohenden Venuseffekt unternahm, und um die Panik unter die Oberfläche zu verdrängen.

Aber inhaltlich ging es bei den Konferenzen im Kern um die Weiterführung einer ernsthaften wissenschaftlichen Suche, deren Anfänge in die letzten Jahre des zwanzigsten Jahrhunderts zurückreichten – die Suche nach einem prophetischen planetaren Klimamodell, das tatsächlich funktionierte. Seit jener Zeit war das der heilige Gral der Klimatologen.

Was das alte echtblaue Blut ihrer Großeltern in Wallung gebracht hatte, war die Tatsache, dass frühere UNACOCS völlig unbeachtet von den Medien an obskuren Orten stattgefunden hatten, die Vereinten Nationen die Konferenz nun jedoch nach *Paris* verlegt und *Brot & Spiele* engagiert hatten, um die Welt auf sie aufmerksam zu machen.

Sogar das Grand Palais hatten sie angemietet.

Ergo hatte sich offenkundig etwas geändert.

Oma und Opa waren sicher, dass es nur eins sein konnte.

Jemand würde ein funktionierendes planetares Klimamodell vorstellen. Und die UN wollten es der Welt so lautstark wie möglich präsentieren. Und das musste bedeuten, dass es beweisen würde, was sie schon wussten, nämlich dass die planetare Erwärmung, die ihnen Louisanne weggenommen hatte, rückgängig gemacht werden musste, weil die Biosphäre sonst zum Untergang verurteilt wäre.

Am Vorabend hatte sie das noch für eine lange Kette fragwürdiger Vermutungen gehalten, doch der Anblick, der sich ihr nun im Innern des Grand Palais bot, vermittelte ihr einen noch pikanteren Nachgeschmack des gestrigen Gedankenfutters.

Lars Bendsten wartete schon auf sie.

Neben einem beträchtlichen Chaos.

An einem Ende des riesigen Raums war eine Bühne mit einer riesigen Großbildwand dahinter errichtet worden, vor der Arbeiter die halbkreisförmig ansteigenden Sitzreihen eines provisorischen Auditoriums installierten; andere Arbeiter bauten Mikros auf, brachten Scheinwerfer und Lautsprecher an und verkabelten alles. Im Moment wurde gerade eine kreisförmige Wand aus blaugestrichenen Faserplatten mit dem weißen UN-Logo aufgestellt; anscheinend sollten sie den Konferenzbereich von dem abtrennen, was im Rest des Grand Palais aufgebaut wurde.

Riesige Messestände und Industrieschauen in verschiedenen Phasen der Fertigstellung. Bildwände. Das maßstabsgetreue Modell eines Orbitalspiegels. Ein lebensgroßer Plankton-Säkahn, der von einem Traktor an seinen Platz bugsiert wurde. Wolkendeckengeneratoren. Ein silbriges Ovoid, das wie eine nukleare Geländeformungs-Sprengladung aussah; Monique hoffte ernsthaft, dass es nur ein Nachbau war. Unbemannte Flugzeuge zum Besäen von Wolken. Schnell wachsende Qwik-grow-Bäume. Geräte und diverse Einzelteile, die Monique nicht identifizieren konnte, wurden hin und her getragen und zusammengebaut. Buden. Schilder. Holos. Transparente.

»Ein paar zusätzliche Mittel, Mr. Bendsten?«

Lars Bendsten schenkte Monique ein öliges Lächeln. »Wir haben zum Glück die großzügige Unterstützung einer ganzen Reihe privater Gruppierungen gewonnen, die sich ernsthaft mit der Stabilisierung des planetaren Klimas beschäftigen«, gab er wortreich zu, während er sie durch das geschäftige Treiben im Ausstellungsbereich führte.

»Und daraus natürlich Gewinn ziehen.«

»Ohne ausreichende finanzielle Mittel könnten sie ihre Arbeit kaum weiterführen«, merkte Bendsten an.

»Tja, so ist das nun mal leider, sogar in unserer postkapitalistischen Welt, und die Vereinten Nationen sowie UNACOCS selbst haben ja jedes Jahr aufs Neue Grund, darüber nachzudenken.«

»Und im Gegenzug für ihre idealistische Unterstützung der Konferenz würden sie natürlich gern lukrative Verträge für ihre Waren und Dienstleistungen unter Dach und Fach bringen ...«

»Aufgeklärtes Eigeninteresse muss ein Element jedes funktionierenden Wirtschaftssystems sein, nicht wahr?«

»Bien sûr ...«

Etwas an diesem neckischen kleinen Wortgefecht begann Monique auf die Nerven zu gehen. Sie bedachte den Generalsekretär der Konferenz mit ihrer eigenen Version eines öligen Lächelns.

»Und deren aufgeklärtes Eigeninteresse wird sich natürlich in keiner Weise auf den intellektuellen oder politischen Inhalt der Konferenz auswirken«, sagte sie. Vielleicht war es ihren Großeltern doch gelungen, sie ein bisschen zu beeinflussen.

»Die Vereinten Nationen beziehen keine Position in der Frage, wie das Endziel der planetaren Klimastabilisierung zu erreichen sein könnte.«

»Soll das heißen, dass diese UNACOCS ebenso wenig zu einem sinnvollen Ergebnis kommen wird wie die früheren?« entfuhr es Monique unwillkürlich. »Sodass diese Konferenzen bis in alle Ewigkeit weiter abgehalten werden können?«

Lars Bendstens helle skandinavische Haut rötete sich. Abgesehen davon ließ er sich als echter UN-Profi nichts anmerken.

»Die Vereinten Nationen stellen den Veranstaltungsort und die Infrastruktur für diese wissenschaftlichen Tagungen zur Verfügung«, sagte er. »Wir hoffen natürlich, dass so bald wie möglich ein wissenschaftlicher Konsens über planetare Klimaziele erreicht wird, aber wir legen weder die Tagesordnung fest noch nehmen wir Einfluss auf den Inhalt, und wir wollen es auch nicht.«

»Natürlich nicht, Herr Generalsekretär.« Monique machte einen Rückzieher, als ihr klar wurde, dass sie zu weit gegangen war. »Nichts für ungut.«

Bendstens helle Haut blieb gerötet, aber seine Miene wurde weicher und persönlicher, sodass die Röte eher zu einem Zeichen der Verlegenheit als des Zorns wurde, so schien es jedenfalls.

»Ich nehme es Ihnen nicht übel, Mademoiselle Calhoun«, sagte er beinahe traurig.

Monique merkte, dass sie Bendstens Geplapper ausblendete, als er sie in dem provisorischen Auditorium herumführte, ihr die ultramodernen Medieneinrichtungen, die Beleuchtung zeigte und anschließend auf die Berichterstattung zu sprechen kam, die die Pariser Zweigstelle von B&S bereits organisiert hatte. Sie ertappte sich dabei, dass sie sich immer wieder zum Ausstellungsbereich umblickte, der die eigentliche Hauptsache geworden zu sein schien.

UNACOCS hatte irgendwie eine Metamorphose zu einer Fachmesse durchlaufen. Das Hauptthema würde das Geschäft sein.

Das Geschäft mit der Klimasteuerung.

Soviel war klar.

Aber es schien auch noch etwas anderes im Gange zu sein.

Monique las die Namen an den Buden, Transparenten und Holos, die gerade aufgebaut, aufgehängt und eingeschaltet wurden, und zählte sie.

NASA. Die Erdewerke. Boeing. Bluepeace. ESA. Tupolew. Aerospatiale. Ocean Systems. Euromirror. BlueGenes. Kleinere Firmen. Dutzende jeder Form und Größe, und ja, Advanced Project Associates war auch dabei.

All diese Unternehmen hatten eins gemeinsam: Sie verkauften klimatechnische Dienstleistungen. Manche von ihnen würden durchaus bereit sein, für eine Souveränität Wolkendeckengeneratoren aufzustellen und deren empörten Nachbarn dann Orbitalspiegel zu verkaufen, angeblich um das von ihnen angerichtete Schlamassel wieder in Ordnung zu bringen.

Aber die meisten waren echtblau, den meisten ging es darum, die Auswirkungen der Erwärmung auf lokaler und globaler Ebene rückgängig zu machen: die Albedo zu erhöhen, den Kohlendioxidgehalt zu senken, eine Wolkendecke zu erzeugen, Wiederaufforstung zu betreiben, den Status quo ante wieder herzustellen.

Die sechste Jahreskonferenz der Vereinten Nationen zum Thema Klimastabilisierung wurde massiv von Big Blue unterstützt, der großen blauen Maschine.

Lobby oder Wirtschaftsverband, keiretsu oder paradoxes Syndikat aus Einzelunternehmen – die große blaue Maschine hatte keinen formellen Charakter und existierte in juristischem Sinne in keiner Jurisdiktion.

Trotzdem war ihre nichtexistente Mitgliederliste inoffiziell weltweit bekannt und ihre nichtexistente Satzung verlangte von allen Mitgliedsunternehmen, dass sie jeden Auftrag ablehnten, bei dessen Realisierung weitere Treibhausgase oder Wärmeeinheiten in die Atmosphäre entlassen werden würden.

Echtblaue.

Aber Big Blue war alles andere als eine idealistische Wohltätigkeitsorganisation. Die meisten ihrer Komponenten waren entweder erzkonservative oder kosmetisch reformierte konzernkapitalistische Wiedergänger oder halb eigenständige Unternehmenszweige von

Halbsouveränitäten, wie NASA und Aerospatiale, und sie waren allesamt gnadenlos profitorientiert.

Echtblaue Klimatech-*Söldner*.

Monique kapierte es nicht.

Fünf Jahre lang waren diese Konferenzen in Städten der Länder der Verlorenen abgehalten worden, ohne die geringste Spur einer Finanzierung durch die große blaue Maschine, obwohl praktisch deren gesamte potenzielle Kundenbasis dort vertreten war. Big Blue, in Bezug auf ihre Aufträge auf besagte knauserige Jurisdiktionen der Länder der Verlorenen angewiesen, war nämlich nicht gut genug bei Kasse, als dass sie die Angewohnheit hätte entwickeln können, Geld in Schwarze Löcher zu werfen.

Doch jetzt steckte Big Blue massenhaft Geld in eine UNACOCS.

In Paris.

Was garantiert nicht der Fall wäre, wenn die große blaue Maschine nicht *wollte*, dass die Konferenz hier stattfand.

Aber *warum*?

Ariel Momoun reagierte mit dem traditionellen französischen Achselzucken, als sie ihm später am Tag beim Kaffee in einem Straßencafé in der Nähe des Pariser Büros von Brot & Spiele dieselbe Frage stellte.

»Einem dicken Vertrag schaut man nichts ins Maul, Monique, ist das nicht ein amerikanischer Aphorismus?«

»Einem geschenkten Gaul«, verbesserte Monique.

Der Direktor der Pariser Zweigstelle starrte sie wie eine Eule an. »In Amerika haben sie immer noch die Angewohnheit, einander Pferde zu schenken?«

»In New York haben sie zumindest die Angewohnheit, das Besteck zu zählen, *bevor* die Gäste gehen, Ariel.«

Sie lachten beide.

In Anbetracht der Tatsache, dass er der Leiter einer Zweigstelle von B&S war, die eher als Ruheposten galt denn als Speerspitze des Syndikats, hätte es böses Blut zwischen Mamoun und dem jungen weiblichen Crack geben können, der von der Zentrale hergeschickt worden war, um beim größten Vertrag, den ihm sein eigener Stab seit Jahren auf den Tisch gelegt hatte, den VIP-Service zu übernehmen.

Aber irgendwie stimmte die Chemie zwischen ihnen. Nach zwanzig Minuten in seinem Büro waren sie per du miteinander und redeten sich mit Vornamen an.

Mamoun ging auf die siebzig zu, hatte eine Frau, zwei Kinder und sechs Enkelkinder, eine Datsche im Jura und genug Aktien, um dort mit seinen Zweidrittel-Pensions-Dividenden gemütlich den Rest eines langen Lebens zu verbringen, und hätte sich kaum weniger um Probleme des Reviers oder der Hackordnung scheren können.

»Im Ernst, Ariel, kannst du dir vorstellen, warum Big Blue diese Konferenz subventioniert?«

Mamoun hob erneut die Schultern. »Ich bin vielleicht schon zu alt, als dass ich noch die Energie hätte, mir solche Dinge vorzustellen.«

»Hör auf, den pfiffigen Opa zu spielen, Ariel.«

»Vielleicht wird es begreiflicher, wenn man es nicht als Subventionierung einer Konferenz betrachtet, sondern es so sieht, dass sie sich die Konferenz im Rahmen einer Werbe- und Publicity-Kampagne zunutze machen, Monique. Man hat mir zu verstehen gegeben, dass der Etat für Brot & Spiele bei weitem den Betrag überschreitet, den sie für die Konferenz selbst ausgeben.«

»*Was*? Wir kriegen mehr, als die Organisation dieser ganzen Ausstellung kostet?«

Mamoun lachte. »Leider nicht«, sagte er. »Ich spreche von der wesentlich bescheideneren milden Gabe, mit der die UN-Organisatoren bedacht worden sind, um sie zu bewegen, UNACOCS hier abzuhalten. Das und der Betrag, den Brot & Spiele bekommt, sind der Werbe- und Promotion-Etat. Und beworben und promotet wird natürlich die Fachmesse.«

»Eine Fachmesse ist selber Promotion, Ariel«, bemerkte Monique. »Wenn man das in den Promotion-Etat einrechnet, dann ist der wirklich gewaltig. Die Frage ist, wie zahlt sich das aus?«

»Durch den Verkauf dessen, was promotet wird, Monique. Wie sonst?«

»Klimasteuerungs-Dienstleistungen?«

»Bien sûr …«

»*Blaue* Klimasteuerungs-Dienstleistungen? Hier? Das ist so, als wollte man in der Wüste von Nebraska Thermounterwäsche verkaufen!«

»Monique, Monique, Paris ist die *Bühne,* nicht das Publikum! Das Publikum ist die Welt, und wir werden bezahlt, um *deren* Aufmerksamkeit zu gewinnen. Gäbe es eine bessere Bühne für ein Werbe-Mega-Event als die Stadt des Lichts? Glaubst du, wir hätten es leichter, wenn wir unsere Aufgabe in Dakka oder Tripolis erfüllen müssten?«

»Na ja, wir hätten bestimmt erheblich mehr Probleme, die Weltpresse mit gratis Fressen und Saufen ins tolle Tripolis zu locken«, musste Monique zugeben. »Aber trotzdem …«

»Du bist jung, du bist in Paris, du hast eine Suite im Ritz und ein üppiges Spendenkonto, ma chérie, also entspann dich und genieß es, wie ein Haufen unfeiner phallokratischer Witze es einer Frau in deiner Lage anraten«, erklärte ihr Ariel Mamoun. »Beklag dich nicht, wenn, wie nur die Briten es formulieren könnten, kein Ei in deinem Champagner ist.«

»Im Bier«, verbesserte Monique.

»Merde«, sagte Mamoun. »Ist ja noch unappetitlicher.«

Das Restaurant, in das sie an diesem Abend eingeladen war, La Cuisine Humaine, war alles andere als unappetitlich, obwohl Monique glaubte, dass der mit einem Smoking angetane Kellner ihren Wunsch nach einem Ei in dem von Avi Posner als Aperitif bestellten Premier Cru mit regloser Miene zur Kenntnis genommen, sie aber wahrscheinlich gefragt hätte, ob sie ein Hühner-, Enten-, Gänse- oder Wachtelei wünsche.

La Cuisine Humaine war ein umgebauter, nicht stationärer Seine-Frachter; momentan lag er am Quai de La Tournelle direkt gegenüber von Notre Dame vor Anker. Die Kathedrale triefte von wohlriechendem Geißblatt und war so geschickt in raffinierten Malven- und Orangetönen beleuchtet, dass sie ihren eigenen ewigen tropischen Sonnenuntergang zu bewohnen schien.

Die Einrichtung des Restaurants war so retrokonservativ wie seine Küche avantgardistisch. Rosenrote Wände, weiße Tischwäsche, echtsilbernes Besteck und Kristallglas, Kerzen auf den Tischen und in Wandleuchtern, kein elektrisches Licht, Personal im Smoking, ein Sommelier mit einem echten Schlüssel an einem Band um den Hals, eben das ganze Drum und Dran.

Das Lederetui der Speisekarte verbarg jedoch einen Bildschirm und eine Tastatur, über die man annähernd hundert Seiten mit Gerichten aus aller Welt aufrufen konnte, und zusätzlich gab es noch Hyperlinks, die es einem ermöglichten, sich seine eigenen kulturübergreifenden Abenteuer zusammenzustellen.

Wie die Küche das hinkriegte, war Monique schleierhaft, und das Gleiche galt für die Frage, wie jemand, der nicht über ein dickes Spesenkonto verfügte, hier seine Rechnung bezahlen konnte – angesichts dieser Preise wirkte eine Mahlzeit im weltberühmten Neppschuppen Tour d'Argent wie ein schnelles Kebab an einer Straßenbude.

Folglich verfügte Avi Posner über ein solches Spesenkonto.

Brot & Spiele hatte seine eigene VIP-Security-Abteilung, aber niemand nahm sie sonderlich ernst, und es war nicht ungewöhnlich, dass die Organisatoren einer Veranstaltung wie UNACOCS ein separates Sicherheitssyndikat wie den Mossad anheuerten, der einen erstklassigen Ruf hatte.

Und es war auch nicht ungewöhnlich, dass der Sicherheitschef seine Arbeit mit der Chefin des VIP-Service koordinieren wollte, bevor ihre gemeinsamen Schützlinge eintrafen.

Allerdings kam es ihr doch merkwürdig vor, dass Avi Posner über den Etat verfügte, sie in einem solchen Lokal zu bewirten, ohne dass ein VIP dabei war.

Posner war klein und muskulös und hatte seinen zurückweichenden Haaransatz zu schimmernder Virilität rasiert, statt dagegen anzukämpfen; nach außen hin entsprach er durchaus dem von ihm vertretenen Syndikat, das Bodyguards für die Betuchten und Sicherheitskräfte für wichtige Veranstaltungen bereitstellte.

Aber so wie der Mossad – der, wie jeder wusste, früher der israelische Geheimdienst gewesen war – im Ruf stand, niveauvollere Dienstleistungen zu niveauvolleren Preisen zu bieten, wirkte Posner in seinem eleganten, gut geschnittenen perlgrauen Anzug erheblich niveauvoller als ein reiner Muskelmann.

Der Champagner, den er bestellt hatte, war kein plumper Dom Pérignon, sondern eine unbekannte Marke, von der Monique noch nie gehört hatte – genauso teuer, aber viel besser. Er kam mit dieser extrem komplizierten Speisekarte so gut zurecht wie ein Restaurantkritiker, jedenfalls besser als sie. Die Vorschläge, die er machte, als sie ein bisschen ratlos zu sein schien, waren ausgezeichnet – Maissalat mit geräucherter Ente und

Walnüssen in einer komplexen Mélange aus Ölen mit mexikanischen und orientalischen Gewürzen, ein Tajine aus Lamm und Pflaumen, im Ofen gebacken mit Zitrone, Zwiebeln und Mandeln in einem sämigen, komplexen Currypamps. Dann ging er daran, seine eigene Bestellung um ihre herum zu gestalten – eine Pasta mit geräuchertem Lachs, Pfeffer-Wodka-Sauce, Sour Cream und Beluga-Kaviar, Wildschweinmedaillons in Szechuan-Pfeffer-Sauce –, sodass sie zu beiden Gerichten jeweils denselben Wein trinken konnten, erst einen ungewöhnlichen Rosé aus Georgia und dann einen mächtigen Premier Cru Pomerol.

Wenn es ihm darum ging, sein Spesenkonto nach Kräften auszunutzen, so war ihm das vollauf gelungen. Wenn es ihm darum ging, sie mit der offensichtlichen Tatsache zu beeindrucken, dass er und sein Auftrag mehr waren als offiziell verlautbart, machte er seine Sache auch nicht gerade schlecht.

»Es ist ein Skandal, dass eine arme Organisation wie die Vereinten Nationen das alles bezahlt«, begann Monique beim Entrée.

»Der Auftraggeber bezahlt es«, sagte Posner.

»Aber UNACOCS *ist* der Auftraggeber«, erwiderte Monique naiv.

Posners Reaktion bestand aus einem gekünstelten müden Stirnrunzeln. »So jung Sie sein mögen, Mademoiselle Calhoun, Sie sind doch sicher nicht von gestern«, sagte er. »Wir sind beide Profis. Wir wissen beide, wer der *wahre* Auftraggeber ist.«

»Unsere Finanzierungsquelle ...«

»Per definitionem ...«

»Die große blaue Maschine ...«

»Die«, sagte Posner, »per definitionem eigentlich nicht existiert.«

»Die Sie deshalb per definitionem eigentlich nicht repräsentieren.«

Avi Posner bedachte sie mit einem dünnen kleinen Lächeln, vielleicht der erste ehrliche Gesichtsausdruck, den Monique bei ihm sah. »Ich glaube, wir werden gut zusammenarbeiten … Monique, wenn ich Sie so nennen darf.«

Er holte einen ROM-Chip aus der Tasche und schob ihn über den Tisch. »Das ist die vorläufige Liste der geladenen Gäste, um die wir uns gemeinsam … kümmern werden«, sagte er. »Derjenigen, deren Kosten für Essen und Trinken, Unterbringung und Unterhaltung der Auftraggeber übernimmt.«

»Ein bisschen ungewöhnlich, dass der Sicherheitsdienst dem VIP-Service die VIP-Liste übergibt statt umgekehrt.«

Posner war ihr über die Überreste des ersten Gangs hinweg einen fischäugigen Blick zu. »Sie können so viele Namen hinzufügen, wie Sie wollen, Presse und so weiter, aber das wird aus dem Etat von Brot & Spiele bezahlt.«

Eine Bedienungshilfe im Smoking räumte den Tisch ab. Der Kellner kam mit dem Tajine und dem Wildschwein. Der Sommelier nahm den Rosé samt allem Drumherum weg und schenkte den Pomerol ein.

»Jetzt, wo wir mit dem Entree fertig sind«, sagte Posner in einem ganz anderen Ton, »sollten wir zum Wesentlichen kommen.«

»Unbedingt.«

»Wie Sie schon vermutet haben, bin ich nicht nur hier, um simple Sicherheitsmaßnahmen zu organisieren, ich bin auch Ihr … sagen wir, Ihr *Verbindungsmann* … zum Auftraggeber. Können Sie mir folgen, Monique?«

»O ja.«

»Ich übergebe Ihnen die VIPS zur … Betreuung. Hin und wieder werde ich vielleicht bestimmte spezielle Dienstleistungen verlangen. Im Gegenzug haben Sie die Chance, sich spezielle Vergünstigungen zu verdienen.«

»Warum gefällt es mir nicht, wie das klingt?«

»Aber es sollte Ihnen gefallen.«

»Ach wirklich?«

»Darf ich ganz offen zu Ihnen sein, Monique? Von einem Profi zum anderen?«

»Ich glaube, ich kann damit leben, Avi.«

»Sie sind nicht zufällig hier. Der Mossad ist vom Auftraggeber gebeten worden, das Personal von Brot & Spiele auf Basis gewisser Parameter zu durchleuchten, und das Gärten-Allahs-Geschäft hat Ihren Namen ganz oben auf die Liste gesetzt. Dann haben wir uns bei gewissen Kreisen innerhalb von B&S durchgesetzt, et voilà, hier sind Sie im fröhlichen Paris!«

»Was ist der Preis dafür? Wo ist der Haken?«

»Betrachten Sie's als Werbegeschenk von Interessenten, die Ihre Freunde sein möchten. Interessenten, die durchaus die Macht haben, noch freundlicher zu werden.«

»Wie … freundlich?«

»Freundlich genug, um Sie zur Chefin der Pariser Zweigstelle von Brot & Spiele zu machen. Ist das freundlich genug, um Ihr Interesse zu wecken?«

Monique hatte die Gabel bereits auf ihr Lamm-Tajine sinken lassen.

»Wen muss ich umbringen?« fragte sie.

»Nicht Ihr Ressort«, erklärte ihr Posner. »Sie müssen nur tun, was immer von Ihnen verlangt wird, um den Erfolg der Konferenz sicherzustellen. Wenn der Auftraggeber gewinnt, gewinnen auch Sie. Das Einzige, was von Ihnen erwartet wird, ist eine freundschaftliche Einstellung Ihrem eigenen aufgeklärten Eigeninteresse gegenüber. Da ist doch nichts Böses dabei, oder?«

Endlich kam die New Yorkerin in Monique zum Vorschein. »Jetzt hören Sie mal, Avi«, fauchte sie, »Sie wissen verdammt gut, dass ich interessiert bin, aber ich muss, verdammt noch mal, wissen, *woran* ich interessiert bin, also hören wir auf mit dem Quatsch, ja. Wenn der Auftraggeber gewinnt, gewinne ich auch? Was gewinnt er? Und wie? Soweit ich sehe, ist der Auftraggeber die große blaue Maschine, und der Auftraggeber wirft sein Geld mit vollen Händen zum Fenster raus. Was, zum Teufel, geht da vor?«

Posner zuckte die Achseln. Seltsamerweise schien ihn dieser Ausbruch eher zu erleichtern.

»Sie erzählen uns auch nicht mehr, als wir ihrer Ansicht nach wissen müssen«, sagte er in härterem Ton. »Und das Märchen lautet, dass sie verzweifelt sind, weil ihr technischer Zweig davon überzeugt ist, dass der Venuseffekt demnächst einsetzen wird und das Schicksal der Biosphäre in ihren Händen liegt. Es könnte sogar stimmen.«

»Das behaupten sie doch schon seit Jahren ...«

Posner nickte. »Wir selbst haben herausgefunden, dass ihre finanzielle Lage *wirklich* verzweifelt ist. Sie haben die Länder der Verlorenen schon weitgehend ausgesaugt, und das heißt, sie brauchen neue Kunden, die ihre sündteuren Preise bezahlen können. Deshalb setzen sie mit hohem Risiko auf UNACOCS. Deshalb Paris. Deshalb halten sie ihren fiskalischen Atem an und engagieren Brot & Spiele. Wo hätte man bessere Chancen, finanzstarke Syndikate und Souveränitäten anzulocken, deren Repräsentanten ums Verrecken nicht an einer solchen echtblauen Veranstaltung in den Ländern der Verlorenen teilnehmen würden? Wo könnte man besser essen und trinken, Verträge abschließen und das Schicksal des Planeten beeinflussen? Wer wäre besser geeignet als Brot & Spiele, um Diabetikern Windbeutel anzudrehen?«

Monique fiel das Kinn herunter.

»Sie wollen mit Hilfe von UNACOCS an *grünes* Geld zur Finanzierung *blauer* Projekte kommen?« rief sie aus. »Und danach wandeln wir dann wohl übers Wasser?«

»Wenn sie nicht der Meinung wären, dass gewisse Erfolgsaussichten bestünden, hätten sie dann so viel Geld ausgegeben?«

»Aber was für welche?«

Posner hob nur die Schultern. Er lächelte sie einfältig an. »Fragen Sie mich nicht«, sagte er, »ich bin nur für die Sicherheit zuständig. Ich erledige meinen Job, so gut ich kann, und Sie erledigen Ihren.«

»Und *was* genau soll ich tun?«

»Ihrem freundlichen Auftraggeber alle speziellen Wünsche in Bezug auf den VIP-Service erfüllen. Was Freunde eben tun, wenn man sie bittet, die Interessen ihrer Wohltäter ebenso zu fördern wie ihre eigenen.«

Auch wenn das für die Pragmatikerin in Monique ein bisschen nebulös klang, so sah die Möhre, die ihr vor die Nase gehalten wurde, zweifellos saftig genug aus, um es zu rechtfertigen, und schließlich hatte sie im Rahmen des VIP-Service schon alles Mögliche beschafft, von Damen und Herren für die Nacht bis zu geschmuggelten Substanzen, und war nicht gerade ein Unschuldslamm.

Und immerhin diente das ja alles der echtblauen Sache der Rettung des Planeten, oder nicht?

Oder nicht?

»Sie werden mit etwas Leichtem anfangen«, sagte Posner. Er warf einen Blick auf eine antike Rolex mit einem Gehäuse aus rostfreiem Stahl. »Ah ja, es müsste eigentlich gleich kommen ...« sagte er und wies mit einem Nicken zum Fenster Richtung Notre-Dame.

Hier teilte die Île de la Cité, auf der die Kathedrale stand, die Seine in zwei Arme, und westwärts, hinter der Pont de l'Archevêché, war der Himmel wie durch einen Zauber von einer unglaublichen Aurora Borealis geschmückt, neongrünen und lavendelblauen Lichtflächen, die sich auf die Kathedrale zu bewegten.

Dann wurden die Brücke und der schmale Arm, der

zu ihr hinführte, von einem gewaltigen Lichtermeer erhellt, das die Ranken, die das Mauerwerk des Kais überwucherten, in ein Chiaroscuro tauchten und lange Schatten auf die über dem Fluss hängenden Trauerweiden warf, Schatten, die immer kürzer wurden, als die Quelle des Lichts näher kam …

Selbst durch die Fensterscheibe hindurch hörte Monique es, bevor sie es richtig sah; eine enorm verstärkte akustische Dixieland-Band spielte ›Sweet Georgia Brown‹.

Und dann war es da, kam den trägen Fluss herauf wie ein großes weißes Geisterschiff, aus den Schornsteinen, die viel zu hoch waren, um unter der Brücke hindurchzupassen, quollen Dampf und Kohlenrauch und obwohl sie wusste, dass die Schornsteine ein Holo-Effekt waren, hielt Monique eine Sekunde lang den Atem an, als der Flussdampfer unter der Pont de l'Archevêché hindurchfuhr und die Schornsteine *durch* die Brücke gingen.

Und dann fuhr das Zauberschiff direkt an La Cuisine Humaine vorbei, unter seiner selbstgeschaffenen Aurora von Lichtern funkelnd, seine großen Schaufelräder wirbelten weiße Gischt auf, auf dem oberen Promenadendeck drängten sich die Feiernden, die Musik plärrte, ein Phantomfeuerwerk kündete von seinem Ruhm und Monique gestand ihm in diesem Moment zu, dass es seinen selbstverliehenen Titel zu Recht trug.

»*La Reine de la Seine*«, sagte Avi Posner. »*Die Königin des Flusses*. Mieten Sie das Schiff bis zum Ende der Konferenz an. So billig es geht, versteht sich, aber der Auftraggeber ist bereit, jeden erforderlichen Preis zu zahlen, um kein Nein hören zu müssen.«

Prinz Eric Esterhazy bezeichnete seine Wohnung auf dem Quai de La Tournelle als sein ›kleines Junggesellen-Pied-à-terre‹, wenn er eine Frau zum ersten Mal dorthin einlud. Dieser untypische Anflug prinzlicher Bescheidenheit war ein geschickter Schachzug, ein verführerisches Anpreisen durch Untertreibung, das meistens die gewünschte Wirkung erzielte: Der Besucherin verschlug es noch gründlicher den Atem.

Besagte ›kleine Junggesellenbude‹ war nämlich ein Penthouse im sechsten Stock mit Blick über die Seine auf Notre Dame.

Es verfügte über ein fünfzig Quadratmeter großes Wohnzimmer – die Ausmaße einer durchschnittlichen Pariser Zweizimmerwohnung –, das wie der Salon eines Edelmanns aus dem achtzehnten Jahrhundert eingerichtet war.

Es verfügte über eine große Terrasse mit Blick auf den Fluss, die wie ein recht gutes Simulacrum des verlorenen Südseeparadieses gestaltet war: Palmen, Palmitos, leuchtende exotische Blumen, ein kleiner Salzwasserteich mit einem Ersatzkorallenriff und einer stets gefährdeten Population tropischer Fische.

Es verfügte über eine ultramoderne Robocuisine, in der man eigenhändig ein Gourmet-Dinner zubereiten oder, falls man in der Küche ein so hoffnungsloser Fall war wie Eric, es der Software überlassen konnte, den Gast davon zu überzeugen, dass man es getan hatte.

Es verfügte über ein Bad mit einer kleinen Sauna und einer riesigen Marmorwanne inklusive Whirlpool, von dem aus man – jedenfalls in den meisten Fällen – direkt in ein Schlafzimmer gelangte, das mit einer Bar, Holowänden, einem polarisierbaren Panoramafenster mit Blick auf die Kathedrale sowie – keineswegs zufällig – einem großen Bett mit lauter Elektronik und mechanischen Zusatzvorrichtungen ausgestattet war.

Es verfügte auch über ein Büro, das sich als Bibliothek eines viktorianischen englischen Edelmanns aus dem neunzehnten Jahrhundert tarnte – ein absurderweise tatsächlich funktionierender Kamin mit kunstvoller Verkleidung, Bücherregale aus Walnussholz mit ledergebundenen Titeln, dick gepolsterte Sessel aus burgunderrotem Leder, ein schwerer Walnussholzschrank mit vorstehendem Mittelteil. Eine Bücherwand war echt, die andere konnte man beiseite gleiten lassen, sodass sie den Blick auf einen Computer, den Bildschirm eines übergroßen Bildtelefons, einen Safe und ein kleines Waffenlager mit einem Dutzend Werkzeugen für Erics gelegentlichen Zweitberuf freigab.

Im Moment befasste er sich jedoch mit seinem Hauptunternehmen und lehnte mit einigem Unbehagen eine große Summe Geldes ab.

In Anbetracht ihrer bewegten ethnischen Vergangenheit väterlicherseits in Osteuropa waren die Esterhazys nie durch eine religiöse Familientradition belastet gewesen, aber große Geldangebote abzulehnen verstieß trotzdem dagegen, so viel stand fest.

»Hören Sie, wir sind ja bereit zu verhandeln, also machen wir Schluss mit dem Geplänkel und kommen wir zum Kern der Sache … Prinz Esterhazy«, sagte die Frau auf dem Bildschirm, die ihre Bereitschaft, das Angebot zu erhöhen, erheblich müheloser zum Ausdruck brachte, als sie bereit zu sein schien, ihm die Würde seines Titels zu gewähren.

In der Tat versuchten *sie*, wer immer *sie* waren – die UNACOCS-Bürokratie, die UN selbst, Brot & Spiele, es war nie so ganz klar –, nun schon seit über einer Woche, *La Reine de la Seine* für die Dauer ihrer Konferenz zu chartern.

Nachdem sie bisher mit unverhohlener Gier gescheitert waren, hatten sie jetzt offenbar beschlossen, den Einsatz zu erhöhen, indem sie eine verführerischere Repräsentantin auf ihn ansetzten.

Verführerisch war diese Monique Calhoun, oder jedenfalls so verführerisch, wie es eine Frau am Bildtelefon sein konnte, wo man nichts unterhalb ihres eleganten

Ausschnitts sah – diese zierliche, aber dennoch irgendwie kräftige französische Nase und die ebenso französischen hohen Wangenknochen, dieser beweglichere und ungezwungenere Mund mit den anglophonen Muskeln, diese hübschen Muschelohren, die unter einem kurzen Schlafzimmergewuschel schwarzer Haare hervorlugten, diese scharfen, strahlend blauen Fuchsaugen – aber sie hatte auch etwas Nervtötendes an sich, weil sie zu sehr davon überzeugt war, das Gewicht von Brot & Spiele verleihe ihr eine Macht, der kein simpler falscher Prinz widerstehen könne.

Andererseits musste Eric zur Kenntnis nehmen, dass sein phallisches Alter Ego eine gewisse Unabhängigkeit zur Schau zu stellen und dies als Herausforderung aufzufassen schien, der es sich mannhaft stellte.

»*Sie* dürfen mich einfach Prinz Eric nennen, Mademoiselle Calhoun«, verkündete er großmütig.

»Daaf ich wiaklich?« erwiderte sie mit einem leicht bissigen Magnolienakzent.

»Noblesse oblige, Mademoiselle Calhoun.«

»Ich wette, das sagen Sie zu allen Mädchen ... *Prinz Eric.*«

»Nur zu denjenigen, die meinem kultivierten, anspruchsvollen Schönheitsideal entsprechen, Monique.«

»*Sie* dürfen mich Mademoiselle Calhoun nennen, Eure Hoheit«, sagte sie. »Und Sie dürfen mir auch Ihren wirklichen Preis sagen, denn es könnte durchaus sein, dass wir bereit sind, ihn zu bezahlen.«

Eric zögerte. Eric fühlte sich immer unbehaglicher. Eric wusste nicht recht, was er sagen sollte. Die Wahrheit jedenfalls nicht, denn die würde ihr garantiert nicht schmecken.

Die Wahrheit lautete nämlich, dass *La Reine* nicht zu chartern war, von niemandem, zu keinem Preis und zu keiner Jahreszeit. Und die Wahrheit war, dass dies die Böse-Buben-Politik war, festgelegt auf Ebenen, zu denen er nicht einmal Zugang hatte, und schon gar nicht hatte er die Befugnis, sich über diese Politik hinwegzusetzen. Ebenso wenig durfte er die Fiktion verletzen, dass er der Herr und Meister von *La Reine de la Seine* war, indem er auf das Syndikat verwies, für das er den Strohmann spielte. Deshalb würde es sowohl gefährlich als auch äußerst ärgerlich sein, die Wahrheit zuzugeben.

Und irgendwie würde es doppelt ärgerlich sein, sie Mademoiselle Monique Calhoun gegenüber zugeben zu müssen.

Obwohl es ihr durch vollen körperlichen Einsatz vielleicht sogar gelingen mochte, ihm eine redigierte Version zu entlocken. Oder auch nicht. Zumindest sollte das arme Kind die Chance zu einem Versuch bekommen.

»Ist das Ihr Ernst, Mademoiselle Calhoun? Ich kann einfach einen beliebigen Preis nennen?«

»Innerhalb vernünftiger Grenzen.«

»Das habe ich mir gedacht«, sagte Eric trocken. »Trotzdem habe ich wohl nichts zu verlieren, nehme ich an, wenn ich mich mit Ihnen auf ein Streitgespräch über das Wesen der Vernunft einlasse. Ein philosophisches Streitgespräch, natürlich.«

»In Ordnung …«

»Sagen wir, heute Nachmittag gegen halb fünf? In meinem Büro?«

»Wo ist das, auf dem Schiff?«

»Nein, an Land. Auf dem Quai de La Tournelle. In … meinem kleinen Pied-à-terre.«

4

Monique hatte sich mit einer schnellen Netzsuche nach Prinz Eric Esterhazy vorbereitet, die Hunderte von Treffern, aber nur wenige brauchbare Informationen erbrachte. Das meiste war Klatsch und das meiste davon wiederum schien ihrem fachkundigem Blick von Profis ins Netz gestellt worden zu sein. Der Name war anscheinend echt, aber der zweifelhafte Titel war zum üblichen Billigpreis von den Grimaldis gekauft worden, und der Stammbaum verlor sich rückwärts und ostwärts bald in einer langen Reihe obskurer austro-ungarisch-rumänischer Betrüger.

Esterhazy hatte sich offenbar mit Hilfe seines Titels Arbeit als besserer Türsteher in einer Reihe von Casinos und Freudenhäusern verschafft, Vorgängerjobs seiner gegenwärtigen Position als gehobene Version eines solchen auf *La Reine de la Seine*. Der berühmte Flussdampfer selbst schien im Besitz eines Syndikats zu sein, zu dessen Bürger-Aktionären die Besatzung, der Küchenchef und sein Team, die Band, ein rundes Dutzend Hilfskräfte an Land, Esterhazy und seltsamerweise auch seine Mutter zählten, welchselbige offenbar nur eine symbolische Position als ›Buchungsagentin‹ innehatte.

Wer wie viele Anteile besaß, war nicht bekannt, aber Esterhazy hielt anscheinend keine besonders dominante Beteiligung und in Anbetracht seiner früheren Tätigkeiten schien er auch keine größeren finanziellen Beiträge zum Bau von *La Reine* geleistet zu haben.

Ein schäbiger Eurotrash-Pseudoedelmann von irgendwoher, der nach einer ganzen Reihe anderer Vergnügungspaläste nun diesem hier als Aushängeschild diente und damit in seinem zweifelhaften Gewerbe den Gipfel des Erfolgs erklommen hatte.

Einem Gewerbe, das jedoch lukrativer zu sein schien, als Monique angenommen hatte.

Das Haus, in dem er wohnte, ein sechsstöckiges Bauwerk aus dem achtzehnten Jahrhundert, das allem Anschein nach im zwanzigsten zuletzt renoviert worden war, wirkte von außen ziemlich bescheiden, obwohl die Quai-Adresse am linken Ufer hervorragend war. Der Fahrstuhl – natürlich eine dieser für Paris typischen nachträglichen Einbauten aus dem zwanzigsten Jahrhundert, ein winziger, senkrechter Sarg in einem Gitterkäfig, den man in den zentralen Schacht eines uralten spiralförmigen Treppenhauses gequetscht hatte – setzte sie in einem kleinen, wenig einnehmenden Vorraum ab.

Die Tür zu Prinz Eric Esterhazys Domizil sah jedoch aus, als stammte sie aus einer alten Kirche – uraltes graues Holz mit Schnitzereien, eingefasst in stark patinierte Bronze und in einen steinernen gotischen Torbogen eingesetzt –, und sie schien echt zu sein. Als sie den Klopfer mit der Wasserspeierfratze hob und fallen ließ, ertönte eine voll orchestrierte Version der vier Signaltöne aus Beethovens Fünfter.

Der Mann, der die Tür exakt sechzig Sekunden später öffnete, war tatsächlich hübsch genug für einen Prinzen. Eric Esterhazy war hoch gewachsen, gut gebaut, mit hohen, dramatischen slawischen Wangenknochen, einer Adlernase, klaren grünen Augen und einer hübschen Mähne langer blonder Haare. Nur der affektierte Zug um seine vollen Lippen bewahrte sein Gesicht vor der Fadheit der Dressman-Perfektion. Er trug einen Pyjama-Anzug aus schwarzem Samt, der gerade so eng geschnitten war, dass er sein Hab und Gut mit maximalem Effekt zur Schau stellte, ohne dabei plump zu wirken.

»Willkommen in meiner bescheidenen Hütte, Mademoiselle Calhoun«, sagte er nur mit einem Hauch von Ironie und als er mit der rumänischen Handkussarie loslegte, tat er das mit Vier-Sterne-Perfektion, obwohl Monique sich anschließend dabei ertappte, dass sie ihre Finger zählte.

Sodann drehte Esterhazy sich schwungvoll um und führte sie direkt in ein Wohnzimmer, das dem ihren im Ritz in Bezug auf Rokoko-Gepränge in nichts nachstand und vielleicht doppelt so groß war. Wände von blassem Grünlichblau, rosenroter Teppichboden mit vier antiken orientalischen Teppichen darauf, Kristalllüster, mit Schnitzereien verzierter grüner Marmorkamin, ein Lagerhaus voller Möbel aus dem achtzehnten Jahrhundert, die alle nicht so aussahen, als könnte man einigermaßen bequem darauf sitzen, wuchtige Landschaftsgemälde in reich verzierten, vergoldeten Rahmen, riesige Blumensträuße in Vasen aus chinesischem Porzellan.

Das volle Programm.

Esterhazy ließ ihr einen sorgfältig bemessenen Moment Zeit zu großäugigem Staunen.

»Draußen auf dem Balkon ist es ein bisschen gemütlicher«, erklärte er.

Der gemütliche ›Balkon‹ war eine große, gärtnerisch durchgestaltete Terrasse mit einem atemberaubenden Blick auf die Seine, Notre Dame und das rechte Ufer dahinter – Boote und Schiffe, die träge auf dem von grün überwachsenem Mauerwerk eingefassten Bayou dahinglitten, Scharen grüner und blauer Sittiche, die über dem bronzierten Dach der Kathedrale durcheinander flatterten, die Doppelreihe hoher Palmen, die den langen Weg der Champs-Élysées von den üppigen Landschaftsgärten der Tuilerien zum Arc de Triomphe markierte, über den spiegelnden Teich im Zentrum der

Gärten des Place de l'Étoile hinweg – bis hin zur geisterhaft weißen maurischen Fata Morgana von Sacré Cœur, die auf dem Dschungelhügel von Montmartre am fernen Rand des Blickfelds schwebte.

Zu dieser nachmittäglichen Stunde kam die Sonne gerade hinter dem Eiffelturm herunter, schickte länger werdende Schatten über das Chiaroscuro der Stadtlandschaft, färbte den Himmel zunächst im Zenit dunkelrot und verlieh dem Dunstschleier der Inversionsschicht über Paris einen romantischen goldenen Schein.

Es war so schön, dass einem das Herz stockte. Es war das Paris, das sie sich im tiefsten Innern immer ersehnt hatte. Es war so vollkommen, dass es absoluter Kitsch gewesen wäre, wenn es nicht real gewesen wäre.

Die *gärtnerische Gestaltung* der Terrasse hingegen war genau die Art Disney, die Monique mit den echtblauen Zähnen knirschen ließ.

Irgendeine urbane Innenarchitektin hatte seine einfältige Vorstellung von einem Südseeinselparadies konfektioniert. Eingetopfte Palmen und Palmitos. Ein Dutzend verschiedene Wachsblumengewächse, die man gezwungen hatte, eine üppige, farbenfrohe Blütenpracht hervorzubringen. Ein als künstliches Miniaturkorallenriff aufgemachter Teich, komplett mit bunten tropischen Fischen, die in freier Natur ausgerottet und ihr Gewicht in Kaviar wert waren. Rattantische und riesige Korbsessel, so genannte peacock chairs, die, wie sich auf den zweiten Blick herausstellte, aus wasserfesten Synthetikmaterialen hergestellt waren. Ein silberner Eiskübel enthielt einen tropischen Punsch, zweifellos mit einem ordentlichen Schuss Rum oder Gin oder wahrscheinlich beidem. Fehlten eigentlich nur die Baströckchen und Dienstmädchen mit Palmwedeln.

Eine Südseeinsel.

Als hätte sie jemand aus Werbefilmchen des zwanzigsten Jahrhunderts rekonstruiert, der nie auf einer echten gewesen war. Nie das verdorrte, vertrocknete Buschwerk auf den winzigen Fleckchen gesehen hatte, die oberhalb der Wasserlinie übrig geblieben waren. Nie in der aktinischen Sonne gebraten hatte. Nie über den leichenblassen, von ausgehungerten Seeigeln überschwärmten Kadavern der Riffe geschwommen war.

Für Monique, die das alles aus harten beruflichen Gründen gesehen und getan hatte, besaß Prinz Esterhazys gärtnerisch gestaltete Terrasse genauso viel Charme wie jene grauenhafte virtuelle Neuauflage des legendären Great Barrier Reef mitsamt all der singenden tropischen Fische und tanzenden Haie im Zentrum von Sydney, zu der sie einmal mitgeschleppt worden war.

Esterhazy führte sie zu Sesseln neben dem Tisch mit dem Eiskübel darauf und schenkte ihr eine ordentliche Portion ein. Das Getränk war blau und bräunlich zugleich, widerlich süß und unverschämt stark. Es nannte sich ›Zombie‹.

Was irgendwie perfekt passte.

Monique nippte sehr behutsam daran.

»Wollen wir dann zum Geschäft kommen … Prinz Eric?« fragte sie.

»Das wäre die Verschwendung eines herrlichen Sonnenuntergangs, Mademoiselle Calhoun«, erwiderte Eric Esterhazy. »Ich möchte Ihnen allerdings gleich eine Vereinbarung anbieten – ich darf auf das ›Mademoiselle Calhoun‹ verzichten, Sie auf den ›Prinz‹.« Er schenkte ihr ein Lächeln, das bestimmt schon tausend Höschen geschmolzen hatte. »Sind wir uns in dem Punkt einig … *Monique*?«

»Das ist schon mal ein Anfang, *Eric* … Aber wie wir auf den unter dem Meeresspiegel liegenden Gehsteigen von New York sagen, große Scheine sind besser als große Töne.«

Esterhazy lächelte einfach weiter.

»Dann will ich mich nicht dem Verdacht aussetzen,

Letztere zu spucken, indem ich so tue, als wäre Ihr neuestes Angebot ein Wispern im Wind«, sagte er. »Eine Million achthundertfünfzigtausend LE für zehn Tage sprechen eine laute und deutliche Sprache. Allerdings …«

Allerdings, dachte Monique, nimmt ein Waffen-, Teppich- oder Kamelhändler nie ein Angebot an, so gönnerhaft großzügig es auch sein mag, bis der Kunde kurz davor ist, empört und frustriert zur Tür hinauszustampfen.

Und 185 000 Leistungseinheiten pro Tag, das wussten sie beide verdammt gut, war ein mehr als fürstliches Angebot. Der Cashflow von *La Reine de la Seine* mochte vielleicht nicht allgemein bekannt sein, aber ihre Kapazität schon, ebenso wie die Preise auf der Speisekarte und an der Bar, und mit dem kleinen Casino verdienten sie sich auch nicht gerade eine goldene Nase; ein simples Kalkulationsprogramm reichte, um zu ermitteln, dass 100 000 LE pro Tag wahrscheinlich schon fast zu viel wären.

Posner hatte sie nicht angewiesen, hart zu verhandeln, und ihr auch kein Limit genannt, aber die Sache wurde allmählich schon lächerlich und ihre Berufsehre würde nicht zulassen, dass jemand wie dieser Schaumschläger, dieser *Schaum*prinz, mehr als allerhöchstens zwei Millionen aus ihr herausholte.

»Allerdings sind Sie kein Mathematiker, kennen sich auch nicht mit dem Computer aus und finden, mit einer etwas runderen Zahl ließe sich besser rechnen?« schlug Monique vor. »Zum Beispiel eine Million neunhunderttausend?«

Esterhazy warf ihr einen Blick zu, in dem wie beim Zombie-Cocktail lauter nicht zueinander passende Elemente zusammenzuprallen schienen – ein Teil unterdrücktes Staunen, ein Teil Gier, ein Teil sehnsüchtiges Bedauern – und der daher völlig unergründlich war.

»Zwei Millionen wären noch runder«, sagte er langfingrig, aber es klang, als wäre er mit dem Herzen nicht recht dabei.

»*Zehn* Millionen sind eine Eins mit sieben Nullen«, fauchte Monique. »Runder geht's nicht!«

»*Ist das Ihr Ernst*?«

»Ihrer denn?«

Er warf ihr ein strahlendes Goldjungenlächeln zu. »Es war mein Ernst, dass ich Sie kennen lernen wollte, Monique«, sagte er.

»Um was zu tun? Mich mit Rum und Gin abzufüllen, dann in Ihr Schlafzimmer zu schleppen und wilden, leidenschaftlichen Sex mit mir zu machen?«

Eric Esterhazy lächelte weiter und senkte die Lider auf Halbmast, als er ihr in die Augen blickte. »Wenn Sie beharrlich genug wären«, sagte er trocken, »ließe ich mich letztendlich wohl überreden ...«

»Sprechen wir von Betten oder von Booten?«

Esterhazy zuckte nur leicht die Achseln; sein Lächeln war festgefroren, sein Schlafzimmerblick einladend. »Wie gesagt, mein *Boot* ist nicht zu haben«, meinte er und machte dann eine dramatische Pause. »*Allerdings* ...« setzte er hinzu und ließ es verlockend in der Luft hängen.

Monique fand das nicht amüsant. Aber sie war verwirrt. Was ging hier vor? Versuchte dieser Kerl, die bereits lächerlich überhöhten 1,9 Millionen LE mittels eines sexuellen Geplänkels auf zwei Millionen hochzutreiben? Oder meinte er es ernst damit, dass *La Reine de la Seine* nicht zu haben war, gleich zu welchem Preis, und war in Wahrheit nur daran interessiert, ihr das Höschen auszuziehen? Aber wenn, warum in aller Welt griff er dann nicht bei einem Angebot zu, das die Bruttoeinnahmen seines Unternehmens verdoppeln würde?

Dann dämmerte ihr, was die einzig mögliche Antwort war.

Den Unterlagen zufolge war der Kerl bisher immer nur ein besserer Haushofmeister gewesen. Es gab keinen Hinweis darauf, dass er jemals wirklich etwas mit der geschäftlichen Leitung dieser Freudenhäuser und Casinos zu tun gehabt hatte. Wieso sollte es auf *La Reine de la Seine* anders sein?

»Denken Sie … ernsthaft über mein Angebot nach?« säuselte Esterhazy.

»Denken Sie denn ernsthaft über meins nach …?« säuselte Monique zurück.

Natürlich tust du das, dachte sie. Wer täte das nicht? Aber du hast einfach nicht die Befugnis, es anzunehmen.

»*La Reine* ist nicht an Außenstehende zu verchartern«, sagte Esterhazy mit einer Pose großspuriger und alles andere als überzeugender aristokratischer Hochnäsigkeit. »Nicht für königliche Hochzeiten, nicht für Papstkrönungen, nicht für die Wiederkunft von Jesus oder Elvis, und nicht einmal für Sie, ma chérie.«

Na klar, dachte Monique, und vielleicht, nur vielleicht hast du ja die Befugnis, die Farbe des Klopapiers zu ändern.

Aber das konnte er natürlich nicht zugeben.

Und es wäre auch nicht klug, die Sache zu forcieren.

Besser, sie eröffnete ihm einen eleganten Ausweg.

»Ich *glaube,* ich kann den Kunden dazu bringen, zwei Millionen LE zu schlucken, Eric, also belassen wir's bis morgen dabei«, sagte sie, brachte ihn dann, als er zu einer Erwiderung ansetzte, mit erhobener Hand zum Schweigen und bedachte ihn mit ihrer Version eines Schlafzimmerblicks. »Wir sollten uns erst entscheiden, wenn wir … darüber geschlafen haben.«

Prinz Esterhazy setzte sofort sein ganzes Schlafzimmercharisma in Bewegung. »Nun ja«, schleimte er, »das ist ein Angebot, dem ein Kavalier kaum widerstehen kann. Es ließe sich kaum leugnen, dass dieses Gespräch bei einem Champagnerfrühstück vielleicht besser verlaufen würde.«

Monique war nicht abgeneigt. Es wäre nicht das erste Mal, dass sie sich zu einem taktischen Fick herbeiließ, und dieser würde ohne Zweifel ein echtes Vergnügen sein. Eric Esterhazy hatte zwar nicht gerade das, was sie für einen tollen Charakter hielt, war aber ein schönes männliches Tier und angesichts seiner offenkundig hohen Meinung von sich selbst als Verführer sowie der Art seines Berufs wäre es eine ziemliche Überraschung, wenn er sich nicht als echter Hengst vor dem Herrn erweisen würde.

Monique seufzte innerlich. Nein, das wäre eine höchst kontraproduktive Taktik. Ihn ›darüber schlafen‹ zu lassen, hatte nur den Zweck, ihm ein Gespräch unter vier Augen mit der Person zu ermöglichen, welche die finanziellen Entscheidungen traf – die würde die zwei Millionen nämlich garantiert akzeptieren –, und ihm die Chance zu geben, das Gesicht zu wahren, indem er so tat, als hätte er einfach seine Meinung geändert. Aber das ging nicht, wenn sie über Nacht blieb.

»Sagen wir lieber, bei einem Mittagessen«, erwiderte sie.

Eric lächelte. »Wollen Sie mich so lange bei der Stange halten?«

Monique überlegte unwillkürlich, ob sie das konnte. Oder ob *er* es konnte. Aber dies war nicht der richtige Zeitpunkt, um es herauszufinden.

»Vielleicht in Euren Träumen heute Nacht, süßer Prinz«, sagte sie trocken und stand auf. »Erst das Geschäft, dann … das *Vergnügen*«, erklärte sie in aufreizendem Ton. »Mädchen aus New York machen's nur in dieser Reihenfolge.«

Nach seinem verlockenden und frustrierenden Tête-à-tête mit der süßen und biestigen Monique Calhoun war Eric Esterhazy nicht in der Stimmung für ein alternatives romantisches Rendezvous und hatte den dringenden Wunsch, ihr irrwitzig großzügiges Angebot nach oben weiterzuleiten. Deshalb rief er seine Mutter an und traf sich mit ihr auf dem Weg zum Schiff in einem anonymen kleinen Café auf einen raschen Drink.

»*Zwei Millionen*, Mom«, stöhnte er. »Kannst du dir vorstellen, wie das ist, zu *zwei Millionen LE* nein zu sagen?«

»Kann nicht behaupten, dass ich schon mal das Vergnügen gehabt hätte«, erwiderte Mom schleppend.

»Tolles Vergnügen! Ungefähr so angenehm wie ... wie ...«

Mom musterte ihn wissend.

»Ein Satz blauer Eier?« schlug sie vor.

»*Wie* bitte?«

»Die Nüsse im Schraubstock, Kleiner, nix Coitus aber viel interruptus.«

Nach Dads Tod war Mom eine Anhängerin jener obskuren amerikanischen Gangsterredensarten geworden, die wahrscheinlich schon hundert Jahre vor ihrer Geburt großenteils veraltet gewesen waren. Befreit von der Notwendigkeit, ihre frühere Identität zu verheimlichen, und aus Not gezwungen, den Ruhestand aufzugeben und ihren Bürger-Aktionärsstatus bei Böse Buben zu reaktivieren, amüsierte sie sich, indem sie eine Karikatur der altmodischen ›Gangsterbraut‹ gab.

Ihr momentanes Kostüm war typisch. Ein Abendanzug aus schwarzem Leder mit antikem weißem Männerhemd und Schlips, ein grauer Filzhut, der keck und schräg auf ihren ziemlich kurz geschnittenen eisengrauen Locken saß, und eine verspiegelte Sonnenbrille mit weit herumgezogenen Gläsern, die die Falten um ihre harten blauen Augen herum verbarg.

»Dein Vater war nie 'n schlauer alter Fuchs«, sagte sie gern mit einem schlüpfrigen Blinzeln, »aber ich bin 'ne ganz schön durchtriebene alte Füchsin.«

Und das schien sie in den Augen von Herren eines gewissen Alters wirklich zu sein. Eric gab sich nicht der Illusion hin, dass er ohne die ›Hintertür-Diplomatie‹, wie sie es nannte, dorthin gelangt wäre, wo er jetzt war, und nun brauchte er ihr diplomatisches Geschick.

»Wo liegt das Problem, Eric?«

»Ich hab mich nicht nur wie ein Idiot gefühlt, als ich ihr Angebot abgelehnt habe, sondern auch irgendwie ... *impotent*. Als wäre ich nur so was wie ein ... ein ...«

»Türsteher in schicker Livree?« schlug Mom vor.

Eric errötete. »So muss es ihr jedenfalls vorgekommen sein.«

»Tja, und was soll ich nun machen, soll ich ihr sagen, dass du in Wirklichkeit 'n ganz harter Bursche bist, dessen Weg mit Leichen gepflastert ist?«

»Ich will, dass du Eduardo anrufst. Und zwar jetzt gleich.«

Eduardo Ramirez war Erics offizieller inoffizieller Kontaktmann zur Chefetage von Böse Buben und Eric hätte ihn genauso gut selbst anrufen können. Aber Eduardo war auch einer von Moms Lovern und wenn Eric durch sie an ihn herantrat, verschaffte ihm das auf verdrehte Weise einen gewissen Vorteil.

»Und was soll ich ihm sagen?«

»Erzähl ihm von Monique Calhouns Angebot.«

»Warum?«

»*Warum*? – Damit er mich ermächtigen kann, es anzunehmen.«

»Du denkst doch wohl mit dem Schwanz, Eric! Im Oberstübchen musst du doch wissen, dass da nichts draus wird. *La Reine* ist nicht zu haben, basta, und du weißt, warum. 'ne zusätzliche Million für zehn Tage wäre nett, ist aber nicht das Risiko wert, das eigentliche Unternehmen in Gefahr zu bringen.«

»Ruf Eduardo an, Mom. Erzähl ihm die Geschichte. Geh ihm ein bisschen um den Bart.«

»Ich tu dir den Gefallen und ruf ihn an, Eric«, erklärte Mom. »Aber falls, wenn und wie ich Eduardo um den Bart gehe, ist allein seine und meine Sache.«

Sie holte ihr Handy aus der Handtasche, stand vom Tisch draußen auf dem Trottoir auf und ging ein diskretes Stück weiter, bevor sie es benutzte.

Eric saß gute fünf Minuten lang da und trommelte mit den Fingern auf den Tisch, während er zusah, wie Mom mit Eduardo Ramirez sprach. Als sie endlich fertig war, drehte sie sich um, nahm mit einer irgendwie nachdenklichen Geste ihre Sonnenbrille ab und kam mit ebensolcher Miene langsam zum Tisch zurückgeschlendert.

»Na?« fragte Eric.

»Also, wir treffen uns mit Eduardo auf dem Schiff.« Mom schüttelte leicht den Kopf. »Er fand das sehr interessant. Er will ein ernstes Gespräch darüber führen.«

Eric musterte sie verschmitzt. »Komm schon, Mom, wie hast du das angestellt?« fragte er schmeichlerisch. »Was hast du ihm erzählt, um das hinzukriegen?«

Mom zuckte die Achseln.

»Nur die Tatsachen, Ma'am«, sagte sie mit seltsamer, ausdrucksloser Stimme, zweifellos wieder so ein Spruch aus einem ihrer obskuren Gangsterfilme.

Eric kapierte es nicht.

Und nach ihrem Gesichtsausdruck zu urteilen, kapierte Mom es ebenfalls nicht.

La Reine de la Seine versorgte ihre Gäste auf Deck mit Speis und Trank, Musik, Drogen, Sex und Spielen, bot aber keinerlei Rückzugsmöglichkeit für Prinz Eric Esterhazy, der zwei Stunden lang das Übliche tat – an Bord kommende Gäste begrüßen, an der Bar, den Bakkarat- und Pokertischen plaudern, Hände drücken und Egos massieren –, bevor er Gelegenheit hatte, unter Deck zu schlüpfen, wo es diskreter zuging.

Unterhalb der Wasserlinie befanden sich neben dem Maschinenraum und der Kombüse auch die Boudoirs für die intimeren Kontakte, Erics Ankleideraum und ein sicherer Raum, dessen Schloss auf seinen Retina-Abdruck eingestellt war und in dem das Material der Überwachungsgeräte zusammenlief.

Die Boudoirs waren allesamt von zahlenden Gästen belegt und da Eric die Zusammenkunft mit Eduardo Ramirez und seiner Mutter nicht in einem besseren Kleiderschrank mit Bett abhalten wollte, trafen sie sich im Computerraum.

Dies war der Herzstück des eigentlichen Geschäfts an Bord und dementsprechend war hier alles sachlich-nüchtern, ohne jedes Louisiane-perdue-Dekor. Schlichte graue Schotts. Ein Wand voller Bildschirme. Eine Computeranlage, deren schmuckloses Äußeres eine mächtige Zehn-Ratten-Meatware verbarg, die ein ultramodernes KI-Programm unterstützte. Aufzeichnungsgeräte. Schachteln mit einem Vorrat an Speicherchips und Speicherkarten. Und nur zwei Drehstühle, sodass Eric stehen bleiben musste, während Mom und Eduardo Platz nahmen.

Sie gaben ein merkwürdiges Paar ab, wenn sie so nebeneinander saßen, Mom in ihrem schwarzen Anzug und dem Bogie-Hut, Eduardo lässig-elegant wie immer, in einer blauweißen Seersucker-Hose und einem beigefarbenen Jackett aus echtem Hirschleder. So ungefähr das Einzige, was sie gemeinsam zu haben schienen, war, wie gut sie gealtert waren; Mom war immer noch so gut in Schuss, dass sie in ihrer Kluft nicht lächerlich wirkte, und Eduardo sah mit seinen perfekt frisierten schwarzen Haaren, seinem weißen Plastron und seiner affektierten Brille mit Goldrand aus wie ein eminent erfolgreicher Film-, Theater- oder Opernregisseur.

»Also Eric, du bist ernsthaft der Meinung, wir sollten

eine Ausnahme von unserer Geschäftspolitik machen und das Schiff verchartern?« fragte Eduardo Ramirez.

»Eine zusätzliche Million LE für eine zehntägige Charter von *La Reine*? Warum nicht? Narren und ihr Geld.«

»Brot & Spiele ist für dich also 'n Narrenschiff?« fragte Ma gedehnt.

»Die UN schon, und es ist *deren* Geld.«

»Das vermutest du jedenfalls«, sagte Eduardo.

»Das vermute ich?«

»Die Vereinten Nationen sind seit Jahrzehnten so arm, dass sie fast schon chronische Bettler sind. Bist du nicht neugierig, woher diese plötzliche enorme Aufstockung ihres Budgets kommt?«

»Zuerst die Beute, Fragen stellen können wir später immer noch, wie Mom sagen würde. Wen kümmert's, woher das Geld kommt, solange wir wissen, dass es in unsere Taschen wandert?«

Eduardo setzte den sinistren, heimtückischen Blick eines Paten in einem von Moms alten Gangsterfilmen auf. Das war eigentlich nicht sein Stil, aber wenn Mom dabei war, tat er manchmal so als ob, um ihr eine Freude zu machen.

»Mich kümmert's«, sagte er. »Weil wir's wissen.«

»Was wisst ihr?«

»Woher das Geld kommt. Es wäre vielleicht interessant zu erfahren, warum.«

»Und deine kleine Mademoiselle Calhoun?« schaltete sich Mom ein. »Könnte sein, das ihr VIP-Service-Job bei Brot & Spiele nur Tarnung ist.«

»Tarnung wofür?«

»Womöglich wäre es in unserem Interesse, auch auf *diese* Frage eine Antwort zu finden«, sagte Eduardo. »Deshalb hast du in gewisser Weise, wenn auch nicht aus dem richtigen Grund, Recht damit, dass wir *La Reine* an sie verchartern sollten.«

Eric musterte ihn völlig verwirrt. »Ich habe Recht? Aber nicht aus dem richtigen Grund? Hättest du was dagegen, mir zu sagen, was ich wissen muss?«

»Was *du* wissen musst, ist, dass Monique Calhoun nur eine Mediensöldnerin von Brot & Spiele zu sein schien«, erklärte ihm Eduardo. »Wir sind zum ersten Mal auf sie aufmerksam geworden, als sie nach Libyen geflogen ist und sich da scheinbar einen brillanten Trick ausgedacht hat, der zum Abschluss eines Geschäfts führte, von dem Advanced Projects Associates, das die große blaue Maschine vertrat, ein israelisches Bausyndikat und wir gemeinsam profitiert haben. Kurz darauf ist sie in Paris aufgetaucht, wo sie offiziell den UNACOCS-VIP-Service von Brot & Spiele leitet, und ihr Kontakt zu ihrem Auftraggeber läuft über den Mossad. Was sagt dir das, Eric?«

Eric starrte ihn verständnislos an.

»Benutz deinen Grips!« riet ihm seine Mutter. »Die kleine Mademoiselle Niemand bringt in Libyen angeblich einen tollen Deal für die große blaue Maschine und ein israelisches Syndikat zuwege und rumms, bumms taucht sie hier auf und leitet B&S' VIP-Operation für Big Blue mit Hilfe von deren Mossad-Aufseher ...«

»Moment mal!« rief Eric. *»Die große blaue Maschine* steht hinter der Konferenz?«

»Nein«, sagte Mom, »die UN kriegen ihre Kohle mittels fliegender Untertassen von Alpha Centauri.«

»Na so was«, sagte Eric.

»Genau«, bestätigte Eduardo.

Nun fügte sich alles zusammen. Der Mossad und das israelische Bausyndikat mochten halbautonome Elemente der ehemaligen Vollsouveränität Israel sein, aber israelische Syndikate neigten dazu, sich gegenseitig anzuheuern und einander den Rücken zu kratzen.

Nach Ockhams Skalpell folgte daraus in der Tat, dass ein cleverer Schachzug in Libyen, von dem ein israelisches Bausyndikat und Big Blue profitierten, höchstwahrscheinlich von einer schlauen Denkfabrik des Mossad und nicht von einer B&S-Mitarbeiterin aus den unteren Rängen eingefädelt worden war.

Vor allem, wenn sie kurz darauf weit von ihrem normalen Revier entfernt auftaucht und einem Mossad-Aufseher in Diensten der großen blauen Maschine unterstellt ist.

Aber …

»Aber warum finanziert Big Blue eine Klimakonferenz der Vereinten Nationen in einer grünen Stadt wie Paris? Und für wen arbeitet Monique Calhoun? Für Brot & Spiele? Big Blue? Den Mossad? Und warum ist ihr geheimnisvoller Auftraggeber bereit, zwei Millionen LE auszugeben, um *La Reine* für die Dauer der Konferenz zu chartern?«

Eduardo Ramirez lächelte Eric an wie ein Lehrer, der sich freut, dass ein nicht unintelligenter, aber etwas langsamer Schüler es schließlich kapiert hat.

»Das«, sagte er, »möchten *wir* gern wissen.«

»Und das heißt?«

»Das heißt, als galanter Kavalier, der du bist, gibst du nach. Bis zu einem gewissen Punkt. Für zwei Millionen LE kann sie *La Reine de la Seine* für die Dauer der Konferenz haben, aber auf nichtexklusiver Basis. Sie stellt die eine Hälfte der Gästeliste zusammen, aber du behältst die Kontrolle über die andere.«

»Für *zwei Millionen LE*? Darauf wird sie sich nie im Leben einlassen. Sie wird ihr Angebot halbieren.«

»Dann lässt du dich in Zehnprozentschritten auf anderthalb Millionen runterhandeln.«

»Wie kommst du darauf, dass sie – wer immer sie sein mögen – so hoch gehen?« fragte Eric.

»Weil sie nicht bereit gewesen wären, zwei Millionen LE hinzulegen, nur um ihre auserwählten Gäste stilgemäß zu bewirten«, erklärte ihm Eduardo. »Weil man in den Gewässern, in denen sowohl Böse Buben als auch der Mossad schwimmen, davon *ausgehen* würde, dass *La Reine* für uns ein Unternehmen zur Informationsbeschaffung ist. Hauptsächlich aus diesem Grund wollen sie das Schiff chartern. Und deshalb werden sie auch bereit sein, anderthalb Millionen zu zahlen, wenn du Mademoiselle Calhoun nach zähen, harten Verhandlungen widerstrebend erlaubst, die Überwachungseinrichtungen zu benutzen.«

»*Was*? Das gefährdet das ganze Unternehmen!«

»Lieber im Zelt sein und rauspissen als draußen sein und reinpissen, in den unsterblichen Worten von Lyndon Johnson«, sagte Mom kryptisch. »Vor allem, wenn es *dein* Zelt ist und du die Kontrolle hast.«

»Mademoiselle Calhoun darf keinen unabhängigen Zutritt per Retina-Abdruck zu diesem Kontrollraum bekommen«, erklärte Eduardo. »Sie darf nicht allein hier herein. Sie darf niemanden hierher mitbringen. Sie darf vor allem nicht erfahren, dass Ignatz existiert. Sie kauft nur die Echtzeit-Rohdaten und die Mittel, sie aufzuzeichnen.«

»Ein *Disney*«, sagte Eric. Die Sache begann ihm Spaß zu machen.

»Sozusagen«, erwiderte Eduardo.

»Und du wirst die ganze Zeit an ihrer Seite sein, um sie an der Klitoris rumzuführen«, sagte Mom. »Mach dich an sie ran. Finde raus, was los ist.«

»Also … Mutter, du schlägst doch nicht etwa vor, dass ich … die Frau *verführe*, oder?«

»Es ist ein schmutziger Job, Eric, aber irgendwie denke ich, du wirst dich der Aufgabe … gewachsen zeigen, Kleiner.«

Avi Posner hatte Monique das Wort abgeschnitten, als sie ihm von Eric Esterhazys Anruf und seinem ziemlich unerwarteten Vorschlag erzählte.

»Gehen Sie *nie* davon aus, dass ein Telefon abhörsicher ist«, hatte Posner ihr erklärt. »Aber man kann im Allgemeinen davon ausgehen, dass die Zimmer in einem Hotel vom Niveau des Ritz sauber sind, denn wenn da jemand eine Wanze fände, würden die Übernachtungsziffern rasch gegen Null gehen. Ich bin in zwanzig Minuten da.«

Während sie wartete, dachte Monique eine Weile darüber nach, ob Posner jemals eine Suite im Ritz von innen gesehen hatte, und falls nicht, ob das nicht vielleicht – mehr als die Sicherheitsfrage – sein Hauptmotiv gewesen war.

Er brauchte nur fünfzehn Minuten. Sie öffnete die Tür, bat ihn mit einer ironischen kleinen Verbeugung herein und beobachtete seine Reaktion, während er den riesigen Salon inspizierte. Sein prüfender Blick schweifte rasch über das blaugoldene Velours, die antiken Möbel, die Teppiche, die Mahagoni-Medienkonsole mit den silbernen Intarsien, die Spiegel, den Kronleuchter und die Gemälde, als wäre er der Gutachter eines Versicherungssyndikats.

»*Bordel*, wie die Franzosen sagen würden«, meinte er. Endlich verzog sich sein Gesicht zu einem kleinen Lächeln. »Oder vielleicht genauer, ein *Puff*.«

Sehr witzig. Posner nahm auf der vordersten Kante eines gelb-silbern gestreiften Lehnsessels Platz. Sonderlich bequem saß er da nicht.

»Also?« sagte er.

Monique setzte sich auf eine dazu passende Couch jenseits eines kurvenreichen marmornen Couchtischs.

»Esterhazy hat gestern noch spät nachts angerufen und mir erklärt, ich hätte ihn dermaßen bezaubert, dass er seine Meinung geändert habe und nun bereit sei, unser Zwei-Millionen-Angebot für *La Reine* zu akzeptieren.«

»Das war leicht«, sagte Posner misstrauisch.

»Es gibt einen Haken«, erklärte Monique. »Einen ziemlich großen.«

»Das beruhigt mich«, versicherte Posner und seine Körpersprache schien zu besagen, dass er es ernst meinte.

»Für zwei Millionen LE kriegen wir das *halbe* Schiff.«

»Das halbe Schiff? Wie soll das gehen?«

»Wir dürfen die eine Hälfte der abendlichen Gästeliste zusammenstellen, aber Esterhazy behält die Kontrolle über die andere.«

»Interessant ...« murmelte Posner. »Vielleicht besser als erwartet ...« Dann in schärferem Ton: »Wie haben Sie reagiert?«

»Halbe Gästeliste, halbes Geld.«

»Und er ...?«

»Eine Million achthunderttausend.«

»Und Sie?«

»Eine Million zweihunderttausend. Dann hat er vorgeschlagen, wir sollten bei einem Mittagessen auf *La Reine* weiterfeilschen. Und ich habe mächtig erleichtert ja gesagt.« Monique zuckte die Achseln. »Ich hatte nämlich keine Ahnung, ob Sie überhaupt wollen, dass ich auf dieser Basis weiterverhandle.«

»Ausgezeichnet!« erklärte Posner. »Das haben Sie sehr gut gemacht.«

»Wirklich?«

Avi Posner sprang auf und begann, einen Kreis in einen teuren Teppich zu laufen, während er sprach. »Wir wissen jetzt, dass die Höhe der Miete kein ernsthaftes Problem ist und dass die politische Ebene von Böse Buben ihre eigenen Gründe hat, *unsere* Gäste auf *ihr* Schiff zu lassen ...«

»Böse Buben!« rief Monique aus. »Sie haben mir nicht gesagt, dass *La Reine de la Seine* ein Böse-Buben-Unternehmen ist!«

Posner blieb abrupt stehen und musterte sie verblüfft.

»Das hätte ich Ihnen sagen müssen? Esterhazy arbeitet als Strohmann für eine Reihe von Casinos und Freudenhäusern und übernimmt dann die gleiche Funktion bei *La Reine* und Sie glauben, er ist … ja, was, ein Bürger-Aktionär von Mondschein & Rosen?«

Jetzt, wo sie auf so dezente Weise mit der Nase darauf gestoßen wurde, kam sich Monique wirklich ein bisschen naiv vor, weil sie das Offensichtliche nicht gesehen hatte. Tatsächlich bewirkten die Machenschaften von Avi Posner und seinen geheimnisvollen Hintermännern, dass ihr New Yorker Selbstbildnis als welterfahrene Frau deutliche Risse bekam.

»Also interessiert sich Böse Buben oder deren Auftraggeber für das *Interesse unseres Auftraggebers* an UNACOCS«, fuhr Posner wie zuvor fort und begann wieder, seine Kreise zu ziehen. »Sonst würden sie nicht vorschlagen, ihren Datenschwamm mit uns gemeinsam zu nutzen …«

»*Datenschwamm*?«

Wieder blieb Posner jählings stehen. Wieder warf er Monique einen Blick zu, der ihr das Gefühl vermittelte, von gestern zu sein. »Was glauben Sie denn, warum wir bereit sind, einen derart überhöhten Preis für das Schiff zu bezahlen?«

»Äh … weil es momentan das Nonplusultra an Chic in Paris ist?«

Avi Posner verdrehte die Augen zur Rokoko-Decke.

Es wäre schön gewesen, wenn ihr jetzt ein intelligenter Spruch eingefallen wäre, aber in ihrem Oberstübchen herrschte totale Sendepause, und sie merkte wieder einmal abrupt, dass sie ins Schwimmen geraten war.

»Böse Buben hätte die Chance, das Schiff gründlich zu verdrahten, garantiert nicht ungenutzt verstreichen lassen. Man braucht wahrlich keine Insider-Informationen, um zu diesem Schluss zu kommen, man muss nur davon ausgehen, dass man es nicht mit Schwachköpfen zu tun hat«, sagte Posner.

Er setzte sich hin. Er runzelte die Stirn.

»Ich hatte angenommen, sie würden sich am Ende einfach bereit erklären, uns Zugang zur Überwachungsanlage zu gewähren, wenn wir ihnen klarmachen, dass sonst nichts aus dem Deal wird ...«

»Und wenn wir sie mit einem total überhöhten Preis in Versuchung führen!«

Statt des breiten, zustimmenden Grinsens, das sie sich erhofft hatte, bekam Monique bloß ein kurzes Nicken zur Antwort, das sie jedoch als Zeichen professioneller Anerkennung aufzufassen beschloss.

»Aber jetzt hat es den Anschein, als gäbe es da jemand, der *möchte*, dass wir genau das tun«, murmelte Posner vor sich hin. »Da könnte man als rationaler Mensch ja fast über die Dialektik der Dritten Kraft ins Grübeln kommen ...«

»Böse Buben selbst?« schlug Monique lebhaft vor.

»Vielleicht ... vielleicht auch nicht ...«

»Aber *warum*?«

Avi Posner schien sich unvermittelt wieder zu konzentrieren. »Das sind in der Tat die entscheidenden Fragen«, sagte er scharf. Das Lächeln, das er ihr zuwarf, hatte nichts Fröhliches.

»Und es würde als Akt der Freundschaft betrachtet werden, wenn Sie es herausfänden«, fügte er auf eine Art hinzu, die in ihr nicht gerade das Bedürfnis weckte zu erfahren, als was für ein Akt es betrachtet werden würde, wenn sie es nicht tat.

»Also ... ähm ... wie soll ich mich nun Esterhazy gegenüber verhalten?« fragte Monique nervös. »Soll ich mich mit ihm einigen? Wie hoch soll ich gehen?«

»Oh, natürlich einigen Sie sich mit ihm«, sagte Posner sofort, »und Sie gehen so hoch, wie es dazu nötig ist.«

Für einige lange Augenblicke schien sein Blick nachdenklich über eine innere Landschaft zu schweifen.

»Aber Sie machen es ihm nicht leicht«, sagte er schließlich. »Und wenn Sie sich zu guter Letzt mit einer Zahl einverstanden erklären, sagen Sie ihm, dass ohne Zugriff auf die Überwachungsdaten nichts aus dem Deal wird.«

»Glauben Sie wirklich, dass Esterhazy sich darauf einlässt?«

»*Esterhazy* hätte gar nicht die Befugnis, ja oder nein zu sagen«, erklärte ihr Posner.

»Wenn er also eins von beidem tut, heißt das, unser Ansinnen ist schon vorhergesehen worden …«

Nun schenkte Avi Posner ihr endlich ein echtes anerkennendes Lächeln, eine virtuelle Streicheleinheit. »Sehr gut, Monique«, sagte er. »Sie lernen schnell.«

Monique sonnte sich jedoch nur kurze Zeit in Posners Anerkennung.

Oh, sie lernte schnell, da hatte er Recht.

Die beunruhigende Frage war nur, *was* lernte sie?

Um zum Ankerplatz von *La Reine de la Seine* am Quai Branly zu gelangen, musste Monique einen billigen Touristenpier umgehen, der als Vergnügungsviertel im Stil von New Orleans des neunzehnten Jahrhunderts aufgemacht war, ein jämmerlicher Anblick, dessen vollendete Geschmacklosigkeit nur dadurch beeinträchtigt wurde, dass die herumschlendernden, Banjo spielenden Minstrels echte Schwarze waren und keine Weißen mit schwarz gefärbten Gesichtern.

Sobald sie durch den Zaun um die private Anlegestelle von *La Reine* geschlüpft war, verdeckte eine Hecke den Blick auf diesen schäbigen Vergnügungspark, doch obgleich der als überdimensionale Gartenlaube einer Plantagenvilla gestaltete Einstiegspavillon möglicherweise ein Heidengeld gekostet hatte, kam er ihr trotzdem wie ein weiteres Disney vor.

Am Landungssteg vertäut, ohne seine Lightshows und Holo-Schornsteine, schien der große weiße Schaufelraddampfer selbst nur ein Schatten der Grande Dame zu sein, die sie vom Speiseraum von La Cuisine Humaine aus voller Licht und Klang und unter virtuellem Dampf auf dem Fluss hatte dahingleiten sehen.

Prinz Eric Esterhazy empfing sie persönlich an der Gangway. Sein Aufzug – ein bunt gemusterter, kurzärmeliger afrikanischer Freizeitdress in Rot, Gelb und Braun – entsprach zwar wahrscheinlich seiner Vorstellung von zwangloser Kleidung, machte ihn aber auf verdrehte Weise zu einer Gestalt, die gerade durch den Gegensatz an die Minstrels mit Strohhüten und Pfefferminzstangenanzügen erinnerte, die sie gerade auf dem Touristenpier gesehen hatte.

»Herzlich willkommen an Bord der *Königin des Flusses*, o Königin meines Herzens«, schleimte er und küsste ihr die Hand, aber mit einem süffisanten Touch, der durch das Schmalz schnitt und die Geste *beinahe* charmant machte.

»Ich werde Ihnen persönlich das ganze Schiff zeigen«, verkündete er, während er sie durch den überdachten Gang führte, der die Kabine auf dem Unterdeck wie der Säulengang einer Plantagenvilla umgab. »Normalerweise ist um diese Zeit niemand an Bord, aber ich habe unseren Küchenchef überredet, ein paar kleine Snacks zuzubereiten, die wir im Freien einnehmen werden.«

An Bord musste Monique nun freimütig zugeben, dass *La Reine* selbst im Leer- und Ruhezustand eindrucksvoll war, und eher widerwillig, dass ihre Pracht ziemlich geschmackvoll war.

Das in reichem Maße vorhandene Messing war echt, bis hin zu den nautischen Armaturen und den Nägeln, mit denen die Decksplanken aus echtem Teakholz befestigt waren. Das Restaurant mit der Bühne, das den

Löwenanteil der Kabine auf dem Unterdeck einnahm, war klassisch elegant – schlichte weiße Wände, abgesetzt mit Messingbeschlägen, runde Tische mit Tischleinen in Weiß und Blau, nicht so viele Goldtressen, dass es unangenehm auffiel, einige Gemälde aus dem neunzehnten Jahrhundert, die Flussszenen vom Mississippi zeigten, in geschmackvoller Größe an den Wänden, aber keine knatterbunten Wandmalereien.

Am Bugende des Speiseraums war ein Salon mit einer großen verspiegelten Bar und Barhockern sowie bequemen Ledersesseln um niedrige Tische. Am Heckende befand sich eine weitere Bar, die man durch eine geschlossene Tür betrat. Sie war kleiner und führte auf einen kleinen, offenen, überdachten Bereich über dem Heck hinaus, war jedoch ansonsten gleich ausgestattet.

»Die Hauptbar ist öffentlich zugänglich«, erklärte Esterhazy. »Diese hier können wir schließen und in einen Privatclub verwandeln, den Sie für Besprechungen benutzen können.«

Sie gingen in die Kabine zurück und Esterhazy führte sie eine Wendeltreppe aus Messing und Teak hinauf, die direkt ins Casino auf dem Oberdeck mündete. Backbord gab es eine niedrige Bühne und ein Musikerpodium, steuerbord eine Bar ohne Sitzplätze. Die Decke war dunkelgrün gestrichen und von ihr hing eine momentan stillstehende Spiegelkugel mit vom Rauch dunkel bronzierten Glasfacetten herab. Die weißen Holzvertäfelungen der Wände wurden von einer Überfülle geölter Eiche umrahmt.

In der Mitte des Raums standen Roulette-, Würfel- und Bakkarat-Tische, aber den größten Teil nahmen kleine runde Tische ein, an denen man Poker, Blackjack oder Bridge spielen konnte, und sie waren alle mit grünem Billardfilz bezogen.

Der Effekt war äußerst seltsam. »Eigentlich müsste es ein Wort dafür geben«, meinte Monique. »Das ist so eine Art umgekehrtes Disney, nicht wahr? So designt, dass es *weniger* schäbig ist als das echte.«

Eric Esterhazy warf ihr einen langen, prüfenden Blick zu, der intelligenteste Ausdruck, den Monique bisher auf seinem theaterhaft hübschen Gesicht gesehen hatte.

»Die Klientel, die wir bevorzugen, interessiert sich nicht für fanatisches Spielen«, sagte er. »Oder vielmehr, wir wollen so eine Klientel nicht haben.«

Monique ging zu einem der kleinen Tische, strich neckisch über die Filzfläche, die Ränder, und fuhr mit der Hand unter den Tisch, rechnete aber nicht wirklich damit, dass sie etwas Offensichtliches finden würde. »Ist Ihnen eine Klientel lieber, die sich bei ein paar Drinks und ein paar Wetten entspannt, bis alle so weit aufgetaut sind, dass sie ein bisschen miteinander plaudern – diskret und ganz offen ...?«

Einen Moment lang verschränkten sich ihre Blicke. Esterhazys Miene war so einstudiert ausdruckslos wie die eines Dressmans auf einem Modefoto. »Also wirklich, Monique, Sie wollen doch wohl nicht andeuten, dass wir so unfein wären, diese Kathedrale des Vergnügens zu *verwanzen*?«

»Abah Prinz Eric, wie könnte denn wohl 'n nettes Mädel wie ich auf so 'ne gemaine Idee komm'?« leierte ihm Monique von spanischem Moos triefend, aber mit der gleichen kalten, ausdruckslosen Miene entgegen.

Das Casino war von einer offenen, nicht überdachten Promenade mit weißen Gartentischen am Bug und am Heck eingefasst. Einer der hinteren Tische war mit einem weißen Tischtuch, blauem Porzellan, Silberbesteck, Kristallglas und einem silbernen Eiskübel mit einem trockenen weißen Burgunder statt Champagner darin gedeckt.

Esterhazy geleitete sie zu dem Stuhl mit Blickrichtung zum Heck, sodass Monique durch einen Schirm aus Palmen und Bougainvilleas einen prachtvollen

Blick auf den Eiffelturm und den großen Bogen des Trocadéro jenseits des Flusses hatte; Mauerwerk glänzte überall dort, wo es durch das wuchernde Laubwerk lugte, in der hellen Mittagssonne, leuchtend grüne, rote und blaue Papageien kreischten und schnatterten in der Blütenpracht der tropischen Gärten.

»Eindrucksvoll«, musste Monique zugeben.

»Bien sûr«, sagte Prince Eric und stieß mit ihr an. »Und nur angemessen, denn sind wir nicht schließlich auch zwei eindrucksvolle Menschen?«

Von denen einer offensichtlich mehr von sich selbst beeindruckt ist als von irgendjemand anderem auf dem Planeten, dachte Monique, aber es war trotzdem ein Toast, der einem gar keine andere Möglichkeit ließ, als darauf zu trinken.

Die ›paar kleinen Snacks‹, von denen Eric in einer Art Rückwärtseffet-Taktik gesprochen hatte, die von Brot & Spiele hätte stammen können, erwiesen sich ebenfalls als eindrucksvoll. Austern, glücklicherweise nicht Bienville, sondern roh aus der Schale und in Nestern gebratener Safrannudeln serviert. Nicht aus dem Mittelmeer stammende Garnelen, aber auch winzige Krebsschwänze, amüsanterweise ausgerechnet aus New York importiert, mit Scheiben von frischem Ingwer, Endivie und roten Zwiebeln kurz in Walnussöl rührgebraten und auf einem kalten Salat aus Mango, Papaya, Kokosnuss, Limonenscheiben und ganzen, frischen Basilikumblättern angerichtet.

So eindrucksvoll, dass Monique es ein bisschen geschmacklos gefunden hätte, vor dem Dessert – in Rum und Zimt eingelegte Pfirsiche und Aprikosen auf einer kalten Champagnermousse – aufs profane Geschäft zu sprechen zu kommen.

Alles vielleicht ein bisschen dick aufgetragen, aber man konnte sich sicher daran gewöhnen. Doch wenn sie wusste, was gut für die sich anbahnende längerfristige, funktionierende Beziehung zu Eric Esterhazy war, ganz zu schweigen von ihrer Taille, dann sollte sie lieber darauf achten, ihren Vorteil ihm gegenüber ebenso zu wahren wie ihr inneres Gleichgewicht.

Prinz Eric Esterhazy fand diese pekuniäre Pavane allmählich langweilig, und er hatte das Gefühl, dass Monique Calhoun ebenfalls sinnlos um die Summe herumtanzte, auf die es letztendlich hinauslaufen würde.

»Eine Million dreihunderttausend …«

Jetzt sie mit ihrem Knicks.

»Eine Million siebenhundertausend …«

Und ich mit meiner Verbeugung.

Er wusste mittlerweile genug über die bestrickende Mademoiselle Calhoun – auch ohne harte Informationen darüber, für wen oder was sie ihre Stricke auswarf –, um der festen Überzeugung zu sein, dass es bei diesem Gefeilsche kaum um die momentane Vierhunderttausend-LE-Differenz zwischen ihren Positionen ging.

»Wollen wir nicht auf den Punkt kommen?« schlug er vor.

»Wieso, Eric, ich dachte, das *wäre* der Punkt«, schnurrte sie.

»Finden Sie nicht, dass dieses ganze Tauziehen um Zahlen ein bisschen unter unserer Würde ist? Das sollte man doch lieber Buchhaltern überlassen, meinen Sie nicht, Monique?« Er schenkte ihr sein schönstes Schlafzimmerlächeln. »Was sind denn schon vierhunderttausend LE unter Leuten, die Freunde sein möchten?«

»Vierhunderttausend hier, vierhunderttausend dort«, sagte sie mit unbewegter Miene, »nach einer Weile läppert sich das.«

Eric musste unwillkürlich lachen. »Nach meinen Berechnungen ist die Hälfte von vierhunderttausend zweihunderttausend, und wenn man die entweder zu eins Komma drei Millionen hinzuaddiert oder von eins

Komma sieben Millionen subtrahiert, läuft es auf dieselben eins Komma fünf Millionen hinaus …«

Er ließ den restlichen Wein in seinem Glas kreisen und lehnte sich in seinen Stuhl zurück. »Also«, sagte er, »wir können das Tänzchen entweder fortsetzen und uns in langwierigen Zehntausend-LE-Schritten allmählich auf die Zahl zubewegen, die wir, wie wir beide wissen, erreichen werden, oder wir betrachten die Differenz als geteilt und gehen zu etwas Amüsanterem über. Was sagen Sie, Monique?«

»Ich sage, ich bin bereit, auf anderthalb Millionen zu trinken«, erklärte sie ihm und stieß mit ihm an. Sie hob das Glas an die Lippen, hielt jedoch neckisch inne, bevor sie trank. »Vorausgesetzt, wir kommen zu einer Einigung darüber, *wofür* genau mein Auftraggeber anderthalb Millionen bezahlt.«

»Und Ihr Auftraggeber ist …?« fragte Eric forschend, ohne eine brauchbare Antwort zu erwarten oder zu bekommen.

»Nun, UNACOCS natürlich, die Vereinten Nationen«, sagte Monique zuckersüß. »Die nicht gerade in der Lage sind, Geld mit beiden Händen zum Fenster rauswerfen zu können, wie wir beide wissen. Und wir wissen auch, dass hundertfünfzigtausend LE pro Tag eine echte Wuchercharter für … ein reines Party-Schiff sind.«

Der neue Tanz hatte begonnen. Dieser versprach zumindest unterhaltsamer zu werden. Wer wusste, wo er enden würde? Vielleicht in einem der Boudoirs unter Deck …?

»*La Reine de la Seine* ist immerhin das beste Party-Schiff in Paris«, behauptete Eric.

»Habe ich auch gehört. Und ich habe gehört, dass es über gewisse … geheime Zusatzeinrichtungen verfügt …«

»Ah ja, unsere Boudoirs unter Deck, für die intimeren Kontakte«, sagte Eric aalglatt und bedachte sie mit einem anzüglichen Blick. »Ein Dutzend, alle verschieden ausgestattet. Möchten Sie vielleicht eins ausprobieren? Es wäre mir ein Vergnügen, es Ihnen auf angemessene Weise vorzuführen.«

»Ja, da bin ich sicher, Eric«, sagte Monique Calhoun trocken. Dann, vielversprechender: »Ich traue es Ihnen auch durchaus zu. Und irgendwann …«

Sie ließ den Rest ungesagt und stellte ihr Glas ab. »Aber jetzt noch nicht«, sagte sie scharf. »Sie sagen, dieses ganze Tänzchen langweilt Sie? Nun, mich auch. Wir wissen beide, warum ich bereit bin, einen Wucherpreis für *La Reine* zu bezahlen. Wir wissen beide, was ich wirklich will, nicht wahr?«

»Ich habe da so meine Vorstellungen«, erwiderte Eric hochnäsig.

Monique runzelte die Stirn. Jetzt kam das Endspiel, kein Zweifel.

»In Ordnung«, sagte Eric in härterem Ton, »warum sagen Sie's mir nicht?«

»Also, Eric, ich dachte schon, Sie würden mich nie fragen …«

»Nein, dachten Sie nicht.«

»Wahrscheinlich nicht, also hören wir auf mit dem Quatsch und kommen auf den Punkt, wie Sie sagen, das heißt, zu dem, worum es letztendlich geht. Nämlich, dass wir für einen Preis von anderthalb Millionen für die halbe Gästeliste Zugang zur Überwachungsanlage haben müssen, oder es wird nichts aus dem Geschäft.«

»Eine Überwachungsanlage? Wie kommen Sie denn bloß …?«

Monique Calhoun sprang auf. »Freut mich, Sie nicht näher kennen gelernt zu haben, Monsieur Märchenprinz«, fauchte sie.

»Nun warten Sie doch!«

Sie blieb stehen. »Worauf? Auf den Kaffee und die After Eights? Auf mehr Tändeleien im Mondenschein?«

Eric gab sich ganz den Anschein, als würde er in widerwilliger Resignation aufseufzen. »Schon gut, schon gut. Sie haben gewonnen. Sie können's mir nicht verübeln, dass ich's versucht habe.«

»Kommt drauf an, *was* für ein Spielchen das sein soll, oder?« sagte sie, aber in viel sanfterem Ton, und bedachte ihn mit einem verführerischen Lächeln, an dessen Aufrichtigkeit ernste Zweifel angebracht waren. »Und jetzt würde ich gern die Einrichtungen inspizieren, wenn Sie nichts dagegen haben ...«

»Mit Vergnügen. Wollen wir nach unten gehen ...?«

»Und ich meine nicht die Boudoirs!«

»O doch, die meinen Sie!«

»O nein, die meine ich nicht!«

»Kommen Sie mit, ma chérie, dann werde ich Ihnen alles ausführlich erklären«, sagte Eric.

Und Ignatz wird es genauso ausführlich vernebeln.

Monique hielt sich nicht gerade für eine Expertin in Sachen Überwachungsanlagen, aber zumindest nach ihren technisch unbeleckten Maßstäben war *La Reine de la Seine* mit einer Gründlichkeit als Datenschwamm konstruiert worden, die schon an Besessenheit grenzte.

Laut Prinz Eric gab es keinen Kubikzentimeter auf dem Schiff, der nicht von Kameras und Mikros überwacht wurde, bis hin zu den Toilettenkabinen.

Die Kameras und Mikros waren winzig, leistungsfähig und ungeheuer zahlreich. Sie verbargen sich an nahe liegenden Stellen wie in der Spiegelkugel im Casino, im Kronleuchter im Restaurant und hinter jedem Spiegel auf dem Schiff. Sie waren als alles Mögliche getarnt, von Nagelköpfen über Rokoko-Schnörkel in vergoldeten Bilderrahmen bis hin zu den Schrauben, mit denen die Toilettenpapierspender an der Wand angebracht waren.

Eric erklärte ihr das alles, während er ihr auf dem

Weg durchs Casino, die Wendeltreppe hinunter zum Restaurantdeck und eine Gangway hinab ins Land unter Deck hier und dort Beispiele zeigte.

Dort unten war von mittschiffs bis zum Heck der Funktionsbereich von *La Reine*: die Kombüse und ihre Speisekammern, der Maschinenraum und die Treibstofftanks, die Mechanik des Schaufelrads.

Mittschiffs verlief ein Quergang mit einem Teppichboden im orientalischen Design und golden schimmernden Kerzenlampen in Wandleuchtern aus Messing, und die Wände waren in einem Rosarot gestrichen, das gefährlich an das von Schamlippen grenzte. An der Bugseite des Gangs gab es eine Reihe von Türen. Eric Esterhazy zeigte ihr, was sich dahinter befand, damit sie sich daran ergötzen konnte.

Einige dieser Boudoirs entsprachen genau ihren Erwartungen. Ein Harem wie aus Tausendundeiner Nacht, eine Hippiebude aus dem Sommer der Liebe, eine Flitterwochen-Suite in leuchtendem Pink waren bei einem solchen Unternehmen natürlich unerlässlich. Das simulierte Baumhaus war unerwartet phantasievoll, ebenso wie der indische Liebestempelraum. Über das Verlies mit dem Strohboden und dem Handschellensortiment dachte sie lieber nicht genauer nach. Der Softscreen-Raum, der sich in ein beliebiges Disney verwandeln konnte, war eine moderne Note. Das Schlafzimmer des Sonnenkönigs aus dem achtzehnten Jahrhundert war für Moniques Geschmack viel zu kitschig. Der Palast aus reinem Licht war merkwürdig. Das Klassenzimmer war beunruhigend. Die Sauna kam ihr einigermaßen normal vor.

»Alles gründlich verwanzt, nehme ich an?«

»Jeder Winkel«, bestätigte Eric.

»Sie könnten ein Vermögen machen, wenn Sie aufzeichnen würden, was da vorgeht, und das Material dann …« Monique hielt inne. »Das *tun* Sie doch nicht, oder?«

»Würde ich es Ihnen sagen, wenn wir's täten? Würden die Leute, die hier herunter dürfen, mich damit ungeschoren davonkommen lassen?«

»Wahrscheinlich nicht. Aber es wäre vielleicht ein gewisses Druckmittel, oder?«

»Kein Kommentar. Für was für einen Menschen halten Sie mich eigentlich?«

»Kein Kommentar«, gab Monique zurück. »Was ist das hier? Der Laufstall des Marquis de Sade?« Sie öffnete die letzte Tür, bevor Eric sie aufhalten konnte.

Der Raum war eine Kreuzung zwischen einer Theatergarderobe und einem übergroßen Kleiderschrank. An der gegenüberliegenden Wand stand ein Bett. Aufgeräumt hatte niemand.

Monique warf Eric einen fragenden Blick zu.

Eric lächelte schwach zurück. »Mein eigenes kleines Nest an Bord«, sagte er und zwinkerte ihr kläglich zu. »Zur späteren Verwendung: einer von nur zwei Räumen an Bord, in denen die Überwachungsanlage keine Augen und Ohren hat, falls Sie der schüchterne Typ sind.«

»Und der andere ist ...?«

»Nicht annähernd so gemütlich ... der Computerraum natürlich, wo die Daten gesammelt werden ...«

Eric Esterhazy wusste nicht viel über Computer und ihr Innenleben, aber er wusste, was er mochte. Und Ignatz war so konstruiert, dass Leute wie er ihn mochten.

Das Problem mit dem Datenstrom all der Kameras und Mikros auf *La Reine* bestand darin, dass er so umfangreich war. An die tausend Kamera-Mikro-Paare. Jedes rund acht Stunden pro Abend in Betrieb. Achtzigtausend Stunden Bild- und Tonmaterial pro Tag, das größtenteils nicht nur unbrauchbar, sondern auch langweilig und zum Teil sogar abscheulich war, zum Beispiel das Material von den Toiletten und allzu vieles von dem, was sich in den Boudoirs abspielte.

Mit moderner Technik war es kein Problem, alles auf Chips zu speichern, aber es zu filtern, zu sortieren und zu durchsuchen, bevor es veraltete und damit wertlos wurde – das hieß, möglichst nah an der Echtzeit –, war buchstäblich eine unmenschliche Aufgabe.

Hier kam Ignatz ins Spiel.

Eric mochte nur ein vages Verständnis von solchen technischen Mysterien haben, aber den Unterschied zwischen Hardware – oder in diesem Fall Meatware – und Software kannte er durchaus. Ignatz war ein Programm. Ignatz konnte aus dem Computer von *La Reine* gelöscht und woanders installiert werden. Ignatz konnte dupliziert werden.

Ignatz konnte darauf programmiert werden, bestimmten Gästen – auch Kombinationen von Gästen oder an Schlüsselworte gebundenen Kombinationen von Gästen – durch den Abend zu folgen und die editierten Resultate in Echtzeit auf die Bildschirme zu bringen. Oder die abendlichen Aufzeichnungen in der Rückschau innerhalb von ein paar Sekunden zu durchsuchen. Ignatz konnte auch auf einen direkten Befehl hin die Zusammensetzung der Luft in den Boudoirs ändern oder nach vorher festgelegten Triggern – Wörter und/oder bestimmte Gäste – psychotrope Substanzen einspeisen.

Ignatz gehorchte auf akustische Befehle. Ignatz war eine so hoch entwickelte KI, dass er von technisch unterentwickelten Menschen wie Eric Befehle in einfachem oder umgangssprachlichem Englisch, Französisch, Russisch, Spanisch oder Deutsch entgegennehmen konnte.

Trotz des Namens, eine ironische Anspielung auf ein obskures fiktives Nagetier aus dem zwanzigsten Jahrhundert, war Ignatz' ›Persönlichkeit‹ völlig unabhängig von der Rattenhirn-Meatware, die das Programm ausführte.

Ignatz hatte jedoch nicht einfach *eine* ›Persönlichkeit‹. Ignatz verfügte über ein umfangreiches Auswahl-Menü von Persönlichkeiten. Man konnte mit allem Möglichen sprechen, von einer ausdruckslosen, affektlosen Computerstimme über etwas, das wie eine Ente auf Methamphetamin klang, bis hin zu einem Haufen lebender oder toter Personen aus dem Showbusiness, historischen Figuren oder sogar sich selbst, wenn man narzisstisch genug war, es zu versuchen, was Eric schon etliche Male getan hatte.

Ignatz trat jedoch nicht in Erscheinung, als Eric mit Monique Calhoun im Kontrollraum war und ihr die Führung für Computerlaien angedeihen ließ. Die Computerjungs hatten etwas vorbereitet, was sie ›potemkinsches Interface‹ nannten. Hinter diesem potemkinschen Interface würde Ignatz jetzt nur in Reaktion auf eine Stimme hervorkommen, die Erics Stimmabdruck-Parametern entsprach und die Schlüsselphrase ›Seltsam, öffne dich‹ von sich gab.

Deshalb legte Eric eine Reihe manueller Schalter um und aktivierte damit die zwanzig Bildschirme.

»Jede Kamera und jedes Mikro hat seine eigene Nummer«, erklärte er Monique, »dadurch können wir alles, was sie übermitteln, auf diese zwanzig Monitore und die Lautsprecher legen.«

Er tippte auf den Zahlentasten einer echten Tastatur herum und die Szenen auf den Bildschirmen wechselten – ein Tisch im Casino, eine Toilettenkabine, ein Tisch auf dem oberen Promenadendeck, Boudoirs, Treppe ... zack, zack, zack.

»Und wenn man die Kontrolltaste gedrückt hält, während man eine Zahl eingibt, überspielen die entsprechende Kamera und das Mikro ihr Material, bis man es wieder tut«, log Eric. In Wahrheit wurde alles pausenlos aufgezeichnet.

»Aber wie merkt man sich bloß, welche Zahl zu welcher Kamera und welchem Mikro gehört ...?« fragte Monique benommen.

»Ach, das wird einem mit der Zeit zur zweiten Natur«, erklärte Eric mit unbekümmerter Keckheit.

Denn obwohl Ignatz sich jetzt hinter dem potemkinschen Interface versteckte, war es aktiv und kontrollierte diese vorprogrammierte Demonstration, während Eric willkürlich auf Tasten drückte. Sonst wäre er genauso hoffnungslos verwirrt gewesen, wie Monique Calhoun jetzt dreinschaute.

»Aber für den Neuling gibt es das Hilfe-Menü …«

Er drückte auf ›Control H‹ und auf sechs aneinander grenzenden Bildschirmen erschienen schematische Darstellungen des Casinos, des Restaurants, der Bars, der Promenaden und der Boudoirs unter Deck, und jedes Kamera-und-Mikro-Paar war mit einer Zahl gekennzeichnet.

»Du meine Güte …« stöhnte Monique Calhoun.

»Man kann entweder die Nummer der gewünschten Kamera und des Mikros eingeben, oder … mit diesem Trackpoint drauf zeigen und sie anklicken …« sagte Eric in einem Ton, der für ihn genügend Ähnlichkeit mit dem eines Computerfreaks in einer Computerkneipe hatte, »und … voilà!«

Monique sackte in ihren Drehstuhl zurück. »Sie … machen das alles allein, Eric?« sagte sie mit erfreulicher Ehrfurcht, als sie ihn in diesem unerwarteten neuen Licht technischer Kompetenz betrachtete.

»Natürlich nicht, nur wenn ich … etwas von Bedeutung vorhersehe, sonst überlasse ich die Routineüberwachung einem technischen Assistenten«, erklärte Eric.

Das war eine Form wahrheitsgetreuer Lüge, ein anderer Aspekt des potemkinschen Interfaces, denn der ›technische Assistent‹ war in Wirklichkeit der nichtmenschliche, unermüdliche, schlaflose, sich niemals langweilende Ignatz. Wenn Monique jedoch ohne Eric im Computerraum war, würde er ihr einen menschlichen ›Techie‹ von der Sicherheitsabteilung von Böse Buben zur Seite stellen.

»Tja, ich schätze, ich werde mir einen eigenen anheuern müssen …«

Eric schüttelte bedauernd den Kopf. »Gehört nicht zur Abmachung, Monique«, sagte er. »Aus nahe liegenden Gründen ist dies ein Sicherheitsbereich. Das Türschloss ist auf meine Netzhäute programmiert. Ich begleite jeden herein und hinaus. Sie sind die einzige Außenstehende, der ich Zugang gewähre.«

»Aber Sie können kaum von mir erwarten, dass ich …«

»Kein Problem, Monique, wenn ich nicht mit Ihnen herkommen kann, wird mein Techniker hier sein«, erklärte Eric leichthin. »Sie sagen ihm einfach, was Sie wollen, und er wird das System für Sie bedienen.« Oder vielmehr, Ignatz wird zuhören und es tun, während dein Aufseher die Computertasten kitzelt.

»Aber wenn ich nicht hier unten bin …?«

»Benutzen Sie einfach eine von denen.« Eric griff in eine Schublade mit einem Sortiment von Feuerzeugen und holte eins mit dem Mondschein & Rosen-Logo heraus.

»Mobiles Mikro«, sagte er und gab es ihr. »Ganz gleich, wo ich mich gerade auf dem Schiff befinde, damit weise ich den Techniker hier unten an, die Szene aufzuzeichnen.«

In Wahrheit war so ein albernes Ding natürlich unnötig, weil Ignatz Zugriff auf jedes Mikro an Bord hatte und ebenso gut auf ihre Stimmabdruck-Parameter programmiert werden konnte wie auf seine. Aber um das zu erklären, hätte er Ignatz' Existenz enthüllen müssen.

Eric wurde ziemlich undeutlich gewahr, dass er die ästhetische Eleganz der Lückenlosigkeit des potemkinschen Interfaces zu schätzen wusste.

Monique Calhoun beäugte das Gerät skeptisch, legte dann den Kopf schief und sah Eric selbst mit einem ähnlich fischäugigen Blick an.

»Mondschein & Rosen?« sagte sie. »Warum das Logo eines Gigolo-Syndikats?«

Eric blickte sie seelenvoll an. »Nun ja, es ist vielleicht ein bisschen romantisch, Monique«, sagte er, »denn damit können Sie mich auch sofort an Ihre Seite rufen.«

Das stimmte.

»Und ich erinnere Sie daran«, erklärte er ihr, während sich seine Miene in die charmante Parodie eines lüsternen, wölfischen Grinsens verwandelte, wie er hoffte, »dass dies einer der einzigen beiden Orte an Bord ist, wo die elektronischen Augen blind sind.«

Das war natürlich eine Lüge.

Wer sollte schließlich die Wächter bewachen?

Der Computerraum war ebenfalls verwanzt.

5

Monique Calhoun hatte noch nie den VIP-Service bei einer großen Konferenz gemacht, und als besagte VIPs allmählich eintrafen, wurden Avi Posners nicht recht greifbare geheime Agenda und Eric Esterhazys alberne Verführungsversuche vorerst auf Eis gelegt, weil Monique vollauf damit beschäftigt war, ihre Schützlinge im Ritz unterzubringen und sich um deren ›Sonderwünsche‹ zu kümmern.

Ihre VIPs fielen, grob gesagt, in vier Kategorien: Generalbevollmächtigte einiger großer Aussteller, Delegationsleiter aus souveränen und halbsouveränen Jurisdiktionen, Redner und jene, die bei der Konferenz etwas vorstellen wollten, sowie die Presse.

Moniques Liste mit Rednern und Regierungsfunktionären kam von Lars Bendsten und was diese benötigten, wurde aus dem offiziellen UNACOCS-Budget finanziert. Die Liste der Leute von den Handelsdelegationen, die in den Genuss ihrer Fürsorge kommen sollten, stammte von Avi Posner, also vom Kunden, also von der großen blauen Maschine, zu der sie mitsamt ihren Unternehmen gehörten, und das hieß, sie finanzierten sich selbst. Die Presseliste kam vom Pariser Brot & Spiele-Büro und die üppigen Gratiswohltaten für *diese* Leute wurden aus dem Operationsetat von B&S bezahlt.

Da das Ritz das Ritz war und die Pariser Brot & Spiele-Filiale ihr ein Helferteam zur Verfügung stellte, waren die Hotelarrangements Moniques geringstes Problem. Sie selbst wurde nur zu Rate gezogen, um ein paar heikle Details zu regeln. Der Gebetsteppich eines muslimischen Delegierten war unterwegs verschwunden, und es galt, einen Ersatz zu beschaffen. Eine chinesische Klimatologin ließ sich vier Zimmer zeigen, bis sie eins mit dem richtigen Feng Shui fand. Die Ge- und Verbote diverser spezieller Ernährungsweisen – halal, koscher, Hindu, veganisch, zwei verschiedene Arten Makrobiotik – mussten dem verwirrten Küchenchef des Hotels, der das überhaupt nicht lustig fand, haarklein auseinander gesetzt werden.

Was ihr wirklich Kopfschmerzen bereitete, waren jedoch die ›Sonderwünsche‹ und die Frage, wie weit der VIP-Service gehen sollte, um sie zu erfüllen.

Die Wünsche nach professioneller sexueller Gesellschaft waren ziemlich leicht zu erfüllen, obwohl Monique es für klug hielt, Arien Mamouns Genehmigung einzuholen, bevor sie die Rechnungen von Damen des Abends oder von Mondschein & Rosen für die Presse beglich.

Mit Drogen war es schon schwieriger. Normales Marihuana, Haschisch und Kokain konnte man bei Böse Buben problemlos zu vernünftigen Preisen bekommen, aber die Devise des Syndikats lautete im Grunde ›klotzen, nicht kleckern‹, und einige der Spezialbestellungen waren teure Angelegenheiten, die einem total auf den Zeiger gingen.

Lydia Maren, ein furchterregender Pressedrache aus London, wollte unbedingt Absinth probieren, ein Gebräu, das schon seit über hundert Jahren niemand mehr herstellte, und Monique hatte einen ganzen Tag und absurd viel Geld darauf verwendet, die chemische Formel aufzustöbern und das Zeug synthetisieren zu lassen. John Sri Davinda, ein Klimatologe aus Kalifornien, brauchte unbedingt Peyote, einen wilden Kaktus aus der großen Tex-Mex-Wüste, sonst könne er für seinen Auftritt auf der Konferenz ›sein Bewusstsein nicht ausreichend fokussieren‹, und in Anbetracht von dessen gegenwärtigem inkohärentem Zustand musste Monique beipflichten, dass jedwede Veränderung wahrscheinlich eine Verbesserung bedeuten würde. Chativan Kuritkul, der thailändische Minister für Klimakontrolle, bestand auf einer Edelsorte kolumbianischen Marihuanas, und Bernard Kutnik, Generaldirektor der Erdewerke, wollte sich mit nichts anderem als Thai-Tüten zufrieden geben.

Als schließlich von verschiedener Seite Cipriani verlangt wurde, ein im neunzehnten Jahrhundert bei den oberen Zehntausend beliebtes Gesöff aus Rotwein und Cannabis, kapierte Monique, dass einige Undankbare es darauf anlegten herauszufinden, wie weit man es bei ihr treiben konnte.

Also kaufte sie vier Liter von der schlimmsten Brühe, die sie finden konnte, löste ein halbes Kilo Haschisch in stinkendem moldauischem Gin auf, mischte alles zusammen, zog die Schweinerei auf Flaschen mit falschen Etiketten und ließ sie damit auf ihre Gier anstoßen. Vom folgenden Morgen an ließen die eskalierenden Wünsche nach geheimnisvollen Psychotropika erheblich nach.

Die zerzausten Federn derjenigen zu glätten, die sie von der Gästeliste für das Eröffnungs-Soiree dieses Abends an Bord von *La Reine de la Seine* hatte streichen müssen, war jedoch die niedrigste Brücke, unter der sie auf ihrem Weg zum Konferenzbeginn mit eingezogenem Kopf hindurchgemusst hatte.

Auf den Flussdampfer passten bequem 240 Personen und Eric Esterhazy weigerte sich, auch nur für einen einzigen Abend mehr an Bord zu nehmen; er führte irgendeine Vorschrift des Syndique de la Seine an und ließ sich auch nicht dazu beschwatzen, ihr wenigstens dieses eine Mal ein paar von seinen eigenen Plätzen abzutreten.

Das hieß, Monique konnte maximal 120 Personen auf ihre Gästeliste setzen. Die UN-Liste der Regierungs-VIPs zu beschneiden war unmöglich, da die Vereinten Nationen zumindest offiziell der Auftraggeber waren und sie damit eine Reihe hässlicher diplomatischer Zwischenfälle provoziert hätte. Die Hauptredner konnte man ebenfalls schwerlich streichen. Also blieben nur die Leute von Posners Handelsdelegationen und die Presse. Irgendwelche bedeutenden Pressevertreter vor den Kopf zu stoßen, wäre Öffentlichkeitsarbeits-Seppuku. Und Posners Liste repräsentierte jene Organisationen, die die Rechnung bezahlten.

Nachdem sie das Avi Posner erklärt hatte, ergab es sich, dass ein Dutzend Leute auf seiner Liste ›anderweitige Verpflichtungen hatten‹. Monique wollte gar nicht wissen, wie er das gedeichselt hatte. Es bedeutete trotzdem noch, dass sie zwölf kleinere Lichter von der Presseliste streichen musste.

Das würde ihr das Leben nicht leichter machen. Diese Leute mussten auf den *La Reine*-Listen für die nächsten beiden Abende stehen, und wenn sie dazu Jesus Christus und die Zwölf Apostel rauskanten musste.

Am Nachmittag des Tages, an dem die feierliche Eröffnung der Konferenz stattfinden sollte, konnte Monique jedoch ein wenig verschnaufen. Ihre VIPs waren inzwischen alle behaglich im Ritz untergebracht und ihre Helfer hatten sie in ihre Limousinen geladen und im Grand Palais abgeliefert, bevor sie selbst hinging, also konnte sie sich mit ihrem Top-Level-Pass zumindest bis zum Abend unter die Leute von der A-Liste mischen und selber VIP spielen.

Obwohl es draußen ein bedeckter Nachmittag war, hatte man das intelligente Glas des Treibhausdachs über der großen Ausstellungshalle so eingestellt, dass es einen strahlend blauen Himmel mit einer goldenen Sonne im Zenit simulierte, damit die Klimasteuerungs-

Exponate für die Fernsehkameras besser zur Geltung kamen.

Die Fachmesse – und um eine solche handelte es sich ganz ohne Zweifel – war mittlerweile vollständig aufgebaut, bis auf etwas in der Nähe des Zentrums der Ausstellungsfläche, das sich unter einer behelfsmäßigen Hülle aus Segeltuchplanen verbarg und anscheinend noch im Bau war. Sie demonstrierte auf eindrucksvolle Weise, was die große blaue Maschine alles im Angebot hatte.

Planktonsäkähne, Wolkendeckengeneratoren, unbemannte Flugzeuge zum Besäen von Wolken, diverse Arten eingetopfter Qwik-grow-Bäume. Maßstabs- und originalgetreue Modelle von Orbitalspiegeln, Trägerraketen, Okkludierern. Auf Bildwänden und in Form von Holos liefen immer wieder dieselben Demos über nukleare Geländeformung, Wetterregulierung durch Orbitalspiegel, Staudamm-Projekte und Wiederaufforstungspläne, und ja, im Pavillon von Advanced Projects Associations war auch die von Brot & Spiele produzierte AV für die Gärten Allahs zu sehen.

Alles aufgemöbelt und vorteilhaft zur Geltung gebracht durch buntes Stroboskoplicht, Blitzlichter, Halogenröhren und eine Kakophonie miteinander im Wettstreit liegender Begleitmusiken.

Und da jeder im Ausstellungsbereich, der nicht zur Presse zählte, ein Messerepräsentant der beteiligten Unternehmen zu sein schien, alles nur für die zahlreichen Mikros und Kameras.

Es war zwar nicht ihr Tätigkeitsfeld, aber immerhin das Werk ihres Syndikats, und als dessen Bürger-Aktionärin verspürte Monique eine Aufwallung patriotischen Stolzes auf die erfolgreiche Pressearbeit von Brot & Spiele für eine Veranstaltung, über deren frühere Ausgaben Jean-Luc Tri, der Pariser Pressespezialist von B&S, gesagt hatte, wenn sie kein Pferdemist gewesen wären, hätten sie keine Fliegen anlocken können.

Sie waren offenbar alle da – Worldnet, StarNet, Sat Eins, BBC, NipponOrb, TeleFrance, Mundoticias, SiberWeb, dazu eine Horde von Kameraleuten lokaler Sender und neuer Sites, Fotografen von Illustrierten, Freie, die für die armen Medien der Länder der Verlorenen berichteten, alle wimmelten sie um die Exponate herum und schossen ihre Bilder, bevor die Köpfe zu sprechen begannen.

Die besagten sprechenden Köpfe hatten soeben ihre Plätze eingenommen, als Monique die Abschirmung aus blauen Faserplatten passierte, die den ungebührlichen Reklamerummel diskret von dessen ernsthaftem wissenschaftlichen Daseinsgrund abtrennte.

Die halbkreisförmig ansteigenden, provisorischen Sitzreihen waren fast vollständig besetzt, aber Moniques Vorzugspass verschaffte ihr Zutritt zu der kleinen, für B&S reservierten Sektion in der zehnten Reihe gleich links von der Mitte. Ariel Mamoun war bereits da, Tri ebenfalls – er stand unten bei der Traube von Kameras vor der Bühne –, sowie etliche Leute aus dem Pariser Büro, die sie nicht kannte, und ihre eigene kleine Helfertruppe.

»Tja, fürs Erste ist alles vorbei, bis auf das Gerede, wie man wo auch immer sagt«, wurde sie von Ariel begrüßt.

»Das Geschrei«, verbesserte Monique.

»Was auch immer. So oder so, es wird sich bestimmt endlos hinziehen.«

Jean-Luc Tri, eine übertrieben elegante Gestalt in einem Nadelstreifenanzug aus schwarzer Seide und einem weißen, knittrigen Leinenhemd, kam eilig den Gang herauf und nahm neben Monique Platz. Seine glatte schwarze Mähne war zu einer flotten, haubenförmigen Frisur zementiert, bei der jedes Haar genau da saß, wo es hingehörte; er atmete vielleicht ein bisschen schwer, aber seine glatte orientalische Haut ließ sich nicht dazu herab, auch nur einen einzigen Schweißtropfen zu zeigen.

»Toller Presseauflauf, Jean-Luc, wie hast du das hingekriegt?«

Tri warf ihr ein charakteristisches zynisches Grinsen mit schweren Lidern zu. »Da B&S die Rechnungen für die Stars bezahlt und die unteren Ränge miteinander um den Auftrag raufen wie die ausgehungerten Hundehorden von Detroit, ist es ungefähr so schwierig, die Paparazzi zu einer Spesensause nach Paris zu locken, wie eine Ladung frischen Fisch in die Seine zu kippen und darauf zu warten, dass die Fressorgie der Alligatoren losgeht.«

Die Reaktion war allerdings ein wenig verhaltener, als Lars Bendsten mit weiteren sechs Personen auf die Bühne kam und zur üblichen Begrüßungsansprache der UN anhob. Das waren vermutlich die MIPs der Konferenz, die Most Important Persons, sozusagen die Superprominenz, und sie hatten allesamt sowohl ein Zimmer im Ritz als auch einen Platz auf Moniques Einladungsliste für die heutige Eröffnungsfeier auf dem Flussdampfer ergattert.

»Guten Tag, Ladies and Gentlemen, Mesdames et Messieurs, meine Damen und Herren, werte Gäste, willkommen zur sechsten Jahreskonferenz der Vereinten Nationen zum Thema Klimastabilisierung ...«

Interessant war jedoch, dass die Wissenschaftler alle nur auf der VIP-Liste des Generalsekretärs gestanden hatten. Keiner von ihnen war Avi Posners Aufmerksamkeit oder der direkten Finanzierung durch Big Blue für würdig befunden worden.

»Dr. Allison Larabee, deren Venuseffekt-Klimamodell der Zündfunke für diese Konferenzen war ...

Dr. Paolo Pereiro, dessen Klimamodell das gegenwärtige Aufbrechen der nordpolaren Eiskappe vorhergesagt hat und das viele für das zurzeit aktuellste Modell halten ...

Hassan bin Mohammed, Vorsitzender des Komitees Besorgter Klimatologen …«

Die Wissenschaftler waren *Schaufensterdekoration*, erkannte Monique, als Bendsten in monotonem Tonfall mit seinen Vorstellungen fortfuhr. Schaufensterdekoration, jedenfalls aus der Perspektive der eigentlichen Macht hier, der wirtschaftlichen Macht, die diesen teuren Umzug nach Paris bezahlt hatte. Und die jetzt den Ton angab.

Auch für sie selbst, wie sie zugeben musste.

»Mary Kardinalin N'Goru, päpstliche Legatin bei den Vereinten Nationen …«

»Dr. Bobby Braithwaite, Träger des Nobelpreises für Klimatologie für sein Modell der Austrocknung des Mars und die Schwellentheorie des Klimawandels …«

»Dr. Dieter Lambert, Erfinder des Schnellwachsbaums, der Kohlendioxid speichernden Koralle, des photosynthetischen Pilzes …«

Eine *schicke* Schaufensterdekoration, klar, aber trotzdem nur Dekoration, so wie alles, was bei der eigentlichen Konferenz hier drin stattfand, zweifellos nur Dekoration für das Hauptereignis draußen im Ausstellungsbereich war.

Eine echtblaue Veranstaltung, wie es diese Konferenzen immer gewesen waren – diesmal jedoch von der großen blauen Maschine finanziert und zum Aushängeschild für deren kommerzielle Interessen umfunktioniert.

So lautete die zynische professionelle Analyse und ein kleines Stück vom Grünen in Monique nahm diese Kalkulation vor. Larabee, Braithwaite, Pereiro und Lambert waren alle echtblaue klimatologische Superstars, standen aber nicht mehr an vorderster Front der wissenschaftlichen Arbeit; sie waren Monstres sacrés, wie die Franzosen sagen würden, oder in Ehren ergraute Koryphäen, um mit den Deutschen zu sprechen.

Die ersten Reden waren zum Gähnen langweilig, genau wie Monique befürchtet, aber auch erwartet hatte. Pereiro hielt einen einschläfernden Vortrag über die Mathematik von Klimamodellen, den sie aufgrund ihres laienhaften Wissens über das Thema nicht verstand. Lambert erging sich in einer peinlichen Lobrede auf seine eigene verblasste Brillanz.

Braithwaite, ein hoch gewachsener, vornehmer Schwarzer mit grauen Dreadlocks und einem wehmütigen jamaikanischen Singsang, der sich den Anschein gab, als wisse er nicht so recht, weshalb er hier sei, schaffte es zumindest, Monique aus ihrem Dämmerzustand herauszureißen, wenn auch nur, weil er ein besserer und sympathischerer Redner war.

»Was hat 'n Experte für die Klimageschichte des Mars bei 'ner Konferenz über die Stabilisierung des Klimas *unsres* Planeten zu suchen?« sagte er mit einem Achselzucken, nachdem er die trockenen Fakten über die Austrocknung des Mars vorgelegt hatte.

Er grinste jungenhaft, trotz seines Alters.

»Tja, wer könnte schon 'nem kostenlosen Trip nach Paris widerstehen?« fuhr er fort. »Aber wo ich nun mal hier bin, kann ich ja wenigstens auf das Offensichtliche hinweisen. Die Erde ist 'n Planet. Der Mars ist 'n Planet. Auf der Erde hat sich's Leben in der Suppe eines Meeres zu entwickeln begonnen. Auf dem Mars isses genauso gewesen. Das Leben hätt's dort vielleicht schaffen können. Hätte sich zu brillanten Geschöpfen wie uns entwickeln können, mit 'nem Zimmer voller akademischer Titel.«

Er hob die rechte Hand, Daumen und Zeigefinger ein oder zwei Millimeter auseinander.

»Es war *so* knapp«, sagte er. »Nur 'ne *Spur* mehr Masse, und der Mars hätte 'ne *Spur* mehr Schwerkraft gehabt. Nur 'ne *Spur* mehr Schwerkraft, und der Mars hätte genug Wasserstoff und Kohlendioxid halten können, um den Dampfdruck gerade so weit zu erhöhen, dass ihm sein flüssiges Wasser geblieben wär und seine Baby-Biosphäre die Chance gehabt hätte, per Photosynthese Sauerstoff zu erzeugen, und dann hätten diese Mikroben sich vielleicht zu Ihnen und mir entwickeln können.«

Er hob die Schultern. »Aber was hat das mit der Stabilisierung des Klimas auf *diesem* Planeten zu tun? Nun, was wir der chemischen Zusammensetzung der Atmosphäre und dem Energiehaushalt *dieses* Planeten in den letzten rund dreihundert Jahren angetan haben, ist um ein *Vielfaches* mehr als das, was den Unterschied zwischen 'nem warmen, nassen Mars mit atembarer Atmosphäre und 'ner Biosphäre und dem toten, ausgetrockneten Mars ausmacht, den wir heute vor uns sehen. War wirklich 'ne knappe Sache, und als der Mars sich verabschiedet hat, ging das ...«

Er schnippte mit den Fingern. »*Einfach so!*«

Braithwaite lächelte traurig. »In geologischen Zeiträumen, natürlich. Also, was können wir Erdlinge von der Geschichte des Mars übers Leben auf der Erde lernen?«

Wieder so ein gewinnendes Achselzucken.

»Na ja, die Evolution 'ner planetaren Biosphäre geht vielleicht nicht im Handumdrehen vonstatten«, sagte Braithwaite, »aber *verschwinden* tut sie garantiert im Handumdrehen.«

Und entfernte sich lässigen Schritts vom Rednerpult. Er bekam nicht viel mehr als eine höfliche Portion Proforma-Applaus, was Monique vage ärgerte; sie fühlte sich selbst ein bisschen wie eine Marsianerin, wie eine Naive unter den Klugen.

Oder war es anders herum?

Als nächster kam Hassan bin Mohammed mit dem üblichen echtblauen politischen Lamento an die Reihe, und es war dermaßen einschläfernd, dass es das, was

Braithwaite in Monique aufgerührt hatte, wieder in Schlaf wiegte und dazu führte, dass die überwiegende Mehrheit des Publikums, die das alles selber schon tausendmal gehört und wahrscheinlich auch gesagt hatte, vor Langeweile hin und her rutschte und miteinander tuschelte.

Aber Mary Kardinalin N'Goru schaffte es schon allein durch ihren Gang, bedeutungsschwangere Stille herzustellen – ganz langsam und majestätisch ging sie zur Bühnenmitte, eine hoch gewachsene, königliche Schwarze in mittleren Jahren, den Kopf zur Seite gedreht, um Blickkontakt mit dem Publikum oder vielmehr mit den Kameras zu halten, und fegte ihren wogenden knallroten Umhang mit theatralischer Geste beiseite, als sie das Rednerpult erreichte.

Brot & Spiele konnte durchaus noch den einen oder anderen Trick von der römisch-katholischen Kirche lernen, erkannte Monique. Sie hatte immer schon das erforderliche Outfit gehabt. Sie hatte immer schon die erforderlichen Gesten gekannt.

»Ich bin als Kirchenfürstin hier, um Ihnen etwas über die Sünde zu erzählen!« dröhnte sie mit Prophetenstimme, zur vernehmlichen Bestürzung ihres säkularen Publikums.

»Die Bibel spricht sich gegen die Sünde aus, einen Menschen zu töten, und nennt sie Mord! Das war die schlimmste Sünde, die der Mensch kannte, bis das zwanzigste Jahrhundert ein noch schlimmeres Übel erfand, den vorsätzlichen Mord an ganzen Völkern, und siehe, wir haben diese Sünde Völkermord genannt!«

Nur das Hin- und Herrutschen von Hintern auf harten Sitzen und das unterschwellige Summen des massierten TV-Equipments waren zu hören.

Mary N'Goru beugte sich ein Stück näher zu ihrem Publikum, wandte sich ein bisschen intimer an die Kameras, sprach mit anderer, ein wenig sanfterer Stimme, einer Stimme, aus der eher Kummer als Zorn klang.

»Aber ich bin auch als Tochter Afrikas hier, und ich muss mit der Stimme dieses sterbenden Kontinents zu Ihnen sprechen, mit der Stimme aus der riesigen Wüste in dessen Herzen, wo vielleicht nichts mehr lebt, mit der Stimme der zu Staub gewordenen Wälder, mit der Stimme von tausend Tier- und Vogelarten, die in jene endgültige Nacht eingegangen sind, aus der es keine Rückkehr gibt, mit der Stimme von hundert Völkern, die noch eine Zeit lang von Wut und Asche leben werden, bevor sie ihnen folgen ...«

Und es schien Monique, als hätte diese Frau sich selbst zu dieser Stimme gemacht, der Stimme nicht nur des sterbenden Afrikas, sondern all jener Länder der Verlorenen, die nicht *in* der Wüste riefen, sondern *aus* dieser immer größer werdenden Wüste *heraus*, hier in der milden grünen Stadt des Lichts.

»Und auch das ist eine Sünde!« deklamierte sie wieder mit dem Gestus und im Ton der gerechten Prophetin. »Vor hundert Jahren begannen wir eine Sünde zu begehen, die zu schrecklich ist, um mit einem Namen belegt zu werden! Die Sünde, nicht einen Menschen oder ein Volk zu töten, sondern ganze Länder, komplette Ökosysteme. Anfangs war es nur die Sünde achtloser Ignoranz und mutwilliger Dummheit, aber jetzt ist es die Sünde wissender Gleichgültigkeit und egoistischer Habsucht!«

Wieder beugte sich Mary Kardinalin N'Goru vor und schaute direkt in die Kameras, aber diesmal lagen Grausamkeit und Zorn in ihrem Blick, und sie hatte einen sardonischen Zug um den Mund.

»Doch obgleich wir noch keinen Namen gefunden haben, der einer so schrecklichen Sünde wie *dieser* gebührt, müssen wir jetzt einen Namen finden, der abscheulich und schrecklich genug ist für die *letzte und größte* Sünde, die Sünde, die bis zum Grab, ja, bis zum Tag des Jüngsten Gerichts auf der Seele unserer Gattung lasten wird!«

Sie hielt inne und hakte die Ellbogen unter ihren roten Umhang, sodass er sich zu einem Mantel um sie herum ausbreitete, als sie die Arme hob.

»Wie werden wir also die Sünde der Ermordung einer kompletten Biosphäre nennen?« donnerte sie. »Welchen Namen geben wir der Hinschlachtung einer lebenden Welt?«

Und dann eilte sie mit wogendem Umhang zurück zu ihrem Platz. Gutturales Gemurmel im Publikum, vereinzelter nervöser, rasch ersterbender Applaus.

»Beide Ohren und der Schwanz ...« sagte Ariel Mamoun neben Monique leise.

»Noch nicht ganz der Schwanz«, erwiderte Jean-Luc Tri.

Monique hörte diese sonderbaren Bemerkungen nur mit halbem Ohr, weil sie innerlich noch völlig in diesem Moment befangen war, aber als Brot & Spiele-Profi fragte sie sich auch, wer nach einem solchen Auftritt wohl noch nach vorne geschoben werden konnte und was der oder die Betreffende dann wohl tun würde.

Und dann erfuhr sie es.

»Dr. Allison Larabee ...« war alles, was Lars Bendsten sagte oder zu sagen hatte.

Und dann gab es einen gewaltigen Applaus, als sich die zerbrechliche, weißhaarige alte Dame mit zittrigen Schritten zum Rednerpult begab.

Und wieso auch nicht?

Allison Larabee war die große alte Dame von UNACOCS. Die Schutzheilige dieser Konferenzen. Die Frau, die auf jeder einzelnen gesprochen hatte. Die Urheberin des Venuseffekt-Klimamodells. Das ursächlich daran beteiligt gewesen war, die Panik auszulösen, welche die Jahreskonferenzen der Vereinten Nationen zum Thema Klimastabilisierung ins Leben gerufen hatte.

Ohne sie würde es UNACOCS nicht geben.

Ohne sie wären diese Leute jetzt nicht hier.

Jeder, der aus echtblauer Überzeugung oder wegen der akademischen Anerkennung, des kommerziellen Gewinns oder nur der kostenlosen Reise nach Paris hier war, verdankte seine Anwesenheit Allison Larabee. Und sie zeigten es mit einem langen Applaus, dessen Begeisterung absolut nicht geheuchelt wirkte.

Doch aus irgendeinem Grund schien Dr. Larabee nicht erfreut zu sein.

Ganz und gar nicht. Sie stand da und schaute finster drein, bis die Ovation schließlich erstarb.

»Wie all meine heute hier anwesenden Kolleginnen und Kollegen wissen«, sagte sie mit leiser, großmütterlicher Stimme, »habe ich seit Anbeginn an jeder dieser Konferenzen teilgenommen …«

Sie hielt kurz inne, und als sie weitersprach, war ihre Stimme doppelt so laut und triefte vor Säure. »An jeder einzelnen dieser dämlichen Konferenzen, verdammt noch mal!«

Sie machte erneut eine kurze Pause, damit ihr Publikum den Schock spüren konnte.

»Nun, diese hier ist die letzte, an der ich teilnehme!«

Offene Münder, benommenes Schweigen.

»Nein, ich liege nicht auf dem Sterbebett – ich fürchte, ich werde wahrscheinlich noch unseren *Planeten* überleben, wenn das irgendwie möglich wäre«, sagte sie und verfiel dabei wieder in den Ton der kleinen alten Dame.

Sie drohte ihrem konsternierten Publikum empört mit einem Oma-Finger. »Um es als Wissenschaftlerin zu sagen, es gibt einen Terminus technicus für das, was hier seit sechs Jahren geschieht. Wissen Sie, wie dieser Fachausdruck lautet, meine geschätzten und gelehrten Kolleginnen und Kollegen?«

Sie machte eine lange, dramatische Pause.

»Das Wort«, rief sie aus vollem Hals, »heißt *Bockmist*!«

Monique konnte kaum glauben, was sie da hörte. Was live zum größten Fernsehpublikum hinausging, das diese Konferenzen jemals gehabt hatten. Was Schlagzeilen in aller Welt machen würde.

»Nero hat die Leier gespielt, während Rom brannte, das Bordorchester hat leichte Musik gefiedelt, als die *Titanic* auf den Meeresgrund sank, und Sie haben sich selbst und der Welt dummes Zeug erzählt, während die Erde immer weiter auf den Venuseffekt zutaumelt! Und mea culpa, ich habe mitgemacht!«

Gemurmel, ungläubige Blicke, missbilligendes Knurren, zornige Seufzer.

»Es gibt nichts mehr zu bereden!« rief Larabee. »Es hat nie etwas zu bereden gegeben, aber wir alle haben trotzdem sechs Jahre damit vergeudet, es zu tun! Entweder kühlen wir diesen Planeten ab, und zwar schnell, oder es wird allzu bald niemand mehr am Leben sein, verdammt noch mal, um sich an weiteren sinnlosen Konferenzen zu beteiligen! Das ist mein Beitrag zu dieser Tagung! Das ist alles, was ich zu sagen habe, weil es alles ist, was es zu sagen *gibt*! Sehen Sie zu, dass Sie's diesmal hinkriegen, oder machen Sie's ohne mich!«

Sie trat hinter dem Rednerpult hervor, die Hände in die Hüften gestemmt.

»Sie können jetzt tote Katzen und faule Eier werfen«, sagte sie zuckersüß und stürmte dann in einem Tumult von Rufen, Applaus, Buhrufen und wütenden Schmähungen von der Bühne, und auf der Eröffnungssitzung der Konferenz brach die Hölle los.

»Und der Schwanz …« sagte Jean-Luc Tri.

Kleine Grüppchen waren aufgesprungen und schrien einander an. Andere saßen wie betäubt da. Einige folgten Larabee, die durch das Chaos und die Traube der Kameras vor der Bühne geradewegs aus dem Auditorium marschierte. Kurz darauf gingen ihr die immer noch drehenden Kameraleute ebenfalls nach und verließen den Raum.

Etwa die Hälfte des Publikums blieb da, verstopfte die Sitzreihen und die Gänge des provisorischen Auditoriums und palaverte miteinander. Die Übrigen versuchten unter dem Einfluss des jüngsten menschlichen Tropismus, den Medien zu folgen, die Larabee folgten; sie passierten die Trennwände und gingen in den Ausstellungsbereich hinaus.

Monique merkte, wie sie sich mit Hilfe von Knien und Ellbogen ebenfalls einen Weg durchs Gedränge bahnte und mit dem Strom des intellektuellen Exodus ins Reich des Kommerzes hinausschwamm, ohne richtig darüber nachzudenken, warum; sie war genauso benommen von den Geschehnissen wie alle anderen.

Als sie draußen inmitten der Klimatech-Schauen und industriellen Exponate stand, war Dr. Allison Larabee nirgends zu sehen, und die Nachrichtenteams, die ihr gefolgt waren, ließen sich nicht mehr von denen unterscheiden, die hier vor den Reden ihr Bildmaterial gedreht hatten.

Monique stand blinzelnd in dem seltsamen, separierten Bereich.

Kamerateams wimmelten um die Exponate herum. Überall Menschen. Es hatte so etwas irrsinnig *Normales*. Als hätte die Kardinalin nicht gerade ihre Brandrede gehalten. Als hätte die Patin von UNACOCS nie ›Bockmist‹ geschrien und wäre aus der Konferenz gestürmt.

Als wäre alles vergessen worden.

Als wäre es nie geschehen.

Aber es *war* natürlich geschehen.

Und es würde nicht vergessen werden.

Es war nämlich live im Fernsehen und im Netz passiert und vielleicht hundert Millionen Menschen hatten es gesehen. Und wegen dem, *was* passiert war, würden noch zehnmal so viele Menschen ihren Fernseher einschalten oder sich einloggen und sich die aufgezeichneten Berichte ansehen.

Monique fragte sich, wie viele von ihnen das Gleiche empfinden würden wie sie jetzt. Und sie fragte sich, was diese psychische Verdauungsstörung eigentlich war, dieses viszerale Unwohlsein, das sich aus Scham, Schock und abruptem Erwachen zusammensetzte.

Scham worüber?

Über ihre Rolle hinter den Kulissen bei der Werbekampagne für eine Konferenz, deren geistige Urheberin selbige als nutzlosen Bockmist verflucht und sie verlassen hatte?

Schock weswegen?

Weil sie leibhaftig eines jener ikonischen Nachrichtenevents – wie einen politischen Mordanschlag oder eine große Katastrophe – miterlebt hatte, welche das Brot und Spiele der Transmissionsmedien transzendierten?

Erwachen woraus und wo hinein?

Aus der üblichen Routine ihres Jobs in die unerbetene Erkenntnis hinein, dass sie, wenn auch vielleicht nur ganz am Rande und in einer winzigen Rolle, *wirklich an Dingen beteiligt sein könnte,* von denen womöglich das Schicksal des Lebens auf der Erde abhing?

In die ungewohnten Tiefen dieser Grübeleien versunken, merkte Monique nicht, dass Jean-Luc Tri neben sie getreten war, bis er etwas sagte.

»Na, haben wir Nachrichten produziert oder haben wir *Nachrichten produziert*!«

»Was …?«

Der Pariser Pressespezialist von B&S grinste sie verschmitzt und zufrieden an. »Was für eine Eröffnung! Ich *wusste,* dass ich Recht hatte, die Sache mit diesem Sünde-und-Bockmist-Skript aufzuziehen! Sollen sie mal versuchen, die Pariser UNACOCS *jetzt noch* zu ignorieren!«

»Skript …?«

»Die Kardinalin war perfekt, aber die sind ja alle Profis. Larabee hat ihren Text gut gelernt, aber der Spruch mit den ›toten Katzen und faulen Eiern‹ war improvisiert …«

Tri runzelte die Stirn. Er musterte Monique nachdenklich.

»Was meinst du, Monique, so als Profi«, fragte er, »war das nicht vielleicht ein bisschen *too much*?«

Erst vor ein paar Stunden hatte diese großmütterliche Frau in dem flotten weißen Abendkleid auf den Nachrichtenkanälen scheinbar wütend ›Bockmist‹ geschrien, aber jetzt schien es, als hätte Dr. Allison Larabee schon allergrößte Mühe, nicht wie ein Schulmädchen zu erröten und zu knicksen, als Eric Esterhazy sie am oberen Ende der Gangway mit dem üblichen rumänischen Handkuss begrüßte.

»Willkommen an Bord von *La Reine de la Seine*, Dr. Larabee …«

»Danke, Prinz Esterhazy … äh … Eure Hoheit …«

Eric schenkte ihr sein schönstes, strahlendstes Adelverpflichtet-Lächeln. »Einfach *Prinz Eric* für Sie, Dr. Larabee …«

»*Allison* für Sie, Prinz Eric.«

Nun errötete sie tatsächlich, während sie weiterging, um den nächsten Gast an Bord zu lassen.

»Ah, Sidney, mir sind da Gerüchte über eine ziemlich extravagante geschlechtsübergreifende Besetzung in Ihrer *Faust*-Produktion zu Ohren gekommen …«

Es überraschte Eric schon lange nicht mehr, auch wenn es ihn immer noch erstaunte, dass ein ordentlich ausgeführter Handkuss und ein warmes Lächeln eines gut aussehenden Prinzen, selbst eines falschen, eine solche Wirkung auf Damen eines gewissen Alters hatten, ob sie nun weltbekannte Prominente oder Medienstars der Stunde waren oder nicht, besonders wenn sie aus einem Land wie Amerika kamen, das zu seinem großen Bedauern nie seinen eigenen verlotterten Stamm titelgeschmückter Parasiten gehabt hatte.

»Netter Artikel über diese hässliche Schweinerei in Athen, Derek! Vielleicht möchten Sie's jetzt lieber mal gemächlicher angehen lassen – wie wär's mit einem kleinen Lobgesang auf *La Reine*, wenn Sie die Berichterstattung über diese langweilige Klimakonferenz hinter sich haben ...«

Es waren angenehme Bestandteile seines Repertoires und darüber hinaus verlieh es ihm einen gewissen warmen, altruistischen Glanz, wenn er sie bei Frauen anwandte, mit denen er nicht ins Bett gehen wollte, weder aus Fleischeslust noch aus geschäftlichen Gründen. Warum also nicht? Es bereitete ihnen Freude und kostete ihn nichts.

»Herr Generalsekretär, es ist uns eine Ehre, Sie an Bord zu haben ...«

Natürlich funktionierte es nicht immer. Bei Kardinalin N'Goru war es vor ein paar Minuten nicht so gut gelaufen. Das Headup-Display in der Kontaktlinse in seinem linken Auge lieferte ihm zwar die wichtigsten Daten aller Gäste, wenn sie an Bord kamen, aber keine Informationen darüber, wohin genau ein Prinz bei einer Kardinalin den Handkuss placieren sollte. Eric hatte sich für die Fingerspitzen entschieden, aber die ohnehin nicht übermäßig entzückte Mary N'Goru hatte ihm ihren Ring mehr oder weniger unter die Nase geschoben und ihn finster angefunkelt, als hätte er einen Fauxpas begangen, weil er nicht auch noch vor ihr auf die Knie gefallen war.

»Der berühmte Dr. Davinda, glaube ich? Willkommen an Bord.«

Der hoch gewachsene, dünne, schlampig gekleidete Mann mit den tief in dunklen Höhlen liegenden Augen warf ihm einen höchst seltsamen gehetzten, paranoiden Blick zu, als wäre er bei einem schändlichen Geschlechtsakt oder unter dem Einfluss einer noch schändlicheren Droge oder womöglich sogar bei beidem ertappt worden.

»Ich hoffe doch, das Klimamodell, das Sie uns aus dem sonnigen Nordkalifornien mitgebracht haben, sagt uns nichts als das berühmte hiesige Wetter voraus.«

Die Augen des Burschen rotierten fast wie die Walzen eines Spielautomaten und als sie zum Stillstand kamen, waren sie so blank und leer wie polierte Billardkugeln. Er schob sich flegelhaft und ohne ein Wort der Begrüßung an Eric vorbei, als gäbe es ihn gar nicht oder als wünschte er, es gäbe ihn nicht.

Was habe ich denn gesagt, fragte sich Eric und verbarg sein Unbehagen, indem er rasch die nächste greifbare Hand küsste, die sich glücklicherweise als die einer Frau erwies.

Wusste Davinda womöglich nicht, dass ein professioneller Grüßaugust von Prinz Eric Esterhazys gehobenem Niveau bei seiner Tätigkeit auf eine Datenbasis zugriff? War er vielleicht stoned – und Kalifornier – genug, um jetzt davon überzeugt zu sein, dass Eric ein von Schwingungen durchpulster Hellseher der Dritten Kraft war?

»Sieh an, sieh an, die berühmte Lydia Maren persönlich! Ist Wissenschaftsjournalismus nicht ein bisschen weit abseits Ihres üblichen Metiers …?«

»Glauben Sie, ich ließe mir die Chance entgehen, zehn Tage in Paris im Ritz zu logieren und auf Ihrem legendären Riverboat zu feiern?«

»Geht die Sonne etwa nicht mehr im Osten auf? Serviere ich zum Hummer Thermidor etwa spanischen Rioja?«

»Ist mir nicht aufgefallen, als ich letztesmal hingeschaut habe, aber heutzutage, quién sabe?«

Und so war es bis jetzt gegangen und so ging es weiter, während Eric seinen Pflichten als Gastgeber nachkam und sich fragte, wann – und mit der Zeit sogar, ob – Monique Calhoun an Bord kommen würde.

Und das, obwohl sein Vorderlader im Moment in Ruhestellung war, und nicht nur in Vorfreude auf die Freude, sie zu sehen.

Die Chefetage von Böse Buben hatte durch Eduardo und infolgedessen durch Mom ihre Meinung kundgetan, die Chance, dass es sich nur um zwei zufällige Feuerkugeln am Himmel handle, wenn eine hohe Diplomatin der römisch-katholischen Kirche zu Beginn Feuer und Schwefel spucke und die Doyenne der Konferenz gleich im Anschluss daran eine völlig untypische Ansprache halte und aus der Konferenz ausziehe, sei ungefähr so groß wie die, dass der Geber in einem ehrlichen Pokerspiel zwei Royal Flushes hintereinander austeile.

»Das trägt doch unübersehbar die Handschrift von Brot & Spiele, Eric«, hatte ihm Mom erklärt. »*Schrift*, verstehst du? Ein Skript.«

»Offenbar wollten sie eine Medienaufmerksamkeit auf die Eröffnung lenken, wie sie diesen langweiligen Veranstaltungen noch nie zuteil geworden ist …«

»Was du nicht sagst, Sherlock! Aber warum?«

»Warum? Warum nicht?«

»*Warum nicht*? Warum sollte man sein Pulver nicht gleich am ersten Tag einer zehntägigen Konferenz verschießen? Benutz deinen Kopf doch nicht nur als hübschen Hutständer, Eric! Dem äußeren Anschein zum Trotz: Wenn B&S schon am ersten Tag so einen Knaller loslässt, *kann* das nicht der ganz große Knüller sein! Wenn sie schon gleich zu Anfang so schweres Geschütz auffahren, dann bestimmt nur, um für etwas viel Größeres, was später kommt, die Scheinwerfer und die Kameras parat zu haben.«

»Wofür denn zum Beispiel?«

»Eduardo denkt, Monique Calhoun könnte das vielleicht wissen und du könntest es rausfinden. Hast du schon mit ihr geschlafen, Eric?«

»*Mutter*! So was erzählt ein Ehrenmann nicht!«

»Ich frage ja keinen *Ehrenmann*, ich frage *dich*.«

Eric war zu seinem Verdruss gezwungen gewesen, mit der wenig schmeichelhaften Wahrheit herauszurücken, und Mom hatte ihm in deutlichen Worten zu verstehen gegeben, dass er sich ranhalten sollte, und es war schwer für ihn, sich darüber schlüssig zu werden, ob diese mütterliche Forderung, zur Sache zu kommen und das Angenehme mit dem Nützlichen zu verbinden, sein natürliches Verlangen ein wenig dämpfte oder ob es ein abgefahrener Kick war, der es eher noch steigern würde, wenn es so weit war.

Eric erledigte seine Routinearbeit mit wachsender Irritation, die zuerst in Nervosität überging und dann der Verblüffung wich, während *La Reine* ihre gesamte abendliche Fracht von Passagieren an Bord nahm, und dann endlich kam Monique Calhoun aus dem Einstiegspavillon und schlenderte die Gangway herauf. Sie präsentierte sich durchaus appetitlich in einem engen irischgrünen Hosenanzug, aber mit ihrer Art, sich zu bewegen, setzte sie ihre offensichtlichen Vorzüge irgendwie nicht richtig in Szene, und sie schaute auch keineswegs besonders gut gelaunt drein, was angesichts des professionellen Triumphs ihres Syndikats an diesem Nachmittag seltsam war.

Eric zog trotzdem die Nummer mit dem verträumten Lächeln und dem Handkuss ab. »Ich dachte schon, Sie würden gar nicht mehr kommen, Monique …«

Ihre abwesende Miene warf die Frage auf, ob sie wirklich schon da war. »Erst die Schafe, dann die Schäferin«, sagte sie.

Eric sah sie verdutzt an.

»Ich war schon die ganze Zeit hier und habe die Ankömmlinge auf meiner Gästeliste gegengecheckt«, erklärte sie ihm. »Hab meinen Job gemacht.«

»Erst das Brot, dann die Spiele, sozusagen ...?«

»Die Spiele hatten wir heute doch schon, oder ist Ihnen das entgangen?« sagte Monique in einem Ton, der weder erfreut noch belustigt klang.

»Ah, Sie meinen das Sturm-und-Drang-Drama bei der Konferenz«, meinte Eric. Er fischte nach irgendetwas, ohne so recht zu wissen, wonach. »Fabelhaftes Theater!«

Monique Calhoun erwachte abrupt aus ihrer trüben Stimmung und warf ihm einen abschätzenden Blick zu, der besagte, *vielleicht bist du doch nicht bloß ein hübsches Gesicht*. Was zwar ein Kompliment war und mit Erics Selbsteinschätzung übereinstimmte, ihn jedoch erkennen ließ, dass er einen taktischen Fehler gemacht hatte, den er lieber kaschieren sollte.

»Man muss nicht unbedingt ein großer Theaterkritiker sein, um zu merken, wenn jemand schauspielert, Monique«, salbaderte er in einem hirnlosen, aalglatten Ton. »Und schließlich habe ich gerade eben nicht nur die Kardinalin, die so bewegend vor der Sünde gewarnt hat, an Bord dieser schwimmenden Lasterhöhle willkommen geheißen, sondern auch die Klimatologin, die zwar ihre eigene Konferenz verlassen haben mag, aber nicht länger als bis zur Eröffnungsfeier heute Abend.«

Er ergriff ihre Hand. »Wollen wir uns zu ihnen gesellen?«

»Lauter ... Schauspieler unter sich?« Monique bedachte Eric mit einem winzigen, ironischen Lächeln.

Fass dich an die eigene Nase, war die Erwiderung, die er sich aus taktischen Gründen verkniff.

Monique Calhoun war vielleicht nicht übermäßig in Stimmung für eine Party, aber sie wusste durchaus zu würdigen, wie gut Prinz Eric darin war, eine zu veranstalten.

Jeder hätte das hervorragende Essen herstellen können, indem er einen Koch von Weltrang engagiert und ihm freie Hand gelassen hätte. Er jedoch hatte mit fester Hand und auf sehr clevere Weise die Quadratur des Kreises geschafft: Einerseits wäre ein schlichtes Buffet auf einem für sein Restaurant berühmten Schiff dürftig gewesen, andererseits bot das besagte Restaurant nicht einmal genug formelle Sitzplätze für die Hälfte der Gäste.

So war nun an einem Ende des Restaurants ein reichhaltiges warmes und kaltes Buffet aufgebaut worden, an dem man sich seine Auswahl auf raffinierten Tellern mit Löchern für die Weingläser reichen lassen konnte. Wer sich jedoch an die voll gedeckten Restauranttische setzen und sich von Kellnern vom Buffet bedienen lassen wollte, konnte das ebenfalls tun.

Auch die Musik war genau richtig.

Im Restaurant spielte ein rein akustisches Quartett – drei Streicher plus Klavier – leise Jazz-Neuarrangements von Barockmusik, während im Casino, wo etwas Raueres erforderlich war, eine Band mit Synthesizer, elektrischen Gitarren, Sitar und Tablas Hindu Hard darbot, wenn auch relativ dezent.

Das mochte simple berufliche Kompetenz sein. Aber darin, dass beides reine Instrumentalgruppen waren, also niemand mit seinem Gesang die Gespräche störte, zeigte sich die Hand des Meisters, die leider bei so vielen Soirées fehlte, an denen Monique teilgenommen hatte.

Und als sie beobachtete, wie gekonnt Eric Esterhazy sich durch den Raum arbeitete, wurde Monique klar, dass er weitaus mehr war als ein exzellenter Caterer, der auch an der Tür etwas hermachte.

»Schön, Sie wieder an Bord zu haben, ist schon eine

Weile her, nicht wahr, Dieter, damals waren Sie noch mit Maria verheiratet, wenn ich mich recht entsinne ...«

»Ihr Gedächtnis ist besser als meins, Eric, das kommt mir jetzt alles wie ein Traum vor, und kein sehr angenehmer ...«

Er war ständig in Bewegung, aber ganz langsam und lässig, scheinbar ohne bestimmtes Ziel, und erweckte dabei nie den Eindruck, als würde er von einem Tisch und einem Gespräch zum anderen springen, während er auf geschickte Weise genau das tat.

»Ich persönlich fand diese Berichte schwachsinnig, Gail. Mag sein, dass ich nicht viel von Haute Couture verstehe, aber ich weiß, was mir gefällt ...«

»Ich auch, Eric – nackte Haut, nackte Haut!«

Der perfekte Gastgeber, der nicht nur von einer Gruppe zur anderen ging, sondern en passant auch Gruppen zusammenführte und Einzelpersonen mit anderen bekannt machte.

»Ja, das ist wirklich eine Art inoffizieller offizieller Party für die Klimakonferenz, Jean-Pierre, und wenn Sie Dr. Larabee kennen lernen möchten, dann kommen Sie mal mit ...«

Dass er sämtliche Personen auf *seiner* Gästeliste zu kennen schien – offenbar hauptsächlich große Zampanos aus dem Showbusiness und dem Infotainment-Bereich, hohe Syndikatstiere, Künstler und Kunstmäzene, hochrangige Bürokraten und jene Sorte von Berühmtheiten, die wie er selbst für ihren Ruhm berühmt waren –, überraschte sie kaum.

»Ich hoffe, ich störe nicht, Allison – das ist mein guter Freund Jean-Pierre Balfort, Vorsitzender des Syndique de la Seine. Jean-Pierre, Dr. Allison Larabee, berühmt für den Venuseffekt, und Dr. Franco Niri, glaube ich, der vor ein paar Jahren in der engeren Wahl für den Nobelpreis gewesen ist, sowie Dr. Istavan Bukan, der Mann, der das Unternehmen leitet, das mit seinen

Rauch-und-Spiegel-Zaubertricks den Golfstrom aufrechterhält und dafür sorgt, dass uns in Paris der Hintern nicht abfriert …«

Dass er jedoch auch alle auf *ihrer* zu kennen schien und sie nicht nur mit Namen begrüßte, sondern auch mit jenen Wissensbröckchen um sich warf, die darauf hindeuteten, dass er über ihre Laufbahn Bescheid wusste und sie bewundert hatte, musste bedeuten, dass er entweder ein eidetisches Gedächtnis oder hellseherische Fähigkeiten besaß oder wohl eher einen jener Kontaktlinsen-Dataprompter benutzte, deren sich Politiker im Wahlkampf und Barmixer in Privatclubs so gern bedienten.

»Sie sind der Rinderfurzmann, stimmt's, Dr. Collins? All dieses Methan!«

»Nicht nur Rinder, Prinz Esterhazy, alle Wiederkäuer tragen ganz erheblich zu den Treibhausgasen bei. *Milliarden* Kubikmeter pro Jahr.«

»Und deshalb sollten wir aufhören, sie zu züchten, und uns darauf umstellen, unsere Proteine stattdessen in Form von Bohnen zu uns zu nehmen …?«

»Bart Simpson war immerhin schon überzeugter Vegetarier!«

»Tja, ich *könnte* vermutlich auf Tournedos Rossini und Choucroute garni verzichten, um die Biosphäre zu retten, wenn es sein müsste, aber andererseits muss *ich* furzen, wenn ich Bohnen esse, wie wohl die meisten Menschen, also wären wir damit doch wieder da, wo wir angefangen haben …?«

Selbst wie er sie während der letzten zwei Stunden als distanzierte Beobachterin hatte herumschlendern lassen, war ein beeindruckendes Zeichen von Eric Esterhazys Professionalität. Monique wusste nur allzu gut, dass er sie unbedingt verführen wollte und es früher oder später, wenn der richtige Zeitpunkt für sie gekommen war, auch schaffen würde, und daher konnte sie nicht umhin, ihn dafür zu bewundern, dass er sich weder zu verstohlenen Seitenblicken herabließ noch sich an sie zu hängen versuchte oder sie aalglatt mied. Sie war ein Gast wie alle anderen und es war sein Job, ihnen samt und sonders das Gefühl zu geben, gleich wichtig zu sein.

Prinz Eric war nicht bloß ein professioneller Schaumschläger.

Er war ein echter *Künstler* seines Fachs.

Und erst jetzt, nachdem die Party schon eine ganze Weile im Gange war und ihre beiden Gästelisten sich gründlich vermischt hatten, kam Eric wie der perfekte Gastgeber, der ein nervöses Mauerblümchen erspäht hatte, mit zwei Gläsern Wein zu ihr herübergeschlendert.

»Sieht so aus, als würden Sie sich nicht besonders gut amüsieren, Monique«, sagte er und reichte ihr eines.

Monique zuckte die Achseln. »Ich gehe hier meinem Gewerbe nach.«

»Oh? Ich dachte, Sie wären Bürger-Aktionärin von Brot & Spiele, nicht von Damen der Nacht …«

»Manchmal hab ich das Gefühl, dass da kein gar so großer Unterschied besteht«, murmelte Monique zu ihrer eigenen Überraschung.

Eric beugte sich näher zu ihr, nach jedem kulturellen Kriterium tief in ihren körperlichen Nahbereich hinein. »Dann wäre das vielleicht ein guter Moment für einen raschen Abstecher unter Deck«, sagte er.

»Abstecher?«

Eric strahlte sie an und ergriff ihre Hand. »Hätten Sie nicht Lust, meine Geräte auszuprobieren?«

»Jetzt werden wir aber ein bisschen plump, wie, Monsieur Märchenprinz?«

»Die *Überwachungs*geräte«, zischte er, ohne aus der Rolle des Verführers zu fallen, der sich vor den Augen etwaiger Zuschauer ins Zeug legt. »Aber wenn Sie natürlich etwas Besseres im Sinn haben …«

Monique musste lachen.

Und sie musste sich eingestehen, dass es in diesem Moment tatsächlich der Fall war.

»Hat es untenrum ein Leck, ist das Spionageschiff rasch weg, Eric«, erklärte sie ihm und fuhr mit dem Finger eine Handbreit von seinem Hosenstall entfernt rasch durch die Luft.

Eric führte Monique Calhoun an der Hand durch den Speisesalon und die Treppe hinunter, als wären sie einfach nur ein weiteres Paar auf dem vergnügten Weg zu einem der Boudoirs unter Deck, und der Klatsch würde das nahe Liegende vermuten, wenn er etwa eine halbe Stunde später zurückkam und sich wieder seinen Gastgeberpflichten widmete.

Das gehörte zu seinem Nimbus. Ein galanter Gastgeber gab keiner Dame einen Korb. Ein geschulter Sophist würde vielleicht sogar behaupten, es sei seine dienstliche Pflicht.

Und Monique tat ebenfalls nichts, um die allgemeine Illusion zu durchbrechen.

Falls es eine war.

Instinkt und lange Erfahrung sowie die feuchte Wärme ihrer Hand vermittelten Eric das Gefühl, dass sich auch woanders warme Feuchtigkeit sammelte und dass es sie hart ankommen würde, nein zu sagen, wenn er einen Umweg vorschlüge. Er verspürte ebenfalls eine gewisse Festigkeit, aber so sehr er auch versucht war, ihr diesen Vorschlag zu machen, und so sehr Mom darauf drängte, dass er's endlich *tun* sollte, sein Gefühl fürs Timing sagte: Nein, warte noch, sie *wird* zu dir kommen, also lass ihr Zeit, sie kommt schon, wenn sie so weit ist, und dann wird es nur umso schöner.

Außerdem spielte sie im Moment ganz hervorragend mit, sie war eine echte Partnerin für ihn, und das anhaltende Kribbeln neckischer Frustration war nicht unbedingt unangenehm, es würde den Matchball am Ende nur umso genussvoller machen.

Deshalb verschaffte Eric ihnen getreu seines prinzlichen Worts mit seinem Retina-Abdruck Zutritt zum Computerraum. Obwohl Ignatz wie üblich alles aufzeichnete, war ein Sicherheitsmann von Böse Buben drinnen und spielte den Techniker, die menschliche Komponente des potemkinschen Interfaces, das die *La Reine*-KI vor Monique Calhoun verbarg.

Vieles von dem, was er sich zum Zeitvertreib ansah, war nach konventioneller Sicht der Dinge nicht gerade für die Augen einer konventionellen Dame geeignet; ein Dutzend Bildschirme zeigten die Bilder aus den Boudoirs und Toiletten und aus den Lautsprechern kam eine unziemliche Kakophonie von Gegrunze, Gestöhn, Gegurgel und Geplätscher.

Eric entließ ihn mit einem Stirnrunzeln und einem verhangenen Blick, nahm jedoch mit Interesse zur Kenntnis, dass die kopulatorische, exkretorische und urinäre Liveberichterstattung Monique eher zu amüsieren als abzustoßen schien.

»Ich kann ja verstehen, dass man die Boudoirs und sogar die Waschräume optisch und akustisch überwacht«, sagte sie, als sie auf den Drehstühlen Platz nahmen, »aber warum auch die *Toilettenkabinen*? Was glaubt ihr denn, was dort passiert, außer ... dem Üblichen?«

»Sie wären überrascht«, erklärte Eric, obwohl er es irgendwie bezweifelte. »Trotzdem, stellen wir den Ton und die Bilder aus den Toiletten ab«, sagte er, gab beliebige Zahlen auf der Tastatur ein und überließ es Ignatz, die Illusion zu erzeugen, dass er die Übertragung der Bilder und Töne tatsächlich auf diese primitive Weise kontrollierte.

»Da«, sagte er. »Das ist viel ... anregender.«

Auf sieben Bildschirmen waren immer noch Paare –

hetero, homo, einmal sogar ein nicht genau definierbarer Dreier – zu sehen, die eifrig am Werk waren.

»Für Sie vielleicht, Eric. Wenn ich mir Pornos anschauen will, ziehe ich welche mit professionellen Darstellern, anständiger Beleuchtung und Regisseur vor. In echt sieht's einfach nur albern aus, wenn man dabei zuschaut.«

»Wirklich? Haben Sie's noch nie mit Spiegeln gemacht?«

»Ich wette, *Sie* tun das immer. Und wahrscheinlich brauchen Sie nicht mal eine Partnerin, um dabei Ihren Spaß zu haben.«

»Zugegeben, es gibt nichts Schöneres als Sex mit jemandem, den man wirklich liebt.«

Monique lachte. Und Eric musste zugeben, dass so ein Schlagabtausch ... anregender war als das Treiben auf den Monitoren. Wer hatte noch gleich gesagt, die empfindlichste erogene Zone sei das menschliche Gehirn?

»Also, wie wär's, wollen wir uns einen raschen Überblick über die weniger erotischen Aspekte der Party verschaffen?« fragte Eric ein wenig widerstrebend.

Er drückte auf ›Control H‹ und die Boudoir-Bilder auf sechs Monitoren wurden von den Schiffsplänen mit ihrer Überfülle von Kamera- und Mikro-Nummern ersetzt.

Erics bescheidene Computerkenntnisse reichten, um den Cursor mit dem Trackpoint über die Zahlen auf den schematischen Darstellungen zu bewegen und die Aufzeichnungsgeräte anzuklicken, und darum tat er es – mehr oder weniger willkürlich.

Das führte dazu, dass die übrigen vierzehn Bildschirme aufleuchteten und eine Reihe neuer Bilder zeigten, hatte aber auch ein lautstarkes Gebrabbel zur Folge, als der Ton von vierzehn Mikros zugleich aus den Lautsprechern schnatterte.

»Äh … ich glaube, ›Control S‹ schaltet auch den Ton ab«, rief Eric wegen Ignatz und drückte auf die beiden Tasten. Ignatz befolgte den akustischen Befehl.

»Und dann … wenn man hören will, was ein bestimmtes Mikro aufnimmt, geht man einfach mit dem Cursor darauf und gibt ›Control M‹ ein …«

Eric wählte ein Mikro, das auf einen Tisch im Restaurant gerichtet war.

»… hat gesagt, der einzige Grund hierher zu kommen sei das Essen und Trinken.«

»Ja, das hat Esterhazy wirklich drauf, aber einige Leute bei dieser Party hier …«

»Langweilig«, sagte Eric hastig und schaltete auf Allison Larabee, die draußen an der Heckreling auf dem Oberdeck ein Tête-à-tête mit Paolo Pereiro hatte.

»Peinlich – meinen Sie!« sagte Monique.

»… heißt, es war notwendig.«

»Also wirklich, Allison, solche billigen Theatertricks …«

»Mag sein, aber das könnte *wirklich* unsere letzte Chance sein.«

»Sie wissen so gut wie ich, dass es im Venuseffekt-Modell lauter unaufgelöste Variablen gibt …«

»In welchem Klimamodell denn nicht?«

»Meines hat zu seiner Zeit immerhin zu achtzig Prozent korrekte Vorhersagen getroffen.«

»In seinem *Zeitrahmen*, Paolo, und der war ziemlich begrenzt.«

»Wohingegen Ihres viel zu ambitioniert ist, als dass es überhaupt kurzfristige Vorhersagen treffen könnte.«

»Hoffentlich irre ich mich, aber ich fürchte, ich habe Recht.«

»Das glaube ich erst, wenn ich einen Ihrer weißen …«

»Uninteressantes Klimatech-Geschwätz«, sagte Eric und schnitt auf zwei Hocker an der vorderen Bar, wo Lydia Maren gerade Geoff Gilden abzuschleppen versuchte, den Lloyds-Botschafter in Paris. »*Viel* amüsanter.«

»… in einem der Boudoirs unten?«

»Oh, ich war schon zwei Mal unten im Verlies, ma chérie.«

»S oder M?«

»Je nach Stimmung oder Mondphase …«

»Was ist daran so amüsant?« fragte Monique.

»Sie hat offenbar keine Ahnung, dass Geoff stockschwul ist.«

Monique sah ihn stirnrunzelnd an. »Wenn Sie mit Ihrer Schlüssellochguckerei fertig sind, Eric, darf ich's dann selbst mal probieren?«

Und sie griff nach dem Trackpoint, placierte den Cursor auf der Einspielung von einem Tisch in der privaten hinteren Bar, wo Hassan bin Mohammed und drei Männer die Köpfe zusammensteckten und sich im Flüsterton unterhielten, und drückte auf ›Control M‹.

»… aber es steht in der Satzung ihres Syndikats …«

»… zu riskant …«

»Hmmm, der Vorsitzende des KBK«, murmelte Monique, »das könnte interessant sein. *Wie* zeichne ich gleich noch mal auf?«

»Äh … Sie zeichnen auf, indem Sie den Cursor lassen, wo er ist, und auf ›Control R‹ drücken«, sagte Eric wegen Ignatz.

»… sicher, dass die Effekte nur vorübergehend sein werden?«

»… was heißt ›sicher‹ …«

»… Hand dafür ins Feuer legen …«

»… eine mathematische Unmöglichkeit, wie jeder gescheiterte Versuch bewiesen hat, ein gültiges Modell zu entwickeln …«

»Wer sind diese Burschen überhaupt?« fragte Monique leise.

Eric zuckte die Achseln. Sein Dataprompter identifizierte sie als Hideki Manimoto, einen Klimatech-Ingenieur, der mit einem Zeitvertrag bei einem Orbitalspiegelkonzern arbeitete; bin Mohammeds Stellvertreter im Komitee Besorgter Klimatologen, Aubrey Wright; und den Generaldirektor der Erdewerke, Bernard Kutnik – aber wenn er *ihr* das sagte, würde er natürlich zu viel verraten.

»… uns Zahlen …«

»… dreiundneunzig Prozent …«

»… Risiko ist minimal, würde ich sagen …«

»… berühmte letzte Worte …«

»… genau das wollen wir ja verhindern …«

»… mit Gewinn natürlich, Bernie …«

»… der Kluge tut Gutes und verdient daran …«

»Also wirklich!« stöhnte Eric und bewegte den Cursor zu einem anderen Bildschirm, wo ein bizarres Trio – der weibliche Force-Flic-Hauptmann des sechzehnten Arrondissements und zwei Männer, einer ein Importeur von Böse Buben, der andere ein nicht sonderlich bekannter Schauspieler – Arm in Arm den Gang entlanglatschten, vorbei an den Türen der Boudoirs.

»… zum Sonnenkönig?«

»… zu retro …«

»Ich wette auf die Sauna, Monique, und Sie?«

»… das Baumhaus?«

»… da fehlt eine Jane …«

»Haben Sie eigentlich *irgendwelche* Interessen, die nicht schlüpfriger Natur sind, Eric?«

»… das Verlies …«

»… wofür hältst du uns eigentlich …?«

Eric warf ihr einen trägen, lüsternen Blick zu. »Geben Sie mir eine Woche, dann fällt mir vielleicht ein passendes ein«, erklärte er ihr. »Haben Sie denn keins?«

»… nur hoch genug rangehen, um sie mit dem Vertrag dranzukriegen …«

Es hatte Monique Calhoun weniger Zeit gekostet, die simple Befehlsstruktur zu erlernen, als Eric Esterhazys glattzüngige Versuche zu überstehen, sie per Voyeurismus zu verführen; tatsächlich hätte ein halbwegs intelligenter Schimpanse wohl nicht viel länger gebraucht.

»… ein Lächeln wie die Mona Lisa, aber nur das pure Vakuum dahinter.«

»Gemein, Terry, wirklich gemein …«

Also war der so genannte Techniker, den Eric wieder hergeholt hatte, als er sie schließlich im Computerraum allein ließ, wahrscheinlich ein Aufpasser, der ungefähr so viel von der Anlage verstehen musste wie sie von der Quantenmechanik, um seinen Job zu erledigen.

»… Tornados, eher überhitzte Thermiken, keine echten Luftwirbel …«

»… passen aber ins Modell …«

»… wenn niemand allzu genau hinschaut …«

Zuerst hatte Monique bei der Farce mitgespielt, bestimmte Orte auf dem Schiff genannt und sie von dem ›Techie‹ über die Tastatur eingeben lassen.

»… du wirklich, die erzählen uns alles …«

»… nur was den Interessen des *Kunden* dient, Jean-Luc …«

Aber ihr wurde rasch klar, dass sie das mit Hilfe der Schiffspläne und des Cursors selbst ebenso gut oder besser konnte. Und wenn sie noch eine Bestätigung für ihre Vermutungen brauchte, so bekam sie diese, als Erics Aufpasser ihr widerspruchslos die Kontrolle überließ, völlig untypisch für einen Techie.

»… Verzweiflung, wenn ihr mich fragt, sie haben die Länder der Verlorenen ausgesaugt …«

»… lässt sich immer noch Geld machen, wenn man sich an die lokale Anpassung anpasst, und wird auch immer zu machen sein …«

Weniger klar war, bei näherer Überlegung, was sie hier tun sollte, wie sie es tun sollte und warum.

Sie hatte also gelernt, die Überwachungsanlage zu bedienen, aber wonach sollte sie suchen? Und selbst wenn sie *wüsste*, wonach sie suchte, wie sollte sie es in diesem Chaos von Bildern und Tönen aus Hunderten von Kameras und Mikros herausfinden und aufzeichnen?

Und warum überhaupt ich?

»… wie Hunde und Katzen, die mieseste Atmosphäre hinter den Kulissen, die ich je erlebt habe …«

»… hat der Produktion aber offenbar nicht geschadet …«

Sie sollte hier den VIP-Service von Brot & Spiele leiten, aber nicht Mata Hari für den Mossad spielen. Was würde geschehen, wenn sie das Avi Posner sagte? Dass er sich verpissen und sie ihren eigentlichen Job machen lassen sollte?

Aber tief unten im Bauch wusste Monique, dass es unklug und ihrer Karriere nicht gerade förderlich wäre, wenn sie das herauszufinden versuchte. Das hieß, sie hatte *Angst* davor, es herauszufinden. Und das hieß, sie hatte den Boden unter den Füßen verloren und strampelte in Gewässern, in denen sie nie hatte schwimmen wollen. In *politischen* Gewässern, den Gewässern ihrer Großeltern, dem heißen und dem kalten Krieg.

»… zur Jahrtausendwende weitaus schlimmer, da gab's alles Mögliche, von UFO-Kulten bis zur Wiederkunft …«

»… der von Jesus oder der von Elvis …?«

»… von beiden, und die Hälfte der Leute hatte keine Ahnung, wer von denen die Gitarre spielte …«

Monique hatte sich nie für einen politischen Menschen gehalten, was immer das in dieser weitgehend postsouveränen Welt noch bedeuten mochte. Nach allem, was sie auf ihren Reisen gesehen hatte, war Patriotismus, die emotionale Bindung an eine geographische oder ethnische Identität, souverän oder halbsouverän, noch existierend oder bereits vergangen, der schwarze Mann hypnotisierter Gehirne.

»… die Zentralsahara, Kansas, Australien, man braucht Wüsten, damit es funktioniert …«

»… und die heißesten Stellen, damit es glaubhaft wirkt …«

Sie kannte nur eine einzige echte Bindung, nämlich die an Brot & Spiele, das Syndikat, dessen Bürger-Aktionärin sie war, und das war nicht politisch im schlechten alten hirnrissigen Sinn. Darin flossen ihr individuelles Interesse und das kollektive Eigeninteresse des Syndikats zusammen. Das war aufgeklärter Syndikalismus.

Sei nie ein Bürger von etwas, wovon du keine Anteile haben willst.

»… schönste Land, das es noch auf dem Planeten gibt, und ein Klima, für das man sterben könnte, wo sie den Regen jetzt unter Kontrolle haben …«

»… für *wen* man sterben könnte, lautet die übliche Frage, weißer Mann …«

Ihr Herz war also nicht aus smaragdgrünem Stein. Sie hatte in den Ländern der Verlorenen viel zu viel gesehen, um im tiefsten Innern keine echtblaue Gefühle zu haben. Aber das war keine Politik, sondern *Gewissen*, oder nicht? *Idealismus*, wenn man ein bisschen sentimental werden wollte.

»… Künstler, Wissenschaftler und Mystiker haben damit ihr Bewusstsein erweitert …«

»… und Hirnis sich auch noch die rudimentären Reste von Verstand weggeknallt …«

Jedenfalls kein augenfälliges Merkmal der konzernkapitalistischen Wiedergänger, die im Grand Palais ihre Klimatech-Waren ausstellten. Diese Region abkühlen, jene aufheizen, hier eine Wolkendecke schaffen, dort eine aus dem Orbit wegbrennen – die einzige Bindung, die sie kannten, galt dem, was man im Zeitalter des Kapitalismus ›das Zauberwort Profit‹ genannt hatte. Sie taten es fürs Geld.

»... noch nie in meinem Leben was dermaßen angewidert ...«

»... de gustibus non vomitorium, meine Liebe ...«

Big Blue war ein geldgeiler Laden.

Jeder wusste das.

Oder nicht?

Und was bin ich dann?

Nur ein Rädchen im Getriebe der großen blauen Maschine. Ein Bauer in einem Spiel, das ich nicht mal verstehe. Von dem das Schicksal der Erde abhängen könnte. Oder nur ein Haufen fetter Verträge.

Will ich es wirklich wissen?

Spielt es eine Rolle?

Eigentlich nicht, erkannte Monique verdrossen, denn ich bleibe so oder so genau dort, wo ich bin.

Sie hatte nie eine Wahl gehabt.

Das war Politik.

Und ob es ihr gefiel oder nicht, sie mischte darin mit.

»Holen Sie Prinz Eric her, damit er mich rauslässt«, befahl sie ihrem Pseudo-Techie-Aufpasser. »Ich glaube, ich brauche mal ein bisschen frische Luft.«

6

Dank des plötzlichen Auftretens der so genannten weißen Tornados war das Scheinwerferlicht der Medien auf die Jahreskonferenz der Vereinten Nationen zum Thema Klimastabilisierung gerichtet und da es im nahe liegenden Eigeninteresse sowohl von Brot & Spiele als auch des Kunden lag, es noch heller erstrahlen zu lassen, als es das angesichts eines solchen Vorboten planetaren Verderbens von Natur aus tat, war Monique Calhoun auf das Pandämonium vorbereitet, das sie empfing, als sie beim Grand Palais eintraf, wo das UNACOCS-Sonderplenum stattfinden sollte.

Auf dem Gehweg der Avenue Churchill gegenüber vom Grand Palais lärmte ein Haufen Demonstranten, der von berittenen Mitgliedern von Force Flic im Zaum gehalten wurde, und schwenkte Plakate mit Slogans wie KÜHLT DIE ERDE AB – JETZT SOFORT!, STOPPT DEN VENUSEFFEKT! und EINE BLAUE WELT ODER GAR KEINE!. Zum Glück fehlten Sprüche wie BEREUT JETZT! und DAS ENDE IST NAHE!.

Allerdings war Monique nicht so recht darauf vorbereitet, wie *durchorganisiert* dieses Pandämonium war.

Die Plakate waren nicht nur professionell gedruckt, sie schienen sich auch auf ein halbes Dutzend Slogans zu beschränken, und die Schrift hatte zwar unterschiedliche Farben, aber es war immer derselbe Font. Es gab sogar im Computer aufbereitete Bilder aus dem einzigen vorhandenen TV-Film von einem weißen Tornado.

Ein Bild, Dutzende Male geklont.

Der Eingang zum Grand Palais selbst wurde von einem nüchternen Halbkreis mit Elektroschockstöcken bewaffneter Flics zu Fuß frei gehalten, aber die Berittenen, die die Menge auf der anderen Straßenseite im Zaum hielten, waren Angehörige der Garde Républicain in voller, schicker Montur – verchromte Stahlhelme mit Federbusch, Umhänge, Kostümschwerter –, die man für feierliche Anlässe engagieren konnte, aber nur, wenn man einen ordentlichen Batzen Geld hinlegte.

Im Rinnstein drängten sich Kamerateams, denen gegenüber die Demonstranten zahlenmäßig fast schon in die Minderheit gerieten, und obwohl es ein heller, sonniger Nachmittag war, schalteten sie gleißende Scheinwerfer ein, um den Auftritt wichtiger Persönlichkeiten anzukündigen, und gaben die Einsätze für Gebrüll und Geschrei, für einen Proforma-Ansturm gegen die Reihen der Force Flic und Proforma-Einsätze der Elektroschlagstöcke seitens der Flics, die pro forma so taten, als würde ihnen das Ganze überhaupt nicht gefallen. Selbst Monique bekam blendend grelles Licht und unzusammenhängendes Geschrei ab, als sie sich mit ihrem Pass Einlass verschaffte.

Der riesige Ausstellungsbereich hingegen war geradezu beängstigend menschenleer, nicht einmal Kamerateams waren zu sehen, nur die Leute, die zwischen den Exponaten hindurch zum provisorischen Auditorium strömten, und die Wachen an den Segeltuchplanen, die das geheimnisvolle Was-auch-immer verbargen.

Die Atmosphäre im Grand Palais war bedrückend düster und aufgeladen. Monique brauchte eine ganze Weile, bis sie erkannte, dass dies zumindest teilweise an einem bewusst erzeugten optischen Spezialeffekt lag.

Die intelligenten Glasscheiben des Daches waren so eingestellt worden, dass der strahlend blaue Himmel draußen sich ins Unheil verkündende, lumineszierende Grau eines kurz bevorstehenden Gewitters mit einer gebleichten, aber unvermindert hellen Sonne darin verwandelte, um in etwa eine schematische Version des Hochofenwirbels eines weißen Tornados zu simulieren.

Und wenn man das provisorische Auditorium selbst betrat, fiel der Blick sofort auf eine Filmschleife, die immer wieder auf der Großbildwand hinter der Bühne ablief und das Ereignis im Original zeigte:

Eine Wüste unter einem ausgebleichten, wolkenlosen Himmel, vielleicht die Sahara, vielleicht Zentralaustralien oder Nevada oder das leere Ödland in jedem auf einem niedrigen Breitengrad gelegenen kontinentalen Herzland, die Luft wie eine Fata Morgana flimmernd. In mittlerer Entfernung erhebt sich abrupt ein wirbelnder weißer Mahlstrom vom Wüstenboden, schraubt sich korkenzieherförmig in die Höhe, saugt Sand und Steine mit hoch, steigt, soweit es das Kameraobjektiv ausmachen kann, in die Stratosphäre hinauf, bleibt etwa eine Minute bestehen und verschwindet dann wie in einem rückwärts laufenden Film von der Geburt eines konventionellen Tornados *nach oben* in den leeren Himmel.

Und wieder, und wieder, und wieder – unaufhörlich.

Nach allem, was man hörte, waren die weißen Tornados zumindest bis jetzt sehr kurzlebig und kamen nur an den allerheißesten Stellen vor, wo schon längst kein Mensch mehr lebte, und darum war dieser kurze, von einer zufällig anwesenden wissenschaftliche Expedition gedrehte Film der Einzige, den es gab.

Es lagen jedoch anekdotische Berichte über Sichtungen aus der Ferne vor. Und Satelliteninstrumente hatten von oben ein paar weiße Tornados registriert. Und ihre Temperatur und inneren Windgeschwindigkeiten gemessen.

Die weißen Tornados schienen überhitzte Luftsäulen

zu sein, monströse thermische Aufwinde, die sich beim Aufstieg durch die Atmosphäre zu einem Wirbel entwickelten, sich dann, abgekühlt von der Ausdehnung nach oben, an ihrer Basis destabilisierten und himmelwärts verschwanden.

Das war so ziemlich alles, was man über die weißen Tornados wusste. Was ihr jetziges Erscheinen verursachte, wie viele es schon gegeben hatte, ob das Phänomen weiterexistieren und was als Nächstes passieren würde, darüber gab es tausend Theorien, die, wenn man sie in schreiende Schlagzeilen übersetzte, allesamt auf Folgendes hinausliefen: ›VENUSEFFEKT! ENDE DER WELT!‹

›Ende der Welt‹ oder nicht, Jean-Luc Tri unternahm gar nicht erst den heuchlerischen Versuch, seine Freude zu verbergen, als Monique die für Brot & Spiele reservierten Sitzplätze im Auditorium erreichte, in dem es ansonsten nur noch Stehplätze gab.

»Sieh dir diese Massen an! Was für eine Presse! Ich wünschte nur, ich hätte mir das selbst ausgedacht!«

»Heißt das, du hast es nicht getan?« fragte Monique trocken.

Jean-Luc lachte. »Ich bin gut«, sagte er. »Ich würde dir nicht widersprechen, wenn du behaupten würdest, ich sei der Größte. Ich würde liebend gern das Verdienst dafür in Anspruch nehmen.« Er zuckte die Achseln. »Aber Gott bin ich nicht.«

Vielleicht nicht, aber Monique wusste aus sicherer Quelle, dass Ariel Mamoun mit der Idee, ein Sonderplenum der Konferenz einzuberufen, an Lars Bendsten herangetreten war, als die Geschichte Schlagzeilen gemacht hatte. Und dass Jean-Luc das einzige vorhandene Filmmaterial von einem weißen Tornado für UNACOCS beschafft und wahrscheinlich vorgeschlagen hatte, diese Filmschleife als optischen Hintergrund für das Sonderplenum zu benutzen. Und mit den Leuten vom Grand Palais vermutlich auch ein paar Wörtchen über die Effekte mit dem intelligenten Glas geredet hatte.

Brot & Spiele!

Natürlich konnte Brot & Spiele diese geheimnisvolle Klimaerscheinung unmöglich inszeniert haben. Aber wer außer Brot & Spiele hätte sie so schnell und gründlich zum Vorteil des Kunden instrumentalisieren können?

Monique hätte stolz auf ihr Syndikat sein sollen. Und auf professioneller Ebene war sie das auch, glaubte sie. Aber es gab noch eine andere Ebene, auf der die ganze Sache auf schwer fassbare Weise beunruhigend war.

Okay, die organisierte, mit professionellen Plakaten ausgestattete Menge, der größtmögliche Presserummel, das visuelle Ornament der Garde Républicain, der Spezialeffekt mit dem intelligenten Glas – ganz normale B&S-Technik, wegen so einer kleinen Inszenierung brauchte man nun wirklich kein schlechtes Gewissen zu haben, oder?

Aber waren diese ›weißen Tornados‹ *wirklich* das apokalyptische Ereignis, das die Presse aus ihnen machte? War es *wirklich* an der Zeit, in Panik zu geraten?

Wenn man mal tief durchatmete und einen Schritt beiseite trat, neben den Hype: Waren ein paar hyperthyreoide Staubwirbel denn *wirklich* so große Katastrophen?

Auf einem Planeten, auf dem der Temperaturanstieg Ackerland in Wüste und Wüste in totes Land verwandelt hatte, auf dem die küstennahen Heimatländer von aberhundert Millionen Menschen überflutet worden waren und zumindest eine der polaren Eiskappen aufgebrochen war?

Der Venuseffekt – stand er tatsächlich unmittelbar bevor?

Fiel uns *wirklich* der Himmel auf den Kopf?

War das Ende der Welt *wirklich* nahe?

Oder war Chicken Little, das kleine Küken, dem eine Eichel auf den Kopf fiel und das daraufhin lauthals krakeelte, der Himmel stürze ein, auch bloß ein Brot & Spiele-Profi?

»Seltsam, öffne dich.«

»Ich höre und gehorche, kleiner Herr der ganzen Welt.«

Angesichts des albernen Wortspiel-Passworts fand Eric Esterhazy es nur angemessen, Ignatz in Person eines Dschinns aus einem drittklassigen Tausendundeinenacht-Film antworten zu lassen.

Das war jedenfalls besser, als der KI Moms Stimme und Charakter zu verleihen, was ebenfalls eine Wahlmöglichkeit im Menü war. Die echte hatte ihm für diesen Tag schon mehr als gereicht.

Es war Nachmittag und *La Reine de la Seine* lag am Quai Branly vertäut. Eric hatte das Schiff und den Computerraum mehr oder weniger für sich allein, und wenn er schon nicht Herr der ganzen Welt war, so war er aus aktuellen praktischen Gründen doch Herr dieses kleinen Teils von ihr.

In der übrigen Welt mochten sie sich die Berichte über das Sonderplenum der UNACOCS-Konferenz im Fernsehen und im Netz ansehen und wie aufgescheuchte Hühner durch die Gegend laufen, aber Eric hatte Wichtigeres zu tun. Wenn die Welt heute Nachmittag unterging, würde er sich eben die Wiederholung in den Spätnachrichten ansehen müssen.

Eric hatte mit Mom in einem ihrer chinesischen Lieblingsrestaurants zu Mittag gegessen und dabei war das Gespräch auf die so genannten weißen Tornados gekommen, wie es zu diesem Zeitpunkt in Zehntausenden solcher Tischgespräche in ganz Paris der Fall gewesen sein musste.

»Kommt mir so vor, als hätte ich den Ausdruck schon mal irgendwo gehört ...«

»Überrascht mich kaum, Eric, wo die Medien sich ja neuerdings nicht mehr mit König Bobbys Geschlechtsumwandlungsoperation einen runterholen, sondern mit den weißen Tornados ...«

»Ich meine, *bevor* es in den Nachrichten gekommen ist.«

»Was? Bist du *sicher*, Eric?«

»Das nun auch wieder nicht ...«

»Wo? Wann?«

»Ich weiß nicht mehr genau ...«

»Herrgott noch mal, *denk nach*, Eric! Du *weißt* doch, wie das geht, oder? Ist *wirklich* gar nicht so schwer, wie's aussieht. Du vergisst jetzt mal fünf Minuten lang deinen Pimmel und tust so, als säße dein wichtigstes Organ zwischen den Ohren.«

»Ich bin nicht mal sicher, ob ich die beiden Worte zusammen im selben Gespräch gehört habe ... es war alles ziemlich durcheinander und irgendwie zerschnipselt, soweit ich mich erinnere ...«

Mom hatte sich wie ein Mungo darauf gestürzt.

»*Wie ein Haufen chaotischer Gesprächsfetzen aus den Lautsprechern der Überwachungsanlage des Schiffes*?«

»Jetzt, wo du's erwähnst ...«

»Zum Kuckuck noch mal, Eric, ich muss es *erwähnen*, bevor du den Kopf aus dem Rektum ziehst? Wer? Wann?«

Eric hatte die Achseln gezuckt.

»Findest du nicht, dass es irgendwie ganz toll wäre, wenn du's rausfändest?«

Dem hatte Eric in der Tat zustimmen müssen.

»Wortsuche, Ignatz. Weiß in allen Varianten und Tornado oder Tornados.«

»Zeitrahmen, Herr?«

Mal sehen, die Geschichte hatte gestern Schlagzeilen gemacht, also ...

»Geh drei Tage zurück, dann achtundvierzig Stunden vorwärts.«

»Dein Wunsch ist mir akustischer Befehl.«

Die Bühne war ebenso gerammelt voll wie der Saal; man hatte dort oben zusätzliche Klappstühle für die vielen Redner aufgestellt. Bis auf einen waren sie allesamt von neunzehn Größen des Fachs besetzt, deren vibrierende Hintern es kaum auf ihnen hielt; jeder wollte unbedingt das erste und/oder letzte Wort haben. Wenn die individuellen Mikros alle an gewesen wären, so würde sich bereits ein babylonischer Wust von Worten auftürmen; sie stritten schon miteinander. Es war ein solches Chaos, dass Allison Larabees Rückkehr zu der Konferenz, aus der sie erst vor so kurzer Zeit hinausgestürmt war, überhaupt kein Aufsehen erregt hatte.

In der Mitte des Löwenkäfigs saß Lars Bendsten, den man dazu vergattert hatte, den Vorsitz bei diesem Sonderplenum zu führen. Er war nur mit einem Mikro und einer Schalttafel gewappnet statt, wie traditionell üblich, mit Peitsche und Pistole, und Monique schloss aus seinem Gesichtsausdruck, dass er sich fragte, wie lange es noch dauern würde, bis er aufstehen und seine Position mit dem Stuhl verteidigen musste.

»Ich rufe das Sonderplenum hiermit zur Ordnung«, begann er. Als das nichts nützte, drehte der Generalsekretär den Verstärkungsregler an seinem Mikro voll auf und setzte sich mit brutaler akustischer Gewalt durch. »ICH RUFE DAS SONDERPLENUM HIERMIT ZUR ORDNUNG.«

Diesmal gehorchte es, mehr oder weniger.

Bendsten reduzierte die Lautstärke wieder auf ein erträglicheres Maß. »Wir werden diese Sitzung auf vernünftige und zivilisierte Weise durchführen«, sagte er und fuhr in seinem typischen UN-Diplomatenton fort:

»Jeder Teilnehmer hat fünf Minuten für eine erste Stellungnahme, dann wird die Diskussion eröffnet.«

Das gewaltige kollektive Stöhnen, das sich daraufhin erhob, kam von den Nachrichtenteams, die sich vor der Bühne konzentrierten. Wenn alle Redner sich an ihre Redezeit hielten, was wahrhaftig eine höchst optimistische Annahme war, würde es mindestens anderthalb Stunden dauern, bis die eigentliche Show losging.

»Wie geschrieben, so geschehen, kleiner Herr«, sagte Ignatz. »Suche beendet. Im Zeitrahmen der Suchparameter wurde siebenundzwanzigmal ›weißer Tornado‹ aufgezeichnet.«

»*Wirklich*?« sagte Eric. Mom hatte Recht, dachte er aus einem nur zu tief verwurzelten Reflex heraus.

»Beim Barte des Propheten, ich schwöre, dass es wahr ist, o kleiner Herr der ganzen Welt!«

Eric merkte, dass ihn der Geist aus der Lampe bereits anödete. »Identifiziere die Sprecher«, sagte er und tauschte ihn gegen das hauchige Säuseln von Marilyn Monroe aus.

»In alphabetischer Reihenfolge, *Eric* ... Dr. Jackson Belaview, Hans Cartwright, Chu Lun, Birgit Holmgren, Bernard Kutnik, Dr. Allison Larabee, Hideki Manimoto, Horace McPherson, Hassan bin Mohammed, Dr. Paolo Pereiro, Aubrey Wright.«

»So viele!«

»*Genau* so viele ... *Eric*.«

Kein Zweifel, die ›weißen Tornados‹ waren am Abend vor ihrem Auftreten eindeutig ein heißes Gesprächsthema gewesen. Die Sache wurde immer merkwürdiger.

»Gib mir nähere Informationen zu den Sprechern«, befahl Eric und ersetzte die ablenkende Marilyn durch die ausdruckslose, neutrale Stimme eines Schauspielers aus dem zwanzigsten Jahrhundert, Leonard Nimoy, der den logischen Alien, Mr. Spock, gespielt hatte.

»Dr. Jackson Belaview, Meteorologe. Hans Cartwright, Präsident von Orbital Solutions Incorporated. Chu Lun, Umweltminister, Guangdong. Birgit Holmgren, Vorstandsvorsitzende von Environmental Imagineers S.A. Bernard Kutnik, Generaldirektor der Erdewerke AG. Dr. Allison Larabee, Klimatologin. Hideki Manimoto, Ingenieur, Orbital Solutions Incorporated. Horace McPherson, Leiter der PR-Abteilung des Komitees Besorgter Klimatologen. Hassan bin Mohammed, Vorsitzender des Komitees Besorgter Klimatologen. Dr. Paolo Pereiro, Klimatologe. Aubrey Wright, Generalsekretär des Komitees Besorgter Klimatologen.«

Eric brauchte nicht Machiavelli zu sein, nicht einmal Mom, um zu erkennen, dass die meisten dieser Personen, wenn nicht alle, auf die eine oder andere Weise, auf der einen oder anderen Ebene mit der großen blauen Maschine zu tun hatten.

Und mit den ›weißen Tornados‹.

Ergo hatten die weißen Tornados etwas mit der großen blauen Maschine zu tun.

Man brauchte auch nicht die Logik eines Mr. Spock, um das herauszufinden.

Aber …

Warum?

Sie konnten doch nicht …

Oder doch?

Sie würden doch nicht …

Oder doch?

O ja, sie würden, wenn sie konnten, und sie hatten auch einen Grund dafür, nämlich das Zauberwort Profit!

»Ordne die Gespräche und spiel sie mir in chronologischer Reihenfolge vor«, befahl er Ignatz.

»Unlogischer Befehl, Käpt'n. Einige haben gleichzeitig stattgefunden.«

»Dann gib mir die einfach in alphabetischer Reihenfolge!« blaffte Eric gereizt.

»Unlogischer Befehl, Käpt'n. Nach welchem Parameter soll ich sie alphabetisieren?«

»*Egal* nach welchem«, stöhnte Eric. »Nach einem willkürlichen Zahlenprogramm. Nach dem Nachnamen der Person, die das Schlüsselwort zuerst ausgesprochen hat. Nach dem I-Ging.«

Aus einem verdrehten Impuls heraus ersetzte er Mr. Spock durch Mom, während er Ignatz gegenüber einen ihrer allzu vertrauten Sprüche nachplapperte.

»Benutz zur Abwechslung doch mal deinen Grips, Kleiner!«

»Endlich benutzt du mal deinen, Eric!« erwiderte die Künstliche Intelligenz.

Surreale Langeweile war ein Begriff, den Monique Calhoun früher für einen Widerspruch in sich selbst gehalten hätte.

Dass es so etwas jedoch wirklich geben konnte, wurde ihr jetzt ausführlich demonstriert, als die Klimatologen einer nach dem anderen hochgelehrte Vorträge hielten, in denen sie zumeist die Tauglichkeit ihrer eigenen Klimamodelle anpriesen, während jeder außer ihnen nur auf Allison Larabees Abschlussbeitrag wartete.

Und während auf der riesigen Leinwand hinter ihnen der sich endlos wiederholende weiße Tornado bedrohlich wie die Säule des ikonischen Atompilzes aus dem vergangenen Jahrhundert über der Veranstaltung aufragte.

Ohne das Bild der bevor- und in Rede stehenden Apokalypse vor Augen hätte Monique diese Tagung vielleicht halbwegs interessant gefunden. Jedenfalls hatte sie jetzt schon mehr über die Kunst der Entwicklung von Klimamodellen gelernt, als sie je geglaubt hatte wissen zu wollen.

Und zwar in erster Linie – obwohl die Teilnehmer selbst das niemals zugeben würden –, dass die Entwicklung von Klimamodellen zumindest im gegenwärtigen Stadium *wirklich* ebenso sehr eine Kunst wie eine Wissenschaft war.

Selbst wenn es genügend Daten *gäbe*, selbst wenn man ein gültiges Klimamodellprogramm schreiben *könnte*, es gab keinen Computer, der leistungsstark genug für den Einsatz eines solchen Programms war, und darum schien es sich bei dem ganzen Kokolores um ›Unbestimmtheit‹, ›plus oder minus x Prozent‹, ›unzureichende Daten‹, ›Fehlergrenze‹, ›Zufallsfaktoren‹ und so weiter um akademische Euphemismen für Schätzungen, frei erfundene Faktoren oder schlicht und einfach Mumpitz zu handeln.

Monique hatte gehört, dass man im zwanzigsten Jahrhundert immer gesagt hatte, jeder rede vom Wetter, aber niemand tue etwas dagegen. Jetzt, wo jeder etwas dagegen tat, hatte sich das nutzlose Palaver auf die Folgen dieser Taten für das planetare Klima verlagert, aber keiner dieser großen Gelehrten hatte ein Klimamodell entwickelt, dessen Vorhersagen sich wirklich als zuverlässig erwiesen hatten.

Bis auf eines vielleicht.

Es wurden Modelle vorgestellt, die in der Vergangenheit tatsächlich das Aufbrechen der nordpolaren Eiskappe, das Nachlassen des Golfstroms, den permanenten El Niño, das rapide Vordringen der Sahara nach Süden, die ungefähre Geschwindigkeit des Meeresspiegelanstiegs und so weiter prognostiziert hatten. Und man musste fairerweise zugeben – worauf auch jeder Parteigänger seines eigenen Modells unter Garantie hinwies –, dass es keinen wichtigen Aspekt des raschen Klimawandels gab, der nicht von *irgendeinem* Klimamodell vorhergesagt worden wäre.

Aber es stimmte auch, dass die hier vorgestellten Klimamodelle, alle angeblich auf dem neuesten Stand der wissenschaftlichen Forschung, stets auch eins oder mehrere dieser wichtigen Klimaereignisse *nicht* vorhergesagt hatten. Angesichts ihrer Erfolgsbilanz galt darum keines von ihnen als sehr glaubwürdig, was die Prognose kommender Ereignisse betraf.

Bis auf eines vielleicht.

Nur Dr. Allison Larabees Venuseffekt-Modell musste erst noch diskreditiert werden, indem es für jedermann sichtbar daran scheiterte, eine wichtige Klimaveränderung vorherzusagen. Das lag vielleicht daran, dass es spekulativer, umfassender und weitsichtiger war als die anderen. Zugegeben, es hatte bisher auch noch nirgends richtig gelegen, wo die anderen falsch gelegen hatten …

Oder doch?

Das Bild, das über dem Palaver leuchtete, ließ einen unheilvollen anderen Schluss zu. Die Filmschleife von dem weißen Tornado erinnerte das Publikum und die Kameras, wenn auch offenbar nicht die Redner, fortwährend daran, das eigentlich *dieses* Phänomen beim Sonderplenum der Jahreskonferenz der Vereinten Nationen zum Thema Klimastabilisierung im Zentrum stehen sollte.

Folglich nahm das allgemeine Gezappel und Gemurmel immer mehr zu, während ein Redner nach dem anderen monoton vor sich hinschwafelte und alle anderen in ungeduldiger und gespannter Langeweile auf Larabee warteten.

»Das ist ja eine Tortur«, stöhnte Ariel Mamoun.

Jean-Luc Tri zuckte die Achseln. »Immerhin hat es ein gewisses Steigerungspotenzial.«

»Aber die Liveberichterstattung haben wir wohl größtenteils verloren«, sagte Mamoun.

»Bendsten hatte eigentlich keine große Wahl«, erklärte Jean-Luc. »Jemanden nach Larabee auf die Liste zu setzen, wäre so, als würde man eine Hundedressurnummer bringen, nachdem der Zauberer gerade einen lebendigen Brontosaurier aus dem Zylinder gezogen hat.«

»Er hätte wenigstens die Redezeit auf zwei Minuten begrenzen können«, meinte Monique erschöpft.

Jean-Luc schnaubte. »Und das Gesetz der Schwerkraft aufheben, wenn er schon mal dabei war.«

»Kann losgehen«, sagte Ignatz' Simulation von Moms Stimme.

»Na dann«, sagte Eric. »Monitor eins.«

Auf dem ausgewählten Bildschirm saßen Hassan bin Mohammed, der Vorsitzende des KBK, Bernard Kutnik, Generaldirektor der Erdewerke, Hideki Manimoto, der Ingenieur von Orbital Solutions, und bin Mohammeds Stellvertreter, Aubrey Wright, in der hinteren Bar um einen Tisch.

»Aber warum weihen wir Brot & Spiele nicht ein?« sagte Wright. »Wir sind ihr Auftraggeber. Sie sind Profis. Es ist ihr Job, unsere Interessen zu vertreten.«

»Bei *so* etwas kann man sich nicht auf ihre Diskretion verlassen«, erklärte bin Mohammed.

»Aber es steht in der Satzung ihres Syndikats.«

»Hassan hat Recht«, sagte Kutnik. »Es ist zu riskant.« Er wandte sich an Manimoto. »Sind Sie *sicher*, dass die Effekte nur vorübergehend sein werden?«

»Was heißt sicher?«

»Können Sie die Hand dafür ins Feuer legen? Ist es über jeden Zweifel erhaben?«

Manimoto hob die Schultern. »Wenn es darum geht, die globalen klimatischen Auswirkungen lokaler Veränderungen vorherzusagen, gibt es so etwas nicht, es ist eine mathematische Unmöglichkeit, wie jeder gescheiterte Versuch bewiesen hat, ein gültiges Modell zu entwickeln.«

»Gut, dann nennen Sie uns Zahlen«, sagte Kutnik.

»Eine Wahrscheinlichkeit von dreiundneunzig Prozent, dass die Effekte sich wieder verlieren werden, sobald die Spiegel nicht mehr auf die Zielgebiete gerichtet sind.«

Ein langes Schweigen entstand. Bernard Kutnik nahm einen Schluck von seinem Getränk und die anderen taten es ihm gleich. Kutnik, bin Mohammed und Wright wechselten Blicke über die Ränder ihrer Brillen hinweg. Eric hatte den Eindruck, dass es bei dieser kleinen Kabale nicht so sehr darum ging, noch einmal innezuhalten und über eine Entscheidung nachzudenken, sondern dass sie eher der seelischen und moralischen Vorbereitung darauf diente, einen längst getroffenen Beschluss in die Tat umzusetzen.

Schließlich zuckte Kutnik die Achseln. »Das Risiko ist minimal, würde ich sagen.«

»Berühmte letzte Worte?« meinte Wright süffisant.

»Genau das wollen wir ja verhindern.«

»Mit Gewinn natürlich, Bernie.«

»Der Kluge tut Gutes und verdient daran.«

»Mit allen erforderlichen Mitteln?«

Kutnik machte ein finsteres Gesicht. »Sie haben doch gehört, was Manimoto uns gerade versichert hat. Die weißen Tornados werden keine dauerhaften Folgen haben.«

»Mit einer Wahrscheinlichkeit von dreiundneunzig Prozent, Bernie.«

»In Anbetracht der Alternative würde ich sagen, dass wir es uns kaum leisten können, dieses Risiko *nicht* einzugehen.«

»Pause«, befahl Eric. »Tja, wie findest du *das*?«

»*Wie ich das finde*? Herrje, Eric, ich *finde* überhaupt nichts, ich bin bloß eine Künstliche Intelligenz, ich bin nicht *wirklich* deine Mutter. Und selbst wenn ich's wäre, würde ich dir sagen, benutz deinen eigenen Kopf.«

Eric schüttelte die Spinnweben aus dem genannten

Organ und ersetzte Mom der Klarheit halber durch die neutrale Computerstimme.

»Haben wir noch mehr über diesen Ingenieur Manimoto?«

»Ja.«

»Geh dorthin.«

Auf dem Bildschirm stand Hideki Manimoto mit Hans Cartwright, dem Präsidenten von Orbital Solutions, ganz vorne an der Bugspitze der Promenade auf dem Oberdeck, während *La Reine de la Seine* langsam an den halb überfluteten und völlig überwucherten abstrakten Statuen der Tino-Rossi-Skulpturengärten vorüberfuhr, irgendwie unheimlichen Ruinen einer Zukunft, die es nie gegeben hatte.

»›Weiße Tornados‹ ist ein unzutreffender Name, Mr. Cartwright«, sagte er. »Was wir simulieren werden, sind keine Tornados, sondern eher überhitzte Thermiken, keine echten Luftwirbel ...«

»Sie passen aber ins Modell, oder?«

»Wenn niemand allzu genau hinschaut. Oder sie sehr lange beobachtet.«

»*Wie* genau? *Wie* lange?«

»Eine Wechselbeziehung. So aus der hohlen Hand schwer zu sagen. Wenn jemand die Spiegel überwacht ...«

»Pause«, sagte Eric.

Und machte selbst eine Pause, um nachzudenken.

Er brauchte kein Raketenwissenschaftler zu sein, um zu wissen, dass Manimoto Raketenwissenschaftler *war* oder zumindest für Orbital Solutions arbeitete, eines der Unternehmen, die eine Kette orbitaler Solarspiegel unterhielten und vermieteten.

Und dass diese Spiegel, die normalerweise dazu eingesetzt wurden, den Golfstrom aufrechtzuerhalten, unerwünschte Wolkendecken in den Monsunbreiten wegzubrennen, Löcher durch Inversionen zu stanzen oder Abkühlungseffekte im Auftrag von Jurisdiktionen rückgängig zu machen, die nicht wollten, dass sie im Auftrag angrenzender Jurisdiktionen mit gegenteiligen Interessen ausgelöst wurden, wahrscheinlich stark genug waren, um diese – wie hatte er sie genannt? – überhitzten Thermiken zu produzieren.

Und der Chef der Erdewerke hatte Orbital Solutions beauftragt, genau das zu tun.

Die weißen Tornados waren ein Schwindel.

Und Böse Buben hatte den Beweis.

Und das war mit Sicherheit heiße Ware.

Wie heiß? Wie weit ging die Sache?

Folge dem Geld, wie die Wölfe der Wall Street und die Gnome von Zürich einander in den schlechten alten Zeiten zu raten pflegten.

Außer Kutnik und Cartwright schien auch Birgit Holmgren von Environmental Engineers mit von der Partie zu sein. Und der Vorsitzende des Komitees Besorgter Klimatologen, dessen Stellvertreter sowie sein PR-Chef. Und woher hatten die UN überhaupt die zusätzlichen Mittel, um diese Veranstaltung in Paris abzuhalten?

Nicht nur von den Erdewerken.

Sondern vom kollektiven Schmiergeldfonds der großen blauen Maschine.

Steckte die heilige *Allison Larabee* auch mit drin?

Vielleicht gab es eine Möglichkeit, das herauszufinden.

»Geh zur Allison-Larabee-Aufzeichnung«, befahl er Ignatz.

Die besagte weißhaarige Gelehrte lehnte achtern an der Reling des Oberdecks und unterhielt sich mit Paolo Pereiro.

»Wollen Sie der Konferenz wirklich von nun an fernbleiben, Allison?«

»Das ist nicht ganz das, was ich gesagt habe. Ich habe gesagt, *dies* sei die letzte, an der ich teilnähme, und *das* habe ich auch gemeint.«

Pereiro musterte sie eingehend. »Mit anderen Worten, Ihr dramatischer Abgang war nur inszeniert, um Aufmerksamkeit zu erregen, keine ehrliche Empörung.«

»Meine Empörung über sechs Jahre nutzloses Geschwätz, das uns nirgends hingebracht hat, ist absolut ehrlich, Paolo!« blaffte Larabee zurück. »Und ich habe ehrlich vor, alles zu tun, was ich kann, um die Biosphäre dieses Planeten vor der kurzsichtigen Dummheit seines obersten Raubtiers zu retten. Mit allen erforderlichen Mitteln.«

»Also wirklich, Allison, solche billigen Theatertricks stärken nicht gerade Ihre wissenschaftliche Glaubwürdigkeit.«

»Mag sein, aber das könnte *wirklich* unsere letzte Chance sein.«

»Sie wissen so gut wie ich, dass es im Venuseffekt-Modell lauter unaufgelöste Variablen gibt.«

»In welchem Klimamodell denn nicht?«

»Meines hat zu seiner Zeit immerhin zu achtzig Prozent korrekte Vorhersagen getroffen.«

»In seinem *Zeitrahmen*, Paolo, und der war ziemlich beschränkt.«

»Wohingegen Ihres viel zu ambitioniert ist, als dass es überhaupt kurzfristige Vorhersagen treffen könnte.«

»Hoffentlich irre ich mich, aber ich fürchte, ich habe Recht.«

»Das glaube ich erst, wenn ich einen Ihrer weißen Tornados sehe.«

»Wirklich, Paolo? Oder werden Sie den auch achselzuckend als eine ›unaufgelöste Variable‹ meines Modells abtun?«

Pereiro warf ihr ein klägliches, aber versöhnliches kleines Lächeln zu. »Wenn das Phänomen auftritt, werden wir zumindest allesamt zugeben müssen, dass Ihr Modell besser ist als all die unseren.« Sein Lächeln wurde breiter und strahlender. »Und wann dürfen wir darauf hoffen, einen zu sehen, Allison?« sagte er. »Der Zeitrahmen war schon immer ein bisschen vage.«

Dr. Allison Larabee fand das nicht komisch. »Hoffen, einen zu sehen? Glauben Sie mir, ich hoffe, wir kriegen *nie* einen zu sehen! Denn wenn wir die ersten weißen Tornados *sehen*, könnte es wirklich zu spät sein.«

»Pause«, sagte Eric. Ignatz hielt das Band an und Eric überlegte.

Die Aufzeichnung war mehrdeutig. Wenn jemand glauben wollte, dass Larabee nichts mit der Fälschung der weißen Tornados zu tun hatte, konnte er sich leicht einreden, sie sei unschuldig.

Aber die Spinmeister könnten ebenso leicht behaupten, dass Larabee mit ihrem Auszug aus der Konferenz wahrscheinlich einem Skript von Brot & Spiele gefolgt sei, denn dieses Gespräch mit Pereiro hatte stattgefunden, *bevor* Big Blue die weißen Tornados künstlich erzeugt hatte.

Und wenn es triftige Gründe für die Vermutung gab, dass Larabee eingeweiht war, dann gab es auch triftige Gründe für die Vermutung, dass *die römisch-katholische Kirche* ebenfalls mit drinsteckte, dass Kardinalin N'Gorus Brandrede eine wohlerwogene Einleitung zu Larabees Auftritt gewesen war und ebenfalls aus dem B&S-Drehbuch stammte.

In einem Prozess des Justizsyndikats würde die Larabee-Aufzeichnung nichts beweisen. Aber in einem Prozess, der in den Medien stattfand, konnte man damit alles Mögliche unterstellen.

Wie heiß war dieses Material?

So heiß, dass man die UNACOCS-Konferenz – und mit ihr vielleicht auch die große blaue Maschine und die Vereinten Nationen – zu Schlacke schmelzen konnte und noch genug Hitze für die Reste der beiden polaren Eiskappen übrig behalten würde.

So heiß, dass ein falscher Prinz in seinem Syndikat als wichtiger Mann ernst genommen werden würde. So heiß, dass er damit direkt zu Eduardo Ramirez gehen würde.

Monique ertappte sich dabei, dass sie jetzt seit etlichen Rednern mit leerem Blick auf den weißen Tornado starrte. Die sich unaufhörlich wiederholende Filmschleife schien wie ein animiertes Mandala zu funktionieren, das als einziger Fluchtweg aus der langweiligen Veranstaltung ihre Aufmerksamkeit in seine Tiefen sog, kurz bevor sie einnickte.

Was etliche Leute im Publikum tatsächlich getan hatten. Einer von ihnen schnarchte so laut, dass ihm ein Nachbar den Ellbogen in die Rippen stieß.

Die meisten Redner waren Blaue, wie immer bei diesen Konferenzen, daher ähnelten sich die meisten Klimamodelle, die sie vorstellten, wie ein Ei dem anderen; meist kamen sie zu dem Schluss, dass die mittlere planetare Temperatur auf einem niedrigeren Niveau als dem gegenwärtigen stabilisiert werden sollte, und die wenigen Unterschiede zwischen ihnen betrafen nur die Frage, mit welchen Mitteln dies zu erreichen sei, was weitgehend darauf hinauslief, Werbung für die Angebote der finanziellen Sponsoren der Konferenz draußen auf der Fachmesse zu betreiben.

Es war, als müsste man die Vorführung einer endlosen Reihe langweiliger, amateurhafter Fernsehwerbespots ertragen.

Als?

Dieses Event *wurde* schließlich für jenen Teil des weltweiten Fernseh- und Netzpublikums veranstaltet, der sich noch nicht ausgeschaltet hatte. Die Reden *waren* Werbespots, für die Klimamodelle der Redner und für die Dienstleistungen der großen blauen Maschine.

Es war Fernsehen aus der Hölle – nur schlechte Werbespots und kein Programm.

»... John Sri Davinda.«

»Endlich«, stöhnte Ariel Mamoun. »Danach ist nur noch Larabee übrig.«

Davinda trug ein pseudoafrikanisches Dashiki-Hemd und authentisch verschlissene, uralte amerikanische Jeans. Sein mausbraunes Haar war an den Schläfen ausrasiert. Seine Augen ...

Seine Augen ...

Seine Augen erinnerten Monique daran, dass Davinda der kalifornische Klimatologe war, für den sie jenen obskuren halluzinogenen Kaktus aus der Tex-Mex-Wüste hatte beschaffen müssen – mit nicht geringem Aufwand.

Die blutunterlaufenen Lederhäute, die riesigen Pupillen und der leere Blick schienen darauf hinzudeuten, dass ihre Bemühungen nicht umsonst gewesen waren.

»Sind wir Shiwa geworden, der Zerstörer der Welten?« begann er mit lauter, aber zittriger und irgendwie gehetzer Stimme.

»Ungenügende Echtzeit-Verarbeitungskapazität«, sagte er in ganz anderem Ton, diesmal ausdrucks- und affektlos.

Wellen nervösen Gemurmels gingen durchs Publikum.

»Sind all unsere Klimamodelle in den Wind geschrieben, der durch die zerrissenen Schleier der Maja weht?« deklamierte Davinda.

Wieder schien ein schizoides Alter Ego mit jener mechanischen Parodie einer synthetisierten Software-Stimme zu antworten: »Kein deterministisches Resultat inhärent in den Daten.«

»Mon Dieu«, stöhnte Ariel Mamoun, »der führt da oben *Selbstgespräche*!«

»Sein oder nicht sein, ist das der operative Algorithmus der Frage?«

»Der algorithmische Zeitrahmen ist nicht spezifiziert.«

Davindas Zwinkertempo schnellte in die Höhe, wenn er mit jener Stimme sprach, die offenbar seine natürliche war, und sank abrupt, wenn er seine eigenen kryptischen Bemerkungen mit etwas beantwortete, was sich für Moniques untrainierte Ohren wie Computergebrabbel anhörte.

»Sind dies die Letzten Tage? Dreht sich das Große Rad nun zum letzten Mal?«

»Ungenügende Echtzeit-Verarbeitungskapazität.«

»Merde!« rief Ariel. »Er spricht in Zungen! Als Nächstes wird er noch einen Korb mit Schlangen hervorholen und die Hände hineinstecken!«

»Venuseffekt? Terminaler Endzustand?«

»Kein deterministisches Ergebnis inhärent in den Daten.«

»Der Mann ist betrunken!« rief Ariel Mamoun.

»*Stoned* ist wahrscheinlich das treffendere Wort«, murmelte Monique schuldbewusst.

»Aber gebildet«, sagte Jean-Luc Tri.

»Ist das Chaos der Zustand von Laos Tao?«

»Dritte-Kraft-Geschwätz!« rief jemand aus dem Publikum und von allen Seiten wurde Zustimmung laut.

Das schien Davinda von irgendwoher zurückzuholen.

»Die ... die Resultate entsprachen nicht den Erwartungen«, stammelte er. »Die anfängliche Iteration war nur partiell.«

»Aufhören!«

»Die endgültige Implementierung wird erst demonstriert, wenn ...«

»Holt ihn runter!«

»Schafft ihn raus!«

Das gelehrte Publikum begann jetzt mit den Füßen zu stampfen wie ein Haufen Fußballrowdies. Lars Bendsten ging zum Rednerpult und legte Davinda sanft eine Hand auf die Schulter.

»Ich wusste es nicht!« rief Davinda.

Bendsten zog erheblich weniger sanft an ihm. Und Davinda brüllte geradezu, mit einer Stimme, die jetzt ein unheimliches Amalgam seiner eigenen und der seines seltsamen computerartigen Alter Egos war: »Es wird alles ans Licht kommen, wenn ich zur Stimme des Wirbelwinds werde!«

Und damit schienen John Sri Davinda, der Peyote-Dämon aus einem zerbrochenen Es, der von ihm Besitz zu ergreifen versucht hatte, oder beide wie ein Ballon, aus dem die Luft abgelassen wurde, in sich zusammenzufallen, und eine hagere, Mitleid erregende, kraftlose Gestalt stand inmitten der Buhrufe und Pfiffe und war nur gar zu gern bereit, sich vom Generalsekretär wegführen zu lassen.

Wieder einmal wurde Allison Larabee gebeten, nach einer Einleitung zu sprechen, die ein dösendes Publikum elektrisiert und wahrscheinlich bewirkt hatte, dass ein Großteil der verlorenen Liveberichterstattung wieder aufgenommen wurde.

Monique warf Jean-Luc Tri einen misstrauischen Blick zu.

»War *das* auch eins deiner Skripts?« fragte sie halb im Ernst.

Jean-Luc schüttelte den Kopf. »Ich wünschte, es wäre so«, sagte er.

»Sie können nicht sagen, dass ich Sie nicht gewarnt hätte«, begann Allison Larabee brüsk. »Mein Klimamodell hat die ersten Anzeichen des Venuseffekts in diesem groben Zeitrahmen vorhergesagt, und Sie haben darauf mit diesen Konferenzen reagiert, die nur dem Zweck dienten, die Welt weiter in den Schlaf zu wiegen. Immerhin hat sich Larabees Klimamodell nicht selbst diskreditiert wie all die anderen, indem es daran gescheitert ist, die üblichen Mikroveränderungen vorherzusagen; das hat es nämlich gar nicht erst versucht. Und es ist ja auch noch kein Aspekt des Venuseffekt-Szenarios eingetreten …«

Dr. Larabee drehte sich um und schaute zu dem weißen Tornado hinauf, der hinter ihr wirbelte.

»Noch nicht?« wiederholte sie süffisant. »Sie legen Wert auf *noch nicht*?« Sie machte eine Handbewegung zu dem Wirbel. »Nun, da haben Sie Ihr *Noch nicht*!«

Sie drehte sich um und schaute in ihr Publikum, oder vielmehr in die Kameras.

»Ihnen allen dort draußen, die diesen Konferenzen in den vergangenen Jahren nicht höchste Aufmerksamkeit geschenkt, die Fachzeitschriften gelesen oder mein Klimamodell heruntergeladen und auf ihrem Rechner gestartet haben, will ich erklären, was diese so genannten weißen Tornados sind«, sagte sie.

Ohne den Blick von den Kameras zu wenden, zeigte sie nach oben zur Bildwand. »*Das da* ist ein unbeständiger superthermischer Aufwind. Unter gewissen neuerdings natürlichen Bedingungen steigt dort, wo und dann, wenn der Erdboden eine Überhitzungsschwelle erreicht, ein Sog überhitzter Luft nach oben, bis er durch die bei seiner Ausdehnung eintretende Abkühlung destabilisiert wird.«

Larabee ließ den Arm sinken und beugte sich ein wenig vor.

»Im Moment sind sie unbeständig und treten nur an den heißesten Stellen der Erde auf. An Orten, die schon vor Beginn der Treibhauserwärmung Hochöfen waren. An Orten, wo jetzt wesentlich höhere Temperaturen gemessen werden als jemals zuvor irgendwo auf diesem Planeten, bevor *wir* in unserer unendlichen Weisheit begonnen haben, Kohlendioxid, Stickstoffoxide und Wärme in seine Atmosphäre zu pumpen. Death Valley. Die Tiefen des australischen Outbacks. Die Zentralsahara.

Und so weiter. Wo die Biomasse gegen Null geht. Wo sämtliche biochemischen Prozesse, durch die sich die Biosphäre der Erde ja überhaupt erst entwickelt hat, zum Erliegen gekommen sind. Orte, die nach allen früheren klimatologischen Kriterien *nicht mehr zu diesem Planeten gehören*.«

Monique erschauerte und erinnerte sich an den Flug mit dem libyschen Blimp.

Sie kannte das alles, wusste das alles und hatte das alles selbst gesehen.

»Sage ich, dass an diesen Orten jetzt Zustände wie auf der Venus herrschen? Natürlich nicht! Die Oberfläche der Venus ist immer noch mehr als fünfmal so heiß. Also, wo liegt das Problem? Wir nähern uns auch nicht andeutungsweise Zuständen wie auf der Venus, oder?«

Sie wandte den Blick von den Kameras ab und sah einen Moment lang ihre klimatologischen Kollegen und Kolleginnen an. »*Venuseffekt* machte sich gut als Schlagzeile, stimmt's?« sagte sie. »Aber sie haben nicht richtig kapiert, was es bedeutet, oder?«

Sie wandte sich wieder an die Kameras. »Der Venuseffekt bedeutet nicht, dass die Oberflächentemperatur der Erde bis nächsten Dienstag oder überhaupt irgendwann auf fünfhundert Grad Celsius ansteigen wird«, sagte sie. »Der Venuseffekt bezieht sich darauf, was mit der Venus *passiert* ist. Ein Planet ungefähr von der Größe der Erde und auch nicht *so* viel näher an der Sonne – renommierte Astronomen haben sich früher vorgestellt, dass es Sümpfe und Meere unter diesen Wolken gäbe. Aber nah genug an der Sonne, dass die Temperatur über eine gewisse Schwelle stieg und einen natürlichen Treibhauseffekt erzeugte, und dann …«

Sie klatschte plötzlich in die Hände. »Wamm!« rief sie. »Der Treibhauseffekt hat sich selbst verstärkt, ist exponienziell geworden und im relativen planetologischen Bruchteil einer Sekunde dort hinaufgeschossen, wo er jetzt ist.«

Sie machte eine lange Pause und schaute dann wieder zu dem Wirbel hinauf. »Was sagen uns also diese so genannten weißen Tornados?«

Sie schaute wieder in die Kameras und Monique hatte den Eindruck, dass sie nicht allzu erfolgreich versuchte, eine volkstümelnde Miene aufzusetzen.

»Ich will es einfach ausdrücken, sodass es jeder verstehen kann, der schon mal Wasser aufgesetzt hat, um Spaghetti zu kochen«, sagte sie in dem ganz ähnlich gelagerten Bestreben, einen großmütterlichen Ton anzuschlagen.

»Zunächst mal scheint überhaupt nichts zu passieren, während das Wasser heiß wird, nicht wahr? Dann steigen irgendwann ein paar Blasenströme zur Oberfläche herauf. Und Sie sehen zu und warten und schließlich wenden Sie sich gelangweilt ab … Und wenn Sie sich dann wieder umdrehen, schäumt und brodelt es wie wild, und wenn sie die Hitze nicht runterschalten, läuft es über und verdampft!«

Dr. Allison Larabee legte den Kopf schief und schaute in die Kamera. Jetzt spielte sie nicht mehr die schlaue alte Großmutter. »Wie heißt das Sprichwort: Bewachte Milch kocht nie?« sagte sie.

Sie drehte sich erneut um und schaute zu dem weißen Tornado hinauf. »Nun, wir beobachten unsere jetzt schon eine ganze Weile. Und sie fängt an zu kochen. Finden Sie nicht, es ist, verdammt noch mal, an der Zeit, dass wir den Herd runterschalten?«

»Ein Schwindel, und was du gerade gesehen hast, beweist es«, sagte Eric Esterhazy. »Die weißen Tornados sind *Disneys*. Spiegeltricks, im wortwörtlichen Sinn.«

Er schaltete den Monitor und das Videogerät aus, ließ dann das falsche Bücherregal vor die Geräte gleiten und verwandelte sein Büro wieder in die Pseudo-Bibliothek einen britischen Pseudo-Edelmanns aus dem neunzehnten Jahrhundert. Er hoffte, der Clubraum-Effekt würde ihm bei diesem seltenen, direkten Gespräch mit Eduardo Ramirez – einem Gespräch von Mann zu Mann, ohne Mom – mehr Gewicht verleihen.

»Möchtest du was zu trinken, Eduardo?« fragte er und trat an die Bar. In seiner Phantasie bot er ihm Sherry oder Brandy an, aber das wäre denn doch reichlich übertrieben gewesen. Außerdem fehlten ihm die traditionellen Zigarren dazu.

»Tequila im mexikanischen Stil, wenn du das hinkriegst«, sagte Eduardo, als würde er diesen neuen Ton passend zu seinem weißen Leinenanzug wählen, der Eric so an Moms geliebten Florida-Gangster-Retroschick erinnerte.

Eric schenkte ihm seinen Tequila ein, stellte das Glas mit einer Limonenscheibe und einem Salzstreuer auf ein Tablett, genehmigte sich selbst einen alten Calvados, stellte die Drinks auf den kleinen runden Couchtisch zwischen zwei großen Ledersesseln, nahm gegenüber von Eduardo Platz und wartete darauf, dass dieser auf das soeben Gesehene reagierte.

Und wartete.

»Nun, Eduardo ...?« sagte er schließlich.

»Nun, Eric, ich stimme dir natürlich zu, dass diese Aufzeichnungen wertvoll sind«, sagte Eduardo Ramirez. »Die entscheidende Frage ist, für wen?«

»Für wen? – Für uns, für wen sonst? Für Böse Buben.«

»Und was sollen wir deiner Ansicht nach damit machen?«

»Sie verkaufen, was sonst?«

»Ja sicher, aber an wen?« Eduardo wackelte warnend mit dem Finger. »Denk sorgfältig nach, bevor du das Offensichtliche vorschlägst. Schau ein bisschen über den Tellerrand hinaus. Ja, es gibt Nachrichtenorganisationen und Skandal-Sites, die gut dafür bezahlen würden, aber nach *ihren* bescheidenen Maßstäben, nicht nach unseren. Nicht annähernd genug, um die Verluste abzudecken, die uns beim Verkauf an sie entstehen würden.«

»Verluste? Was würden wir denn verlieren?«

»Verpass deinem Gehirn doch mal ein paar isometrische Übungen, Eric.« Eduardo milderte die Bemerkung mit einem weltmännischen kleinen Lächeln. »Wie deine Mutter vielleicht sagen würde, wenn auch mit etwas unfeineren Worten.«

Eric dachte nach.

Sein erster, missmutiger Gedanke war, dass er es nicht geschafft hatte, Mom trotz ihrer physischen Abwesenheit aus der Sache herauszuhalten, obwohl er mit diesem Coup direkt zu Eduardo gegangen war.

Eric hatte sich im Umgang mit dem Liebhaber seiner Mutter als seinem Vorgesetzten im Syndikat eigentlich nie unwohl gefühlt, oder zumindest hatte er sich das eingeredet, und er wusste, dass er ohne Moms Verbindungen zu Eduardo und namenlosen anderen wie ihm nicht dort wäre, wo er heute war.

Aber er *war* dort, wo er heute war.

Mom mochte ihn zwar zu einem Bösen Buben gemacht haben, aber inzwischen war er ein *großer* Böser Bube. Er hatte seine Hits gemacht. Er war der Herr von *La Reine de la Seine*, wenn auch vielleicht nur dem Namen nach. Und er glaubte, dass er nun einen großen Beitrag zum Wohlergehen des Syndikats geleistet hatte – ein Hit anderer Art, und vielleicht sogar ein wichtigerer. Einer, der dafür sorgen würde, dass er fortan nicht mehr nur ein Strohmann war. Nicht mehr nur der Sohn seiner Mutter. Sondern ein echter *Player*.

Und Eduardo schien ihn dazu herauszufordern, wie einer zu denken.

Also gut …

»Wenn diese Aufzeichnungen gesendet würden, wüsste jeder, dass sie an Bord von *La Reine de la Seine* entstanden sind …« sagte Eric bedächtig. »Das heißt, jeder wüsste, dass es auf dem Schiff von Mikros und Kameras wimmelt. Das heißt, wir könnten das ganze Unternehmen in den Wind schreiben …«

Eduardo nickte nur lächelnd und streute sich Salz auf den Handrücken.

»Die Aufzeichnungen sind also wertlos für uns …?«

Eduardo schüttelte den Kopf, leckte an seiner Hand, kippte den Tequila hinunter und biss in die Limonenscheibe.

»Sie an irgendein Syndikat zu verkaufen, das sie veröffentlichen würde, wäre also ein Eigentor …?«

»Allmählich kapierst du, Eric.«

»Aber damit zu *drohen*, sie an die Medien zu verkaufen …«

Eduardo heuchelte übertriebene moralische Empörung. »Aber Eric, das wäre ja … *Erpressung*«, sagte er. »Du bist ein … Böser Bube.«

Eric grinste. Dann runzelte er die Stirn.

»Aber es wäre ein Bluff«, sagte er. »Und das wüsste Big Blue … also … also …?«

Eric merkte einigermaßen verwirrt und konsterniert, dass er diesen Gedankengang bis zu seinem unausweichlichen, unerfreulichen Schluss verfolgt zu haben schien. »Also fällt das auch flach?« sagte er unglücklich.

»Nicht unbedingt«, entgegnete Eduardo. »Denk daran, was Böse Buben verliert, wenn wir bluffen und Big Blue sehen will. Um unsere Ehre und Glaubwürdigkeit zu wahren, wären wir gezwungen, die Aufzeichnungen an die Medien zu verkaufen, selbst wenn wir *La Reine* als Datenschwamm verlören. Unter dem Strich ein Verlust, das schon, aber nicht gerade eine Katastrophe … für *uns*.«

Er lächelte und diesmal konnte Eric das Glitzern der Raubtierzähne dahinter sehen.

»Jetzt überleg dir, was *Big Blue* verliert, wenn das geschieht. Die Konferenz, die sie in ihrer Verzweiflung finanziert haben, um das flaue Geschäft wieder zu beleben, wird zu einem Fiasko. Nachdem sie die weißen Tornados künstlich erzeugt haben und dabei erwischt worden sind, können sie nie wieder glaubhaft Alarm schlagen, selbst wenn ein echter auftritt. Die echtblaue Sache wäre diskreditiert, der heiße und kalte Krieg zugunsten der Grünen entschieden. Wenn du ihr Blatt hättest, würdest du es dann riskieren, sehen zu wollen?«

»Nie im Leben«, sagte Eric.

»Und was meinst du, wie viel sie bezahlen würden, um ein solch tödliches Endresultat zu verhindern?«

Jetzt war es Eric, der das wilde Grinsen aufsetzte, ein Oberraubtier zum anderen. »So ziemlich alles, was sie haben.«

»Du lernst, Eric«, lobte Eduardo Ramirez und Eric empfand einen jungenhaften, glühenden Stolz.

»Dann machen wir's also«, sagte er. »Wir schicken ihnen eine Kopie der Aufzeichnungen.«

Eduardo Ramirez seufzte. »Der Sohn deiner Mutter«, sagte er. »Eine Frau mit vielen Tugenden. Aber Geduld gehört nicht dazu, wie du vielleicht hin und wieder bemerkt haben wirst.«

Die Röte, die Eric nun ins Gesicht stieg, war alles andere als angenehm.

»Jung zu sein ist nichts, wofür man sich schämen muss, Eric«, sagte Eduardo sanft. »Da müssen wir schließlich alle mal durch.«

Das glättete die Wogen in Erics Innerem nicht gerade.

»Ich verstehe nicht, was *Geduld* mit all dem zu tun hat«, meinte er gereizt.

»Habe ich bemerkt«, sagte Eduardo. »Aber denk nach. Ist zu erwarten, dass diese Aufzeichnungen mit der Zeit an Wert verlieren? Könnte ihr Wert nicht noch *steigen*, wenn wir sie *nicht* benutzen, um die gegenwärtigen Pläne von Big Blue zu durchkreuzen, und es ihnen irgendwie gelingt, mit Hilfe von UNACOCS wichtige neue Geldquellen zu erschließen? Je mehr Geld sie haben, desto mehr haben sie zu verlieren, und desto mehr würden und könnten sie bezahlen, um das zu verhindern.«

»Oh«, sagte Eric.

Eduardo Ramirez nickte und schenkte ihm ein Lächeln. »Manche Aktiva werden mit der Zeit wertvoller«, sagte er. »Und alle Aktiva werden durch Kenntnisse wertvoller.«

»Durch Kenntnisse? Worüber?«

»In diesem Fall darüber, was wirklich hinter der Vorgehensweise der großen blauen Maschine steckt. Sie geben Geld aus, das sie eigentlich gar nicht haben, um UNACOCS nach Paris zu holen, und heuern Brot & Spiele an, um die Werbetrommel dafür zu rühren. Sie gewinnen möglicherweise sogar Dr. Larabee und die päpstliche Legatin für ihren Plan. Sie simulieren die weißen Tornados. Aber warum?«

»*Warum*? Um eine Panik zu erzeugen und grünes Geld zur Finanzierung ihrer blauen Unternehmungen zusammenzutricksen.«

»So könnte es scheinen. Aber warum geben sie dieser Monique Calhoun dann den Auftrag, *La Reine de la Seine* als Datenschwamm zu chartern und die Teilnehmer der Konferenz damit aufs Korn zu nehmen …«

»… obwohl sie wissen, das es unser Schiff ist«, rief Eric aus. »Es war dumm von ihnen, dass sie das Risiko eingegangen sind, und diese Aufzeichnungen beweisen es!«

»Geh nie davon aus, dass deine Gegner Dummköpfe sind, Eric«, mahnte Eduardo. »Mag zwar sein, dass es stimmt, aber von dieser Annahme auszugehen, ist niemals von Vorteil. Wenn wir also mal annehmen, dass sie keine Dummköpfe sind …«

»Dann gibt es etwas, das sie unbedingt wissen möchten …«

»Sehr gut, Eric. Und das heißt …?«

»Die Weiße Tornado-Disneys sind nicht ihr Knüller. Sie haben noch was anderes im Ärmel. Aber was es auch sein mag, sie glauben nicht, dass sie's unter Kontrolle haben, zumindest noch nicht …«

»Ausgezeichnet, Eric. Und wir müssen …?«

»Rausfinden, was es ist, bevor wir den nächsten Zug machen.«

Eduardo Ramirez nickte. »Und wie kommen wir an diese Informationen heran?«

Diesmal spürte Eric, dass die Frage nicht rhetorisch gemeint war, dass Eduardo nicht mehr den Sensei spielte, dass er endlich eine Frage stellte, auf die er keine Antwort hatte, von Mann zu Mann.

»Durch Monique Calhoun«, erklärte er Eduardo. »Schließlich ist sie auf die *La Reine* geschickt worden, um irgendwas rauszufinden, und wenn wir in Erfahrung bringen können, was …«

»Dann wissen wir, was es ist. Aber wie …?«

Eric merkte, dass er so schnell sprach, wie er dachte, oder vielleicht noch ein bisschen schneller, und wenn Mom sagen würde, er denke mit seinem Schwanz, dann war's eben so.

»Ich lasse mich von ihr verführen …«

»Ich bin wirklich gerührt, welche Opfer du fürs Syndikat bringen willst, Eric.«

»Ich mache es ihr nicht leicht, aber unter dem enormen sexuellen Druck gebe ich schließlich zu, dass ich gelogen habe, dass sämtliches Datenmaterial auf dem Schiff *doch* aufgezeichnet wird …«

»Wir dürfen Ignatz nicht gefährden«, sagte Eduardo entschieden.

»Das tun wir auch nicht. Ich lasse mir von ihr nur entlocken, dass es das Rohmaterial gibt, Tausende Stunden nicht editierte Aufzeichnungen. Welche sie nimmt, wird uns wahrscheinlich schon etwas verraten. Und vielleicht verführt sie mich ja auch dazu, ihr bei der langweiligen Aufgabe zu helfen, das alles zu sichten. Dann könnte ich überwachen, wonach sie sucht.«

»Noch ein Disney«, sagte Eduardo. »Hübsch. Das wäre sogar ein glaubwürdiger Weg für uns, etwas über die Existenz der Weiße Tornado-Aufzeichnungen an ihre Bosse durchsickern zu lassen, falls und wenn es einmal so weit kommt ...«

Eric nickte wissend, als hätte er an diesen Aspekt ebenfalls gedacht, was nicht der Fall war.

Eduardo Ramirez lächelte.

Eric lächelte zurück.

Für einen langen Moment herrschte zufriedene Stille.

»Noch einen Tequila, Eduardo?« fragte Eric schließlich.

»Ich glaube schon, ja«, sagte Eduardo. »Aber lass uns nach draußen gehen.«

Es war recht warm für die Jahreszeit, und die Luft war unangenehm und ungewohnt schwül; der Blick vom Terrassengarten war zu dieser Stunde jedoch nach wie vor wunderschön und die ziemlich ungewöhnliche Wetterlage machte ihn noch dramatischer.

Der Himmel über Paris war von einem klaren Königsblau, das im Zenit noch nicht ganz zu Violett dunkelte, aber am westlichen Horizont zog eine perlgraue Nebelbank wie ein riesiger Wolkenbrecher in Zeitlupe heran und verwandelte die hineinsinkende Sonne in eine leuchtende Scheibe aus loderndem Orange, die lange, malvenfarbene Schatten auf die Straßen der Stadt unter ihnen warf und das Wasser der Seine mit einem goldenen Glanz überzog. Die in tiefem Schatten liegende Vegetationskruste der Kais erinnerte nun an die verlorenen tropischen Korallenriffe oder an ein grünes menschliches Gehirn.

Eduardo Ramirez nippte nachdenklich an seinem Tequila, während er auf diese tropische Stadtlandschaft hinausschaute.

»Paris ist eine vom Glück begünstigte Stadt«, sagte er leise. »Es war immer schon eine schöne Stadt, aber vor der Erwärmung war das Klima hier schrecklich. Über die Hälfte des Jahres war der Himmel grau, und es war kalt und feucht. Ein doppeltes Glück, dass wir hier nun dieses prächtige Klima haben.«

»Doppeltes Glück?«

»Doppeltes Glück, dass Nordwesteuropa sich den Preis für die Aufrechterhaltung des Golfstroms mit Orbitalspiegeln leisten kann. Ohne die ... wer weiß oder möchte es wissen?«

Eric hatte Eduardo noch nie in so einer Stimmung erlebt. Aber er hatte auch selten ein echtes Gespräch mit ihm geführt, ohne dass Mom dabei gewesen wäre.

»Ja, eine vom Glück begünstigte Stadt, Eric. Fast so vom Glück begünstigt wie das goldene Sibirien ...«

Er drehte sich zu Eric um, und Eric sah, das er jetzt die Stirn runzelte.

»Um dieses milde Klima zu erhalten, muss der Golfstrom aufrechterhalten werden, und dazu müssen Tausende von Kilometern entfernte tropische Gewässer erhitzt werden, was den Planeten noch mehr erwärmt und, wer weiß, vielleicht die nordpolare Eiskappe noch schneller schmelzen lässt, als sie es sonst vielleicht täte ...«

»Ich wusste gar nicht, dass du ein Amateurklimatologe bist, Eduardo.«

Eduardo Ramirez lachte leise. Es klang ein bisschen wehmütig. »Ich weiß vielleicht nicht viel über Klimatologie«, sagte er, »aber ich weiß, was mir gefällt. Und ich weiß, dass wir diese langen, schönen Pariser Sommer verlieren würden, wenn Big Blue mit seinen Plänen Erfolg hätte, den Planeten wieder abzukühlen. Und das goldene Sibirien würde erneut in Schnee und Eis eingeschlossen.«

»Aber den werden sie nicht haben«, meinte Eric. »Wir verfügen über alles Erforderliche, um sie aufzuhalten, wann immer wir wollen.«

»Aber *sollen* wir?« fragte Eduardo.

»Ob wir *sollen*?«

»Mag sein, dass die große blaue Maschine eine Ansammlung konzernkapitalistischer Wiedergänger ist, die in erster Linie Profit machen wollen, mag sein, dass sie die weißen Tornados künstlich erzeugt haben, aber …«

»Aber?«

Eduardo zuckte die Achseln. »Aber das heißt alles nicht unbedingt, dass sie nicht *Recht* hätten«, sagte er. »Vielleicht steht der Venuseffekt ja wirklich unmittelbar bevor. Vielleicht ist die Biosphäre wirklich in tödlicher Gefahr. In diesem Fall …«

Er seufzte. »In diesem Fall wäre es nicht richtig, wenn wir sie aufhalten würden, nicht wahr? Müssten wir in diesem Fall nicht das wundervolle Klima dieser schönen Stadt, das goldene Sibirien und alles andere opfern?«

»Müssten wir?« sagte Eric. Eduardo schwamm unerwartet in Gewässer hinaus, die ein bisschen zu tief für ihn waren.

»Wenn das *wirklich* nötig wäre, um die Biosphäre zu erhalten, welche Wahl bliebe uns dann?«

Das war ein Eduardo Ramirez, den Eric nicht kannte, und er begann, Eric Ebenen in seinem Innern zu zeigen, die er auch nicht kannte, angefangen mit der Erkenntnis, dass Eduardo seine gehobene Position im Syndikat etwas schwer Fassbarem verdankte, das mehr war als Schlauheit.

»Deine Mutter hat so viel Spaß am Gangsternimbus

von Böse Buben«, sagte Eduardo, »und es stimmt natürlich, dass wir uns aus Mafias und Triaden entwickelt haben. Nach gewissen Definitionen in gewissen Jurisdiktionen sind wir vielleicht sogar jetzt noch eine ›kriminelle Vereinigung‹. Aber wir sind *keine* Kapitalisten, Eric. Weißt du, was die kapitalistische Weltordnung *wirklich* zerstört hat?«

Eric schüttelte den Kopf. Über solche Dinge hatte er noch nie nachgedacht.

»Die Wirtschaftshistoriker sprechen davon, dass die große Blase geplatzt ist, die Markowitzer sprechen vom Auseinanderklaffen der virtuellen und der produzierenden Ökonomie und der dadurch erzeugten Entropie, die Mystiker der Dritten Kraft behaupten, es habe an der Entspiritualisierung des kapitalistischen Menschen gelegen, und das alles ist zweifellos wahr«, erklärte ihm Eduardo. »Aber letzten Endes ist die kapitalistische Weltordnung genau von dem zerstört worden, was sie angebetet hat ...«

»Dem Zauberwort Profit ...?« warf Eric ein und wurde mit einem Nicken und einem wehmütigen Lächeln belohnt.

»Wenn die Kapitalisten zwischen ihren kurzfristigen ökonomischen Interessen und dem Überleben eines größeren Gemeinwohls wählen mussten, auch wenn dieses sie selbst einschloss, nahmen sie immer das Geld und machten sich davon. Selbst wenn sie gar nirgends *hin* konnten. Es hieß, sofern dabei ein Gewinn herausspränge, würden sie einem auch noch den Strick verkaufen, mit dem man sie aufhängen würde.«

Eduardo lachte. »Und im Grunde haben sie genau das getan.«

»Versteh ich nicht«, sagte Eric absolut aufrichtig.

»Irgendjemand hat auch mal gesagt, man müsse ein anständiger Mensch sein, um außerhalb des Gesetzes zu leben.«

Eduardo drehte sich um und schaute noch einmal auf das milde, schöne Paris hinaus und Eric drehte sich ebenfalls um, stellte sich neben ihn und ließ den Blick von hoch oben über die Stadt des Lichts schweifen, in der er zumindest ein Pseudoprinz war.

»Was willst du mir eigentlich sagen?«

Eduardo machte Mom nach, und zwar ziemlich gut.

»Wir sind Böse Buben, aber wir würden die Welt doch nicht im Klo runterspülen, nur um dabei das schnelle Geld zu machen, Kleiner! Das ist der Unterschied zwischen raubgierigen Kapitalistenschweinen und uns unehelichen Söhnen und Töchtern romantischer Freibeuter und anständiger Gangster!«

Prinz Eric Esterhazy strengte sich mächtig an, um zu verstehen, was Eduardo Ramirez ihm sagen wollte, aber es gelang ihm einfach nicht.

Doch als die berauschenden Blumendüfte der Stadt heraufwehten und sich mit dem weinartigen Bukett der näher stehenden Topfpflanzen vermischten, schien sich sein Dachgarten irgendwie in ein Disney der tropischen Stadt unter ihm zu verwandeln.

Und Paris selbst kam ihm in diesem Moment ebenfalls wie ein Disney vor.

Aber wovon, wusste er nicht zu sagen.

Zweiter Teil

GLASHÄUSER

7

Wie heißt die Stufe über VIP?

Stella und Iwan Marenko.

Fehlt nur die ›Ode an die Freude‹ aus den Lautsprechern und ein einundzwanzigschüssiger Salut und wahrscheinlich wird man mir die Hölle heiß machen, weil ich das nicht organisiert habe, dachte Monique Calhoun, während sie vor dem Ritz stand und zusah, wie der ratternde Force-Flic-Hubschrauber gegen alle traditionellen Vorschriften und rationalen Sicherheitserwägungen, eine fürchterliche Wolke aus Staub, Dreck und Lärm aufwirbelnd, gefährlich nah an der Säule in der Mitte des Place Vendôme herunterkam.

»Wissen Sie, wer diese Leute *sind*?« hatte Avi Posner gefragt, als er anrief, um ihr mitzuteilen, dass die Marenkos bereits mit ihrem Privatjet von Zekograd hierher unterwegs waren.

»Die Namen hab ich schon mal gehört ...« hatte Monique nachdenklich gesagt und so getan, als durchsuchte sie ihr protoplasmisches Gedächtnis, während sie in aller Eile eine Netzsuche durchführte. »Die Obermuftis von Fleisch & Kartoffeln, oder nicht?«

Man brauchte ihr nicht zu sagen, dass die beiden Bosse des größten sibirischen Landwirtschaftssyndikats genau jene Art Bären waren, die der Kunde mit dem UNACOCS-Honigtopf anlocken wollte, aber Posner tat es trotzdem.

»Das heißt, sie sind ziemlich wichtig. Aber nicht nur das. Sie sind auch ... Schamanen, wie die Sibirier behaupten.«

»Schamanen? – *Medizinmänner*?«

»Beiderlei Geschlechts. Sibirische Übertreibung, deren Hauptexporteure sie sind. Autoritäten. Einflussreiche Leute. Gewichtige Persönlichkeiten.« Posner zuckte auf dem Telefonbildschirm die Achseln. »Ich bin kein Politologe von der Sorbonne, also erwarten Sie bitte nicht von mir, dass ich Ihnen die Politik der Sibirier erkläre, die keine zu haben behaupten. Es reicht wohl, wenn ich sage, dass Stella und Iwan Marenko über ihre offiziellen Positionen hinaus Einfluss darauf haben, ob sich die sibirischen Geldsäckel öffnen oder schließen. Die beiden genießen jetzt oberste Priorität bei Ihnen. Ich will tägliche Berichte über alles, was sie tun und sagen, sogar über alles, was sie *denken*, wenn Sie das schaffen. Und Sie werden ihnen jeden Gefallen tun, den sie verlangen, ganz gleich, wie teuer, wie extravagant und wie bizarr er ist. In unbegrenztem Umfang.«

»*In unbegrenztem Umfang*?«

»Sie müssen wie der Weihnachtsmann persönlich behandelt werden. Was sie wünschen, *werden* Sie ihnen beschaffen. Und wenn Gott selbst die Suite bewohnt, die sie haben wollen, werden Sie ihn unverzüglich hinauswerfen.«

Inwiefern *das* eine Übertreibung oder auch keine war, zeigte sich keine halbe Stunde später, als ein Force-Flic-Funktionär anrief und Monique mitteilte, sie solle sich nicht die Mühe machen, eine Limousine zum Flughafen zu schicken.

Irgendwie hatten die Marenkos noch auf dem Herflug von Zekograd einen ihrer Hubschrauber gemietet oder requiriert und alles Erforderliche – vermutlich nicht wenig – getan, um jede Menge Vorschriften und Regeln zu umgehen und sich direkt von ihrem Flugzeug abholen und bequem vor dem Hotel absetzen zu lassen.

Der Force-Flic-Pilot schaffte es, den Hubschrauber zu

landen, ohne Schaden an Leib, Leben oder Eigentum anzurichten, und ehe der Motor noch vollständig zum Stillstand gekommen war, stiegen zwei Personen aus. Bei keinem Hubschrauber war es wirklich nötig, dass man sich duckte, wenn man unter seinen noch rotierenden Propellerflügeln hindurchging, aber Monique hatte noch niemanden gesehen, der dem Reflex widerstanden hätte, es zu tun.

Dies war das erste Mal – ein erstes Mal für alles.

Stella und Iwan Marenko gingen unerschrocken unter den kreisenden Rotorblättern durch, aufrecht und mit hoch erhobenem Kopf, als käme es schon gefährlich nahe an Majestätsbeleidigung heran, dass sie ihnen die Haare zerzausten.

Stella Marenko war eine hoch gewachsene, kräftige Frau mittleren Alters mit großen Brüsten, eine jener Frauen, die auf Plakatkunst-Werken der mittleren bolschewistischen Periode heroisch einen Traktor fuhren oder, nach ihrem Aussehen zu urteilen, ihn hochhoben und in einen Graben warfen.

Sie hatte ein breites slawisches Gesicht mit hohen Wangenknochen und Augen wie Saphirlaser. Ihre langen blonden Haare wurden über den Ohren von einem silbernen Diadem festgehalten, das über und über mit schwarzen Perlen besetzt war. Sie trug einen Hosenanzug aus roter Seide, gehalten von einer silbernen, kettenpanzerartigen Schärpe mit Lapislazuli-Perlen, hohe schwarze Stiefel und einen freizügig mit Hermelin besetzten schwarzen Seidenumhang mit hohem Kragen.

Iwan Marenko war ungefähr im selben Alter, einen halben Kopf kleiner und nicht richtig fett, aber doch ziemlich stämmig. Sein glattes schwarzes Haar war kunstvoll zu einer mittellangen Mähne geschnitten, die zu seinem vollen, aber ordentlich getrimmten Bart passte und ihm das Aussehen eines teuer frisierten Rasputin verlieh. Er hatte einen vollen, breiten Mund und seine tief liegenden braunen Augen waren von Lachfalten umgeben.

Er trug eine Kreation aus schwarzem Samt, die auf einem Straßenanzug aus dem zwanzigsten Jahrhundert basierte, aber kein Hemd, damit man seine stark behaarte Brust und das riesige goldene Medaillon darauf besser sah, sowie Stiefel, ausgerechnet aus Goldlamé.

Und als sie näher kamen, sah Monique, dass sie beide geradezu trieften vor Schmuck, sie in Silber, er in Gold. An jedem Finger außer den Daumen. Armbänder an beiden Handgelenken. Anhänger. Ohrringe in seinem linken Ohr und in ihren beiden. Schwer und klobig bei ihm, fein ziseliert und mit Juwelen besetzt bei ihr.

Monique ertappte sich bei der Überlegung, wie viel sie wohl unter ihrer Kleidung trugen und an welchen Körperteilen, aber dann sagte sie sich, dass sie das wirklich nicht wissen wollte.

»Ich bin Monique Calhoun vom VIP-Service von Brot & Spiele …«

»Und wir sind Ihre *Very Important Potentates*«, dröhnte Iwan Marenko, drückte Monique dann ungestüm an sich und küsste sie auf beide Wangen, bevor sie auch nur Luft holen konnte.

»Nikulturni, Iwan«, schalt ihn Stella Marenko.

Sie lächelte Monique um Verzeihung heischend an, als Iwan Marenko sie losließ.

»Er ist wieder … wie heißt das Wort …?«

»Arschloch«, verkündete Iwan Marenko stolz. »Ich bin wieder Arschloch. Ja, Mademoiselle Calhoun, ist korrekt?«

»Äh …«

»Du bringst Mädchen in Verlegenheit, Iwan. Mademoiselle Calhoun, sagen Sie diesem Nikulturni-Arschloch ruhig, er benimmt sich wie ein … ein …«

»Wie ein Arschloch«, sagte Iwan Marenko und lachte schallend.

Und seine Frau stimmte mit ein.

»Äh … vielleicht möchten Sie sich jetzt Ihre Zimmer aussuchen …?« schlug Monique ein bisschen benommen vor.

»Vielleicht.« Iwan Marenko musterte den prunkvoll verzierten Haupteingang des besten Hotels von Paris wie ein Dreisternekoch, der auf dem Fischmarkt die Reste vom Vortag in Augenschein nimmt.

»Oder vielleicht auch nicht«, sagte Stella Marenko skeptisch, als Monique sie die Treppe hinauf ins Foyer des Hotels führte, wo sie auf ihre Anweisung hin vom Hotelmanager und einem Kellner im Smoking empfangen wurden, der zwei Gläser Champagner und Kaviar-Kanapees auf einem silbernen Tablett bereit hielt.

Die Marenkos kippten den Champagner mit ein paar schnellen Schlucken hinunter und probierten dann die Kanapees. Sie wechselten verächtliche Blicke.

»Russischer Dreck«, murmelte Stella Marenko.

Iwan Marenko hielt sein leeres Glas hoch.

»Wo ist Flasche?« verlangte er zu wissen.

Der Manager schickte den Kellner sofort los, um sie zu holen. Er brauchte nur ein paar Minuten, aber die Marenkos schafften es, die Kaviar-Kanapees aufzuessen, bevor er zurückkam, russischer Dreck hin oder her.

Danach führte Monique, gefolgt von dem liebedienernden Manager und dem Champagner einschenkenden Kellner, die Marenkos durch die besten Zimmer, die das Ritz zu bieten hatte, riesige Schlafräume, noch riesigere Salons, Suiten mit Bibliotheken, Speisesälen, Flügeln, sogar eine mit einem Cembalo. Suiten, die mit Antiquitäten im Wert von Millionen LE möbliert waren. Suiten mit riesigen Terrassen, die nach Süden zur Seine hinausgingen und nach Westen Blick auf einen Sonnenuntergang mit Eiffelturm boten. Suiten, die Generaldirektoren und Staatschefs, Kinostars und Angehörige von Königshäusern beherbergt hatten.

Die Marenkos absolvierten die Tour weitgehend schweigend, wechselten nur hin und wieder ein paar Worte auf Russisch und baten gelegentlich um mehr Champagner, wenn der Kellner so langsam war, dass ihre Gläser trockenfielen.

Als sie alles gesehen hatten, war die Champagnerflasche leer, und dem Hotelmanager quoll schon beinahe der Dampf aus den Ohren. Monique, die Marenkos und der Manager fuhren mit dem eleganten Fahrstuhl in steinernem Schweigen ins Foyer hinunter.

»Ich habe mich noch um ein *paar* andere Dinge zu kümmern«, sagte der Manager so steif, als hätte ihm jemand eine Vorhangstange ins Rektum geschoben. »Lassen Sie es mich wissen, sobald Sie Ihre Entscheidung getroffen haben.« Damit verabschiedete er sich und ließ Monique und die Marenkos bei den Fahrstühlen stehen.

Iwan Marenko starrte seine Frau an.

Stella Marenko erwiderte den Blick und nickte.

»Dreckloch«, sagte sie.

»Da.«

»Mieten Sie uns Stadthaus, Mademoiselle Calhoun«, sagte Stella Marenko. »Drei, vier Etagen. Linkes Ufer. Schöner Blick auf die Seine. Sauna.«

»Vielleicht Swimmingpool?« schlug Iwan Marenko vor.

»Iwan! Mach das Mädchen nicht verrückt! Wenn es keinen Swimmingpool hat, wirst du halt damit leben müssen.«

Iwan Marenko warf Monique ein warmes, entschuldigendes Lächeln zu.

»Lassen Sie sich Zeit«, sagte er. »Wir warten in Bar.«

»Sie wollen was?« rief Eric Esterhazy.

»Bar mieten«, sagte Stella Marenko.

»*La Reine de la Seine* vermietet keine Räume an private

Gruppen«, erklärte Eric Esterhazy diesen Operettensibiriern. Und jetzt schon gar nicht, wo wir bereits die halbe Gästeliste an Brot & Spiele verkauft haben, verkniff er sich hinzuzufügen.

»Nur kleine Bar«, sagte Iwan Marenko. »Für großes Geld.«

Eric würde ein paar unangenehme Wörtchen mit den Wachleuten im Einstiegspavillon reden müssen, dass sie diese arroganten Clowns überhaupt an Bord gelassen hatten.

Selbst der beste Besetzungschef der Welt hätte zwei superreiche Sibirier nicht besser als mit Iwan und Stella Marenko besetzen können, sie in einem langen, fließenden Kleid aus zusammengenähten Pythonhäuten mit tief ausgeschnittenem Oberteil, das den Blick auf den riesigen Rubinanhänger freigab, der auf ihren mächtigen Brüsten hing, einem hohen Leopardenfellhut und einem dazu passenden Umhang, er in einem gamslederfarbenen, mit Goldlitzen besetzten Anzug aus echten Gamsfellen, beide auf geschmacklose Weise mit so viel teurem Schmuck behängt, dass man damit eine große Cartier-Filiale hätte aufmachen können.

Eric war vorn auf dem Oberdeck gewesen, als sie ihren großen Auftritt gehabt hatten, sodass ihm das Vergnügen zuteil geworden war, sie die Gangway heraufstürmen zu sehen, als ob *sein* Schiff ihnen gehörte oder bald gehören würde, wenn ihnen der Sinn danach stand.

Er hatte sich in aller Eile auf den Weg zum Unterdeck gemacht, um sich dieser Erscheinung in den Weg zu stellen, doch als er die Innentreppe zum Restaurant hinunterstieg, waren die Marenkos schon drin, öffneten die Tür zur Heckbar und lugten wie Immobilienmakler hinein.

»Für wen halten Sie sich eigentlich?« hatte Eric wütend gefragt.

»Ich halte uns für Stella und Iwan Marenko«, sagte die Frau. »Habe ich Recht, Iwan?«

»Absolut. Ist noch zu früh am Tag, so betrunken zu sein, dass ich meinen Namen vergesse.«

»Später ist vielleicht anders.«

»Wie sind Sie auf mein Schiff gekommen?« schnauzte Eric.

»*Ihr* Schiff?« sagte Stella Marenko. »Ah, dann Sie müssen der berühmte Prinz Eric Esterhazy sein!« Sie streckte ihm eine Pratze hin, die derart mit Ringen behängt war, dass es eine echte sportliche Leistung sein musste, sie waagrecht zu halten. »Sollten Sie mir nicht Hand küssen?«

Eric schaffte es, wenn auch nur mit Mühe, Kavalier zu bleiben und der Frau nicht zu sagen, welchen Teil *seiner* Anatomie *sie* küssen konnte. »Wie, zum Teufel, sind Sie an den Wachen vorbeigekommen?« fragte er.

Iwan Marenko hatte ihm breit zugezwinkert.

»Wir geben sehr große Trinkgeld«, hatte er gesagt.

Diesen Gestalten sollte er für die Dauer der UNACOCS-Konferenz die Heckbar vermieten? Im Gegenteil, die Marenkos hatten sich die permanente Streichung von der Gästeliste verdient.

»Vielleicht ich drücke nicht klar aus?« sagte Iwan Marenko. »Englisch ist nicht meine erste Sprache. Wir wollen großen Tisch in Bar mieten, um Gäste zu bewirten. Alle Abende von UNACOCS-Konferenz. Wir kaufen Getränke. Wir kaufen Drogen. Wir zahlen reguläre Barpreise. Wir verlangen keinen Mengenrabatt.«

»Wo ist Problem?« sagte seine Frau.

»*Ich* bestimme, wer Gast auf diesem Schiff ist«, sagte Eric, was nicht ganz der Wahrheit entsprach und seine Laune darum nicht gerade verbesserte.

»Und, wie Stella sagt, wo ist Problem? Wir kaufen von *Ihnen* mit *unserem* Geld Getränke und Drogen für *Ihre* Gäste. Ist das für Sie schlechtes Geschäft?«

Du bist für mich ein arroganter Flegel, hätte Eric ihm am liebsten erklärt.

»Ich habe eine sehr anspruchsvolle Gästeliste und ich muss sagen, bisher haben Sie wenig getan, um mich davon zu überzeugen, dass auch nur Sie selbst darauf gehören«, sagte er stattdessen, was auf eine elegantere Formulierung desselben Sachverhalts hinauslief.

»Sie sollten jetzt mit Ihrem Chef sprechen«, sagte Iwan Marenko.

»Wie bitte?«

»Rufen Sie Ihren Chef an, Prinz Potemkin«, sagte Stella Marenko.

Auf einmal war das theatralische Gehabe wie abgeschaltet und etwas anderes war an seine Stelle getreten. Auf einmal sprachen sie besser Englisch.

»Ich weiß nicht, wovon Sie reden«, erwiderte Eric, aber es klang selbst in seinen eigenen Ohren nicht sehr überzeugend.

»Dann lassen Sie es sich von Eduardo Ramirez erklären«, sagte Iwan Marenko gelassen.

Eric sah ihm einen langen, stummen Moment in die Augen, konnte aber nicht ausloten, was dahinter lag. Der Blick reichte jedoch, um ihn zu überzeugen, dass es klug wäre, den Rat des Sibiriers zu befolgen.

Stella Marenko hatte die Heckbar betreten und inspizierte anscheinend die Vorräte. »Iwan«, rief sie heraus. »Komm her! Lass Jungen seinen Anruf allein machen! Sie haben Pfefferwodka!«

»In Eisfach?« dröhnte Iwan Marenko zurück, ohne den Blick oder den Gesichtsausdruck zu ändern. »Echter Stoff?«

»In Kühlschrank! Russisch!«

»Wodka bewahrt man in Eisfach auf«, erklärte Iwan Marenko Eric. »Bester Pfefferwodka ist ukrainisch. Russischer Stoff ist nachgemacht, für Export.«

Er zwinkerte. »Sie werden sich merken, ja, Prinz

Potemkin?« Er klopfte Eric herzlich auf die Schulter. »Jetzt seien Sie braver Böser Bube und rufen Sie Ramirez an.«

Hinter dem Tresen im Salon am anderen Ende des Restaurants war ein Telefon – ohne Bildschirm – und Eric ging dorthin, um Eduardo anzurufen.

»Da sind zwei Sibirier auf dem Schiff, die schlürfen unseren Wodka weg, während ich hier mit dir spreche, und verlangen, dass ich ihnen für die Dauer der Konferenz einen Tisch vermiete«, sagte er, nachdem er etliche Schichten von Mittelsleuten durchdrungen hatte.

»Ah, dann hast du die Marenkos also kennen gelernt«, sagte Eduardo. Er klang ziemlich belustigt.

»Ich habe das zweifelhafte Vergnügen gehabt, ja. Wer, zum Teufel, sind die?«

»Wichtige Kunden, Eric.«

»Kunden?«

»Entscheidungsträger aus den obersten Rängen der sibirischen Syndikate.«

»Diese Hanswurste?«

»*Diese Hanswurste* haben schon einen hübschen Preis dafür bezahlt, einen *Blick* auf die Aufzeichnungen werfen zu dürfen, die beweisen, dass die weißen Tornados Disneys sind«, erklärte ihm Eduardo Ramirez. »Sie sind hier, um zu entscheiden, ob sie ein Konsortium gründen sollen, das die Reproduktions- und Vertriebsrechte erwirbt und sie gegen die große blaue Maschine verwendet. Wenn sie das tun, sprechen wir von *mehreren hundert Millionen* LE. Muss ich dir sagen, dass man ihnen folglich jeden erdenklichen Gefallen tun muss?«

»Sie wirken so ... so ...«

Eduardo lachte. »Ja, das stimmt.«

»Warum hast du mir nichts davon gesagt?«

»Und dich damit um so ein amüsantes Erlebnis gebracht?« Eduardo lachte erneut. »Und auch um eine Lektion, Eric«, sagte er ganz ernst. »Weißt du noch, was ich über die Annahme gesagt habe, deine Gegner seien Dummköpfe?«

»Es ist nie von Vorteil, wenn man davon ausgeht, dass die Gegner Dummköpfe sind, selbst wenn es stimmt?«

»Genau«, sagte Eduardo. »Jetzt überleg dir, welchen Vorteil es hat, wenn es dir gelingt, potenzielle Gegner davon zu überzeugen, dass *du* einer bist.«

Die phänomenale Ausstellung von Klimatech-Maschinen im Grand Palais, die exakt für solche potenziellen Kunden wie sie aufgebaut worden war, schien Stella Marenko nicht sonderlich zu beeindrucken.

»Das ist also berühmter Kristallpalast«, sagte sie in skeptischem Ton.

»*Grand Palais,* Mrs. Marenko«, erklärte ihr Monique Calhoun.

»Meinetwegen. Sieht aus wie Flohmarkt in altem Kosmodrom von Baikonur.«

Ihr Mann schien sich mehr für die gewölbte Glasdecke mit dem eisernen Rahmenwerk zu interessieren als für das, was darunter war.

»Intelligentes Glas, da?«

»Ganz recht.«

»Und warum simuliert intelligentes Glas miesen grauen Tag mit Gewitter, wenn draußen blauer Himmel und Sonnenschein ist?«

»Soll *weißer Tornado* sein, Iwan.«

»Sie veranstalten ganze Konferenz mitten in Werbung für sich selbst?« sagte Iwan Marenko süffisant. »Ist das *unterschwellige Ansprache,* wie Ihr Syndikat es nennt, Monique? Ist so unterschwellig wie Wandgemälde des sozialistischen Realismus in U-Bahn-Station.«

Monique warf ihm unvermittelt einen scharfen Blick zu. Die Marenkos waren die größten Nervensägen, die sie in ihrer Laufbahn beim VIP-Service bisher erlebt hatte, total anstrengend, übertrieben anspruchsvoll, ohne sich ihrer Arroganz im Geringsten bewusst zu sein, primitiv, flegelhaft, in ihren eigenen Worten: nikulturni.

Aber manchmal brach eine angeborene Schläue durch, die ihr ins Gedächtnis rief, dass diese Leute nicht in die Position gelangt wären, in der sie sich dieses Benehmen leisten konnten, wenn sie wirklich so unterbelichtet wären, wie sie meistens wirkten.

Und Iwan Marenko hatte nicht ganz Unrecht.

Da Monique den vergangenen Tag damit verbracht hatte, den Marenkos ihr nah genug hinter dem Musée d'Orsay gelegenes Stadthaus mit dem gewünschten Seine-Blick zu besorgen – ein wahres Wunder, dass ihr das gelungen war –, den Mangel der fehlenden Sauna zu beheben, indem sie eine transportable auftat und hinschaffen ließ, ihnen zusätzliche Möbel und genehmere Gemälde zu mieten und das Haus mit einem Vorrat an festen und flüssigen Lebensmitteln auszustatten, war sie überhaupt nicht im Grand Palais gewesen.

Aber wie sie aus den Nachrichten erfahren hatte, war die Konferenz nach Allison Larabees leidenschaftlichem Plädoyer für die Abkühlung des Planeten vermutlich nicht ganz unplangemäß von einer wissenschaftlichen Tagung zu einer Serie absatzfördernder Präsentationen degeneriert, in denen Vertreter jener Klimatech-Unternehmen, die UNACOCS sponserten, für teure Projekte mit entsprechender Zielsetzung warben.

Reduktion der Sonneneinstrahlung durch einen riesigen orbitalen Ring fein verteilten Staubes. Oder mit Hilfe gigantischer Mylar-Okkludierer. Erzeugung permanenter Schneestürme zum Wiederaufbau der bröckelnden Eiskappen durch den Einsatz von Wolkendeckengeneratoren in bisher beispiellosem Umfang. Veränderung der Meeresströmungen mit Orbitalspiegeln, um überschüssige Kalorien irgendwie in der abgrundtiefen ozeanischen Wärmekloake zu begraben.

Absaugung von Kohlendioxid aus der Atmosphäre durch Wiederaufforstung jedes verfügbaren Quadratmeters mit Qwik-grow-Bäumen oder einem neuen, genmanipulierten Hanf, der angeblich sogar in extremen Wüstenklimata gedieh. Oder durch Anreicherung aus der Tiefe aufsteigenden nährstoffreichen Meereswassers mit Eisen, damit sich vermehrt photosynthetisches Plankton bildete.

Würden Sie von diesen Leuten einen gebrauchten Planeten kaufen?

Da Monique die finanziellen Mittel dazu fehlten, war es nicht ihr Problem, solche Entscheidungen zu treffen. Aber die Marenkos waren Posner zufolge als Vertreter entsprechend finanzstarker Interessengruppen hier und darum gehörte es offenkundig zu ihren Aufgaben, eine solche Entscheidung ins Auge zu fassen.

Doch obwohl Monique nun im Dienste der großen blauen Maschine daran mitarbeitete, diese Narren von erheblichen Mengen ihres sibirischen Geldes zu trennen, missfiel es ihr keineswegs, dass sie den Köder nicht ganz und gar schluckten.

»Möchten Sie jetzt an der Konferenzsitzung teilnehmen?« schlug sie nicht sehr enthusiastisch vor.

»Besser, als sich Weihnachtsaufführung von *Nussknacker-Suite*, getanzt von schlecht trainierten Bären, mit Publikum aus gelangweilten kleinen Rotznasen ansehen zu müssen«, gab Stella Marenko zu. »Aber nicht viel.«

Monique musste ein Lachen unterdrücken. Hin und wieder gab es sogar Momente, in denen sie sich dabei ertappte, dass sie die Sibirier *mochte*.

»Lieber Ware anschauen als Werbung anhören«, sagte ihr Mann.

»Da.«

Also tigerte Monique in einigem Abstand hinter den Marenkos her, als diese zwischen den Ständen und

Industriepavillons, den Wolkendeckengeneratoren, den Planktonsäkähnen, den Modellen von Trägerraketen, Orbitalspiegeln und Okkludierern, den nuklearen Geländeformungs-Sprengladungen und den Dioramen (davor und danach) umherschlenderten.

Soweit Monique erkennen konnte, waren die Marenkos nicht ganz ahnungslos, was Klimatechnik betraf, oder kannten sich zumindest gut genug aus, um bei den Firmenvertretern den entsprechenden Eindruck zu erwecken, wenn einer sie dabei ertappte, wie sie gegen die metaphorischen Reifen traten.

»Deckt wie viele Quadratkilometer ab?«

»Und gibt garantiert keine restliche Radioaktivität?«

»Was ist Maßstab von Modell? Welche Fläche wird erfasst?«

Monique fand es amüsant, dass sie zwar gut genug Englisch sprachen, um scheinbar intelligente technische Fragen zu stellen, jedoch die Achseln zuckten, die Hände hoben und wieder ins Russische verfielen, sobald das Gespräch auf das Thema Kosten oder Geld zusteuerte.

Es hatte den Anschein, als wären die Marenkos nur im Grand Palais, um sich dort auf ihre übliche auffällige Weise sehen zu lassen. Nur ein einziges Mal zeigten sie echtes Interesse, und zwar, als sie – was sicher selten genug vorkam – damit konfrontiert waren, dass ihnen etwas untersagt wurde.

Nämlich einen kurzen Blick darauf werfen zu dürfen, was sich unter den großen Segeltuchplanen nahe beim Zentrum der Ausstellungsfläche verbarg. Dort waren keine Schilder, keine Werbespruchbänder und keine Firmenvertreter, nur leeres grünes Segeltuch und zwei bewaffnete Wachleute, die die einzige Eingangsklappe flankierten.

»Was bewachen die?« wollte Stella Marenko von Monique wissen.

Monique zuckte die Achseln.

»Wir schauen hinein.« Iwan Marenko marschierte zum Eingang. Die Wachen taten jeweils einen Schritt zur Seite und versperrten ihm den Weg.

Iwan war nicht erfreut. Und auch nicht daran gewöhnt, an etwas gehindert zu werden.

»Weg da, bitte«, verlangte er. »Wir schauen hinein.«

»Kommt nicht in Frage. Hier ist Zutritt verboten.«

»Was ist so großes Geheimnis?«

»Wer will das wissen?«

»Ich bin *Iwan Marenko*!«

»Und ich bin Jared, der heutige Wachmann, und ich sage Ihnen, Sie werden bis Sonntag warten müssen, um es rauszufinden, so wie alle anderen auch.«

»Macht nur seinen Job, Iwan.« Stella Marenko kam hinter ihm heran und versuchte es mit ihrer Version einer Charme-Offensive: Sie griff in die Tasche, holte eine Hand voll goldene sibirische LE-Münzen heraus und hielt sie den Wachen unter die Nase. »So, nette Jungs, ihr sagt uns, was ist großes Geheimnis, wir geben euch großes Trinkgeld.«

Die Wachposten wechselten einen gierigen, aber, wie es Monique schien, auch unglücklichen Blick.

»Wir wissen es nicht.«

»Man hat's uns nicht gesagt.«

»Wir machen Spiel. Ihr ratet. Gefällt uns, ihr gewinnt.«

»Haufen Computerkram, denke ich.«

»Keine Klimatechnik?«

»Sieht nicht so aus.«

Die Marenkos sahen einander an und wechselten ein paar Worte auf Russisch.

»Okay, Jungs«, sagte Stella Marenko und gab ihnen das Geld, »schönen Tag noch.«

»Na, was meinen Sie, Monique?« fragte Stella, als Iwan davonging, um einen Planktonsäkahn zu inspizieren.

»Wozu?«

»Geheimnisvoller Gegenstand.«

Monique zuckte die Achseln.

»Haben Sie Konferenzprogramm? Irgendwas Interessantes Sonntag?«

Monique fischte das Programmheft aus ihrer Tasche und überflog es. »Präsentation eines Vorschlags zur Modifizierung der Meeresströmungen von Orbital Mechanix. Präsentation des Klimamodells von John Sri Davinda. Präsentation einer albedosteigernden Walddecke von Qwik-grow. Zusammenfassung von Generalsekretär Lars Bendsten. Abschlussfeier. Übliches Zeug.«

Verdammt, merkte sie, jetzt verfalle auch *ich* noch in russifiziertes Englisch!

Sie schwor sich, während des restlichen Rundgangs der Marenkos durch die Klimatech-Ausstellung auf ihren Satzbau zu achten, was sich glücklicherweise nicht als schwierig erwies, da die Sibirier nach weiteren zwanzig Minuten, in denen sie sich meist auf Russisch miteinander unterhielten, das Interesse zu verlieren schienen.

»Okay, wir sehen genug«, meinte Iwan Marenko schließlich, als ihre Brownsche Trajektorie sie in die Nähe des Eingangs zum provisorischen Auditorium führte, aus dem leise die monotone Stimme irgendeines Redners drang.

»Wollen Sie kurz reinschauen?« fragte Monique.

»Na, Iwan?« sagte Stella Marenko.

»Lieber in Flasche schauen«, antwortete ihr Mann. »Ist Blödsinn da drin. Gibt nur Antwort auf eine Frage …«

Stella Marenko beäugte ihn wachsam. »Kommt jetzt Witz, Iwan?«

»Da.«

Stella warf Monique einen Blick zu. »*Schmutziger* Witz«, erklärte sie ihr. »Kennt keine anderen.« Monique bemerkte, dass ein halbes Dutzend Leute, zweifellos angezogen von dem optischen Schauspiel, das die Marenkos boten, auf dem Weg zur Sitzung in Hörweite stehen geblieben waren und lauschten.

»Warum ist Planet wie Nymphomanin?« fragte Iwan Marenko.

Stella Marenko verdrehte die Augen. »Okay, also, warum ist Planet wie Nymphomanin?«

»*Du* solltest wissen, Stella!«

Und unter Moniques ungläubigen Blicken fasste Iwan Marenko seiner Frau mit zupackendem Griff zwischen die Beine.

»Viel leichter heiß zu machen als abzukühlen!«

Die Band im Restaurant spielte Bach im Dixieland-Stil und an den voll besetzten Tischen wurde eifrig gespeist und geplaudert, aber der raue Lärm, der aus der hinteren Bar drang, war trotz des allgemeinen Geräuschpegels im viel größeren Salon selbst vom Fuß der Wendeltreppe aus noch deutlich zu hören.

Lächelnd, winkend und plaudernd kam Eric Esterhazy seinen beruflichen Pflichten als Gastgeber nach, während er sich auf gewundenen Bahnen allmählich zum hinteren Teil des Restaurants vorarbeitete, aber innerlich kochte er, als er sich dem Nest der Marenkos näherte.

Zwei Abende lang hielten die Sibirier nun schon Hof dort hinten. Man hatte ihn genötigt, ja, ihm geradezu befohlen, ein Drittel der Tische in der hinteren Bar zu entfernen, um Platz für einen zu machen, den die Marenkos in einem jener unverschämt teuren Antiquitätenläden erworben zu haben schienen, die sich darauf spezialisiert hatten, Flohmarkt-Schrott zu geradezu lächerlichen Preisen an Touristen zu verhökern, eine überdimensionale runde, schmiedeeiserne Dreko-Deco-Monstrosität, die aussah, als wäre sie aus einem riesigen Schachtdeckel und einem ehemaligen Métro-Kiosk aus dem neunzehnten Jahrhundert fabriziert worden.

Und da saßen sie, soffen wie Söldner des Straßenkrieger-Syndikats, die gerade von einem knochentrockenen sechsmonatigen Einsatz zur Bewachung der Kaaba in Mekka zurück waren, bestellten komplette Schwärme von ganzem geräuchertem schottischem Lachs und gebackenem Stör, kühlhausweise Wildschwein, Reh und Fasan, ganze Schiffsladungen von Meeresfrüchten und Eiskübel voller Kaviar, ließen sich alles an den Tisch bringen und ertränkten es in einer endlosen Flut aus teuerstem Champagner, Wein und exotischem Wodka, schütteten den edlen Stoff in sich hinein, als wäre es Plörre aus dem Supermarkt, und luden jeden, der des Weges kam, mit lauten Bierhallenstimmen ein, sich von dem großzügigen Angebot an Speisen und Getränken zu bedienen.

Eric fragte sich, wieso er sich überhaupt bemüßigt fühlte, diesem unziemlichen permanenten Tohuwabohu einen Besuch abzustatten, da er ja doch nichts tun konnte, um wenigstens für ein Mindestmaß an zivilisierter Zurückhaltung zu sorgen; wenn die Marenkos Lust hätten, lebenden Hühnern die Köpfe abzubeißen und sie durch den Raum zu spucken, dann, so hatte Eduardo Ramirez klar gestellt, solle er ihnen das Geflügel und die Spucknäpfe besorgen.

Vielleicht war es derselbe empörte Instinkt, der Paviane dazu brachte, Störenfrieden ihre feuerroten Hintern vor die Nase zu halten. Die Sibirier hatten einen Teil *seines Schiffes* usurpiert, und wenn er schon nicht die Macht hatte, sie von Bord zu werfen, so konnte er wenigstens seinem Recht Geltung verschaffen, ungestraft in diesen Bereich einzudringen, ohne natürlich so weit zu gehen, dabei die Hosen herunterzulassen.

Am und um den Tisch der Marenkos tobte wie üblich das wilde Leben. So viele Stühle wie geometrisch möglich standen um den Tisch und sie waren alle besetzt, die meisten von Klimatologen, darunter Pereiro, Braithwaite und sogar Allison Larabee, außerdem Aubrey Wright und ein paar nicht ganz so hoch gestellte Leute von Klimatech-Unternehmen.

Die Horde auf den Stehplätzen in der zweiten Reihe bestand zumeist aus Pressevertretern, Leuten aus dem Showbusiness, professionellen Promis und einer bunten Mischung von Schmarotzern, die über die Schultern der glücklich Sitzenden hinweg gierig die Hände nach dem riesigen Berg geeister Meeresfrüchte, den mit Kaviar und Sour Cream gefüllten Blinis, dem Inhalt des Kaviarkübels, der Aufschnittplatte, dem in Scheiben geschnittenen Räucherlachs und dem geräucherten Süßwasseraal ausstreckten.

Iwan und Stella Marenko schenkten mit einer Hand fast so schnell ein, wie leere Gläser unter die Flaschen in ihren Händen geschoben wurden – er Wodka, sie Champagner –, mit der anderen schütteten sie sich das Zeug selbst in den Schlund. Auf einem Tiffany-Spiegel lag ein Berg Designer-Schnupfpulver, das sich die Gäste durch rücksichtsvollerweise bereitgelegte, aufgerollte und geklebte Hundert-LE-Scheine in die Nase zogen.

»Aha, da kommt süßer Prinz Potemkin!« rief Stella Marenko zur Begrüßung. »Aber nüchtern wie Samstagnacht in Kabul und Schließmuskel so stramm wie mein Kleid!«

Letzteres war eine wie aufgesprüht wirkende silberne Pelle; die Farbe war knapp nördlich ihrer Brustwarzen und südlich ihres Gesäßes zu Ende gegangen. Ihr langes blondes Haar war zu Cornrows geflochten, Reihen kleiner Knötchen mit Smaragd- und Rubinperlen darin. Ein mit Edelsteinen besetzter goldener Dolch hing an einer schweren Kette zwischen ihren schwellenden Brüsten.

Sie schob den Wald leerer Gläser, die sie wie heißhungrig aufgesperrte Kükenschnäbel anflehten, mit ihrer Flasche beiseite, schnappte sich die von ihrem Mann und füllte ein Sektglas mit Wodka. Ihre blutunterlaufenen Augen leuchteten wie Freudenhausneon.

»Lockern Sie Rektum und gesellen Sie sich zu sehr ernsthafter intellektueller Gruppe!« brabbelte sie betrunken. »Ich lerne englische Verbform! *You drink till you stink, he drank till he stank, I'm drunk as a skunk.*«

Sie gab Eric das Glas, der sich ihr nicht bis in Reichweite ihres Atems nähern musste, um festzustellen, dass sie diesen erlauchten Zustand schon längst erreicht hatte.

»Ist alles in Ordnung, Madame Marenko?« fragte er frostig. »Kann ich irgendetwas für Sie tun?«

»Du glaubst, das schaffst du, ja, mein Junge?«

»Ich *meinte*, brauchen Sie irgendetwas?«

»Ich brauche Klo!« nuschelte Stella Marenko. Sie versuchte aufzustehen und schaffte es beim zweiten Versuch, wenn auch nur mit Müh und Not.

Sie griff nach Erics rechtem Unterarm, um sich mehr oder weniger aufrecht zu halten. »Sei braver Junge und hilf mir!«

Eric warf Iwan Marenko einen verdrossenen Ist-nicht-mein-Job-Blick zu; Iwan reagierte mit einem besoffenen Achselzucken, das besagte, o doch, ist es. In diesem Moment zerrte Stella Marenko heftig an seinem Arm, vielleicht auch nur, weil sie das Gleichgewicht verlor und rückwärts taumelte; das Ergebnis war jedenfalls, dass Eric von einer torkelnden Betrunkenen aus der Bar in den Salon geschleift wurde.

Sobald sie jedoch im Restaurant waren, fand Stella Marenko zumindest so weit ihr Gleichgewicht wieder, dass sie mehr oder weniger aufrecht gehen konnte, indem sie sich an seinem Arm festhielt und sich an ihn lehnte, während sie an seinem Ohr knabberte.

In diesem Zustand, aber mit einer nach außen hin

nicht sichtbaren Körperkraft, der Eric nicht widerstehen konnte, ohne dass es eine noch ungebührlichere Szene gegeben hätte, lenkte sie ihn wie ein Schlepper, der einen Flusskahn schiebt, nicht zur nächsten Toilette, sondern hinaus auf die umlaufende Promenade des Unterdecks.

Dort schlang sie ihm die Arme um den Hals, schmiegte sich mit dem ganzen Körper an ihn, zog seinen Kopf nah heran und – so musste es allen anderen erscheinen – flüsterte ihm schmutzige Zärtlichkeiten ins Ohr.

»Muss irgendeinen Ort auf diesem Schiff geben, der nicht verwanzt ist«, sagte sie sehr deutlich. »Bringen Sie mich da hin.«

Monique Calhoun war auf der unteren Promenade ums Schiff herumgegangen, durchs Restaurant geschlendert, hatte in beide Bars auf dem Unterdeck geschaut und sich dem Lärm und Gebrabbel im Casino auf dem Oberdeck ausgesetzt, sich unter die Gäste auf der Promenade auf dem Oberdeck gemischt, dann kehrt gemacht und alles noch einmal in umgekehrter Reihenfolge absolviert, aber wie der sprichwörtliche Polizist war Prinz Eric Esterhazy nirgends zu finden, als sie ihn nun brauchte.

Oder vielmehr hatten ihre Wege sich zweifellos nur nicht am selben Ort und zur selben Zeit gekreuzt, da Prinz Eric als Gastgeber ebenso wie sie ständig in Bewegung war. Es gab wahrscheinlich eine mathematische Gleichung, die das erklärte, die Heisenbergsche Unschärferelation oder so, aber da Monique keine Mathematikerin war, zog sie die charakterologische Interpretation vor, nämlich dass ein Charakter vom Schlage Prinz Erics aufgrund seiner karmischen Logik natürlich ziellos-zielstrebig einen Weg des geringsten Widerstands einschlagen würde, sie wütend zu machen.

Dabei war sie an diesem Abend ohnehin schon nicht gerade in bester Laune an Bord von *La Reine de la Seine* gegangen. Nach ihrem Bericht an diesem Vormittag hatte Avi Posner seinen Unmut deutlich zum Ausdruck gebracht.

»Mit dem, was ich bis jetzt von Ihnen bekommen habe, kann ich so gut wie gar nichts anfangen. Die Marenkos sehen sich die Klimatech-Geräte an und scheinen etwas von der Sache zu verstehen. Sie versuchen, sich mittels Bestechung Zugang zu einem unfertigen Exponat zu verschaffen, weil ihre Neugier angestachelt worden ist. Sie unterhalten sich viel mit Klimatologen auf *La Reine de la Seine*, wo sie anscheinend permanent betrunken sind. Stümperhaft, Monique, stümperhaft! *Worüber* sprechen sie? Wo ist das Muster? Hab ich Ihnen nicht gesagt, dass es ihre vorrangige Aufgabe ist, herauszufinden, was *die* herausfinden wollen?«

»Wenn ich mich recht erinnere, haben Sie mir auch gesagt, dass ich den beiden alles besorgen soll, was sie verlangen, Avi, und glauben Sie mir, allein das ist ein Fulltime-Job! Wie soll ich Leuten jeden Wunsch erfüllen, die alle paar Sekunden einen neuen haben, daneben die restliche VIP-Operation von Brot & Spiele leiten, was zufällig mein Tagesjob ist, und obendrein noch ihr betrunkenes Tischgeschwätz überprüfen, alles zur gleichen Zeit?«

»Amateure, Amateure«, hatte Posner gegrummelt. »Lassen Sie sich von Esterhazy Kopien von den Aufzeichnungen all ihrer Tischgespräche seit ihrer Ankunft geben und sehen Sie sich die in Ihrer Freizeit an!«

»Freizeit? Haben Sie wirklich *Freizeit* gesagt, oder hab ich mich verhört? Und von was für *Aufzeichnungen* reden Sie da?«

»Von den automatischen Aufzeichnungen, die Esterhazys Überwachungsanlage von allem macht, was an Bord des Schiffes gesprochen wird, wovon sonst!«

»Esterhazy hat nichts davon gesagt, dass seine Anlage automatisch alles aufzeichnet ...«

»*Natürlich* tut sie das! Was denn sonst! Nicht mal der *Geheimdienst von Unteridiotien* würde eine Überwachungsanlage installieren, die das nicht tut!«

»Aber wie soll ich Esterhazy dazu bringen, dass er das zugibt und mir Kopien aushändigt?«

»Ich ... schlage ... vor ... Sie ... benutzen ... Ihren ... weiblichen ... Charme«, hatte ihr Posner sehr langsam erklärt, als hätte er wirklich einen der vorerwähnten Idioten vor sich.

Infolge dessen war Monique an diesem Abend auf *La Reine de la Seine* in alles andere als beschwingter Stimmung und der fruchtlose Versuch, Eric Esterhazy aufzuspüren, um diese idiotisch einfache Aufgabe zu erfüllen, besserte ihre Laune nicht im Geringsten.

Und obwohl sie keinen blassen Schimmer von den mathematischen Ursachen ihrer gegenwärtigen Frustration hatte, erinnerte sie sich jetzt an eine pseudomathematische Methode, ihr ein Ende zu bereiten, den so genannten Ausweg der faulen Frau – wenn man nur lange genug an einem Platz sitzen blieb, würde jeder, nach dem man Ausschau hielt, früher oder später zu einem kommen.

Sie brauchte auch keine Mathematikerin zu sein, um zu begreifen, dass die Frage, *wo* sie ihren Hintern hinpflanzte, einen nicht-willkürlichen Einfluss auf den Zeitrahmen dieses Vorgangs ausüben würde.

Monique seufzte und ging dann durchs Restaurant zur hinteren Bar, wo der logische Knotenpunkt war, den nicht einmal eine beglaubigte Agentin des Geheimdienstes von Unteridiotien übersehen konnte, selbst wenn sie es wollte – der Tisch von Stella und Iwan Marenko.

Die einzigen Orte auf *La Reine de la Seine*, wo die Überwachungsanlage weder Augen noch Ohren hatte, waren das Ruderhaus, das sich kaum für ein Gespräch unter vier Augen eignete, das Innere des Treibstofftanks, ebenfalls nicht sehr praktisch, und Erics Garderobe, daher lag die Entscheidung zwangsläufig nahe.

Diese hatte eine positive und eine negative Seite und beides war ein und dasselbe. Die negative Seite war, dass Eric Stella Marenko dazu durch den Gang an den privaten Boudoirs vorbei führen und Stella wieder die liebestolle Betrunkene spielen musste, während etliche Leute, die zu ihrem eigenen Stelldichein unterwegs waren oder gerade davon zurückkamen, sie vorbeigehen sahen.

Die positive Seite war, dass sie einen ausreichend schlüpfrigen Vorwand für ihr relativ langes Verschwinden aus der Öffentlichkeit bot.

Kaum waren sie jedoch in der Garderobe, wurde Stella Marenko nüchtern und sachlich. Sie hockte sich aufs Bett, blieb jedoch aufrecht am Rand sitzen und erhob keinerlei Einwände, als Eric einigermaßen erleichtert auf dem einzigen Stuhl Platz nahm, statt romantisch nahe neben ihr.

»Was wissen Sie über Davinda?« Ihre Stimme klang nicht im Geringsten betrunken, was in Anbetracht der Menge, die sie in sich hineingeschüttet hatte, sehr eindrucksvoll war.

»Und was soll das sein?« fragte Eric. »Ein obskurer Zweig des Hinduismus? Eine neue Sorte psychischer Energie der Dritten Kraft?«

»*John Sri* Davinda. Das ist ein Mensch.«

»O ja, der Name kommt mir irgendwie bekannt vor ...«

»Ein Klimatologe aus Kalifornien. Er präsentiert Klimamodell am letzten Tag von Konferenz. Was wissen Sie über ihn?«

Eric zuckte die Achseln. »Nicht viel mehr, als Sie mir gerade erzählt haben. Ich erinnere mich, dass ich ihm einmal begegnet bin, am Eröffnungsabend der Konferenz, glaube ich. Angezogen und frisiert wie Coleridges alter Matrose.«

»Heute Abend ist er nicht an Bord?«

»Geschmackloserweise ist er bei der Konferenz betrunken, stoned oder verrückt auf die Bühne gekommen. In Ermangelung des klassischen Vaudeville-Hakens musste Bendsten ihn persönlich wegschleifen. Aus nahe liegenden Gründen steht er seitdem nicht mehr auf Calhouns Gästeliste.«

»Setzen Sie ihn auf Ihre. Holen Sie ihn her.«

»Darf ich fragen, weshalb?«

»Wir wollen mit ihm sprechen, Iwan und ich.«

»Worüber?«

Stella Marenko hob die Schultern, eine Bewegung, bei der ihr die Brüste fast aus dem Kleid zu schnalzen drohten.

»Da ist geheimnisvolles Ding in Grand Palais unter Bewachung«, sagte sie. »Geheimnis soll Sonntag gelüftet werden. Auf Sonntagsprogramm steht Abschlussfeier, Ansprache von Bendsten, etwas über Qwik-grow-Wald, etwas über Spielerei mit Meeresströmungen aus Orbit und Präsentation des Klimamodells von Davinda. Abschlussfeier, Generalsekretär, Wald, Orbitalspiegel, kann alles nicht in Segeltuchzelt versteckt sein. Muss also was mit Davindas Klimamodell zu tun haben, da?«

»Da.« Eric war zum ersten Mal beeindruckt von dieser Frau; dem äußeren Anschein zum Trotz war sie offensichtlich keine stinknormale Dumpfbacke. »Aber was?«

»Was, müssen wir rausfinden, Prinz Potemkin«, erklärte ihm Stella Marenko. »Wissen Sie, was ›Lao‹ bedeutet? Ist das englisches Wort?«

»Nicht dass ich wüsste.«

»Russisch auch nicht. Vielleicht chinesisch, aber …«

»Was hat das mit …?«

»Ich höre, wie Kutnik dieses Wort zu Aubrey Wright sagt, er sieht mich an, als will er sehen, ob ich gehört habe, und ich glaube nicht, dass sie chinesisch gesprochen haben, also …«

»Also …?«

»Also ist vielleicht Code, wie sagt man, Akronym?«

»Wofür?«

»Vielleicht für Sonntagsüberraschungspaket?« sagte Stella Marenko. »Vielleicht Sie finden lieber raus, bevor es aufgemacht wird?«

»Er ist mit Stella auf Toilette gegangen«, teilte Iwan Marenko Monique mit, als diese sich nach Eric Esterhazy erkundigte.

»*Er ist mit Ihrer Frau auf die Toilette gegangen*?«

Marenko lachte, zuckte die Achseln und kippte noch ein Gläschen Wodka. »Stella hat, wie sagt man, einen in Schachtel?«

»In der Kiste«, verbesserte Dr. Bobby Braithwaite und löste damit allgemeines, nicht ganz nüchternes Gelächter aus.

»Nehmen Sie Last von Füßen, Monique.« Marenko klopfte auf den Stuhl, den seine Frau zeitweilig geräumt hatte. »Packen Sie Last darauf«, sagte er und schenkte ihr ein Glas Wodka ein.

Monique nahm zögernd Platz an dem voll besetzten Tisch. Die Sitzenbleiben-und-Abwarten-Theorie würde bald Früchte tragen, wie es schien. Wenn Stella Marenko so betrunken war, dass sie die Dienste von Prinz Eric benötigte, um zum Damenklo zu kommen, dann schien die simple Logik zu besagen, dass Eric sie auch wieder zurückbringen musste, wenn sie mit ihrem Geschäft fertig war.

»Weshalb ist es überhaupt so wichtig, in Erfahrung zu bringen, worin die Sonntagsüberraschung besteht?«

fragte Eric Esterhazy Stella Marenko. »Wenn Sie Recht haben, handelt es sich wahrscheinlich einfach um Davindas Klimamodell.«

»Njet, Klimamodell ist *Software*, Software versteckt man nicht unter Abschirmung. Muss was anderes sein.«

»Na und? Was immer es sein mag, wie kann es nach der Panik, die sie mit ihren künstlich erzeugten weißen Tornados ausgelöst haben, etwas anderes sein als eine Enttäuschung?«

»Schlechtes Theater. Sehr dumm, da?«

»Da. Sehr.«

»*Zu* dumm. Nur Arschlöcher nehmen an, dass andere Mitspieler Arschlöcher sind. Hat Ihnen das noch niemand gesagt, Prinz Potemkin?«

Eric musste unwillkürlich lächeln. »Nicht auf ganz so elegante Weise«, meinte er trocken.

»Wenn wir also keine Arschlöcher sein wollen, müssen wir annehmen, dass große blaue Maschine ihre Vorgehensweise für klug hält, da?«

»Da«, murmelte Eric und kam sich dabei selber ziemlich dumm vor. Die Qualität von Stella Marenkos Englisch schien zu variieren wie ein Wasserhahn, den sie nach Belieben auf und zu drehte, aber je mehr sie redete, desto cleverer wirkte sie.

»Ramirez sagt Ihnen, warum wir hier sind, da?«

»Um zu entscheiden, ob Sie die Aufzeichnungen, die beweisen, dass die weißen Tornados Schwindel sind, kaufen und die ganze Sache auffliegen lassen wollen ...«

»Mehr als das, Prinz Potemkin«, sagte Stella Marenko. »Haben Sie sich schon mal gefragt, warum?«

»*Warum*? Warum was?«

»Warum wir überhaupt in *Erwägung* ziehen, Böse Buben Hunderte von Millionen LE für Aufzeichnungen zu bezahlen?«

»Um UNACOCS und Big Blue damit zu vernichten …«

»Wozu?«

»*Wozu?*«

»Wozu Mühe, wenn wir schon wissen, dass weiße Tornados Schwindel sind? Warum nicht einfach daheim bleiben, Wodka trinken, Fickificki machen und auf unserem Geld sitzen?«

Eric konnte sie nur mit einer Miene anstarren, in der sich die Leere in seinem Kopf widerspiegelte. Stella Marenkos Gesichtsausdruck hingegen verriet eine furchteinflößende Intensität.

»Weil das, was große blaue Maschine *scheinbar* tut, ist *zu dumm*«, sagte sie. »Sie werfen letztes großes Geld, das sie haben, zum UNACOCS-Fenster hinaus. Fangen halsbrecherisches Spiel mit künstlich erzeugten weißen Tornados an, das sie verlieren, wenn wir Sache auffliegen lassen wollen. Warum?«

»Weil sie verzweifelt sind. Weil sie alles Geld aus den Ländern der Verlorenen herausgesaugt haben, das es dort herauszusaugen gibt.«

»Da, vielleicht. Und wenn wir rausfinden, sie wollen goldenes Sibirien in Kühlschrank Sibirien zurückverwandeln, *nur um Geld zu machen*, wir kaufen Aufzeichnungen und verarbeiten diese kapitalistischen Scheißkerle zu Hackfleischfüllungen für Pilmenyi!« Stella Marenko wurde nachdenklich. »Aber …«

»Aber?«

»Aber was ist, wenn Wichtigeres als Geld sie so verzweifelt macht?«

»Wichtigeres … als … Geld …?« Die Worte kamen Eric nur sehr langsam über die Lippen; er wälzte diesen neuen Bissen im Mund hin und her, um seinen Geschmack zu prüfen. »Was könnte wichtiger sein als Geld?«

»*Leben*, Prinz Potemkin. Leben auf Erde. Nicht so einfach, sich mit seinem Geld zu amüsieren, wenn man tot ist, wie jeder andere und ganze Biosphäre. Da, weiße Tornados sind Schwindel. Beweist aber nicht, dass *Venuseffekt* nicht real sein kann. Vielleicht *ist* real. Vielleicht fängt *wirklich* gerade an. Vielleicht Big Blue weiß das. Vielleicht bringt sie *das* so zur Verzweiflung. Wäre Grund genug, sogar erzkonservative kapitalistische Scheißkerle nicht nur wegen Profit zur Verzweiflung zu bringen – besonders wenn man mit Verkauf von schrecklicher Wahrheit sowieso großen Profit machen kann!«

»Da«, sagte Eric, und noch einmal: »Da.« Er dachte daran, dass Eduardo Ramirez mehr oder weniger denselben Gedankengang formuliert hatte – offenbar kurz bevor er das Weiße Tornado-Material *just diesen Leuten* gezeigt hatte.

Und jetzt sah Eric, wie sich tatsächlich ein Ausdruck von Trauer auf dieses zuvor so clowneske Frauengesicht legte.

»*Das* wollen wir hier herausfinden«, sagte sie beinahe sanft. »Denn wenn es wahr ist, und wir beweisen Welt, dass weiße Tornados Schwindel sind, wir tun schreckliche Sache, schlimmer als Stalin, schlimmer als Gulag, schlimmer als ... schlimmer als ...«

Sie zuckte die Achseln und hob die Hände. »Größte olympische Rekordgräueltat aller Zeiten. Denn dann glaubt niemand mehr, dass es *wahr* ist. Niemand bezahlt, um Planeten abzukühlen. Und *wir sterben alle*. Syndikalisten. Kapitalisten. Heilige. Arschlöcher. Vögel und Bäume. Fische und Blumen.«

Stella Marenko beugte sich vor. Sie hatte jetzt fast schon Tränen in den Augen, so schien es Eric jedenfalls.

»Also, Prinz Potemkin«, fuhr sie fort, »wenn es *wirklich* wahr ist, müssen wir so großen Haufen Scheiße wie nötig fressen, um das zu verhindern, da? Müssen Scheiße fressen und großer blauer Maschine üblen kapitalistischen Schwindel durchgehen lassen. Müssen Scheiße fressen, damit Big-Blue-Komplott Erfolg hat. Sibirische Syndikate müssen größten olympischen Rekordhaufen Scheiße aller Zeiten fressen und ersten Schritt tun, um Abkühlung des Planeten zu finanzieren.«

»Aber ...«

Jetzt lag eindeutig ein Tränenschleier über Stella Marenkos eben noch harten blauen Augen.

»Aber ist Menge Scheiße zu fressen, da.« Ihre Stimme war kaum lauter als ein Flüstern. »Doch wenn wir nicht tun, tut keiner. Und wenn wir, die am meisten zu verlieren haben, vorangehen, wird Welt folgen, da ...«

»Aber ...«

»Da, goldenes Sibirien bezahlt, um eigenen Himmel auf Erden zu zerstören ... Da ...«

Eine einzelne Träne formte sich im Winkel von Stella Marenkos linkem Auge und blieb dort hängen, vielleicht nur dank ihres eisernen Willens, und sie ließ sich auch nicht dazu herab, Notiz von ihr zu nehmen, indem sie sie wegwischte.

»Aber wir sind *Sibirier*!« Ihre Stimme wurde härter. »Urenkel von Zeks, die russische Zaren jahrhundertelang nach Osten geschickt haben, damit sie sich totfrieren. Enkel von Onkel Joes Gulag. Kinder von kapitalistischem Zusammenbruch. Wir überstehen langen, langen Winter, bevor dieser Treibhaussommer kommt. Wir sind zähe Hunde, Prinz Potemkin. Wir sind *Sibirier.* Wir überleben. Wir sind keine Sowjets, wir sind keine Russen, wir sind Sibirier! Wir sind keine Kommunisten, wir sind keine Kapitalisten, wir sind Syndikalisten! Und wir sind keine Arschlöcher, die Haus abbrennen lassen, in dem sie selbst sitzen, weil draußen kalt ist! Wir sind *Sibirier*! Und wenn sibirischer Sommer sterben muss, damit Welt leben kann, nun ...«

Sie brachte ein ironisches kleines Lächeln zustande. »Wenn Welt *stirbt*, stirbt goldenes Sibirien sowieso mit, da, Prinz Potemkin? Wir können jederzeit zu Fellen und

Thermounterwäsche zurück, und ich kann ganzes Jahr hindurch Nerz und Hermelin tragen.«

Dann lachte sie, und Eric fand ihre gespielte Tapferkeit sehr anrührend.

»Ist wenigstens stilvoller als zerlumpte Gefängniskleidung und in Stiefel gestopfte Zeitungen!«

»… also, Dr. Larabee, wie lange wir haben nach Auftritt von weißen Tornados noch Zeit, bis Planet sich in Schmortopf verwandelt?«

»… bis die Biosphäre unheilbar geschädigt ist? Oder bis die unkontrollierte Treibhauserwärmung irreversibel wird?«

»… ist nicht dasselbe?«

»… der Treibhauseffekt könnte irreversibel werden, noch bevor die Biosphäre unheilbar geschädigt ist, und zwar wenn wir einen ersten messbaren Anstieg des Luftdrucks erleben, wenn die Anzahl der überhitzten Thermiken zunimmt, wenn sie länger bestehen bleiben, wenn sie auch über den Äquatorialmeeren auftreten, wenn darauf die globale Feuchtigkeit zusammen mit der Temperatur steigt …«

»… wir sind alle Klimatologen auf diesem Dampfer hier, keine Biosphären-Ökologen …«

»… also, bevor zu spät ist, um noch was anderes zu tun, als pausenlos betrunken zu sein …«

»… gibt's jemand hier am Tisch, der diesen Zustand noch nicht erreicht hat …?«

»… vierzig Jahre, plus minus eine Fehlergrenze von fünfundzwanzig Prozent …«

Monique Calhoun versuchte, keine müßigen Bilder vor ihrem geistigen Auge erstehen zu lassen, was Stella Marenko offenbar auf der Toilette tat, wenn sie so lange weg blieb.

»… ist enorm hohe Fehlergrenze …«

»Nicht bei der Klimaprognose …«

Langweilig!

»... wenn wir jetzt anfangen, können wir die Temperaturen binnen eines Jahrzehnts um ein volles Grad senken ...«

Es war nicht so leicht zu verhindern, dass ihr lauter skatologische und speiologische Bilder durch den Kopf schossen, während sie dasaß, zaghaft an ihrem Wodka nippte und dieses ermüdende klimatologische Tischgespräch ertrug, das nicht viel mehr als eine alkoholisierte Wiederkäuerei der ganzen verdammten Konferenz im kleinen Kreis zu sein schien.

Die Klimatologen, die man offenkundig gut präpariert hatte, versuchten Iwan Marenko unablässig davon zu überzeugen, dass die weißen Tornados den bevorstehenden Weltuntergang bedeuteten. Aubrey Wright und die Klimatech-Manager versuchten ihrerseits auf ziemlich plumpe Weise, dies in ein Verkaufsargument für ihre Planetenabkühlungsdienste umzumünzen.

Marenko, das Ziel dieses dick aufgetragenen, amateurhaften Werbefeldzugs, schien zumindest insoweit bei klarem Verstand zu sein, als er die Sache durchschaute, zugegebenermaßen keine große intellektuelle Leistung, und fand ein simples Vergnügen darin, an den Gitterstangen ihrer Käfige zu rütteln, während er ihre Gläser fast, aber nicht ganz so schnell nachfüllte, wie er sein eigenes immer wieder leerte.

»... Mylar-Dreck ... äh, *Decken* ... ein paar Moleküle dick ... Sie wären überrascht, was für eine Fläche wir mit jeder Nutzlast okkul ... okkludieren können ...«

»... Bäume speichern 'as Kohlendioxid, wissnsie ...«

»... besseres Marihuana, das noch schneller wächst, da, ein wertvolles, gut verkäufliches Agrarprodukt ...«

»... wird jedoch bei der Verbrennung wieder freigesetzt ...«

Marenko hatte allem Anschein nach weitaus mehr

Erfolg damit, diese hoch angesehenen Wissenschaftler und Klimatech-Manager besoffen zu machen, als sie mit ihrem Versuch, ihm den Venuseffekt zu verkaufen.

»… und dann Blumengärten auf Hausdächern, da, überall Blumenkästen, ein Teppich aus Rosen, Tulpen, Päonien, Mohnblumen über der ganzen Stadt, da, lasst eine Million Millionen Blumen blühen, wie berühmter chinesischer Kommunist sagt – Bao …? Chao …? Lao …?«

»*Lao*?«

»Mao!«

»… keine so verrückte Idee, eine weltweite Aktion, bei der Unmengen nicht genutzter Oberfläche erfasst werden …«

»… Qwik-grow-Blumen … mit weißen Blüten, damit auch die Albedo erhöht wird …«

Andererseits ging der viele Alkohol auch an Marenko nicht ganz spurlos vorbei. Er war immerhin betrunken genug, um fröhlich darüber hinwegzusehen, dass seine Frau schon vor mindestens einer Viertelstunde mit einem Kerl wie Eric Esterhazy in Richtung Toilette verschwunden war.

Wenn sie *wirklich* dort waren.

Irgendwie bezweifelte Monique das auf einmal.

»… Krähe scheißt dem kleinen Huhn auf den Kopf und Chicken Little rennt durch die Gegend und schreit: ›Der Himmel stürzt ein‹, da, ist ein berühmtes Sprichwort …«

»… und bedeutet …?«

»… hört nicht auf Spatzenhirn, das wie Huhn mit abgehacktem Kopf rumrennt, da … ha, ha, ha …«

Jetzt sah Monique sowohl Eric Esterhazy als auch Stella Marenko auf den Bildern, die ungebeten vor ihrem geistigen Auge vorüberzogen; die beiden waren weder mit urinären noch exkretorischen oder gar kotzitorischen Aktivitäten befasst und der Ort des Geschehens war nicht die Damentoilette, sondern Prinz Erics private Garderobe.

Und sie stellte zu ihrer Verwirrung fest, dass diese Bilder sie wütend machten.

Was mit *Eifersucht* rein gar nichts zu tun hatte.

Worauf hätte sie eifersüchtig sein sollen?

Aber Eric Esterhazy hatte wirklich Nerven!

Während sie hier eine subjektive Ewigkeit herumsaß, sich langweiliges Geschwafel anhörte und darauf wartete, dass er zurückkam, war er wahrscheinlich in seiner Garderobe unter Deck und bumste Stella Marenko!

Stella Marenko legte die Handflächen aufs Bett hinter ihr, lehnte sich zurück und wölbte Eric die Brüste entgegen, und während sie sich dadurch in einem rein physischen Sinn weiter von dem Stuhl entfernte, auf dem er saß, schien sie ihm in einem anderen, unterschwelligen Sinn näher zu sein.

Er stellte fest, dass er diese Frau bewunderte. Sie sogar mochte.

Und entdeckte einigermaßen überrascht, dass sein erektiles Alter Ego keineswegs anderer Meinung war.

»In einem Punkt haben Sie Recht, Prinz Potemkin«, sagte Stella. »Wir wissen nur eins genau: Big-Blue-Kapitalisten sind wirklich verzweifelt hinter sibirischem Geld für Pläne zur Abkühlung von Planet her. Vielleicht, um Welt zu retten. Vielleicht nur, um finanzielle Ärsche zu retten. Wir müssen herausfinden. Wir haben große Entscheidung zu treffen. Müssen sehr vorsichtig sein.«

»Sie und Iwan machen mir nicht gerade den Eindruck, als wären Sie vorsichtige Typen«, erklärte Eric.

Stella Marenko lachte. »*Vorsichtig*, nicht … furchtsam. Das heißt, wir ergreifen Vorsichtsmaßnahmen, um nichts Falsches zu tun, da, aber nicht, wir sind Feiglinge. Wir sind laut, wir sind tapfer, aber wir sind auch … vorsichtig.«

Sie lächelte Eric an, reckte sich wie eine Katze – nach oben, nach vorn – und sah ihm mit diesen strahlenden blauen Augen direkt ins Gesicht.

»Zum Beispiel, süßer Prinz, wir sind lange von Tisch weg, da müssen wir … *Vorsichtsmaßnahmen ergreifen*, damit Leute nicht denken, wir haben dieses Gespräch geführt.«

Eric rutschte unwillkürlich auf seinem Stuhl nach vorn und beugte sich zu ihr. Er spürte, was sich da anbahnte, aber bahnte es sich auch wirklich an? Und wollte er es überhaupt?

»Indem wir sie davon überzeugen, dass wir etwas … Unschuldigeres getan haben?« schlug er vor.

Stella Marenko hob die Hände vom Bett und kam nur mit Hilfe ihrer Bauchmuskeln langsam wieder hoch, eine unerwartet fließende und athletische Bewegung, die Eric mit einem Mal äußerst stimulierend fand.

»Wer würde das glauben?« sagte sie.

»Haben Sie … eine bessere Idee?«

Stella Marenko beugte sich mit derselben athletischen Geschmeidigkeit weit vor, hin zu ihm, behielt diese schwierige Haltung wie eine Yogameisterin bei und gewährte ihm einen hervorragenden und durchaus verlockenden Blick auf die majestätischen Kurven ihres Dekolletés.

»Etwas … *Glaubwürdigeres*«, antwortete sie.

Und dann fuhr sie sich zu seiner Verblüffung mit den Händen durch die juwelenbesetzte Cornrow-Frisur und brachte sie total aus der Fasson. Sie wischte sich mit dem Handrücken über den Mund und verschmierte den Lippenstift. Sie langte nach unten, ließ die linke Brust aus dem Oberteil ihres Kleides flutschen und streckte sie ihm geradezu ins Gesicht; die Warze war aufgerichtet, wie Eric nicht umhin konnte zu bemerken.

»Wa …?«

Sie sprang vom Bett auf und blieb hoch aufgerichtet

vor dem sitzenden Eric stehen, zog ihren kurzen Rock hoch, zerrte ihr schwarzes Seidenhöschen herunter, wobei sie es absichtlich zerriss, und stellte sich über ihn, eine gewaltige blonde Amazone, die so aussah, als hätte er sie bereits genommen.

Oder realistischerweise vielmehr vice versa.

Sie fuhr ihm mit beiden Händen durch die langen blonden Haare und verwuschelte sie gründlich. Sie schob ihm eine Hand ins Hemd, um seine Brust zu betasten, wobei sie die obersten beiden Hemdknöpfe abriss, und zog sie dann wieder heraus. Sie nahm sein Gesicht in beide Hände, zog ihn vom Stuhl hoch und küsste ihn feucht und schmierig überallhin, außer auf den Mund. Sie zog seinen mit Klettband verschlossenen Hosenstall auf und …

Trat zurück, während Eric geradezu hechelnd und sabbernd mit einer halb aus der Hose hängenden, pulsierenden Erektion dastand.

Sie versenkte ihre Brust wieder ein gutes Stück weit im Oberteil, zog ihr zerrissenes Höschen auf Halbmast hoch, ordnete ihr kurzes, zerknittertes Kleid, sodass man eine winzige Spur zerrissene schwarze Seide aufblitzen sah, wenn sie sich ein bisschen zu weit vorbeugte.

Sie überlegte einen Moment, biss Eric dann direkt unter dem linken Ohr in den Hals, gerade so fest, dass sich dort ein kleiner Bluterguss bildete, stopfte ihm ohne viel Federlesens, aber mit einigen Schwierigkeiten den Schwanz wieder in die Hose und schloss ihm den Hosenstall kunstvoll bis auf halbe Höhe und ein wenig schief.

»Da«, sagte sie, während sie ihr Werk kritisch begutachtete. »Wenn wir jetzt gehen, kommt niemand, der uns sieht, auf Idee, wir hätten hier was anderes getan als zu ficken.«

Monique fand es lächerlich einfach, auf elegante Weise vom Tisch der Marenkos zu verschwinden. Sie hatte sich nicht am Gespräch beteiligt, ein Dutzend Leute warteten nur darauf, dass bei dem Gelage ein Stuhl frei wurde, und Iwan Marenko, der in seinem Suff nicht einmal das Fehlen seiner Frau bemerkte, nahm keine Notiz davon, dass sie ging.

Die Aufzeichnungen des gesamten bisherigen betrunkenen Geschwätzes am Tisch der Marenkos aus Eric Esterhazy herauszuholen, würde jedoch nicht so einfach sein.

Wahrscheinlich würde sie ausführlich ihre weiblichen Reize spielen lassen müssen, damit er überhaupt zugab, dass die Aufzeichungen existierten. Allerdings musste sie gestehen, dass dies nicht gerade die strapaziöseste Aufgabe gewesen wäre, vor der sie je gestanden hatte, wenn Posner ihr nicht praktisch befohlen hätte, es zu tun, und wenn sie nicht so sauer auf Eric gewesen wäre.

Aber zuerst musste sie ihn einmal finden. Sie hatte nun zwar eine unschöne Vorstellung davon, wo er sein mochte, hielt es jedoch nicht für einen klugen Schachzug, einfach hinzugehen und an die Tür seiner Garderobe zu hämmern, um ihn aus dem Bett zu holen, in dem er mit Stella Marenko lag.

Andererseits blieb ihr wohl kaum etwas anderes übrig, und darum begab sie sich unter Deck ins Land der Boudoirs. Auf dem Weg zu Eric Esterhazys Garderobe kam sie an einem Paar vorbei, das gerade einen der Räume betrat; ein anderes kam gerade aus einem heraus.

Und was nun?

Gnädigerweise blieb der Gang etliche Minuten lang leer, sodass niemand sie wie eine Närrin dastehen sah, während sie sich darüber schlüssig zu werden versuchte, ob sie anklopfen oder abwarten sollte.

Wenn sie anklopfte und keine Antwort bekam, konnte das entweder heißen, dass sie nicht drin waren, oder dass sie drin waren und natürlich nicht entdeckt werden wollten. Wenn sie wartete und die beiden schließlich doch herauskamen, wäre es genauso peinlich, und wenn sie sich irrte und sie nicht drin waren, konnte sie ewig warten.

Zum Glück gab es kein Schlüsselloch, sonst wäre sie garantiert dabei erwischt worden, wie sie vornübergebeugt und mit in die Luft gerecktem Hintern hindurchgelugt hätte wie eine Charge in einem miserablen alten französischen Schlafzimmerschwank, denn nun kamen gerade zwei Paare den Gang entlanggeschlendert, und genau in diesem Moment ...

... ging die Tür auf.

Und heraus taumelten Prinz Eric Esterhazy und Stella Marenko in einem Zustand, der kaum mehr für die Augen der Öffentlichkeit geeignet war.

Stellas Frisur war völlig durcheinander. Lippenstift war über ihr ganzes Gesicht verschmiert. Ihr kurzer Rock war an einer Pobacke halb hochgezogen. Eine ihrer riesigen Titten hing fast heraus.

Erics Haare waren ebenfalls ein Rattennest. Die obersten beiden Hemdknöpfe fehlten. Auch sein Gesicht war mit Lippenstift beschmiert und unter einem Ohr hatte er einen Bluterguss. Und sein *Hosenstall* stand halb offen, obwohl zumindest sein Schwanz nicht heraushing.

Was für ein Anblick! Hätten sie sich nicht wenigstens hinterher das Gesicht waschen, die Haare kämmen und die Unterhose ordentlich hochziehen können?

»Ich hoffe, ich habe Sie nicht bei etwas Wichtigem gestört.« Monique Calhouns Stimme klang wie ein tiefgefrorenes Stilett.

Eric stand da und grinste dämlich wie ... wie jemand, der mit heruntergelassener Hose erwischt worden war.

Genau wie Stella Marenko es beabsichtigt hatte.

»Oh, wir haben nur kleines philosophisches Gespräch über Zustand der Welt und ethische Struktur des Universums geführt«, nuschelte Stella betrunken und zwinkerte Monique deutlich zu, was deren momentane Meinung über diese Geste nicht zu verbessern schien.

»Aber jetzt sind wir fertig«, erklärte Eric.

»Sind Sie *sicher*?« Monique richtete den Blick ostentativ auf seinen Schritt.

Stella lachte. »Ups!« sagte sie, langte hin und machte ihm den Hosenstall wieder zu.

Eric zuckte matt die Achseln und sah Monique mit einem leeren Lächeln an. Ob es ihm gefiel oder nicht – und er wusste nicht so recht, warum Letzteres der Fall war –, er würde bei diesem Schlafzimmerschwank mitmachen müssen, um die wahre Natur seines Tête-à-têtes mit Stella zu tarnen.

Genau wie Stella Marenko es beabsichtigt hatte.

»Und man kann Ihren … äh … Slip sehen, Mrs. Marenko«, sagte Monique mit giftiger Liebenswürdigkeit. »Ganz zu schweigen von Ihrer Titte und Ihrem Arsch.«

»Danke«, sagte Stella ungeniert, zog ihr Kleid glatt und ihr Oberteil hoch.

»Wollen Iwan nicht aufregen, da?« Sie warf Monique einen verschwörerischen Blick zu – Frauen unter sich. »Männer sind immer so eifersüchtig, da? Braucht nicht zu wissen.«

»Meine Lippen sind versiegelt«, erklärte ihr Monique so trocken wie die Sahara.

Stella Marenko musterte Eric wie ein erstklassiges Stück Fleisch, zwinkerte Monique noch einmal theaterhaft zu und fuhr sich mit der Zunge langsam über die Lippen wie eine Katze, die Sahne ableckt.

»*So* weit brauchen Sie nun auch nicht zu gehen«, meinte sie.

Da konnte Eric ihr in diesem Moment nur vollauf zustimmen.

»Glauben Sie, Sie ... finden den Weg allein, Mrs. Marenko?« sagte Monique. »Prinz Esterhazy und ich haben etwas Geschäftliches zu besprechen.«

»Kein Problem«, erklärte Stella. »Bewegung macht Kopf wieder klar. Hübscher Prinz hat Geschäft mit *mir* fertig, jetzt ist dran mit Geschäft mit *Ihnen*.«

Sie entfernte sich mit ein paar langsamen Schritten, drehte sich dann noch einmal um und bedachte Monique mit einem letzten anzüglichen Zwinkern. »Viel Spaß«, sagte sie, »aber tun Sie nichts, was ich nicht schon getan habe«, und mit diesen Worten ging sie nach links ab.

»Was hatte die Frau da drin bei Ihnen zu suchen?« fragte Monique beißend, nachdem Eric Esterhazy den Techniker weggeschickt hatte und sie im Computerraum allein waren. »Hat sie ihnen gezeigt, was Katharina die Große groß gemacht hat? Hatte das nicht was mit leidenschaftlicher Pferdeliebe zu tun?«

»Sie sind eifersüchtig!« Aus Prinz Erics Stimme klang echte Überraschung. Wie er so dastand, sah er aus, als hätte er gerade das überforderte Hengstdouble gespielt, und das hatte er ja wohl auch.

»Bin ich nicht!« fauchte Monique.

Eric schenkte ihr ein warmes, gewinnendes, jungenhaftes Lächeln. »Entspannen Sie sich. Ich finde das charmant.«

Monique wusste nicht, was sie darauf erwidern sollte.

Sein Lächeln war so unschuldig, ja, sie hätte sogar das Wort *rein* wählen müssen, wenn er nicht so offensichtlich geradewegs von einem deftigen horizontalen Ringkampf gekommen wäre.

Weshalb *war* sie denn eigentlich wütend? Mit wem Eric Esterhazy ins Bett stieg – vorausgesetzt, die beiden waren überhaupt so weit gekommen –, ging sie nichts an. Darüber hinaus hatte er ihr fast bei jeder Begegnung mehr als deutlich zu verstehen gegeben, dass *sie* in den Genuss seiner beträchtlichen körperlichen Reize kommen konnte, wann immer sie wollte. Und was sie in erster Linie davon abgehalten hatte, sein Angebot anzunehmen, war, dass er sogar noch eine erheblich höhere Meinung von seiner animalischen Anziehungskraft hatte als sie.

War sie *wirklich* eifersüchtig?

Aber auf wen, warum und weswegen?

Eifersucht ist schließlich keine rationale, logische Reaktion, sagte sie sich. Und du bist geschäftlich hier. Also benimm dich wie ein Profi.

»Ich bin nicht eifersüchtig«, sagte sie sehr ruhig. »Aber ich *ärgere* mich über Sie.«

Eric drapierte sich lässig wie ein Model auf einen der Stühle vor der Wand der Computerbildschirme, die Beine gespreizt, um – zweifellos absichtlich – die noch immer oder vielleicht schon wieder formidable Wölbung in seiner Hose zur Schau zu stellen.

Was in Anbetracht der Umstände eine Leistung war, die sie zugegebenermaßen beachtlich fand.

Oder ziemlich schmeichelhaft.

Und ob nun das eine, das andere oder gar beides, auf jeden Fall erregend.

In einem Maße, dass es sie wütend machte.

»Warum?« sagte er neckisch und allzu wissend. »Weil ich mir meine Jungfräulichkeit nicht für Sie aufgespart habe?«

»Weil sie weg waren und mit Stella Marenko rumgemacht haben, während ich Sie in einer wichtigen geschäftlichen Angelegenheit hier brauchte«, erklärte ihm Monique Calhoun.

Eric breitete die Arme aus, lehnte sich zurück und verbiss sich mannhaft das schreckliche Klischee von der Wut, die ihre Attraktivität steigerte, was sie nicht tat.

Aber die Art, wie die vom falschen Anschein in ihr wachgerufenen Bilder gegen ihren Willen ihre lustvolle

Eifersucht erregten, und seine eigene beinahe schmerzhaft heftige, unerfüllte Erregung taten es schon.

»Nun, jetzt bin ich hier«, sagte er stattdessen, »und ich stehe Ihnen ganz zur Verfügung, ob es nun ums Geschäft oder ums Vergnügen geht.«

»Sie haben wirklich eine hohe Meinung von sich, Eric Esterhazy!«

»Mein einziger Fehler«, erwiderte Eric trocken, »ist ein bedauerlicher Hang zu falscher Bescheidenheit. Aber ich arbeite dran.«

Er sah amüsiert, wie sie ein Lachen unterdrückte. Eric war es nicht gewohnt, sexuell auf meisterhafte Weise hochgeputscht und dann mit seiner schmerzhaften Geilheit sitzen gelassen zu werden, wie es Stella Marenko gerade getan hatte, aber der Anblick, wie eine Frau letztendlich vergeblich den Anschein zu erwecken versuchte, als könnte sie ihm körperlich widerstehen, war ihm durchaus vertraut.

Beides zugleich war ein einzigartiges Vergnügen, und er stellte fest, dass er es sehr genoss.

Na gut, man konnte den schönen Prinz zwar nicht ganz für voll nehmen, aber charmant war er schon, und die Quelle seines Charmes war, dass er seinen Mangel an Seriosität akzeptierte, ohne ihn ernst zu nehmen, was vermutlich die unabdingbare Voraussetzung für einen erfolgreichen Gigolo oder falschen Prinzen war.

»Nun mal im Ernst, Eric …«

»Im Ernst? Sind Sie sicher, dass sie nicht lieber ein bisschen Spaß hätten?«

»Jetzt nicht. Vielleicht später«, entfuhr es Monique zu ihrer eigenen Überraschung.

»Erst das Geschäft, dann das Vergnügen«, sagte Eric zustimmend, ohne sich jedoch weniger breitbeinig hinzusetzen oder das einladende Schlafzimmerlächeln von seinem Gesicht zu verbannen. »Andererseits …«

Andererseits sollten wir es jetzt vielleicht einfach hinter uns bringen, war die deutliche Implikation. Und Monique akzeptierte, dass sie diesen Raum nicht verlassen würden, ohne das zu tun.

Immerhin war sie ja eigentlich nur hergekommen, rief sie sich ins Gedächtnis, um es aus *taktischen* Gründen zu tun, um die Aufzeichnungen der Gespräche am Tisch der Marenkos buchstäblich aus ihm herauszuvögeln.

Erst das Geschäft, dann das Vergnügen?

Dies war einer jener allzu seltenen Momente, wo beides miteinander zur Deckung kam.

Eric Esterhazy war ein attraktives Mannsbild. Prinz Eric war auch ein berühmter Herzensbrecher, dessen Aussehen und Benehmen zweifelsfrei erkennen ließen, dass sein Ruf nicht ungerechtfertigt war. Eric konnte unter Hunderten von Frauen wählen und hatte es gerade getan.

Dennoch war diese gut aussehende männliche Kreatur, die offenbar direkt von einer Session mit einer hungrigen Amazone kam und folglich so schlaff wie eine zu lange gekochte Canneloni hätte sein müssen, bereit, willens und begierig darauf, *ihr* noch in dieser Minute die Kleider vom Leib zu reißen und es ihr auf dem Fußboden zu besorgen.

Pervers oder nicht, es war das größte Kompliment.

Und es machte sie total heiß.

Aber warum sollte sie diese süße, perverse Spannung nicht noch ein Weilchen genießen und sie sich in der pragmatischen Angelegenheit, um die es ging, zunutze machen …?

»Ich will etwas von Ihnen haben«, sagte Monique Calhoun zu Eric. Sie hatte immer noch nicht den anderen Platz vor den Monitoren eingenommen, was Eric vielversprechend fand, war jedoch auch nicht näher an ihn herangetreten, was er amüsant fand wie eine Kobra, die geduldig darauf wartet, dass ein hypnotisierter Vogel zu ihr kommt.

»Wer bin ich, Ihnen einen Wunsch zu verwehren?« erwiderte er.

Jetzt kam sie doch zu seinem Stuhl, blieb vor ihm stehen und schaute mit einem ziemlich komplexen Lächeln auf ihn hinunter. »Wer bin ich, dir einen zu verwehren?« sagte sie in anzüglichem Ton.

Sie fuhr mit der Hand fünf Zentimeter vor seinem Hosenstall durch die Luft. »Aber ich will ein Quid, bevor du dein Proquo kriegst ...«

»Ich bin ganz Ohr.«

Monique Calhoun schaute unverblümt auf seinen Schritt. »Nicht von da aus, wo ich stehe«, sagte sie.

Eric lachte. Sie auch.

Er setzte sich etwas aufrechter hin, spreizte die Beine noch weiter, legte die rechte Hand an die Innenseite seines Oberschenkels. »Dann setz dich doch«, lud er sie ein.

»Nicht so schnell«, sagte Monique.

»Lass dir so viel Zeit, wie du willst«, säuselte Prinz Eric.

»Mal sehen, wie lange du's aushältst«, sagte Monique und öffnete ihm den Hosenstall. Was sich da eifrig aus seinen Fesseln befreite, war weder besonders riesig noch irgendwie ungewöhnlich, aber wie Eric einfach den Blickkontakt mit ihr aufrechterhielt, ohne sich zu bewegen, ohne sich Überraschung oder Ungeduld anmerken zu lassen, als sie langsam nur mit dem Fingernagel daran entlangfuhr, das war allerdings was ganz Besonderes.

»Also«, sagte Monique Calhoun, zog ihr Kleid hoch und ihr Höschen herunter, »die Sache mit dem Quidproquo ...«

Sie langte wieder nach unten und schnipste diesmal nur spielerisch gegen Erics Eichel. Eric unterdrückte ein Aufstöhnen gequälten Entzückens.

»Dein Wunsch ist mir Befehl«, sagte er.

»Wirklich?« Monique beugte sich vor und küsste ihn leicht auf den Mund, wobei sie die Zunge kurz vorschnellen ließ, packte jedoch gleichzeitig eine Etage tiefer ziemlich fest zu.

»Überzeug mich«, sagte Eric.

Monique massierte ihn, bis er ganz kurz davor war, die Beherrschung zu verlieren – was nicht sehr lange dauerte, da das, was Stella begonnen hatte, nun schon zu lange der Erledigung harrte –, und hielt ihn dann dort, genau auf der Grenze.

»Ist das ... *überzeugend* genug?« fragte sie.

»Da wirst du dich schon ein bisschen mehr ins Zeug legen müssen, Mata Hari«, erklärte Eric heroisch.

»Wir haben da so unsere Methoden.« Monique kam noch näher, stellte sich breitbeinig über Eric Esterhazy und ließ sich herunter, bis sie kurz davor war, sich aufs Angenehmste an ihm aufzuspießen. Es war auf mehr als eine Art schwierig, diese Stellung beizubehalten, aber wie bei einer weniger erotischen gymnastischen Figur in einem Wettkampf erhöhte der Schwierigkeitsgrad perverserweise den Genuss.

»Also, was muss ich tun, damit du endlich ... auf den Punkt kommst?« fragte Eric.

»Ich will Kopien von sämtlichen automatischen Aufzeichnungen der Gespräche am Tisch der Marenkos«, sagte Monique.

Jetzt hätte Eric *wirklich* beinahe die Beherrschung verloren.

Wie war das noch in dem alten amerikanischen Märchen von Brer Rabbit und dem Dornengestrüpp? Das Kaninchen fleht den Fuchs an, es bloß nicht in dieses scheußliche alte Dornengestrüpp zu werfen, aber da dies sein Zuhause und sein Fluchtweg ist, will es natürlich, dass der Fuchs genau das tut.

Und dass er diese Aufzeichnungen an Monique weitergab und sich hoffentlich auch von ihr überreden ließ, ihr bei ihren Nachforschungen zu helfen, sodass er feststellen konnte, worauf sie es abgesehen hatte – genau das war es, was Eduardo von *ihm* wollte!

Sollte er sofort kapitulieren?

O nein, es war viel glaubwürdiger, wenn er sich noch ein wenig zierte.

»Automatische Aufzeichnungen?« sagte er unschuldig.

»Erzähl mir nicht, dein ... Gerät sei dazu nicht in der Lage!« Monique streifte seine Eichel mit ihren Schamlippen und zog sich wieder zurück.

»Du wirst gleich merken, wozu mein Gerät alles in der Lage ist«, keuchte er.

»Erst wenn du gestehst, dass du hast, was ich haben will.«

»Schon gut, schon gut«, gab Eric sich geschlagen. »Ich habe, was du willst ... ich habe ... *alles*, was du willst.«

»Die Aufzeichnungen?«

»Die auch.«

Monique Calhoun senkte sich lächelnd auf ihn, ließ ihn in sich hineingleiten und begann dann, bedächtig und träge das Becken kreisen zu lassen.

»Also dann«, schnurrte sie, »das Spiel geht so: *Du* darfst erst kommen, wenn du bereit bist, mir das zu geben, weshalb ich gekommen bin.«

»Das ist nur recht und billig«, erklärte Eric. »Aber ich muss dich warnen, ich bin ein langsamer, bedächtiger Spieler. Es könnte eine Weile dauern, bis wir zum Endspiel kommen.«

»Der Weg zum Ziel ist das halbe Vergnügen ...«

»Mindestens«, sagte Eric und dann entspannte er sich seufzend und ließ sie ein leises, lustvolles Stöhnen hören.

Und sie besiegelten den Handel mit einem tiefen, langen Kuss.

Wie langsam konnte er dieses Spiel spielen?

Wirklich sehr langsam.

8

Monique Calhoun war noch nie die zweifelhafte Ehre zuteil geworden, in Avi Posners Wohnung einbestellt zu werden, aber Posner hatte darauf bestanden, das Material an einem sicheren Ort zu prüfen, nicht in ihrer Suite im Ritz oder in den Brot & Spiele-Büros.

Das Wetter in Paris war merkwürdig feucht und heiß, nicht nur für diese, sondern für jede Jahreszeit. New Orleans im August, hatten ihre Großeltern behauptet; ein Dampfbad in einem Mikrowellenherd, fanden andere; ein sekundäres Anzeichen für das Einsetzen des Venuseffekts, wie diejenigen meinten, die ein begründetes Interesse an der Verbreitung dieser Theorie hatten.

Wovon diese heiße Dunstschicht auch immer hervorgebracht worden sein mochte, sie hatte jedenfalls keine positiven Auswirkungen auf das Gemüt der Pariser. Die Taxifahrt vom Ritz zur Rue Dominique war ein von Flüchen durchsetzter Zickzackkurs durch dichten Verkehr und blökendes Gehupe gewesen, der Place de la Concorde eine chaotische Autoskooterfahrt auf einem gar nicht festlichen Volksfest, und als Monique endlich bei der Adresse ankam, die Posner ihr gegeben hatte, vibrierten ihre Nerven wie die Luft über dem glühend heißen Straßenpflaster.

Die besagte Adresse erwies sich als eines jener immer grauer werdenden Wohnhäuser, die anscheinend alle vom selben Architekten entworfen und im selben Monat des späten neunzehnten Jahrhunderts erbaut worden waren und seitdem das Rückgrat des Pariser Häuserbestands bildeten.

Es gab den üblichen Türcode und den üblichen engen, im zwanzigsten Jahrhundert nachträglich eingebauten Fahrstuhl, der in einen Drahtkäfig in der Mitte des Treppenhauses gezwängt war. Der Name auf dem Briefkasten und dem Türschild der Wohnung im dritten Stock, Israel Dupont, wirkte wie ein nicht recht verständlicher Mossad-Scherz.

Posner öffnete die Tür in einem braunen, kurzärmeligen Hemd und einer dazu passenden Dschungel-Shorts. Wie es für diese alten Pariser Wohnungen mit ihren auf einen Balkon hinausführenden Fenstertüren im Wohnzimmer allzu typisch war, gab es nur im Schlafzimmer eine Klimaanlage, das Wohnzimmer behalf sich mit offenen Fenstern und einem Gerät mit Ventilator und Luftbefeuchter an der Decke, das aus einem geheimnisvollen Grund ›Sumpfkühler‹ hieß.

Dieses ›Wohnzimmer‹ sah nicht so aus, als ob wirklich jemand darin wohnte, und Monique vermutete, dass es im Schlafzimmer ganz ähnlich aussehen würde, obwohl sie kein besonderes Interesse daran hatte, es herauszufinden. Die billigen skandinavischen Möbel – Sofa, Stühle, Lampen und Tische – waren wahrscheinlich gleich mitgemietet worden. Pflanzen, Teppiche, Bilder oder Bücherregale gab es nicht.

Die Elektronik gehörte allerdings nicht zur Standardeinrichtung. Eine Computerkonsole mit mehreren Bildschirmen, ein Sortiment von Rechnern und Docking Stations. Zwei Bildtelefone, vier nur akustische. Ein Stahlgestell mit Sachen, die Monique nicht kannte, bei denen es sich jedoch wohl kaum um die ultramoderne Musikanlage eines Fanatikers handelte. Ein separater hochauflösender Fernseher. Scanner. Drucker. Eine transportable Satellitenschüssel.

Offensichtlich die Spionagezentrale des Mossad in

Paris, nicht Avi Posners gemütliche Junggesellenbude. Er machte auch keine Anstalten, den geselligen Gastgeber zu spielen.

»Was haben sie dabei?« wollte er stattdessen wissen, als Monique sich auf einen der Pseudo-Bauhaus-Stahlrohrstühle pflanzte.

Monique holte eine Hand voll Aufzeichnungschips aus ihrer Handtasche und hielt sie Posner hin.

»Was ist das?« sagte er skeptisch. »Die Rohaufzeichnungen?«

»Was haben Sie denn erwartet?«

Posner ließ sich mit den Chips aufs Sofa sinken und schüttelte sie ihr entgegen. »Keiner davon ist ein Zusammenschnitt?« stöhnte er.

»Wie soll ich einen Zusammenschnitt machen, wenn ich nicht den blassesten Schimmer habe, was der enthalten soll?« fragte Monique.

»*Amateure*!« Posner verdrehte die Augen zur Decke. »Das ist also ein nicht editiertes Sammelsurium der Gespräche am Tisch der Marenkos?«

Monique nickte.

»Haben Sie sich das Material wenigstens angesehen?«

Monique nickte erneut.

»Dann können Sie's mir ja vielleicht zumindest *verbal* beschreiben?«

»Klimatech-Geschwafel. Wein- und wodkaseliges Gefasel. Gerede über weiße Tornados. Über den Venuseffekt. Schmutzige Witze. Im Grunde ein Haufen betrunkenes Geschwätz, das immer unzusammenhängender wird, je mehr sich die Teilnehmer die Birne zuknallen.«

Posner schien sich größte Mühe zu geben, nicht mit den Zähnen zu knirschen, aber es gelang ihm nicht ganz. »Sie haben doch gesagt, Sie haben sich dieses Material angesehen? Gründlich? Bei vollem Bewusstsein?«

»Ich hab's … äh … überflogen.«
»Sie … haben … es … überflogen?«
»Das sind etliche Stunden Aufzeichnungen!« fauchte Monique gereizt. »Was hätte ich tun sollen?«
»Was hätten Sie tun sollen!« rief Posner.

Dann beruhigte er sich abrupt. »Tut mir Leid«, sagte er in ganz anderem Ton. »Dieses Wetter macht mich wohl irgendwie verrückt. Ich vergesse, dass Sie kein Profi sind und auch keinen Zugang zu professionellen Geräten haben.« Er zuckte die Achseln. »Aber selbst wenn, wüssten Sie eh nicht, was Sie damit anfangen sollten.«

Er stand auf, ging mit Monique im Schlepptau zum Computer, setzte sich hin und lud die Chip-Aufzeichnungen in dessen Speicher.

»Ist vielleicht nicht die neueste Hardware-Generation«, erklärte Posner, während das Gerät arbeitete, »aber die Software ist erstklassig.«

Als Monique sich einen Stuhl herangezogen hatte, war der Ladevorgang fast abgeschlossen.

»Wortfrequenz, Filterebene eins«, befahl Posner dem Computer.

Der Computer begann, elektronisch vor sich hinzumurmeln.

»Was macht er jetzt?« fragte Monique.

»Er sortiert alle gesprochenen Wörter in den Aufzeichnungen nach der Häufigkeit, wobei er die hundert häufigsten Wörter der jeweiligen Sprache eliminiert.«

Eine Kolonne von Wörtern mit Zahlen dahinter begann über den Bildschirm zu laufen.

»Stopp«, sagte Posner.

Die Kolonne blieb stehen.

»Wortfrequenz, Filterebene drei.«

Die Wörter setzten sich wieder in Bewegung, blieben dann erneut stehen.

»Eliminiert die fünfhundert häufigsten Wörter«, sagte Posner. »Mal sehen …« Er überlegte einen Moment. »Wortfrequenz, Filterebene vier, nur Substantive.«

Wieder rollten Wörter nach oben weg, aber diesmal nicht so lange.

»Das sieht schon ganz gut aus … Wortfrequenz, Filterebene vier, nur Namen.«

Diesmal war die Liste viel kürzer.

»Wortfrequenz, Filterebene vier, nur Namen, Ortsnamen-Filter; Paris, Frankreich und Sibirien herausfiltern; Optionsfilter; Marenko, Iwan, Stella herausfiltern … nur die ersten fünfzig …«

Der Computer benötigte für die Ausführung der Aufgabe weniger Zeit als Posner für seinen Befehl.

›Venus‹ stand an der Spitze der Liste, gefolgt von ›UNACOCS‹, ›Larabee‹, ›Mohammed‹, ›Bendsten‹, ›Pereiro‹, ›Davinda‹, ›Wright‹, ›Lao‹ … bis zu ›Esterhazy‹ ganz unten.

Monique war ein bisschen pikiert, dass ihr Name nicht auftauchte.

Aus irgendeinem Grund wirkte Avi Posner ebenfalls nicht erfreut.

»Mist«, sagte er und blickte mit finsterer Miene auf den Bildschirm, eher aufgeregt als zornig.

»Reihenfolge erstellen und aufzeichnen. Chronologisch. Nur Ton. Davinda verfolgen. Sri verfolgen. Sri Davinda verfolgen.«

Weitere Computergeräusche, dann eine ›Erstellung der Reihenfolge und Aufzeichnung abgeschlossen‹-Meldung auf dem Bildschirm.

»Abspielen«, befahl Avi Posner.

»… Davindas verrückte Rede sogar in Zekograd«, sagte die Stimme von Stella Marenko.

»… Davinda war bei großer Feier betrunken«, sagte die Stimme von Iwan Marenko.

»… Davinda ist auf seine Art brillant …« sagte eine männliche Stimme, die wie die von Paolo Pereiro klang.

»… Davinda ein paar Drinks …« sagte die Stimme von Iwan Marenko.

»… Sri Davinda ist momentan nicht sehr gesellig und auch kaum *gesellschaftsfähig*.« Wieder die männliche Stimme.

»… Sri Davinda!« dröhnte die Stimme von Iwan Marenko. »Ich will jeden kennen lernen, der stockbesoffen Rede hält!«

»… Sri Davinda hat ordentliche Arbeit gemacht, sich in den letzten paar Jahren aber mit einigen seltsamen Leuten eingelassen …« Eine weibliche Stimme, die Monique nicht unterbringen konnte.

»… Davinda an Bord …«

»… Davinda ist hinduistischer Name, wie Lao, da …?«

»… Sri Davindas Klimamodell am Sonntag …«

»… Davinda ist danach praktisch von der Bildfläche verschwunden …«

»… Davinda und Lao, Lao und Davinda, ist vielleicht Code …«

»… Davinda und die Gerüchte über die Dritte Kraft …«

»… Davinda gehört nicht gerade zu den Spitzenleuten, Mrs. Marenko …«

»… Davinda ist *Mönch* oder so, da, Anhänger von Gurus, Hubbard, Bodhidharma, Lao …«

»… Sri Davinda so interessant …?«

»… Davinda würde ich gerne kennen lernen …«

»Stopp«, sagte Avi Posner.

Aus einem Grund, der sich Monique aus diesen scheinbar bedeutungslosen Aufzeichnungen nicht erschloss, war Posners Aufregung beim Zuhören immer mehr gewachsen.

»Was ist denn …?«

Avi Posner hob gebieterisch die Hand, um sie zum Schweigen zu bringen.

»Wortsuche, Name und/oder Akronym, multilingual, global, Wort Lao.«

Nach ungefähr dreißig Sekunden erschienen vier Einträge auf dem Bildschirm:

***Lao* – Staatsvolk von Laos.**

Pathet *Lao* – Kommunistische Partei von Laos mit Guerilla-Arm, Mitte des zwanzigsten Jahrhunderts, Verbündete der Vietcong im Vietnamkrieg.

***Lao* Tse – mutmaßlicher Autor des Tao Te King, daher legendärer Gründer des Taoismus, möglicherweise historische Persönlichkeit.**

THE CIRCUS OF DR. *Lao* – Fantasyroman aus dem zwanzigsten Jahrhundert von Charles Finney.

Posner schüttelte verwirrt den Kopf; Monique hatte den Eindruck, dass er eine bewusste Anstrengung unternahm, ihn sich nicht zu kratzen, um das Klischee zu vermeiden.

»Suchwort Lao«, sagte er. »Reihenfolge erstellen und aufzeichnen. Chronologisch. Lao verfolgen. Nur Ton. Abspielen.«

»... Lao, Maos Blutsbruder, da, Kutnik ...?«

»... Lao, Marenko ... (Gelächter)«

»... Lao, da ...? Er ist Inder oder kalifornischer Mystiker ...«

»... Lao, ist das der chinesische Umweltminister? Bin ihm noch nicht begegnet ...«

»... Lao, *Tschu Lun*, Iwan ...«

»... Lao und Davinda, Davinda und Lao, ist vielleicht Code ...«

»*Vielleicht*?« knurrte Avi Posner sardonisch. »Stopp!« schrie er beinahe.

Er schaltete den Computer mit einer zornigen Handbewegung aus, stand mit ziemlich besorgter Miene auf und begann, in kleinen Kreisen herumzulaufen.

»Was ist?« fragte Monique. »Was haben Sie?«

Posner blieb stehen und starrte sie an. Er schien sie zu *mustern*. »Müssen Sie es wissen?« murmelte er in einem Ton, dem sie entnahm, dass er die Frage eigentlich nicht ihr stellte, sondern sich selbst.

»Was wissen?«

»Darf ich es Ihnen sagen?« murmelte er. »Oder nicht?« Er seufzte. »Draußen«, sagte er.

»Glauben Sie etwa, *diese Wohnung* ist verwanzt?«

»Gehen Sie davon aus, dass *jede* Wohnung verwanzt ist, Monique. Ich glaube, das habe ich Ihnen schon mal gesagt.«

»Aber die einzigen Leute, die diese Wohnung verwanzen könnten, sind Ihre ...«

»Ich lege den Auftrag ein wenig frei aus. Das mache ich auf eigene Verantwortung. Mir bleibt keine Wahl. Sie müssen es jetzt erfahren.«

»Was erfahren?«

»*Draußen*.«

Auf dem kleinen Balkon war es heiß und schwül und die Grautrübung des Himmels durch eine eigenartige Wetterlage, die für Bewölkung zu wenig kohärent und für Nebel zu hoch oben war, trug nicht nur zu einer gewissen seelischen Bedrückung bei, sondern veranlasste Monique auch irgendwie, sich unbehagliche Gedanken über ihren möglichen Zusammenhang mit dem Venuseffekt zu machen. Posner ging zum Eisengeländer, beugte sich darüber und gab Monique ein Zeichen, es ihm gleichzutun.

»Der Grund, weshalb Sie es erfahren müssen, der Grund, weshalb ich Ihnen das erzähle«, sagte er mit unterdrückter Stimme, »ist, dass Sie *John Sri Davinda von den Marenkos fern halten müssen*.«

»Darf ich fragen, weshalb?«

»Ich glaube schon, obwohl man *mir* auch nicht alles erzählt«, murmelte Posner betrübt. »Der Auftraggeber war jedenfalls der Ansicht, ich sollte wissen, dass das Klimamodell, das Davinda am Sonntag vorstellt, für sie der einzige Daseinszweck der Konferenz ist.«

»Was, zum Kuckuck …? Wie ist das möglich?«

Avi Posner zuckte die Achseln. »Das wiederum brauche ich deren Ansicht nach nicht zu wissen«, sagte er. »Aber deshalb bewachen sie das, was sich unter den Segeltuchplanen im Grand Palais verbirgt, wie ein altmodisches Staatsgeheimnis.«

»Nur ein x-beliebiges Klimamodell …? Das ergibt doch keinen Sinn.«

»Man hat mir zu verstehen gegeben, dass der Auftraggeber dieses unbekannte Etwas finanziert hat und glaubt, es würde sogar die Sibirier von der Unabwendbarkeit des Venuseffekts überzeugen, wenn sie nicht gegen ihr ureigenstes Interesse die Projekte des Auftraggebers finanzieren, die ihm Einhalt gebieten sollen.«

»Unser … Auftraggeber hat all dieses Geld, das er eigentlich gar nicht hat, auf eine Würfelwette gesetzt, dass Davindas Klimamodell das leisten kann?« rief Monique.

Posner hielt ihr einen Finger an die Lippen und beugte sich näher zu ihr.

»Ist er denn verrückt?« flüsterte Monique. »Hört sich für mich so an, als wäre unser Auftraggeber von einem ziemlich cleveren Betrüger reingelegt worden.«

»Kann sein …« flüsterte Posner. »Oder auch nicht …«

»Aber wie soll das gehen?«

Posner bewegte sich unruhig. Er wand sich geradezu. »Auch das brauche ich deren Ansicht nach nicht zu wissen. Und vielleicht haben sie Recht. Vielleicht *will* ich es gar nicht wissen …«

Monique packte ihn an der Schulter und drehte ihn ziemlich sanft zu sich herum. Sein Gesichtsausdruck war nicht der eines harten, professionellen Mossad-Agenten. Avi Posner schaute … gequält drein.

»Das ist nur eine Schlussfolgerung, die durch nichts gedeckt wird, Monique, aber … nun ja …«

»Spucken Sie's schon aus, Avi.«

Posner seufzte. »Jedes Klimamodell, so hoch entwickelt oder intelligent es auch sein mag, ist Software«, erklärte er ihr. »Das geheimnisvolle Ding, das sie unter Bewachung halten, kann also nur die Hardware sein, auf der diese Software läuft …«

»Liegt auf der Hand.«

Kein Lüftchen regte sich in der schweren, schwülen Luft. Aber Monique spürte trotzdem einen eiskalten Hauch.

Avi Posner rang die Hände. »Nun ja, mit einem polymerisierten menschlichen Gehirn als Zentraleinheit …« murmelte er verstohlen.

»Das können sie doch nicht machen!« rief Monique aus.

»Natürlich könnten sie«, flüsterte Posner. »In Top-End-Geräten kommen polymerisierte Rattengehirne häufig als parallele Meatware-Prozessoren zum Einsatz und bei Schweinegehirnen drückt man in einigen islamischen und jüdischen Jurisdiktionen gern beide Augen zu. Technisch gesehen ist ein Säugetiergehirn ein Säugetiergehirn. Und diese Geschichte mit dem Affenhirn …«

Vor ein paar Jahren hatten die Chinesen ein Schimpansenhirn geklont, polymerisiert und als Zentraleinheit in einen Computer eingebaut. Aber der weltweite Aufschrei des Zorns und des Entsetzens, als sie sich öffentlich damit rühmten, ohne vorher wenigstens eine Meinungsumfrage zu veranstalten oder eine Fokusgruppe einzusetzen, hatte es politisch und ethisch unmöglich gemacht, über das Gehirn von Ratten hinauszugehen, einem universell unbeliebten Säugetier ohne signifikante gefühlsduselige Anhängerschaft.

»Das würden sie nicht tun!« rief Monique. »Oder

doch?« setzte sie in weitaus weniger sicherem Ton hinzu.

»Es wäre bestimmt der leistungsfähigste Computer, der je gebaut worden ist …«

»Aber was das Image betrifft reiner Selbstmord!«

»So sieht es vielleicht aus«, sagte Posner. »Auf den ersten Blick. Für eine Mitarbeiterin von Brot & Spiele. Aber …«

»Aber?«

»Aber aus einer skrupelloseren, subtileren realpolitischen Perspektive könnte die ›unterschwellige Ansprache‹, wie Sie es nennen, genau das Gegenteil bewirken. Wäre nicht gerade die Tatsache, *dass* man damit ein solch starkes Tabu bräche, *dass* es allem Anschein nach eine solche Katastrophe fürs Image und politisch derart kontraproduktiv wäre, der ultimative Beweis dafür, dass man wirklich verzweifelt ist, über rein ökonomische Interessen hinaus? Würde das nicht sogar die Sibirier davon überzeugen, dass selbst kapitalistische Monster so etwas nur täten, um den Planeten zu retten?«

»Ich glaube, ich muss kotzen«, sagte Monique.

Das stimmte zwar nicht, aber sie wünschte, es wäre so, sie wünschte, sie könnte diesen Brocken schmutzigen Wissens ausspucken, denn Posners Theorie war auf furchtbare, schleimige Weise glaubwürdig. Solch eine perverse, auf der unterschwelligen Ansprache basierende Strategie konnte durchaus funktionieren.

Und noch viel schlimmer: Wenn die große blaue Maschine wirklich stichhaltige Beweise dafür besaß und darum selbst davon überzeugt war, dass der Venuseffekt unmittelbar bevorstand, wäre eine solch schreckliche Tat dann nicht *moralisch gerechtfertigt*?

Würde sie, Monique, nicht auch ihre berufliche Pflicht tun und mit solch einer unterschwelligen Ansprache arbeiten, wenn sie wüsste, dass die Alternative der Tod der Biosphäre wäre?

War sie nicht in Wahrheit schon die ganze Zeit an einer derartigen Kampagne beteiligt, ohne es zu wissen? Würde sie jetzt aussteigen? Konnte sie aussteigen?

Sollte sie?

»Und Lao ist der Codename für … *da*für, Avi?«

»Lao …?« murmelte Posner geistesabwesend. »Lao?« Dann, mit mehr Nachdruck, als kehrte er aus weiter Ferne zurück: »Ich habe keine Ahnung, wer oder was Lao ist.«

Er runzelte die Stirn, drehte sich zur Wohnung um und war wieder ganz der Alte, sachlich und nüchtern. »Aber die Marenkos haben dieses scheinbar sinnlose Wort in ihren Gesprächsbeiträgen nicht weniger als ein halbes Dutzend Mal fallen lassen. Also sollten wir's, verdammt noch mal, lieber rausfinden.«

Eric Esterhazy war nicht überrascht, dass das Esszimmer des gemieteten Stadthauses der Marenkos wie eine Kreuzung zwischen dem Versailler Schloss und einem Fünf-Sterne-Bordell in Monaco eingerichtet war.

Die Marenkos hatten Eric einbestellt und Eduardo Ramirez eingeladen – niemand konnte Eduardo ein*bestellen* – und Eduardo hatte Mom mitgebracht; es konnte sich auch niemand erlauben, Eduardo seine selbst gewählte Tischdame zu verwehren. Mit seinem strengen schwarzen Nadelstreifenanzug war Eduardo wie ein Banker aus dem zwanzigsten Jahrhundert kostümiert. Mom trug einen weiten, fließenden, rosaroten Hosenanzug und eine dazu passende Melone mit einem Schleier, der ihr bis knapp über die Augen reichte. Eric war in einen limonengrünen Leinenanzug und ein schwarzes Seidenhemd gekleidet.

Diese Aufmachung passte irgendwie zu dem Raum, in den ihn der retro-englische Butler mit vielen Verbeugungen und schwungvollen Gesten geleitete: ein riesiger Salon aus dem achtzehnten Jahrhundert mit massiven Kristalllüstern, einer hohen, vertäfelten, himmelblauen Decke mit aufgemalten Wolken, Wandleuchtern mit verschnörkelten Blumen- und Obstmustern in satten Farben, Landschaftsgemälden aus dem neunzehnten Jahrhundert in massiven Goldrahmen, rosarot-blauen Velourstapeten aus Seide, einem riesigen, antiken Esstisch mit weißem Tischleinen und einem Service aus blauem Delfter Porzellan, venezianischen Kristallkelchen und massiv goldenem Besteck.

Darum *war* es eine Überraschung, als die Marenkos in zueinander passenden, schlichten schwarzen Overalls ohne Schmuck, Goldlitzen oder irgendwelchen anderen Zierrat eintraten wie Ronin der Ninja-Brigade, die darauf vorbereitet waren, hinter den feindlichen Linien abgesetzt zu werden.

Eine noch größere Überraschung war es, dass das üppige Mahl zwar von fünf Bediensteten in voller schwarzer Montur serviert wurde, einer für jeden Speisenden, aber nichts Stärkeres als Weißwein auf den Tisch kam und Stella und Iwan Marenko selbst daran nur äußerst maßvoll nippten.

Bei einem Entree aus rohen Austern, auf denen sich Kaviar türmte, legte Iwan Marenko alles in knappen Worten dar. Sein Englisch war vielleicht immer noch nicht perfekt, aber der Borschtschquatsch war mit dem Säufergehabe und der vulgären Aufmachung weitgehend verschwunden.

»Wir können davon ausgehen, dass Sonntagsüberraschung dieses Klimamodell von Davinda sein wird. Logisch, dass schwer bewachtes Geheimnis im Grand Palais was damit zu tun hat. Dass große blaue Maschine glaubt, es öffnet unsere Brieftaschen. Deshalb ... müssen wir Davinda zum Reden bringen und sehen, was im Grand Palais versteckt wird, alles vor Sonntag. Und wir wissen, dass Monique Calhoun unser Tischgespräch abhört, aber *sie* weiß nicht, dass *wir* wissen, könnte Vorteil sein. Fragen?«

Mom hatte eine, aber sie galt Eric.

»Hast du sie schon gefickt?« erkundigte sie sich vornehm.

»Mom!«

»Erspar uns den galanten Ritter, Eric. Wir wissen alle, dass du keiner bist. Wir sind alle erwachsen und haben schon in Handlungen eingewilligt, die einen päderastischen Piraten erröten lassen würden, und wir müssen es wissen.«

»Da hat deine Mutter nicht ganz Unrecht«, pflichtete Eduardo ihr bei.

»Ja, ich hab sie *gefickt*, Mom«, sagte Eric verärgert. Und dann konnte er nicht widerstehen, blasiert hinzuzufügen: »Oder vielmehr, ich habe ihr gestattet, mich zu ficken.«

»Adel verpflichtet ...« kommentierte Eduardo trocken.

»Ist schmutziger Job, aber jemand muss machen«, bemerkte Iwan Marenko etwas weniger weltmännisch.

»Ich verstehe nicht ganz, was das mit ...«

»Ist es Liebe bei ihr, Kleiner?«

»Nun bleib mal auf dem Teppich, Mom!« raunzte Eric sie impulsiv an.

»Na, dann wenigstens Lust, will ich hoffen.«

Das erforderte und initiierte eingehendere Überlegungen. Wer hatte wen verführt? Auf verdrehte Weise war es Stella Marenko gewesen, die Eric verführt hatte, indem sie ihn samt seiner frustrierten Schwellung mit Monique vor dem Computerraum zurückgelassen hatte, in einem Zustand, in dem er so gut wie jedes verfügbare und wenigstens andeutungsweise ansehnliche weibliche Wesen gerammelt hätte. Einem Zustand, in dem er plangemäß und seinen erektiblen Neigungen folgend seinen Charme bei Monique hatte spielen lassen. Und sie hatte darauf reagiert.

Andererseits hatte Monique ihm gegenüber jedoch diese verführerische, aufreizende Mata-Hari-Nummer abgezogen, auf die *er* mindestens genauso begeistert reagiert hatte, obwohl oder vielleicht *weil* es eine ganz offene Kriegslist gewesen war.

Je nach Blickwinkel war das alles sehr lustig oder auch köstlich pervers gewesen, und wie dem auch sei, als sie schließlich im wahrsten Sinne des Wortes auf die Tube gedrückt hatten, hatte er das sehr genossen, und er war viel zu erfahren, um zu glauben, dass sie ihren Spaß an der Sache oder ihren Orgasmus nur simuliert hatte.

»Sagen wir so: Die Chemie stimmt«, entschied Eric.

»Ist das dein professionelles Urteil, Eric, oder spricht da dein Schwanz?«

»In gewissen Fällen ist das ein und dasselbe, Mom. Aber worum geht's hier eigentlich?«

»Es geht darum, Eric«, sagte Eduardo, »dass wir einen Zugang brauchen. Einen Zugang zur Strategie der großen blauen Maschine, und da bietet sich nur Monique Calhoun an, und der einzige Zugang zu ihr scheint ...«

»... ihre Muschi zu sein!«

Eduardo funkelte Mom an. Mom setzte tatsächlich eine reuige Miene auf; eine Wirkung, die noch niemand außer Eduardo Ramirez bei ihr hatte erzielen können, soweit Eric wusste.

»*Es geht darum*«, sagte Eduardo, »dass Monique Calhouns Einstellung *dir* gegenüber offenbar eine ganz ähnliche ist. Glaubst du, du kannst ...?«

»... oben bleiben?«

Diesmal reagierte Eduardo nicht, und die Marenkos lachten.

»Ja, ich glaube, das kann ich«, sagte Eric, obwohl es beim ersten Mal zugegebenermaßen nicht ganz so gewesen war.

Zum Glück wurde das Gespräch über dieses Thema durch die Ankunft des Homard en son nid de truffe unterbrochen, Hummer in Safran-Sahnesauce auf wahren Bergen sautierter Trüffel – eine Delikatesse, deren kulinarische Potenz eine gewisse Phase stummer, respektvoller geschmacklicher Würdigung verlangte –, und als es anschließend wieder aufgenommen wurde, verlagerte es sich gottlob auf John Sri Davinda.

»Abgesehen vom Eröffnungsabend hat er nie wieder auf den Gästelisten gestanden, die Calhoun Eric gegeben hat«, sagte Eduardo.

»Beweis, dass sie ihn von uns fern halten will, da, Iwan?« meinte Stella Marenko.

»Grund, ihn auf *Ihre* Liste zu setzen, Prinz Potemkin«, wandte sich Iwan an Eric.

»Was ich bereits … vorgeschlagen habe«, warf Eduardo ein.

»Sieht nicht verdächtig aus?« fragte Stella.

»Da. Sagt ihnen aber nur, was sie schon wissen, obwohl sie nicht wissen, dass *wir* wissen, dass sie wissen. Nämlich dass wir sehr an diesem John Sri Davinda interessiert sind.«

»Wenn Calhoun also Einwände erhebt, könnte uns die Art, *wie* sie das tut, vielleicht etwas sagen?«

»Haben Sie deshalb immer wieder dieses Wort ›Lao‹ fallen lassen?« fragte Eric. »Um eine Reaktion auszulösen, die uns einen Hinweis darauf geben könnte, was es bedeutet?«

»Da«, sagte Stella. »Interessant, an Stangen von Käfig zu rütteln, um zu sehen, was Affen tun.«

»Solange sie dir nicht Scheiße in Gesicht werfen!«

»Iwan! Wir *essen*!«

So einen haarsträubenden Fehler *konnte* sie nicht gemacht haben.

Der dünne Mann mit dem kurz geschnittenen Haar,

dem schmutzigen weißen Blouson und den weiten Pantalones, der sich auf dem Anleger der Gangway näherte, war kein Karatemeister mit einer Pechsträhne, kein bedürftiger Sensei von Dritte-Kraft-Mysterien und auch kein buddhistischer Bettelmönch, der nicht einmal eine Bettelschale besaß.

Es war John Sri Davinda.

Von Panik erfasst hastete Monique Calhoun zum Bugende der Promenade von *La Reine de la Seine*, wo Davinda, der gerade an Bord ging, sie nicht sehen konnte, und sah noch einmal auf ihrer Gästeliste nach.

Nein, Davindas Name stand *nicht* darauf.

Aber er war an den Leuten im Einstiegspavillon vorbeigekommen, die sich die Einladungen zeigen ließen. Das hieß, dass er eine hatte. Und das wiederum hieß, dass er sie nur von Prinz Eric Esterhazy bekommen haben konnte.

Aber weshalb?

Hatte Eric das getan, um sie zu peinigen?

Eric konnte doch nichts von Avi Posners Befehl wissen, dass sie Davinda von den Marenkos fern halten sollte.

Oder?

Befehl?

Dieser Gedanke war ein Weckruf. Sie nahm Befehle von einem Mossad-Agenten im Dienste einer Dachorganisation kapitalistischer Wiedergänger entgegen, die Posner selbst für so skrupellos hielt, dass sie ein menschliches Gehirn in einen Computer einbauen würden, um ihren Zielen näher zu kommen, die in der Rettung der Biosphäre oder vielleicht auch nur in der Rettung ihrer eigenen schäbigen ökonomischen Ärsche bestehen konnten.

In deren Diensten und mehr oder weniger auf deren Befehl hin hatte sie Sex mit einem Mann gehabt, um strategische Vorteile zu erringen. Sicher, sie hatte das nicht gerade kaltblütig getan, und sie hatte es auch genossen, aber aus einer bestimmten Sicht machte sie das trotzdem zu einer – wenn auch begeisterten – Hure.

Seit ihrem Abflug aus New York hatte sie einen weiten Weg zurückgelegt. Einen sehr weiten Weg, sogar seit dem schäbigen Gärten-Allahs-Deal in Libyen. Es ging nicht mehr bloß um Brot & Spiele.

Wie es eines dieser aus unbekannten Quellen stammenden Dritte-Kraft-Epigramme formulierte: »Wohin du gehst, dort bist du.«

Ein anderes lautete: »Der Ausweg ist der Weg hindurch.«

Wenn die Dritte-Kraft-Versionen vielleicht nur mehrdeutige Persiflagen waren, so reduzierte die B&S-Version die Sache auf handlungsorientierte Pragmatik: »Was immer es ist, pack es an! Darüber nachdenken kannst du später.«

Die Besatzung holte die Gangway ein, die Marenkos waren an Bord von *La Reine,* wo jetzt auch John Sri Davinda war, und so problematisch ihre Aufgabe auch sein mochte, warum auch immer sie sich diese aufgehalst hatte oder vielmehr hatte aufhalsen *lassen,* sie bestand darin, den einen von den anderen fern zu halten.

Es schien nur eine Möglichkeit zu geben.

Wenn man schon für den Diebstahl von zehn Cents bestraft wird, kann man auch gleich einen Dollar stehlen, wie man in New York anachronistischerweise noch immer sagte, lange nachdem diese Währung ungültig geworden war.

Jetzt, wo wir festgestellt haben, was du bist, ist es nur eine Frage des Preises.

Das war ein New Yorker Spruch, der kaum je seine Gültigkeit verlieren würde, glaubte Monique.

Wie es sein Brauch war und auch von ihm erwartet wurde, stand Prinz Eric Esterhazy oben im Ruderhaus, als die Leinen losgeworfen wurden und Käpt'n Klein *La Reine de la Seine* von der Anlegestelle wegbugsierte, aber das Schauspiel des Ablegens erfüllte ihn diesmal nicht mit dem üblichen stolzen Vergnügen.

Stattdessen schaute er auf die vordere Promenade hinunter, wo Monique Calhoun sich zielstrebig von hinten an John Sri Davinda anpirschte, der vorne an der Reling lehnte und über die Seine auf die Lichter des Trocadéro oder vielleicht auch nur ins Leere starrte.

»Eric …? *Eric*!«

Eddie Warburton rief ihn, damit er das nächste Proforma-Kommando gab.

»Oh … in Ordnung …« murmelte Eric. »Lichter an, Eddie!«

»Rock and Roll!«

Bah-*bah*-BAH! *BAH-BAH!!*

Die vertraute Orchesterfanfare erklang. Die Halogenröhren ließen *La Reine* in hellem Licht erstrahlen. Die großen holographischen Schornsteine traten abrupt ins virtuelle Dasein und stießen zwei Phantomwolken aus schwarzem Rauch und weißem Dampf aus. Die Laser des Flussdampfers ließen virtuelle Leuchtkugeln, Goldrausch und Raketen am Pariser Himmel explodieren. Die riesigen Schaufelräder begannen sich zu drehen. ›When the Saints Go Marching In‹ schallte über die Seine.

Die *Königin des Flusses* war unterwegs.

Doch ihr fürstlicher Herr blickte mit der ganzen aristokratischen Würde eines durch ein Schlüsselloch lugenden eifersüchtigen Ehemanns auf Monique Calhoun hinunter, die mit John Sri Davinda sprach.

Mit sexueller Eifersucht hatte das nichts zu tun. Das wäre lächerlich. Es war auch keine Neugier. Auf der Promenade gab es überall Mikros, und er konnte sich die Unterhaltung später jederzeit anhören.

Aber wie Monique sich Davinda gekrallt hatte, kaum

dass er an Bord war … so interessant es in informatorischer Hinsicht sein mochte, in operativer Hinsicht war es kein gutes Omen. Es bedeutete offensichtlich, dass sie ihr Bestes zu tun beabsichtigte, um ihn mit Beschlag zu belegen.

Und ihn genau von jenen Leuten fern zu halten, zu denen Eric ihn führen sollte, Stella und Iwan Marenko.

La Reine de la Seine erreichte die Mitte der Fahrrinne und wie aufs Stichwort stimmte die Band das muntere ›Rollin' on the River‹ an. Aber Eric bezweifelte irgendwie, dass dies eine gemütliche Flussfahrt werden würde.

»Komisches Wetter in letzter Zeit«, sagte Monique und versuchte dabei, ihren Ärger zu verbergen.

Das stimmte, obwohl das, was die grünen Spinmeister als ein von ›vorübergehenden Jetstream-Anomalien‹ erzeugtes ›Ausreißerhoch mit hohem Wasserdampfsättigungsgrad‹ und die blauen als ›ein Symptom der langfristigen Zunahme der Feuchtigkeitswerte in der planetaren Atmosphäre‹ bezeichnet hatten, ebenso unvermittelt abgezogen war, wie es gekommen war.

Sie hatte Davinda in ihrer beruflichen Eigenschaft angesprochen, die sie inzwischen fast als ihre Tarnung betrachtete.

Hallo, ich bin Monique Calhoun, Ihre Betreuerin vom VIP-Service, ist alles in Ordnung, amüsieren Sie sich gut, kann ich was für Sie tun? *Irgendwas*?

Und dabei versuchte sie die ganze Zeit, seine Aufmerksamkeit auf sich zu lenken, indem sie in den Halbschatten seines körperlichen Nahbereichs eindrang.

Aber John Sri Davinda hatte nicht nur solch subtilen Flirtversuchen keinerlei Beachtung geschenkt, er hatte sich nicht einmal umgedreht, um ihre Anwesenheit zur Kenntnis zu nehmen.

»Ich habe momentan keine Wünsche«, war seine einzige Erwiderung gewesen.

Monique hätte das als Beleidigung ihrer weiblichen Reize aufgefasst, wenn Davinda nicht dermaßen starke antierotische Schwingungen ausgesandt hätte, die weit über das hinausgingen, was jede Frau ab und zu erlebte, wenn sie irrtümlich mit einem eingefleischten Homosexuellen zu flirten versuchte. Sie spürte eine Leere in diesem Mann, und zwar nicht nur im sexuellen Bereich. Wie irgendjemand einmal über irgendeinen Ort gesagt hatte: Dort gab es kein Dort.

Was blieb ihr also anderes übrig, als es mit dem Wetter zu versuchen? Der Kerl verstand von Small Talk ungefähr so viel wie ein Zombie, aber immerhin war er Klimatologe.

»Definieren Sie den Zeitrahmen«, erwiderte John Sri Davinda jetzt mit dieser ausdruckslosen Roboterstimme.

»Die letzten paar Tage«, fauchte Monique gereizt.

»Innerhalb der Grenzwerte.«

»Und Ihre Prognose für den Rest der Woche, Dr. Davinda?« sagte Monique sarkastisch.

»Innerhalb eines so knappen Zeitrahmens macht die chaotische Unschärfe eine sinnvolle Vorhersage unmöglich.«

»Großartig! Sie sind ein hochkarätiger Klimatologe, aber Sie können mir nicht mal sagen, ob es am Sonntag regnen wird, damit ich weiß, ob ich einen Regenschirm mitnehmen muss oder nicht!«

»Es wird ein starker Regen fallen«, sagte John Sri Davinda.

Diesmal klang seine Stimme ganz anders, von einem Übermaß an menschlichen Gefühlen gefärbt, die Monique nicht recht analysieren konnte. Und vielleicht auch nicht wollte. Denn nun drehte Davinda sich endlich zu ihr um und sein Gesicht war ein zutiefst verstörender Anblick.

Die Pupillen seiner stark blutunterlaufenen Augen

waren enorm geweitet. Aus ihnen sprach eine Leere, die gleichzeitig affektlos und gequält wirkte. Als ob etwas … weggeschwemmt worden wäre. Oder überflutet.

Doch seine Lippenmuskeln zitterten, als würde er geradezu *verzweifelt* versuchen, sich zu konzentrieren, als würde er darum kämpfen, sie unter Kontrolle zu halten, als wäre hinter diesen Augen etwas gefangen, das … heraus wollte.

Und es nicht ganz schaffte.

Monique hatte Davinda halluzinogenen Kaktus beschafft, und nach seinem katastrophalen Auftritt beim UNACOCS-Sonderplenum zu urteilen, hatte er dort entweder unter dem Einfluss des Peyote oder dem einer anderen Droge – womöglich noch mit einem guten Schuss Alkohol obendrein – zu sprechen versucht.

War er auch jetzt stoned?

Oder schlimmer, war den Neuronen oder der Biochemie seines Gehirns dauerhafter Schaden zugefügt worden?

»Hallo, da drin«, sagte Monique halb sarkastisch, halb ernsthaft besorgt. »Jemand zu Hause?«

Die Idee, Davinda mit Hilfe sexueller Spielereien von den Marenkos fern zu halten, erschien ihr jetzt ungefähr so realistisch, als wollte sie die phallische Glut eines Leichnams anfachen, und nur unwesentlich appetitlicher.

»Störe ich gerade bei etwas … Privatem?«

»Kaum«, entfuhr es Monique wahrheitsgemäß, als sie sich beim Klang von Eric Esterhazys Stimme mit all ihren Nuancen scherzhafter Listigkeit, testosterongeschwängerter Untertöne und maskuliner Menschlichkeit umdrehte, die der von Davinda fehlten.

Merde! Scheiße! Verdammt!

Da stand Eric, groß, blond und gut aussehend, mit jedem Gramm und seinem ganzen anzüglichen Grinsen erotische Andeutungen versprühend, ein Sexprotz, wie er im Buche stand, und die Inkarnation all dessen, was John Sri Davinda nicht war. Selbst mit seinen tausenderlei Arten, sie auf die Palme zu bringen, war er das Spiegelbild von Davinda, der so unmenschlich war wie ein toter Fisch.

Auf zellulärer und hormonaler Ebene war sie heilfroh, ihn zu sehen. Ihr Körper wollte Davinda loswerden und bei Eric bleiben. Aber ihr Gehirn erinnerte sie daran, dass es ihre berufliche Pflicht war, das genaue Gegenteil zu tun.

»Gut«, sagte Eric in seinem öligen Falscher-Prinz-Ton, »es ist immer so ein charmantes Vergnügen, Sie wiederzusehen, Mademoiselle Calhoun«, und legte, ganz seiner offiziellen Rolle gemäß, mit der Handkuss-Nummer los.

»Seien Sie mir nicht böse«, sagte er, »aber ich wollte eigentlich zu Dr. Davinda. Man hat mich gebeten, ihn zu suchen.« Er wandte sich an John Sri Davinda. »Und da ich Sie nun gefunden habe, Dr. Davinda, würde ich mich freuen, wenn sie mich nach drinnen begleiten. Ich möchte Ihnen ein paar sehr interessante Leute vorstellen, die geradezu darauf *brennen*, Ihnen ihre großzügigste Gastfreundschaft zu entbieten.«

»Und wer wäre das?« fragte Monique.

Als ob sie es nicht wüsste.

Rein physiognomisch betrachtet mochte das Lächeln, das Eric ihr zuwarf, so nichtssagend erscheinen wie John Sri Davindas affektlose Miene. Doch was dahinter lag, war alles andere als das.

»Unsere großherzigen Freunde aus Sibirien«, sagte er. »Stella und Iwan Marenko.«

Don't be cruel to a heart that's true, hatte der heilige Elvis gesungen, wie Eric sich entsann, aber mit der Treue und der Ehrlichkeit von Moniques Herz war es nicht gar so weit her, und dieses kleine bisschen Grausamkeit war nicht schlimmer als das aufreizende Vorspiel, mit dem sie ihn getriezt hatte, also …

»Vielleicht möchten Sie mitkommen, Mademoiselle Calhoun?« sagte er. »Wenn Sie nichts Amüsanteres zu tun haben?«

Monique Calhoun sah ihn lange prüfend an. Aus ihrem Blick sprach der Wunsch, er möge auf der Stelle tot umfallen, aber er verriet auch, dass sie das, was in ihrem Innern brodeln musste, unter professioneller Kontrolle hatte, und Eric fand das äußerst bewundernswert.

»Mit dem größten Vergnügen«, sagte sie mit unsichtbar zusammengebissenen Zähne.

Was hätte sie sonst sagen sollen?

Es war klar, dass ihre Aufgabe darin bestand, genau das zu verhindern, was nun geschehen würde, selbst wenn sie Davinda in eins der Boudoirs hätte abschleppen müssen, um ihn von den Marenkos fern zu halten. Aber sie würde es nicht verhindern können. Und sich ihre Verstimmung jetzt anmerken zu lassen, würde die Sache nur noch schlimmer machen. Das Beste war, wenn sie wie eine brave kleine Aufpasserin mittaperte und den Schaden zu begrenzen versuchte, so gut es eben ging.

Obwohl es ihm nach wie vor schleierhaft war, worin der Schaden bestehen sollte, der ihrer oder der Ansicht ihrer Auftraggeber nach angerichtet werden konnte. Aber es würde ihm vielleicht einen taktischen Vorteil einbringen, wenn er es herausfand.

Die Marenkos hatten einen Stuhl in ihrer Mitte frei gehalten und dort sollte Eric Esterhazy natürlich John Sri Davinda placieren. Die abendliche Soirée am Tisch der Marenkos kam gerade erst in Fahrt, als sie eintrafen; es gab noch mehrere freie Plätze und Monique setzte sich so nah zu Davinda, wie es ging, das hieß, zwei Stühle weiter, neben Iwan Marenko und Tschu Lun, den Umweltminister von Guangdong. Prinz Eric nahm neben ihr Platz, ohne dass man – oder zumindest sie – ihn darum gebeten hätte.

Mit am Tisch saßen auch noch Allison Larabee und Paolo Pereiro, die Monique nun schon so oft zusammen gesehen hatte, das sie die beiden allmählich für ein Paar hielt, Dr. Braithwaite, der Stammgast zu sein schien, der Qwik-grow-Biologe Dieter Lambert, drei Journalisten, die für StarNet, NovaNews und Public Eye über UNACOCS berichteten, und etliche andere Leute, die sie nicht kannte.

Wie üblich drehte sich das Tischgespräch hauptsächlich um Klimatologie, da dies eine Konferenz war, bei der jeder etwas wegen dem Wetter unternehmen wollte, während das Wetter zugleich auf Unheil verkündende Art immer seltsamer zu werden schien – die weißen Tornados, der heiße, feuchte, trübe Dunst, der weite Bereiche von Frankreich und den Niederlanden eingehüllt hatte, die Hitzewelle aus der Sahara, die über den Midi hinweggerollt war, der so genannte El Niño des indischen Ozeans, die unbestätigten Gerüchte über monströse Wasserhosen über dem äquatornahen Pazifik.

Normalerweise hätte Monique ein solch schreckliches Katastrophengespräch unter so genannten Experten aufmerksam verfolgt, aber nun merkte sie, dass sie es ausblendete und sich verblüfft und persönlich fasziniert auf das Objekt ihrer momentanen beruflichen Mission konzentrierte – John Sri Davinda.

Davinda beteiligte sich nicht an dem Weltuntergangsgerede der Klimaexperten. Er sagte überhaupt nichts. Die Marenkos sorgten dafür, dass er anderweitig beschäftigt war.

Davinda mochte die maskuline Ausstrahlung eines menschlichen Disneys haben, aber das hielt ihn nicht davon ab, den Wodka der Marenkos in sich hineinzuschütten wie ein Kamel, das in einer Oase auftankte, oder sich ihr Designer-Schnupfpulver wie ein Staubsauger reinzuziehen.

Seine Aufnahmefähigkeit war erstaunlich. Stella hielt ihm alle paar Minuten den Spiegel mit Koks unter die Nase und Davinda lehnte ihn kein einziges Mal ab. Während er schniefte, schenkte Iwan ihm Wodka ein; wenn Davinda mit dem Koks fertig war, stieß Iwan mit ihm an, und Davinda leerte brav sein Glas.

Das Ganze hatte etwas bizarr Maschinelles. Die Marenkos taten ihr nicht unbeträchtliches Bestes, ihn gründlich abzufüllen, und Davinda leistete keinen Widerstand. Aber er schien sich auch nicht zu amüsieren. Monique konnte keine Veränderung in seinem Benehmen feststellen, wahrscheinlich weil sein Gehirn irgendwo und irgendwie schon endgültig in Gallerte verwandelt worden war.

Obwohl Monique es nicht geschafft hatte, Posners Auftrag zu erfüllen und Davinda von den Marenkos fern zu halten, hegte sie allmählich die Hoffnung, dass der Abend vergehen könnte, ohne dass es ihnen gelingen würde, ihn auszuquetschen, das hieß, dass Davinda vielleicht einfach vom Stuhl fallen würde, bevor er ins Gespräch einbezogen wurde.

Aber sie hatte Pech.

»... haben heute Abend überhaupt noch nichts gesagt, Dr. Davinda«, wandte sich der Public-Eye-Reporter an ihn.

»Wobei mir einfällt, dass ich schon seit Jahren keinen Aufsatz mehr von Ihnen gelesen habe«, bemerkte Pereiro.

»Was ist bloß aus ›publizieren oder krepieren‹ geworden?« sagte Dieter Lambert.

»Er hat nichts publiziert, aber krepiert ist er offenbar auch nicht.« Dr. Bobby Braithwaite richtete den Blick auf Davinda, der gerade eine weitere Nase Koks nahm.

»Obwohl man ihm zugestehen muss, dass er sich alle Mühe gibt«, fügte er hinzu und erntete dafür nicht gerade freundliches Gelächter.

Das schien John Sri Davinda endlich wieder unter die Lebenden zurückzuholen. Er legte seinen zusammengerollten Geldschein hin, obwohl noch eine halbe Linie Koks dalag, und blickte Braithwaite über den Tisch hinweg an. Oder drehte zumindest diese leeren Augen wie zwei Satellitenschüsseln in seine Richtung.

Wieder das Zittern der Lippen, bevor er mit mehr oder weniger menschlicher Stimme sprechen konnte. »Sehr große Mühe«, brachte er heraus.

»Um was zu tun, John, einen Aufsatz zu schreiben oder Ihr Gehirn durchschmoren zu lassen?«

Das schien Davinda in Erregung zu versetzen, ihn dazu anzustacheln, eindringlicher zu sprechen; verständlicher wurden seine Worte dadurch allerdings nicht.

»Es zum Tanzen zu bringen«, sagte er.

»*Es*? Was ist *es*?«

»Es ist in den Bits und Bytes«, sagte Davinda.

»*Was* ist in den Bits und Bytes?«

»Der Tanz.«

»*Tanz*?«

»Der Tanz der Bits und Bytes.«

»Was wollen Sie damit sagen, Dr. Davinda?« fragte NovaNews.

Davinda schien um Worte oder mit irgendetwas zu ringen, vielleicht auch beides, und den Kampf zu verlieren.

»Ich … ich … sage ich sage … ich sage … nichts …« sagte er. Er schniefte das restliche Schnupfpulver auf.

Und dann sprach er mit dieser unheimlich affektlosen Stimme, die so ausdruckslos war wie die allerprimitivste Stimmenemulationssoftware:

»Ich bin nichts.«

»Sie sind *nichts*, Dr. Davinda?« sagte StarNet. »Dürfen wir das zitieren?«

»Es ist die Stimme, die aus dem Tanz spricht.«

Merde!

John Sri Davinda stand jetzt im Mittelpunkt der Aufmerksamkeit. Wenn die drei Journalisten vorher noch nicht mitgeschnitten hatten, so taten sie es jetzt garantiert. Braithwaite schaute menschlich besorgt drein. Die meisten anderen wirkten nur neugierig. Tschu Lun machte aus irgendeinem Grund ebenfalls ein besorgtes Gesicht, aber seine Sorge schien nicht Davindas geistiger Gesundheit zu gelten.

Stella Marenko musterte Davinda aufmerksam. Iwan tat dasselbe, aber das hielt ihn nicht davon ab, Davindas Glas erneut mit Wodka zu füllen, ohne hinzuschauen. Darin war er so geübt, dass er nicht einen einzigen Tropfen vergoss.

»Es, was?« fragte Stella Marenko.

»Es ist real.«

»*Was* ist real?« fragte Iwan Marenko.

»Nur es ist real.«

»Ah, ist Rätsel!« rief Iwan Marenko begeistert. »Nur es ist real ...? Tanz von Bits und Bytes ...? Spricht aus Tanz ...?«

Er dachte einen Moment lang gründlich nach oder tat zumindest so; dann leuchtete über seinem Kopf eine metaphorische Glühbirne auf. »Ah!« rief er. »Muss ... *Programm* sein! Muss Ihr ... *Klimamodell* sein, da?«

O verdammt.

Davinda richtete seine leeren Augen auf Iwan Marenko, zwinkerte heftig und sprach mit der Stimme, die man als seine menschliche betrachten konnte. »Die Schnittstelle zwischen Materie und Energie ...«

»... ist *Muster*, da?« fiel ihm Iwan ins Wort. »Ist weder-noch und beides! Tanz von Bits und Bytes!«

Davinda schien vor Überraschung die Augen aufzureißen, keine geringe Leistung, wo er ohnehin schon so riesige Pupillen hatte. Iwan erwiderte seinen Blick einen Moment lang unverwandt. Dann setzte er plötzlich das unschuldige, strahlende Lächeln eines kleinen Jungen auf.

»Bin großer Rätsel-Fan«, sagte er.

»Ist sehr gut darin«, sagte Stella. »Kein Wunder, Iwan ist selber großes haariges Rätsel!«

Iwan Marenko lachte. »Darauf trinke ich!« Er stieß erst mit Stella, dann mit Davinda an.

»Du trinkst auf alles!« verkündete Stella und kippte ihren Wodka mit einem einzigen Schluck hinunter.

Iwan tat dasselbe, dann stieß er Davinda mit dem Ellbogen an. Ohne den Blick von Iwan zu wenden, hob Davinda das Glas an den Mund und trank es aus.

»Ihr Klimamodell ist selbst großes Rätsel, da ...?« sagte Iwan Marenko.

»Was wissen Sie über Klimamodelle, Mr. Marenko?« fiel Tschu Lun mit verdächtiger Eile ein, als wollte er Moniques Arbeit erledigen, indem er die Sache beendete, bevor sie noch weiter ging.

»Ich weiß nicht viel über Klimamodelle«, antwortete Iwan, »aber ich weiß, was ich mag. Und in neuem sibirischem Winter Arsch abfrieren mag ich nicht!«

»Und außerdem auch noch Rechnung dafür bezahlen!« fügte Stella hinzu.

»Also, Herr Professor Doktor John Sri Davinda, was ist großes Geheimnis, versteckt unter Planen im Grand Palais?« fragte Iwan Marenko. »Ist *Ihr* Geheimnis, da ...?« Er hob die Hand. »Augenblick! Nicht sagen. Ist gutes Rätsel. Wir dürfen erst dreimal raten. Stella ...?«

»Ist ... Computer, da? Muss *sehr* spezieller Computer sein ...«

Davinda drehte sich abrupt um und starrte Stella Marenko an. Abgesehen von der Geschwindigkeit seiner Reaktion war ihm nichts anzumerken. Aber das reichte, um Iwan ein wissendes Lächeln zu entlocken und Tschu Lun nervös hin und her rutschen zu lassen.

»Also«, sagte Iwan, »was ist so speziell an Computer ...?«

»Nichts, es ist nicht die Hardware, es ist die Software!« stieß Monique rasch hervor, um die Spekulation abzulenken, bevor sie sich der Frage zuwandte, ob vielleicht eine zerebrale Meatware installiert war, und wenn ja, was für eine. »Der ... äh ... Tanz der Bits und Bytes. Das Klimamodell selbst.«

Tschu Lun schaute erleichtert drein. John Sri Davinda drehte sich um und blickte in ihre Richtung, sagte aber nichts und reagierte auch sonst nicht. Schweiß war ihm auf die Stirn getreten. Seine Pupillen, klein und riesig zugleich, schwammen in marmorierten rosafarbenen Sklera.

Vielleicht machten sich das Koks und der Wodka nun doch endlich bemerkbar. Monique zwang Iwan per Willenskraft, ihm noch ein Glas einzuschenken. Dazu war vermutlich keinerlei Telepathie erforderlich, aber Iwan gehorchte und füllte auch sein eigenes Glas nach.

»Zweiter Versuch«, sagte Iwan. »Letzter ist meiner.« Er hob sein Glas, trank nachdenklich einen kleinen Schluck, stieß mit Davinda an und nickte. »Spezielles Klimamodell-Programm, okay, da, läuft auf speziellem Computer, muss ... was sein?«

Trink! telepathierte Monique.

John Sri Davinda hob sein Glas langsam und mechanisch wie ein braver kleiner Roboter und kippte den Wodka hinunter. Nicht mehr lange, dann würde er endgültig jenseits von gut und böse sein.

Stella Marenko legte eine weitere Linie Schnupfpulver aus und gab Davinda den aufgerollten Geldschein. Ja, ja, betete Monique voller Hoffnung, noch eine Linie, noch ein Glas, dann kippt er vielleicht vom Stuhl.

»Ist vielleicht nicht digitales Programm, braucht deshalb geheime Spezialmaschine …?« sagte Iwan Marenko. »Ist *analog*? Vielleicht *Quantencomputer*? Hat *Unschärfeprogramm*, um Würfel zu werfen …?«

Iwan Marenko machte eine Pause und ließ erneut die Luft aus Davindas Glas.

»Oder Roboterhand, um Steinchen für berühmtes LAO TE KING zu werfen?«

»*TAO* TE KING, Iwan«, verbesserte Stella Marenko, »nicht *Lao*.«

»Ah, ist berühmtes I-GING von Dr. *Lao* …«

Was ich dreimal ausspreche, ist wahr?

Vielleicht nicht wahr, aber auch nicht willkürlich; es schien Monique kein Zufall zu sein, dass die Marenkos das mysteriöse Wort dreimal kurz nacheinander ausgesprochen hatten, davon auch noch zweimal mit Betonung.

Und die Wirkung, die das auf John Sri Davinda hatte, bestärkte sie in ihrer Vermutung.

»Lao ist das Tao des Chao«, brabbelte er so betrunken, dass Monique kaum noch feststellen konnte, welche seiner schizoiden Stimmen da sprach. »Das Tao des Chao ist Lao …«

Er schniefte zwanghaft die Linie auf. »Das Chao des Tao ist Lao …« Er begann zu vibrieren. Nein, er zitterte. Er kippte den Wodka hinunter. Es half nicht. Sein Zwinkertempo schnellte in astronomische Höhen.

Woran auch immer es lag, am Wodka, dem Koks, irgendeiner engrammatischen Reaktion auf ein Schlüsselwort – John Sri Davinda lief jetzt der Schweiß über die Stirn, er war so bleich geworden, dass seine Gesichtsfarbe beinahe grünlich wirkte. Monique hatte gehofft, dass die Drogen und der Alkohol Wirkung zeigen würden, aber nicht auf diese Weise.

»Dr. Davinda!« rief sie und erhob sich unbeholfen von ihrem Stuhl.

»Lao ist das Tao des Chao … das Tao des Chao ist

Lao … das Chao des Tao ist Lao … Lao ist das Tao des Chao …«

Davinda intonierte dieses Gebrabbel jetzt wie ein Mantra, als wollte er sich damit in einen Trancezustand versetzen oder sich vielleicht aus einem befreien, in den er bereits geraten war …

Monique ging zu Davinda, legte ihm die Hände auf die Schultern, schüttelte ihn und versuchte ihn hochzuziehen.

»… das Tao des Chao ist Lao … das Chao des Tao ist Lao … Lao ist das Tao des Chao …«

»Würden Sie mir bitte helfen, ihn an einen ruhigen Ort zu bringen, statt einfach nur rumzusitzen?« rief Monique Eric Esterhazy zu.

Eric erhob sich von seinem Stuhl und kam zu ihr.

»Also, ich kann verstehen, weshalb Sie diesen Burschen von Ihrer Gästeliste gestrichen haben, Mademoiselle Calhoun«, sagte er liebenswürdig, während er Davinda am rechten Arm fasste. Monique packte ihn am linken und gemeinsam gelang es ihnen, John Sri Davinda hochzuziehen.

Ob er nun im Nirwana oder nur in einem höheren Stadium des Rausches angelangt war, Davinda hörte auf zu brabbeln und hing schlaff zwischen ihnen. Er war derart weggetreten, dass er kaum die Augen offen halten und einen Fuß vor den anderen setzen konnte, als sie ihn aus der Bar führten.

Dabei gelang es dem Traumprinzen, sich noch einmal zum Tisch der Marenkos umzudrehen, wo die Reaktion zwischen dem üblichen Schock und der üblichen betretenen Belustigung variierte, die solche ungebührlichen Szenen auslösten, und kurz die Achseln zu zucken.

»Tut mir Leid, Ladies and Gentlemen«, sagte er, »der arme Kerl kann offenbar seinen Wodka nicht halten.«

»Ist nicht *sein* Wodka, den er nicht halten kann«, erwiderte Stella Marenko.

»Ist *unserer*!« rief Iwan.

Und im Schutz des üblichen nervösen, groben Gelächters transportierten sie ihr Opfer vom Schauplatz des Geschehens ab.

Das einzige leere Boudoir war der Kamasutra-Raum gewesen, und nachdem Eric Monique Calhoun geholfen hatte, Davinda dorthin zu schleppen, konnte er kaum widerstehen, sich in den Computerraum zu begeben, den Wachposten hinauszuschicken und sozusagen durchs Videoschlüsselloch zu gucken.

»Seltsam öffne dich.« Eric aktivierte Ignatz und wählte mit einem perversen Vergnügen im Persönlichkeitsmenü Mom aus, denn in gewissem Sinn, fand er, hatte sie das mehr oder weniger verdient.

»Zeig uns mal den Kamasutra-Raum, Mom.«

»Dein schlüpfriges Interesse ist mir Befehl, Kleiner.«

An den Wänden des Boudoirs stapelten sich lebensgroße erotische, pseudohinduistische Steinstatuen, so viele Kamasutra-Positionen, wie man in einen solch kleinen Raum nur hineinquetschen konnte; einen Vollständigkeitsfanatiker hätten sie vielleicht nicht befriedigt, aber es waren mehr, als man glauben mochte. Die Decke simulierte rosiges Dämmerlicht. Der Boden war komplett gepolstert, und es lagen haufenweise große Kissen darauf herum, was vielleicht nicht authentisch, aber erheblich praktischer war, als wenn man es auf einem Steinboden hätte treiben müssen.

All dies bewirkte, dass man sich dort wie im Zentrum einer energiegeladenen, phantasievollen, in Stein und Zeit erstarrten Orgie fühlte. Inmitten dieser erotischen Opulenz hatte Monique eine Art Bettstatt aus Kissen aufgebaut und den schlaffen Davinda darangelehnt. Davindas Augen standen offen, aber sonst sprach nichts dafür, dass er bei Bewusstsein war. Sie kniete in einer Haltung vor ihm, die angesichts der Umgebung unwillkürlich den Gedanken wachrief, dass es gleich zur Fellatio kommen würde, aber die Miene, mit der sie Davinda musterte, drückte nicht gerade Erregung aus, und merkwürdigerweise auch weniger gerechtfertigte Abscheu als vielmehr eine grimmige Art von Erleichterung.

»Ton«, befahl Eric.

»… Ordnung mit Ihnen?« ertönte Moniques Stimme. »Werden Sie nicht kotzen?«

Davinda starrte geradeaus. Durchaus denkbar, dass er mit offenen Augen das Bewusstsein verloren hatte. Vielleicht war er sogar tot.

Dieser Gedanke war Monique offenbar ebenfalls gekommen.

Sie beugte sich näher zu ihm, legte ihm die Hand auf die Brust, um seinen Herzschlag zu fühlen, und brachte das Gesicht zögernd so nah an seins heran, dass sie sehen konnte, ob er atmete, ohne seinen Atem riechen zu müssen.

Eric konnte nicht anders. Die Versuchung war einfach zu groß.

Das erotische Ambiente der Boudoirs ließ sich durch Musik verstärken, die entweder vorher festgelegt oder vom Computerraum aus eingespielt wurde.

»Spiel ihnen die Hindu-Hard-Instrumentalversion von ›I Can't Get No Satisfaction‹ rein, aber so dezent, dass es fast unterschwellig ist …«

»Mies, Eric, wirklich mies.«

»Musst du gerade sagen, Mom.«

Das Mikro im Kamasutra-Raum war nicht empfindlich genug, um derart subtile Musik wieder in den Computerraum zu übertragen, aber auch die Hindu-Hard-Version des uralten Rolling-Stones-Klassikers erweckte die Toten nicht so, wie Eric das intendiert oder sich vorgestellt hatte.

Davindas Kopf begann ein bisschen hin und her zu schaukeln, ein deutliches Lebenszeichen. Er rülpste sehr laut, sodass Monique abrupt den Kopf zurückzog und Eric in Anbetracht all dessen, was der Klimatologe konsumiert hatte, dankbar dafür war, dass die Überwachungsanlage nicht für die Übertragung von Gerüchen ausgerüstet war.

Davindas Lippen bewegten sich.

»Wie bitte?« sagte Monique, der es verständlicherweise widerstrebte, sich näher zu ihm zu beugen, um sein Gemurmel zu verstehen.

Dank der Technik gab es für Eric jedoch keine solchen ästhetischen Grenzen. »Stell den Ton lauter«, befahl er Ignatz.

»… ist das Tao des Chao … Lao ist das Tao des Chao … das Tao des Chao ist Lao …«

Wieder dieses mantrische Dritte-Kraft-Gebrabbel, und Eric brauchte weder einen Guru noch Ignatz, um zu erkennen, dass es sich um das Zauberwort ›Lao‹ drehte.

Vielleicht war es nur die bedeutungslose automatische Wiedergabe dessen, was die Marenkos in eine Insel von Aufzeichnungszellen im benebelten Gehirn des Klimatologen eingepflanzt hatten. Vielleicht, nur vielleicht war es aber auch das, was sie ihm mit Hilfe von Schnaps, Koks und unterschwelliger Musik hatten entlocken wollen, das Codewort oder Akronym für das, was sich unter der geheimnisvollen Umhüllung im Grand Palais verbarg.

Für die Überraschung, die Davinda am Sonntag aus dem Hut zaubern würde, sofern er den grandiosen Kater morgen Vormittag überlebte.

»… Lao ist das Tao des Chao … Lao ist …«

»Sie reden sinnloses Zeug, Dr. Davinda«, sagte Monique.

»Brillante Schlussfolgerung«, murmelte Eric.

»Köpfchen, mein lieber Watson«, sagte Ignatz.

»*Was* ist das Tao? Was ist das Chao? Was ist Lao?«

»Lao ist das Tao des Chao … das Chao des Tao ist Lao …«

»*Lao*, Dr. Davinda, was ist *Lao*?« wiederholte Monique, packte ihn an den Schultern und schüttelte ihn, damit er etwas sagte, das einen Sinn ergab.

Interessant, dachte Eric. Vielleicht sogar *sehr* interessant. Monique strengte sich ganz schön an, um herauszufinden, was sich hinter dem Wort ›Lao‹ verbarg.

Ergo wusste sie es nicht. Das war an sich schon eine nützliche Information …

»… das Tao des Chao ist Lao …«

Aber Eric hatte das sichere Gefühl, dass sie auf diese Weise nichts erreichen würde. Obwohl sie Davinda schüttelte, wurde seine Stimme schwächer, und die Lider sanken über seine heillos blutunterlaufenen Augen herab.

Eric hatte durch Beobachtung und persönlichen Kontakt Erfahrung mit Leuten, die Koks und Schnaps konsumiert hatten – häufig sogar in wesentlich geringeren Mengen als der kalifornische Klimatologe –, und darum war es seine wohlerwogene professionelle Meinung, dass er gleich das Bewusstsein verlieren und es in dieser Nacht auch nicht wieder erlangen würde. Nichts würde ihn noch viel länger wach halten, geschweige denn ihm seine geistige Klarheit zurückgeben.

Nichts?

Nun ja …

Man konnte noch auf andere Art dafür sorgen, dass es in den Boudoirs heißer herging. Die erotische Atmosphäre in ihnen ließ sich durch ein Menü maßgeschneiderter pheromonischer Düfte verstärken, die man ins Lüftungssystem einspeiste.

Und zwar von dort aus, wo Eric saß.

Es hatte einfach keinen Zweck. John Sri Davindas Mund bewegte sich noch, aber es kam nichts heraus, nur ein Übelkeit erregender grüner Tornado azetongeschwängerten Atems.

Was ihre Absicht betraf, die Gelegenheit zu nutzen, um etwas Zusammenhängendes aus dem kalifornischen Klimatologen herauszuholen, so war Monique bereit, die Sache aufzugeben. Aber sie konnte nicht einfach gehen. Es wäre unklug, ihn allein im total verwanzten Bauch von *La Reine de la Seine* zurückzulassen, solange er für diesen Abend nicht endgültig ins Koma gefallen war.

Monique hatte Männer erlebt, sogar nüchterne Männer, die überhaupt nicht auf ihre Reize reagierten; andere wiederum waren so betrunken gewesen, dass sie sich überhaupt nicht mehr rühren konnten, schon gar nicht auf erotisch zielstrebige Art. Sie hatte Männer erlebt, deren sexuelle Attraktivität sogar noch das Niveau von Schweinen unterschritt. Ein paarmal hatte sie in Erfüllung ihrer beruflichen Pflichten hoffnungsvoll darauf gewartet, dass ein Betrunkener umkippte.

Aber noch nie alles auf einmal.

Und schon gar nicht mitten in einem steinernen Wald kopulierender, cunnilingierender, fellationierender und analisierender Figuren.

Der Designer dieser kleinen Lasterhöhle hatte wahrlich meisterhafte Arbeit geleistet. Vor sich sah sie das vielleicht erbärmlichste Exemplar physischer Maskulinität, mit dem sie je das Pech gehabt hatte, hinter verschlossenen Türen zu sitzen, einen Menschen, der erstens nicht bei Verstand und zweitens total stoned war, und … und *der Raum* törnte sie an.

Es *musste* der Raum sein. John Sri Davinda war es jedenfalls nicht, der diese irrationale Wärme in ihren Lenden auslöste. Angeblich (das hieß, Angaben zufolge, die meistens von Männern stammten) hatte Pornographie im Großen und Ganzen keine erregende Wirkung auf Frauen, aber wie Monique jetzt mit einem kribbelnden Gefühl erkannte, bedeutete das in Wahrheit, dass die meiste Pornographie, zumindest im Okzident, immer zwecks *phallischer* Erregung produziert worden war.

Dieses pornographische Kunstwerk jedoch – und ein Kunstwerk war es zweifelsohne – schien darauf angelegt zu sein, beide Geschlechter gleichermaßen anzutörnen. In der Tat fiel es Monique schwer, sich eine sexuelle Variante vorzustellen, die in dem sexuellen Tableau fehlte, das sie umschloss, in ein rosiges Licht getaucht, das offenbar bis zum letzten Angström dazu ausgewählt war, ihre sexuelle Lust zu illuminieren und zu entfachen.

Lust auf wen?

Lust worauf?

Es schien ganz egal zu sein.

Monique hatte noch nie so etwas wie diesen schieren sexuellen Hunger erlebt. Er war köstlich, erschreckend, frustrierend. Was wollte sie?

Sie wollte, dass die rosigen, nackten Steinfiguren um sie herum zum Leben erwachten, sie wollte eine von ihnen werden, an ihrer ewigen Orgie teilhaben, wollte, dass jemand in all ihre Körperöffnungen eindrang, wollte … wollte …

Ich muss hier raus! erkannte Monique, als sie plötzlich merkte, dass sie die Hand im Höschen hatte. *Ich muss entweder kommen oder gehen!*

Oder beides.

Davindas schwere Lider waren noch ein kleines Stück weit offen und seine Lippen bewegten sich noch.

Einen Mann so lange zu ficken, bis er das Bewusstsein verlor, mochte das weibliche Gegenstück männlich-sexueller Machtphantasien sein, aber in diesem Fall wäre es leicht.

Wenn er in diesem Zustand kam, überlegte Monique vernünftig – oder redete sich vielmehr mit Erfolg ein, dass es eine vernünftige Überlegung war –, würde er garantiert ohnmächtig werden.

Es würde wohl kaum sehr lange dauern und es wäre nichts Persönliches dabei. Sie würde diesen herrlichen, schrecklichen Juckreiz stillen und damit gleichzeitig dafür sorgen, dass sie endlich von hier verschwinden konnte. Sie brauchte ihm nur den Pimmel so zu polieren, bis sie ein bisschen Halt fand, und sich dann auf ihn draufzusetzen.

Als sie ihre Unterwäsche auszog und sich zielstrebig an Davindas Schritt zu schaffen machte, hatte sie auf einmal die Vision, dass Eric Esterhazy sie in diesem Moment beobachtete, was in Anbetracht der Wanzen in diesem Raum vermutlich der Fall war.

In ihrer gegenwärtigen Verfassung erwies sich das jedoch als sexuell hilfreich. John Sri Davindas erotische Ausstrahlung war gleich null, aber Eric übte eine starke, animalische Anziehungskraft auf sie aus und die Vorstellung, dass er zusehen würde, machte sie richtiggehend wild.

Jedenfalls wild genug, um Davindas Hose zu öffnen, seinen jämmerlich schlappen Schwanz herauszuholen und ungeduldig zu rubbeln.

Sie hätte ebenso gut einen zu lange gekochten Lauch massieren können.

Monique schloss die Augen, nahm das schlabbrige Ding in den Mund und stellte sich vor, es wäre Eric Esterhazys fürstliches Glied.

Diese Phantasie ermöglichte es ihr zwar, ihre ausgiebigen, entschlossenen Verrichtungen durchzuhalten und sogar zu genießen, aber es gelang ihr trotz alledem nicht, dem fleischlichen Objekt, um das sie sich bemühte, auch nur eine Spur Manneskraft einzuhauchen.

Und als die Phantasie, die sie fruchtlos vor sich hinackern ließ, brutal an einem lauten, tiefen Schnarchen zerschellte und ihre abrupt aufklappenden Augen ihr enthüllten, dass die unappetitliche Realität am anderen Ende der Phantasiekrücke während ihrer heldenhaften Bemühungen in einen totenähnlichen Schlummer gesunken war, wurde ihre Frustration nur von ihrer gekränkten Empörung übertroffen, und sie spuckte diesen doppelt unappetitlichen Brocken aus.

»Ich komme, ich komme!« rief Eric Esterhazy, als wie wild an die Tür des Computerraums gehämmert wurde.

Nun ja, noch nicht!

Eric gab sich alle Mühe, ein ernstes Gesicht zu machen, als er zur Tür ging, obwohl sein phallisches Alter Ego sehr aufrecht und stramm stand. Er hatte noch nie eine mächtige Erektion bekommen, während er zugleich unkontrolliert lachte, aber es gab ja für alles ein erstes Mal.

Und vielleicht konnte er sowohl in strategischer als auch in sexueller Hinsicht Nutzen daraus ziehen.

Er blieb stehen.

»Haben wir ein Boudoir frei?« fragte er Ignatz, während Monique – es konnte nur sie sein – weiter an die Tür hämmerte.

»Nur das Verlies, Kleiner.«

»Karma ...« murmelte Eric, dann lauter: »Dreh das Spaßgas auf. Liebestrank neunundsechzig.«

»Dies ist wirklich eine abscheuliche Emulation und das liegt nur an Typen wie dir«, sagte Ignatz.

Eric runzelte die Stirn. Ignatz' Mom-Persönlichkeitsprogramm musste mal runderneuert werden. Die echte Mom würde die Sache genießen.

Die echte Mom hätte wahrscheinlich auch den Anblick genossen, der sich Eric bot, als er die Tür aufmachte, wenn auch nicht ganz mit derselben maskulinen Begeisterung.

Monique Calhouns Kleider waren in unordentlichem

Zustand, und obwohl man es nicht sah, wusste Eric natürlich, dass sie keine Unterwäsche trug. Ihre Haare waren durcheinander. Ihr Gesicht war gerötet – vor Lust, Frustration und, nach der Stellung ihrer Augenbrauen und ihren gespitzten Lippen zu urteilen, vor Zorn auf Sie-wusste-nicht-recht-worauf-und-wollte-es-auch-lieber-nicht-wissen.

»Du hast zugesehen, Eric Esterhazy, stimmt's?« fauchte sie.

»So etwas verrät ein Kavalier nicht«, erklärte Eric glattzüngig.

»Ein Kavalier schaut auch nicht durch Schlüssellöcher!« Monique Calhouns Hände ballten sich zu Fäusten. Sie atmete immer noch schwer. »Weißt du, was ich jetzt am liebsten täte?«

Eric grinste sie an. »Mich in einem Verlies an die Wand ketten und dich an meinem hilflosen Körper abreagieren?« schlug er vor.

Monique starrte ihn mit offenem Mund an.

Eric schaute ihr tief in die Augen, wischte sich das Lächeln aus dem Gesicht und beugte sich tiefer in die dampfige Hitze ihres körperlichen Nahbereichs hinein. »Du brauchst dich nicht zu schämen«, sagte er leise. »Ich würde es genießen, dein Sexsklave zu sein. Ich würde mich dir mit Freuden vollständig ausliefern.«

Monique starrte ihn an. In ihrem Blick lag Verwunderung. Lust. Empörung.

»Das … das ist dein Ernst!« rief sie aus.

Eric nickte. »Ein *echter* Kavalier schweigt wie ein Grab, und selbst wenn er vielleicht hin und wieder mal durch ein Schlüsselloch schaut, würde er im Traum nicht daran denken, einer Dame in sexueller Not, die dermaßen erregt ist, seine Hilfe zu verweigern.«

»Ausgerechnet …«

Eric trat vor, nahm sie in die Arme, zog sie an sich

und küsste sie ganz, ganz sanft und kavaliersmäßig auf den Mund.

Sie leistete einen Moment lang pro forma Widerstand, aber dann war Schluss mit der Verstellung, und sie erwiderte seinen Kuss wild und hungrig und biss ihn ein bisschen fester als bloß spielerisch in die Oberlippe, damit er den Mund aufmachte und sie die Zunge hineinstecken konnte, während sie sich in seinen Armen wand und sich an ihn drückte.

Das war alles wie ein Traum, aber Monique hätte sich nie träumen lassen, dass sie jemals so einen Traum haben würde.

Eine Kerkerzelle mit steinernen Wänden? Strohgedeckter Boden? Handfesseln und Ketten?

Eric Esterhazy, der einen langsamen Striptease für sie aufführte?

Sich dann mit einer pulsierenden Erektion ins Stroh legte, die Arme und Beine spreizte und …

»Nur zu«, flüsterte er kehlig, »kette mich an die Kerkerwände! Mach mich zu deinem Sklaven! Quäl mich!«

Und sie, sie kettete ihn an, während er mit gespreizten Armen und Beinen dalag, blieb voll angezogen über ihm stehen und betrachtete ihn eine ganze Weile nachdenklich, bevor sie sich auszuziehen beschloss.

Und genoss es – von ganzem Herzen?

Eric Esterhazy war kein Anhänger von Sadomasochismus oder Bondage, aber im Gegensatz zu Monique ergab er sich willig und wissend den Pheromongasen, das hieß, ihm war klar, dies konnte ein erstes Mal für *alles Mögliche* sein, und er konnte sich entspannen und es genießen.

Außerdem war die ganze Sache vollkommen ungefährlich, trotz der Illusion, dass er an die Wand von Torquemadas Folterkammer gekettet war, denn Ignatz überwachte sämtliche Vorgänge in den Boudoirs und würde eingreifen, wenn die Dinge auf unerfreuliche Weise aus dem Ruder liefen.

Eric glaubte jedoch nicht, dass sie das tun würden. Seine Hauptschwierigkeit würde darin bestehen, zumindest so weit bei klarem Verstand zu bleiben, dass er sich seine ›Hilflosigkeit‹ strategisch zunutze machen konnte.

Nachdem Monique nun offenbart hatte, dass sie nicht mehr darüber wusste als die Marenkos, was sich hinter dem Codewort ›Lao‹ verbarg, war ihm nämlich der Gedanke gekommen, dass er ihr mit Hilfe seines Wissens über ihre Unwissenheit vielleicht Informationen entlocken konnte.

Und das auf höchst angenehme Weise.

Monique war nicht in Stimmung für Koketterien und – obwohl sie total scharf auf Erics Körper war – auch nicht in der Stimmung, dem Spannerprinzen selbstlos Lust zu bereiten. Tatsächlich nahm die Hitze des Vulkans zwischen ihren Beinen perverserweise sogar noch mehr zu, als ihr klar wurde, dass sie im Begriff war, sie zu löschen, indem sie sich auf das Einzige an Eric Esterhazy spießte, was sie *nicht* maßlos nervte.

Quäl mich! – wie?

Mit Vergnügen, Eric!

Und, erkannte sie durch den roten Nebel, als sie sich mit einem gewaltigen Seufzer unmittelbar bevorstehender Erlösung auf ihn niederließ, dabei vielleicht auch noch etwas Nützliches in Erfahrung zu bringen. Dazu war das Burgverlies ja schließlich da, oder?

Monique hatte sich wie die meisten Frauen hin und wieder über Männer geärgert, die aus Unfähigkeit, purem, gemeinem Egoismus oder zugegebenermaßen vielleicht wegen der unterschiedlichen Bauart ihres

Apparats zu schnell kamen, sodass sie mit ihrer Erregung sitzen blieb.

Dies war ihre Chance, Gleiches mit Gleichem zu vergelten.

Jetzt war sie nämlich schon so lange und so heftig erregt, dass ein halbes Dutzend tiefer Stöße genügten, um ihr einen prächtigen Orgasmus zu bescheren.

Ein Geringerer als Eric hätte sich in diesem Moment ebenfalls Erleichterung verschafft, aber der Prinz, stolzer sexueller Meister aller Klassen, der er war, hatte sich natürlich auf einen Marathon eingestellt, nicht auf einen Sprint, und schnappte darum enttäuscht nach Luft, als sie, nachdem ihr Juckreiz gestillt war, im rosigen Nachglühen breitbeinig auf ihm sitzen blieb, ohne einen Muskel zu rühren.

»Und nun …?« fragte er schließlich und wand sich frustriert unter ihr, so sehr es seine gespreizten und gefesselten Arme und Beine zuließen, was kaum ausreichte, um die Kontrolle an sich zu reißen.

»Nun, du hattest drei Wünsche frei, Aladin«, erklärte ihm Monique. »Ich sollte dich an die Kerkerwände ketten, dich zu meinem Sklaven machen und dich quälen.« Sie grinste auf ihn herunter. »Und die ersten beiden hab ich dir erfüllt.«

Sie ließ die Hüften ein wenig kreisen, gerade genug, um ihn zu necken, und merkte einigermaßen erstaunt, dass ihre animalische Lust offenbar noch immer nicht ganz gestillt war.

»Und jetzt ist es Zeit für den dritten«, sagte sie.

»Ich will Informationen«, erklärte Monique Calhoun und mahlte quälend langsam mit dem Becken, »und du wirst erst kommen, wenn ich sie kriege.«

»Ich werde niemals reden!« verkündete Eric im besten übertriebenen Kinoheldenton, den er aufbieten konnte. »Mich kann keiner zwingen!«

»Dann hast du bestimmt nichts dagegen, wenn ich es

lange und gründlich versuche«, säuselte Monique, glitt auf dem Zentrum seines schmerzenden Vergnügens langsam nach oben und hielt dort inne, ohne ihm die Freude zu machen, sich wieder herunterzulassen.

»Mach mit mir, was du willst«, tat Eric heroisch-komisch kund. »Mich kann man nicht brechen!«

Und das stimmte sogar, denn trotz der körperlichen Konfiguration war in Wahrheit er derjenige, der dank seines Wissens, dass sie beide die Pheromongase einatmeten, und seines Wunsches, so zu *tun*, als wäre er von lang anhaltender sexueller Folter ›gebrochen‹ worden, die Situation im Griff hatte.

Monique ließ sich langsam herunter. Und hielt inne. Und ließ das Becken kreisen. Und hielt inne. Und ging wieder hoch. Und hielt inne. Und herunter. Und hielt inne. Und herum.

Sie war gut. Sie wusste genau, was sie tat, brachte Eric mit ihrem quälend langsamen, immer wieder unterbrochenen Rhythmus bis kurz vor den Höhepunkt und hielt ihn unendlich lange dort fest.

Aber als echter Meisterliebhaber hatte Eric genau diese Situation selbst schon sehr häufig und bereitwillig im Namen der Manneskraft (und oft genug in Verfolgung quasi beruflicher Pflichten) herbeigeführt und es schon längst gelernt, sie zu genießen.

Er konnte immer kommen.

Er würde später kommen.

Aber er musste seinem Widerstand Glaubwürdigkeit verleihen. Er durfte nicht den Eindruck erwecken, dass er zu schnell aufgab. Nein, wirklich nicht. Es war ein harter Job, aber Eric hatte Grund zu der Annahme, dass er selbst hart genug dafür war.

Monique fand Eric Esterhazys beherrschte Ausdauer eindrucksvoll. Da lag er hilflos unter ihr auf dem Rücken, während sie ihn bearbeitete, und grinste zu ihr heraus, als hätte er nichts dagegen, stundenlang oder vielleicht sogar jahrzehntelang auf diese Weise von ihr gefoltert zu werden.

Zog er eine Show ab? Oder war es sein Ego? Genoss er die endlosen Tantalusqualen gar?

Oder nahm Eric dieses Schlafzimmerspiel vielleicht doch ein bisschen ernster, als er vorgab? Hatte er vielleicht wirklich ein Geheimnis?

Wie dem auch sei, Monique stellte einigermaßen überrascht fest, dass sie *selbst* ein immer dringenderes Bedürfnis nach einer zweiten Entladung entwickelte, als die Sache weiter und weiter und weiter ging. Es kostete sie immer mehr Disziplin und Beherrschung, den langsamen Rhythmus mit den vielen Unterbrechungen beizubehalten, statt in einen anderen, drängenden, klimaktischen überzugehen, während das alles den Mistkerl unter ihr im Vergleich dazu so kalt zu lassen schien wie eine steif gefrorene Gurke.

Monique hatte das Gefühl, dass sie ihr Glück lieber versuchen sollte, solange sie noch konnte. Mit einer nicht geringen seelischen Anstrengung hielt sie keuchend inne, als sie gerade oben war, und blieb dort, wobei es ihr gelang, ihre Unterleibsmuskeln leicht pulsieren zu lassen.

»Du weißt, was ›Lao‹ ist, nicht wahr?« sagte sie.

»Schon möglich ...« seufzte Eric und blickte zu der schwitzenden, schwer atmenden Monique hinauf, die unter dem Einfluss der Pheromone, von denen sie nichts wusste, offensichtlich auf einen weiteren Orgasmus zusteuerte.

Zeit für den nächsten Schachzug.

»Und du weißt, was in dem geheimnisvollen Zelt ist, nicht wahr?«

»Schon möglich ...« sagte Monique, aber es schien, als ginge trotz der Lust und der Pheromongase eine dunkle Wolke über ihr Gesicht.

Eric benutzte die begrenzte Kontrolle über seine penilen Bewegungen, die er erlangt hatte, um ein bisschen mit dem betreffenden Organ zu wackeln und dadurch hoffentlich ihre Aufmerksamkeit wieder darauf zu lenken.

»Vielleicht verrate ich dir meins, wenn du mir deins verrätst …«

Es schien zu funktionieren.

»Wer foltert hier wen?« sagte Monique, glitt herunter und verfiel wieder in ihren quälenden Rhythmus.

»Das wird sich noch zeigen, Mata Hari«, gab Eric zurück.

Aber dann verdrehte er um ihretwillen die Augen in lustvoller Agonie, stöhnte und seufzte. Es näherte sich der Moment, an dem er den Eindruck erwecken musste, als würde er die Beherrschung verlieren.

Und danach konnte er sich dann das Vergnügen gönnen, es wirklich zu tun.

Eric wand und wälzte sich endlich in qualvoller Ekstase unter ihr und zerrte an seinen Fesseln, aber Monique glaubte kaum, dass sie selbst diese sexuelle Folter noch lange aushielt, und wenn sich die Angelegenheit in einen perversen Ausdauerwettbewerb verwandelte, war sie im Nachteil, weil sie diejenige war, die alles in der Hand hatte, diejenige, die das brennende Bedürfnis ihres Körpers nach der fleischlichen Apotheose mit Hilfe ihres rasch bröckelnden Willens im Zaum halten musste.

Nur noch ein bisschen, nur noch ein kleines bisschen …

»Schon gut, schon gut«, stöhnte Eric, der aus Moniques zunehmend hektischem, immer schneller werdendem Rhythmus schloss, dass es nun so weit war. »Lass mich kommen, dann erzähl ich dir alles über Lao, was ich weiß.«

»Erzähl's mir vorher«, sagte Monique schwer atmend.

»Warum sollte ich dir vertrauen?«

Monique schaute ihm direkt in die Augen.

»Weil du verdammt genau weißt, dass ich genauso dringend kommen will wie du, Eric Esterhazy«, sagte sie.

Eric lachte.

»Geht mir nicht anders«, gab er zu. »Aber da dir genauso viel daran gelegen ist wie mir, den Höhepunkt dieses kleinen sexuellen Theaterstücks zu erreichen, ist es nur fair, wenn ich mein Quidproquo kriege. Du musst mir sagen, was in dem Zelt ist.«

»Du zuerst!«

»*Du* zuerst!«

»Warum sollte ich dir vertrauen?«

»Warum sollte *ich dir* vertrauen?«

»Verdammt, Eric, kannst du nicht wenigstens *jetzt* mal ein bisschen Kavalier sein!«

Eric seufzte übertrieben.

»Lao ist der Codename für irgendeine Operation, die die Sibirier hier gegen Big Blue durchführen«, log er. »Hat was mit Davinda und seinem Klimamodell zu tun.«

Moniques Rhythmus beschleunigte sich, ihr Atem ging stoßweise, aber sie hielt sich noch immer mühsam zurück.

»Was für eine Operation?« wollte sie wissen. »Iwan hat das Wort mehrfach zu Davinda gesagt – war das vielleicht eine Art posthypnotischer Schlüssel oder so?«

»Glaubst du, die Marenkos erzählen ihren Helfershelfern solche Sachen?« stöhnte Eric. »Mehr weiß ich auch nicht!«

Ihr Rhythmus wurde schneller. Erics vorgetäuschte Ungeduld wurde echt.

»Komm schon, Monique«, stöhnte er, »reicht das nicht?«

Sie antwortete nicht mit Worten. Das brauchte sie auch nicht. Eric wollte es gar nicht. Jedenfalls noch nicht. Sie stöhnte und seufzte nur und ließ sich gehen. Es dauerte nicht lange, bis Eric zusammen mit ihr kam. Nach diesem ganzen abgedrehten psychologischen Vorspiel folgte der Körper sehr schnell seinen natürlichen Instinkten, als er endlich freie Bahn hatte.

»Nun …?« sagte Eric, als Monique im rosigen, verschwitzten Nachglühen keuchend auf ihm lag.

»Nun was …?« murmelte Monique erschöpft und sexuell befriedigt, stellte aber wie vom Donner gerührt fest, dass sie *immer* noch nicht genug hatte.

»Nun, wir hatten eine Abmachung. Was für ein Geheimnis wird da im Grand Palais bewacht?« fragte Eric, und Monique spürte genauso verblüfft, wie das, was völlig erschlafft hätte sein sollen, sich unter ihr zu regen begann.

»Oh … der Computer, auf dem sie Davindas Klimamodell laufen lassen werden«, sagte sie verträumt, langte nach unten, um die vorgefundene Tatsache weiter zu erhärten, und rutschte in eine Position, in der sie fleischlichen Nutzen daraus ziehen konnte.

»Ach wirklich?« sagte Eric abfällig. »Das ist doch wohl nicht der Punkt, oder?«

»O doch, das ist *genau* der Punkt«, sagte Monique und führte das Stehaufmännchen erneut in sich ein.

»Ist das deine Vorstellung von einem fairen Informationsaustausch?« fragte Eric erbost, als sie mit einer langsamen, äußerst erregenden Rotation begann. »Du verheimlichst mir was, das weiß ich. Was ist es?«

Ihr sexuelles Feuer flackerte wieder auf, aber Monique hielt trotzdem inne, denn es stimmte, sie verheimlichte etwas, schon die ganze Zeit, und zwar ebenso sehr sich selbst wie ihm, etwas, das sie unter die Schwelle der emotionalen Wahrnehmung hatte verdrängen müssen, um überhaupt noch weiter für den Kunden arbeiten zu können.

Und jetzt war sie hier, mitten in der tiefgreifendsten sexuellen Erfahrung ihres Lebens, und der Mann, dem sie diese verdankte, fragte nach der Wahrheit, die sie, wie ihr in diesem leidenschaftlichen Moment klar wurde, am liebsten von den Dächern der Medien schreien würde.

Eric Esterhazy blickte zu ihr auf. Vielleicht war es eine Illusion, die vom sexuellen Nachglühen erzeugt wurde, in dem sie nun gerade auf eine weitere Runde körperlicher Liebe zusteuerten, aber Monique glaubte, noch nie einen solchen Ausdruck besorgter Aufrichtigkeit im theaterhaft hübschen Gesicht dieses falschen Prinzen gesehen zu haben, und in diesem Moment konnte sie sich fast vorstellen, dieses Gesicht zu lieben.

»Was ist los, Monique?« sagte Eric leise. »Hab keine Angst. Du kannst es mir sagen.«

Also tat sie es.

»Es besteht … Grund zu der Annahme, dass ein polymerisiertes menschliches Gehirn als Prozessor installiert ist …«

»*Wie bitte?*« rief Eric unwillkürlich.

»Ist nur eine Vermutung …« winselte Monique verteidigend.

»Das ist … das ist …«

»Schrecklich? Abscheulich? Illegal in jeder Jurisdiktion …?«

Eric konnte nur wie betäubt nicken, nachdem er gerade auf die harte Tour etwas über sich erfahren hatte. Die Gesetze, Regeln und Gebote irgendwelcher Jurisdiktionen waren ihm ziemlich egal, ihn interessierten nur die des Syndikats, dessen Bürger-Aktionär er war, und die Satzung von Böse Buben gab den Bürger-Aktionären das spezifische Recht, im Dienst des Syndikats die anderen allesamt zu übertreten, falls nötig.

Er hatte zweifellos Taten begangen, die das Gros der Bevölkerung des Planeten für verwerflich halten würde. Darunter auch Beseitigungsoperationen, die irgendwelche Pedanten mit einem Hang zu plumper Unverblümtheit geschmackloserweise als ›Mord‹ bezeichnen mochten.

Aber ein menschliches Gehirn – polymerisiert oder nicht – in eine Maschine einzusperren, wo es als Kern eines Betriebssystems fungieren sollte, reichte offenbar, um sogar bei einem waschechten Bösen Buben moralische Entrüstung auszulösen. Wer außer dem unglücklichen Meatware-Chip selbst konnte schließlich sagen, ob es ›Bewusstsein‹ besitzen würde oder nicht, und wenn ja, auf welch schreckliche Weise?

»Warum? Was könnten sie damit erreichen, wenn sie …?«

»Glaubwürdigkeit«, sagte Monique. »Gerade *weil* man es für so eine inakzeptable Scheußlichkeit halten wird, werden die Sibirier und die Welt *glauben*, dass es in naher Zukunft ein Klimamodell geben wird, das den Venuseffekt beweist, und dass es mit einem menschlichen Gehirn im Computer läuft. Die große blaue Maschine würde es nämlich nie riskieren, so was zu tun, wenn *sie* das nicht wirklich glauben würde … und deshalb … deshalb glaube ich's auch …«

Das war mehr als genug, um Erics Erektion psychisch dahinwelken zu lassen, aber das Aphrogas verhinderte, dass das Fleisch sich dem abschwellungswilligen Geist beugte.

Monique blickte elend, sehnsüchtig und kläglich auf ihn hinunter. »Ein notwendiges Übel, Eric, hab ich Recht?« flehte sie. »Dein Syndikat ist doch auf solche Sachen spezialisiert, oder? Ein schreckliches Übel, aber wenn es der einzige Weg ist, die Welt vor dem Venuseffekt zu bewahren … und vor den weißen Tornados …«

Eric konnte einfach nicht mehr an sich halten.
»Die sind ein Betrug!« schrie er.

»Schalte das Aphrogas ab!« rief Eric Esterhazy.

»Was …? Was …?« stammelte Monique verwirrt.

»Reinige den Raum mit vierzig Prozent Sauerstoff!«

»*Was* soll ich tun?«

Dann dämmerte es Monique, dass Eric nicht *ihr* diese unverständlichen Befehle erteilt hatte, denn er sah sie nun direkter an und sagte in ganz anderem Ton: »Mach mich los, Monique.«

Monique saß reglos auf ihm und spürte, wie er abschwoll und ihr entglitt, während ihr eigenes Feuer allmählich erlosch, der rosige Nebel in ihrem Kopf sich lichtete und sie sich mit einem Mal benutzt und lächerlich vorkam – da hockte sie in einem schäbigen Disney einer mittelalterlichen Folterkammer breitbeinig auf einem angeketteten Mann …

»Komm schon, lass mich frei!«

Aphrogas? Reinige den Raum mit Sauerstoff?

Sie sprang mit ziemlich wackligen Beinen von ihm herunter.

»Dich freilassen, du Mistkerl!« schrie sie.

Ihr Blick suchte das Folterkammer-Disney nach irgendeinem geeigneten Instrument ab – ein Beil, ein Schwert, sogar ein Baseballschläger würde reichen!

»Oh, *ich* bin ein Mistkerl, weil ich dir einen harmlosen kleinen Streich gespielt habe – und du kannst mir nicht erzählen, dass du ihn nicht genossen hast –, aber *du* und der kapitalistische Abschaum, für den du arbeitest, ihr seid natürlich so rein wie unverschnittener bolivianischer Schnee!«

»So ist das nicht«, erwiderte Monique, aber es klang nicht einmal in ihren eigenen Ohren überzeugend.

»Oh, natürlich nicht«, sagte Eric spitz. »Was ist das schon, ein menschliches Gehirn als Computerchip zu benutzen und den Weltuntergang zu simulieren, um einen Profit rauszuschlagen, ist doch bloß ... Brot & Spiele wie üblich, stimmt's?«

»Aber ... aber wenn der Venuseffekt eintritt ...«

»Hast du nicht gehört, was ich gesagt habe, Monique?« sagte Eric etwas weniger süffisant. »Der Venuseffekt tritt nicht ein. *Die weißen Tornados sind Schwindel.* Wir haben Aufzeichnungen, die das beweisen!«

»Und die Feuchtigkeitswellen, die Hitzewellen und der El Niño im Indischen Ozean ...«

»Wahrscheinlich auch bloß irgendwelche Orbitalspiegeltricks!«

»Sie würden nicht ...«

»*Aber woher denn.* Leute, die ein menschliches Gehirn in einen Computer stecken, würden nicht mal im *Traum* daran denken, das Eintreten des Venuseffekts vorzutäuschen.«

»Scheiße«, sagte Monique.

Wie hatte noch gleich die Pointe von Iwan Marenkos blödem Witz gelautet?

Warum ist ein Planet wie eine Nymphomanin?

Weil man ihn leichter heiß machen als abkühlen kann.

»Bindest du mich jetzt bitte los, Monique?« bat Eric sanft. »Wir müssen reden. Und ich glaube nicht, dass du die Unterhaltung wirklich hier fortsetzen möchtest.«

Sie brauchten jetzt wirklich dringend frische Luft, und sobald sie sich angezogen hatten, ging Eric mit Monique nach oben, durch den Hauptsalon und die Promenade entlang zum Bug, wo sie sich ironischerweise gerade dadurch einen kleinen privaten Bereich sicherten, dass sie so taten, als wären sie im Begriff, einander zu verführen.

Unterwegs kamen sie nicht um ein paar überschwängliche Begrüßungen und ein wenig Small Talk herum, und als sie schließlich nebeneinander am Bug von *La Reine* standen und die Flussbrise ihnen ins Gesicht wehte, während das Schiff die Île St. Louis umrundete, hatte Eric wieder einen klaren Kopf und war sich voll und ganz des gefährlichen Ausmaßes dessen bewusst, was er in seinem benebelten Zustand getan hatte.

Eduardo würde nicht erfreut sein. Die Marenkos ebenso wenig.

Aus eigener Initiative, oder genauer und peinlicher, unter der Einwirkung von Aphrogas und Sex wie auch von moralischer Entrüstung hatte er eine bedeutsame politische Entscheidung getroffen, ohne vom Syndikat dazu ermächtigt worden zu sein. Er hatte Monique Calhoun die Existenz der Weiße Tornado-Aufzeichnungen gestanden.

Einer Angestellten von Brot & Spiele, die bei der großen blauen Maschine unter Vertrag stand.

Er war ein böser Böser Bube gewesen. Seine große Klappe – oder, wie Mom zweifellos sagen würde, sein großer, dummer Schwanz – hatte ihn möglicherweise tief in die Scheiße geritten.

»Diese Aufzeichnungen«, sagte Monique Calhoun betont kühl, »beweisen die wirklich, dass die weißen Tornados künstlich erzeugt werden?«

Eric nickte. »In den meisten Jurisdiktionen sind sie vielleicht kein *gerichtlich verwertbarer* Beweis, wohl aber vor dem Gericht der öffentlichen Meinung, wo es drauf ankommt. Und jeder auch nur halbwegs mit Verstand gesegnete Spinmeister könnte damit sogar die Echtblauen überzeugen, dass sie auch das übrige merkwürdige Wetter in letzter Zeit künstlich erzeugt haben, ob es nun stimmt oder nicht.«

»Den Venuseffekt künstlich zu erzeugen …« sagte Monique leise. »Den Planeten noch mehr aufzuheizen, um dicke Verträge an Land zu ziehen, damit sie ihn wieder abkühlen können …«

»Wenn die Medien diese Aufzeichnungen in die Finger kriegen, dann sind die große blaue Maschine, UNACOCS und jede weitere Diskussion über den Venuseffekt so tot wie … so tot wie …«

»Ein menschlicher Körper, nachdem man ihm das Gehirn rausgerissen und es in einem Computer installiert hat?« schlug Monique zynisch vor. »Weißt du, was ich denke?«

Sie lehnten an der Reling, ihre Körper berührten sich und sie steckten zur Tarnung die Köpfe zusammen wie zwei Menschen, die bald ein Liebespaar sein würden, aber die Art, wie sie einander ansahen, war nicht gerade romantisch.

»Dass ich ein egoistischer, oberflächlicher, skrupelloser, phallokratischer Mistkerl bin, weil ich Aphrogas ins Boudoir gepumpt habe, um schamlos deine süße Ahnungslosigkeit auszunutzen?«

Monique Calhoun schien das nicht komisch zu finden. Aber ihre Wut auf ihn schien ebenfalls verraucht zu sein.

»Das auch«, sagte sie. »Aber du hast Recht. Was du getan hast, ist bloß ein dummer Schuljungenstreich im Vergleich zu dem, was der … kapitalistische Abschaum getan hat, für den ich arbeite, wie ich zu meiner Überraschung feststellen musste. *Falls* sie es wirklich getan haben.«

»Ich sage doch, wir haben Beweise dafür, dass die weißen …«

»Aber ich *weiß* nicht, ob *wirklich* ein menschliches Gehirn im Computer für Davindas Klimamodell steckt, das ist nur eine Schlussfolgerung aus …«

»Du *willst* es nicht glauben!«

»Du denn?«

Eric zuckte die Achseln. »Wer will das schon?«

»Was wirst du mit diesen Aufzeichnungen machen?« fragte Monique langsam.

»Ist nicht meine Entscheidung«, erklärte Eric ihr nur allzu wahrheitsgemäß.

»Dann eben dein … Syndikat.«

Wie viel konnte er ihr noch erzählen?

Nur was sie sich selbst ausrechnen konnte.

»Sie verkaufen«, sagte er. »Für einen Batzen Geld.«

»An die Medien?«

»Oder … an den höchsten Bieter …«

»Zum Beispiel an die Marenkos? Die sie benutzen würden, um UNACOCS und Big Blue zu vernichten und die Venuseffekt-Hypothese ein für alle Mal zu diskreditieren … oder jedenfalls so lange, bis es zu spät ist?«

»Mag sein, dass du das denkst«, sagte Eric. »Ich kann mich dazu nicht weiter äußern.«

»Das dürft ihr nicht *tun*, Eric«, sagte Monique. »Was ist, wenn wir tatsächlich in den Venuseffekt reinschlittern, auch wenn die weißen Tornados *wirklich* Schwindel sind? Was ist, wenn Davindas Klimamodell das beweist, menschliches Gehirn hin oder her? Wollt ihr wirklich die Wahrheit diskreditieren, weil die Boten zufällig prinzipienlose kapitalistische Lügner sind? Ohne sicher zu sein? Ohne es genau zu wissen?«

»Dann finden wir's doch raus!« entfuhr es Eric.

Natürlich.

Eric schaute Monique Calhoun direkt in die Augen. Seine Miene hatte nichts Hochnäsiges mehr, zumindest hoffte er das.

»Wenn man eine Auster öffnen will«, sagte er, »benutzt man dazu ein großes, robustes Messer. Weißt du, was ich denke?«

Monique schüttelte nur den Kopf.

»Ich denke, du wirst das, was du erfahren hast, irgendwelchen höheren Tieren melden …«

»Mag sein, dass du das denkst. Ich kann mich dazu nicht weiter äußern.«

»Also werden die … Leute an der Spitze erfahren,

dass wir das ganze Komplott mit den Weiße Tornado-Aufzeichnungen sowieso auffliegen lassen können ...«

»Also ...?«

Eric hielt inne. Er sog die Flussluft tief in die Lungen und blähte seine Brust auf, während sein Schiff mit der Strömung nach Westen fuhr, vorbei an der mit Scheinwerfern beleuchteten Pracht der Kathedrale von Notre Dame. War er nicht der Herr von *La Reine de la Seine*? Machte ihn das nicht zu einem Fürsten der Stadt? Oder war er nur ein herausgeputzter Türsteher?

Eric wusste, dass er im Begriff stand, einen anderen Fluss zu überqueren – nicht die Seine, sondern einen persönlichen Rubikon. Konnte er das tun? Oder nicht? Wenn er Erfolg hatte, würde er Eduardo Ramirez und sein Syndikat damit wieder versöhnen. Aber wenn er sich eine solche Befugnis anmaßte und versagte, würden die Alligatoren der Seine vielleicht ein fürstliches Mahl genießen.

»Also erzählst du deinen Chefs, dass die Weiße Tornado-Aufzeichnungen am Samstag den Medien übergeben werden, wenn ich nicht noch vor Sonntag einen ausführlichen Blick in dieses Zelt im Grand Palais werfen darf.«

»*Wir*«, platzte Monique heraus. »Wir stecken zusammen da drin, süßer Prinz.«

»Meinetwegen«, sagte Eric.

Monique Calhoun musterte ihn jetzt eingehender, als hätte sie einen neuen Eric Esterhazy vor sich, einen Mann, den sie vorher noch nie gesehen hatte.

Und vielleicht hat sie Recht, dachte Eric.

»Du hast doch eigentlich gar nicht die Befugnis, solche Drohungen auszusprechen, stimmt's, Eric?« sagte sie leise. Er hörte Bewunderung in ihrer Stimme und war geschmeichelt. »Du gehst ein großes persönliches Risiko ein, oder? Du weißt nicht, ob deine ... Chefs wirklich dahinter stehen würden oder ... oder ...?«

Eric zeigte ihr das breite Lächeln des stoischen Helden und hielt sich in diesem Augenblick selbst fast für einen.

»*Deine* Chefs werden vielleicht genau das denken«, sagte er. »Aber würden sie's wagen, das Risiko einzugehen?«

Zum ersten Mal, seit sie an Deck gekommen waren, lächelte Monique ihn an. Es war kein lustbetontes Lächeln, es war kein liebevolles Lächeln, vielleicht nicht einmal ein freundliches Lächeln, aber es wirkte sehr aufrichtig.

»Weißt du, was ich denke, Eric?« fragte sie ihn.

Eric schüttelte den Kopf.

»Lass uns rausfinden, für wen und was wir in Wirklichkeit arbeiten, du und ich, Prinz Eisenherz«, sagte sie. »Das denke ich.«

Sie küsste ihn nicht, sie umarmte ihn nicht, aber sie nahm seine Hand und drückte sie fest, wie eine Waffengefährtin.

Was Eric in diesem Augenblick völlig ausreichend, völlig richtig und völlig angemessen fand.

9

»Na, was ist, Mom …?«

»Was soll sein, Eric?« Mom trank langsam einen langen Schluck von ihrem Mimosa.

»Was meinst du, was Eduardo sagen wird?«

Eric war zu dem Schluss gekommen, dass die beste Vorgehensweise für ihn darin bestand, sich nicht direkt an Eduardo zu wenden, sondern Mom als Puffer zu benutzen, wenigstens zu Anfang.

Da Mom selten früh genug aufstand, um etwas zu sich zu nehmen, was man mit Fug und Recht als Frühstück bezeichnen konnte, hatte er sich mit ihr zum Brunch verabredet, und zwar an Bord des *Café du Monde*.

Das war ein umgebauter Flusskahn, der hinter der Île de la Cité vor Anker lag, dort, wo ein Seitenarm der Seine diese von der Île St. Louis trennte. Er war als Disney eines berühmten gleichnamigen Cafés im French Quarter des versunkenen New Orleans aufgemacht, das wiederum ein Disney eines ›typischen‹ Cafés im Quartier Latin von ›gay Paree‹ gewesen war.

Dort gab es Kaffee mit Zichorie, mit Zucker bestäubte Doughnuts, die sich ›Beignets‹ nannten, Eier Bienville und ein Sortiment anderer pseudolouisianischer Brunchgerichte; ordentlich zubereitet, aber meistens Disneys, manchmal, wie das Restaurant selbst, um zwei Ecken herum.

»Ich meine, dass Eduardo stinksauer sein wird«, erklärte ihm Mom wenig überraschend.

Eric nickte grimmig.

Bei seiner Suche nach einem Restaurant für diesen Brunch hatte Eric vergessen oder zumindest nicht direkt daran gedacht, dass das *Café du Monde* in der Nähe des Mémorial de la Deportation ankerte, das man zum Gedenken an eins der vielen schrecklichen Ereignisse des schrecklichsten Krieges des schrecklichen zwanzigsten Jahrhunderts errichtet hatte.

Wie dem auch sei, vom Fluss aus sah man davon nur ein Eisengitter in einem gemauerten Kai, das allergrößte Ähnlichkeit mit dem zur Themse weisenden Gefängnistor des Tower of London hatte, durch das früher einmal Staatsgefangene zur Enthauptung geführt worden waren.

Irgendwie kam ihm das jetzt nicht wie positives Feng Shui vor.

Noch schlimmer, die mit Ranken überwachsene, oft halb unter Wasser liegende Pariser Version war ein bevorzugter Aufenthaltsort der Seine-Alligatoren, weil das nahe gelegene schwimmende Restaurant seine Abfälle in den Fluss warf, um sie als Lokalkolorit anzulocken. Wenn diese Kreaturen sich auch noch zu viel Würde bewahrt hatten, um die Speisenden anzubetteln, so schwammen sie doch langsam unter dem Tisch an der Reling hin und her, an dem Eric und seine Mutter saßen, weil sie die schwache Reptilienhoffnung hegten, es könnte vielleicht etwas über Bord fallen.

Oder in einem Wutanfall zu ihnen hinuntergeschmissen werden.

»Deshalb will ich ja, dass er's zuerst von dir erfährt, Mom«, erklärte Eric.

Mom schüttelte den Kopf. »Dann würde er erst *recht* stinksauer werden«, sagte sie. »Er wäre beleidigt.«

»*Beleidigt*?«

»Du meinst, du müsstest deinem kleinen Sonnenschein erzählen, dass die weißen Tornados Schwindel sind und dass Böse Buben die Beweise dafür hat, und dann benutzt du auch noch diese Aufzeichnungen, die die Sibirier *vielleicht* kaufen werden, um der großen blauen Maschine dein eigenes kleines Angebot zu unterbreiten, das sie gar nicht ablehnen kann, und vermasselst damit vielleicht ein Geschäft, bei dem es um achtstellige Summen geht«, sagte Mom.

Sie trank noch einen Schluck von ihrem Mimosa.

»Ich finde, du hast echt Nerven, Eric, oder wie würdest du das sehen?«

Eric nickte mürrisch.

»Du hast die Nerven, das alles zu tun«, fuhr Mom fort, »aber nicht den Mumm, es ihm selbst zu sagen? Das ist eine Beleidigung, Eric, eine *Beleidigung*. Ich meine, wie stünde Eduardo denn da?«

»Na ja, wenn du's so formulierst, Mom ...«

»Sei ein Mann, Kleiner. Ich weiß nicht, wie sauer Eduardo wegen dem sein wird, was du getan hast, aber er würde dich todsicher und zu Recht für einen elenden, abscheulichen Feigling halten, wenn er's zuerst von deiner *Mutter* erfahren müsste!«

Sie bleckte die Zähne und grinste ihn anzüglich an.

»Und überhaupt«, sagte sie, »was kann dir schlimmstenfalls schon passieren, Kleiner?«

Sie warf einen Happen Cajun-Blutwurst über die Reling.

Ein Alligator schnappte ihn sich, noch bevor er ins Wasser fiel.

Monique Calhoun hatte das Gefühl, dass sie allmählich ein ›Profi‹ wurde. Sie rief Avi Posner an und forderte ihn auf, sich mittags am südwestlichen Fuß des Eiffelturms mit ihr zu treffen; das hieß, draußen und an einem willkürlich festgelegten Ort, wo es keine Abhörmöglichkeit geben konnte. Aufgrund eben dieser professionellen Paranoia weigerte sie sich auch, ihm zu sagen, warum.

Eine weitere Wand heißer, feuchtigkeitsgesättigter Luft hatte sich nach Nordwesteuropa hineingeschoben oder war, wie Monique in Anbetracht ihres neuen Wissens argwöhnte, von den Orbitalspiegeln des verabscheuungswürdigen ›Kunden‹ aus großer Höhe herangeführt worden, und das mittägliche Pariser Klima an diesem Tag war ein echtes Disney von dem untergegangenen Louisiane oder der Äquatorialküste von Afrika, woher diese Wetterlage vielleicht sogar mit Absicht exportiert worden war.

Die Füße des Eiffelturms hatten sich jedoch schon längst in riesige eiserne Spaliere verwandelt, die bis zur ersten Terrasse hinauf mit Geißblatt, Efeu, Bougainvillea und Purpurwindenranken bewachsen waren, sodass der Bereich darunter, in dem es von Touristen, Händlern und Straßenmusikern wimmelte, eine riesige, schattige, duftende Laube war, die zumindest eine gewisse Erholung bot.

Avi Posner saß bereits auf einer Holzbank, als Monique eintraf. »Also?« sagte er, ohne sich erst groß zu erheben, wie es die Höflichkeit geboten hätte, und sie zu begrüßen.

»Was wollen Sie zuerst hören, die gute Nachricht, die schlechte Nachricht, die ganz schlechte Nachricht oder die allerschlechteste Nachricht?« Sie verzichtete ebenfalls auf einleitende Höflichkeiten und setzte sich hin.

Posner warf ihr nur einen eisigen, ungeduldigen Blick zu.

»Die gute Nachricht ist: Ich habe rausgefunden, dass ›Lao‹ der Codename für irgendeine sibirische Operation ist, die sich gegen die Interessen unseres … Auftraggebers an UNACOCS richtet.«

Sie brachte ihn mit erhobener Hand zum Schweigen, bevor er etwas sagen konnte. »Und fragen Sie mich nicht, *wie* ich das rausgekriegt habe!«

»Darf ich fragen, ob Davinda damit zu tun hat?«

»Fragen dürfen Sie, aber die beste Antwort, die ich Ihnen geben kann, lautet: wahrscheinlich.«

Posner sah nicht gerade aus, als würde er vor Freude platzen. Und das war die *gute* Nachricht gewesen.

»Und die schlechte Nachricht?«

»Die ist sogar sehr schlecht«, sagte Monique.

Avi Posner tippte ungeduldig mit dem Fuß auf.

Monique runzelte die Stirn, hielt inne, zögerte, sah sich um. Auf rationaler Ebene merkte sie, dass sie wirklich paranoid war, aber, nun ja …

»Sie haben mir mal gesagt, ich solle davon ausgehen, dass es *überall* Wanzen gibt …« sagte sie.

Jetzt wich Posners Ungeduld der Unruhe, der beruflich bedingten Besorgnis. »*So* schlimm?«

»Noch schlimmer.«

»Gehen wir ein Stück spazieren.«

Zwischen dem Eiffelturm und der südöstlich gelegenen École Militaire erstreckte sich der lang gezogene Park des Champ-de-Mars durch einen Korridor riesiger immergrüner Eichen, einen weiteren Baldachin aus Schatten spendendem Laub.

Ein ›natürliches‹ Disney, dachte Monique verdrießlich, als sie durch den Laubtunnel langsam auf die deplaciert wirkende quadratische Silhouette der École Militaire zugingen. Lost Louisiane, wiedererschaffen in einem Paris, das selbst das Produkt des Klimawandels war und mit Hilfe der Klimatechnik in seinem gegenwärtigen Zustand erhalten wurde. Einer Klimatechnik, die jetzt vielleicht gegen die Stadt gewendet wurde. Derselben Klimatechnik, die zumindest zeitweilig ein Disney des Venuseffekts auf der Welt erzeugte. Disneys innerhalb von Disneys innerhalb von Disneys.

»Die weißen Tornados werden künstlich erzeugt, Avi«, sagte Monique schließlich. »Sie machen es mit Orbitalspiegeln.«

Posner blieb wie angewurzelt stehen. »Woher wissen Sie das?« fragte er scharf.

»Esterhazy hat's mir erzählt.«

»*Esterhazy*! Erwarten Sie wirklich von mir, dass ich glaube, der würde Ihnen was anderes als Desinformationen auftischen?«

»Die haben Beweise. Aufzeichnungen von Gesprächen.«

Posner sank auf eine Bank in der Nähe, als wollten ihn seine Beine nicht mehr tragen. Er schien fassungslos zu sein – fassungsloser, so kam es Monique jedenfalls vor, als es aufgrund dieser Enthüllung gerechtfertigt gewesen wäre.

»Unser *Auftraggeber* erzeugt die weißen Tornados mit Orbitalspiegeln ...?« sagte er leise.

»Und ebenso leicht könnte er auch den Rest dieses so genannten Venuseffekt-Wetters erzeugen, oder nicht?« Monique setzte sich neben ihn.

»Man richtet ein paar Spiegel neu aus, verändert den Jetstream ein bisschen, manipuliert die Meeresströmungen ... niemand würde es merken, außer wenn ihre Orbitalspiegel sehr genau überwacht würden ... aus dem Orbit ... und die dazu erforderliche Ausrüstung hat nur die große blaue Maschine selbst ...«

Posner war dazu übergegangen, vor sich hinzumurmeln, und die Furchen auf seiner Stirn vertieften sich. »Menschliche Gehirne ... künstlich erzeugte Tornados ... Venuseffekt-Disneys ...«

»Das ist noch nicht alles«, erklärte Monique zaghaft.

»Es kommt noch *mehr*?« stöhnte Posner.

Monique nickte nervös.

»Und?«

»Na ja ... ich musste Informationen austauschen, um das alles rauszufinden ...«

»Soll das eine Überraschung sein?« fauchte Posner. »Was haben Sie Esterhazy erzählt?«

Monique zögerte. »Dass Davindas Klimamodell vielleicht auf einem Computer mit eingebauter menschlicher Meatware läuft«, stieß sie rasch hervor.

»*Und?*« fragte Posner.

»Sehen Sie, Avi, ich bin kein Profi in diesen Dingen und ich will auch keiner sein, also können Sie mir keine Vorwürfe machen«, sagte Monique in einem strategisch auf Selbstverteidigung angelegten, winselnden Ton. »Ich wusste nicht, dass sie ... ich meine ...«

Eine weitere Reihe von Disneys innerhalb von Disneys innerhalb von Disneys, denn diese Erklärung war selbst nur ein wohlkalkulierter Schachzug, um ihre geheime Absprache mit Eric zu tarnen, ihren Verrat am B&S-Kunden und Mossad-Auftraggeber im Dienste des Klienten von Böse Buben, um die Wahrheit darüber herauszufinden, was *ihr* Kunde verbarg.

Kein Profi? Es kam Monique so vor, als würde sie mit jedem Moment mehr zu einem Profi in diesen Dingen. Aber worin genau, und ob ihr neues Gewerbe wirklich jünger war als das älteste der Welt, darüber wollte sie im Moment lieber nicht näher nachdenken.

»Und Esterhazy, also, Böse Buben ...«

»Raus damit, ja!«

Mich dünkt, die Dame hat sich jetzt genug geziert, dachte Monique.

»Böse Buben möchte rausfinden, worum es sich bei dem bewachten Geheimnis handelt«, sagte sie mit hauchiger Stimme, in einem letzten Anschein von Widerstreben. »Und, na ja ...«

»Spucken Sie's schon aus!«

»Und sie benutzen die Aufzeichnungen dafür. Ich soll ihr Ultimatum überbringen. Entweder bekommt Esterhazy Zugang zu dem Computer, auf dem am Sonntag Davindas Klimamodell laufen wird, oder sie übergeben den Medien am Samstag die Aufzeichnungen, die beweisen, dass die weißen Tornados Schwindel sind.«

Monique zuckte die Achseln und lächelte matt. »Und das habe ich hiermit getan.«

Avi Posner brauchte einen Moment, um das zu verdauen. Dann ließ er unerwartet ein grimmiges kleines Lächeln aufblitzen. »Gut«, sagte er.

»*Gut*?« Das war nun allerdings keine von all den Reaktionen, die sie sich im Geiste ausgemalt hatte.

»Das haben Sie gut gemacht. Und Sie haben auch das Richtige getan. Genau wie Böse Buben.«

»Wirklich? Sie sind nicht böse?«

»Oh, ich bin stinkwütend, jedenfalls in diesem Moment. Aber nicht auf Sie. Und auch nicht auf Esterhazy oder sein Syndikat.«

»Auf … unseren Auftraggeber?« Monique begriff allmählich, worauf er hinauswollte.

Posner nickte. »Gehen wir wieder ein Stück.« Er stand von der Bank auf, machte kehrt und ging mit Monique durch die überdachte Schneise langsam zum Eiffelturm zurück.

»Was wissen Sie über den Mossad?« fragte er nach kurzem Schweigen.

»War anfangs der israelische Geheimdienst?« sagte Monique. »Wurde zum Syndikat, als der israelische Staat die meisten seiner souveränen Funktionen ablegte? Bietet seinen Auftraggebern Sicherheits- und Nachrichtendienstleistungen an?«

Und erledigt die Drecksarbeit bis hin zum Mord, wenn der Preis stimmt, fand sie unklug hinzuzufügen.

Posner nickte. »Der springende Punkt ist, dass der Mossad ein *Syndikat* mit einer Satzung und Bürger-Aktionären ist. Wir sind *nicht* der nibelungentreue Sicherheitsdienst irgendeines konzernkapitalistischen oder souveränen Gebildes. Wir arbeiten auf Vertragsbasis. Und unsere Satzung definiert Grenzen für die Vertragsbedingungen, die wir akzeptieren.«

»Was wollen Sie mir damit sagen, Avi?«

Posner schien mit den Gedanken ganz woanders zu sein. Er blickte ihr direkt in die Augen, antwortete jedoch nicht direkt.

»Israel ist zum Teil von Kibbuzniks gegründet worden«, erklärte er. »Die Kibbuzim gehören zu den direkten Vorläufern moderner Syndikate. Sie hatten Satzungen und sie waren im Kollektivbesitz von Bürger-Aktionären, die ihre Führungsgremien wählten, und dies sogar in der Ära des Kapitalismus und der unumschränkten nationalen Souveränität.«

»Ich komm nicht ganz mit, Avi, worauf wollen Sie hinaus?«

»Ich will darauf hinaus, Monique, dass die syndikalistischen Wurzeln des Mossad tief in die Ära des Kapitalismus zurückreichen, dass die Organisationen, aus denen sich unser Syndikat indirekt entwickelt hat, jedoch keine kapitalistischen Konzerne waren, sondern Kollektive utopischer Idealisten.«

»Na schön, der Mossad ist ein respektables Syndikat, und …?«

»Und unser Auftraggeber ist *keins*, Monique«, fauchte Posner. »Wissen Sie, wer die große blaue Maschine in Wirklichkeit leitet?«

»Kutnik? Hassan bin Mohammed?«

»*Niemand*, Monique. Es gibt keine Bürger-Aktionäre, denen die Vorstände und Aufsichtsräte der Unternehmen, aus denen sie besteht, rechenschaftspflichtig sind. Und keine Syndikatssatzungen, die auf einer bestimmten Ethik basieren. Sie ist eine lose Ansammlung kapitalistischer Wiedergänger, alles Unternehmen, deren Grundprinzip und einziger Wert die Profitmaximierung ist. Die große blaue Maschine ist … *eine Maschine*. Ein Mechanismus zur Erzeugung von Profit ohne das geringste individuelle oder kollektive moralische Verantwortungsgefühl. *Das* ist der Grund, weshalb es der kapitalistischen Weltordnung gelungen ist, im Prozess ihrer Selbstzerstörung gedankenlos das planetare Klima zu destabilisieren. Sie war nicht böse. Sie kannte überhaupt kein Gut und Böse. In dieser Hinsicht, in moralischer Hinsicht, hatte sie keine Seele.«

»Und ...?«

»Und *wir* sind keine Kapitalisten«, erklärte Posner mit einer Leidenschaft, die Monique etwas verblüffte. »Weder Brot & Spiele noch Böse Buben und ganz bestimmt nicht der Mossad! Ihr Syndikat, meins und sogar das von Esterhazy mögen *verschiedene* ethische Grundsätze haben, aber im Gegensatz zu Big Blue *haben wir welche*. Und unsere Satzungen stimmen in einem Punkt überein – kein Vertrag verpflichtet uns, kapitalistischen Auftraggebern dabei zu helfen, aus keinem höheren Grund als ihrem eigenen Profit moralische Ungeheuerlichkeiten zu begehen!«

»Zum Beispiel, menschliche Gehirne als Meatware-Prozessoren in Computern einzubauen? Das Eintreten des Venuseffekts künstlich zu erzeugen?«

»Kommt drauf an.« Posners Stimme klang auf einmal nachdenklich.

»Worauf?«

»Auf die Ziele, denen diese Mittel dienen. Sie haben sicher schon mal den idiotischen Aphorismus gehört, dass die Ziele die Mittel nicht rechtfertigen. Aber natürlich ist das Gegenteil wahr. *Nur* die Ziele rechtfertigen die Mittel.«

»Welche Ziele könnten es denn wohl rechtfertigen, menschliche Gehirne als Computer-Prozessoren einzusetzen und den Anfang vom Ende der Welt vorzutäuschen?«

»Den Planeten vor dem *wirklichen* Ende der Welt zu bewahren, natürlich«, antwortete Avi Posner. »Wenn wir überzeugt wären, dass es zur Rettung der Biosphäre unumgänglich wäre, würde der Mossad nötigenfalls Gräueltaten begehen, vor denen selbst Hitler zurückgeschreckt wäre.«

Sie waren jetzt wieder unter dem Eiffelturm, umgeben von den Touristen, den Händlern und den Straßenmusikern, beschattet von den die Füße des Turms überwuchernden Ranken, und atmeten die schweren Düfte der Blumen ein.

Selbst im Schatten war die feuchte Luft noch glühend heiß, aber so unangenehm das Wetter derzeit auch sein mochte, was für ein Disney diese lauschige Laube auch sein mochte, sie gehörten trotzdem – zumindest im Moment – zu der empfindlichen Biosphäre einer lebenden Welt.

Würde *ich* zu deren Rettung Gräueltaten begehen, vor denen selbst Hitler zurückgeschreckt wäre? fragte sich Monique.

Das wusste sie nicht, und sie würde es hoffentlich auch nie herausfinden müssen.

Aber sie glaubte zu verstehen, was Avi Posner ihr zu erklären versuchte. Sie verstand seine harte, erbarmungslose moralische Logik und konnte ihr im tiefsten, härtesten Innern ihres Herzens nur zustimmen.

Sie wusste, dass es keine Frage von richtig oder falsch war, ob sie etwas Schlimmes tun würde, um ihre lebende, atmende Welt zu retten, sondern eine Frage des Mutes.

Zum ersten Mal in ihrem Leben war Monique mit der grausamen Erkenntnis konfrontiert, dass der Mut, etwas Schlimmes zu tun, um etwas noch Schlimmeres zu verhüten, größer war als der Mut, im Angesicht der Gefahr oder einer Notlage das Richtige zu tun.

Und dass Avi Posner Recht hatte, wenn das, was verhütet werden musste, das Schlimmste überhaupt war, der Tod alles Lebens. Um dieses Ziel zu erreichen, wäre *jedes* Mittel gerechtfertigt. Absolut jedes.

»Sie haben Recht, Avi«, sagte Monique leise. »Manche Ziele rechtfertigen wirklich jedes Mittel.«

»Aber pures Profitstreben gehört nicht dazu«, sagte

Posner heftig. »Und wenn diese kapitalistischen Hurensöhne so schlimme Dinge aus keinem höheren Grund tun, als um Profit zu machen, sind all ihre Verträge mit dem Mossad null und nichtig!«

Er unternahm eine sichtbare Anstrengung, sich zu beruhigen. »Und deshalb …«

»Und deshalb?«

»Und deshalb liegt mir noch mehr als Ihnen und Esterhazy daran zu erfahren, ob mein Auftraggeber ein menschliches Gehirn in diesem Computer installiert hat. Immerhin wissen wir jetzt, dass sie uns in Bezug auf die künstlich erzeugten weißen Tornados und dieses wahrscheinlich ebenfalls künstlich erzeugte, lausige Venuseffekt-Wetter belogen haben, und falls sich nun auch noch herausstellt, dass sie wirklich ein menschliches Gehirn in den Computer für Davindas Klimamodell eingebaut und es vor uns geheim gehalten haben, wäre der Mossad nicht mehr bereit, weiterhin seinen Vertrag zu erfüllen, ohne zumindest die volle Wahrheit aus ihnen herauszuholen. Mit aller nötigen Mitteln.«

»Dann werden Sie Esterhazys Erpressungsdrohung also nach oben weiterleiten?«

»O ja, das werde ich«, erklärte ihr Posner. »Und namens meines Syndikats werde ich selbst noch eine hinzufügen – der Mossad wird seine vertraglich vereinbarten Dienstleistungen einstellen, bis *ich* mit eigenen Augen sehe, was sie verbergen!«

Einen Eduardo Ramirez ließ man nicht zu sich kommen, schon gar nicht zu einem derart kurzfristig anberaumten Treffen, und so musste Eric Esterhazy ihm trotz seiner Angst, sich unter diesen Umständen in die Höhle des Löwen zu begeben, einen unangemeldeten Besuch in seinem Büro abstatten.

Das Böse-Buben-Syndikat als solches hatte keine

eigenen Büros; jeder Bürger-Aktionär, der eines brauchte, mietete sich mit Syndikatsmitteln sein eigenes, und Eduardo hatte sich eins hoch oben im alten Tour Montparnasse ausgesucht, einer etwas heruntergekommenen Geschäftsadresse, die ihm jedoch ein gewisses Maß an Anonymität und obendrein einen großartigen Blick nach Norden über die Stadt gewährte.

Das Büro war absichtlich klein – nur eine Diele, ein Vorzimmer für eine Empfangsdame und jemanden, der den Computer bediente, ein bescheidener Büroraum für Eduardos Assistenten sowie Eduardos eigenes Nest.

Dieses war in einem italienisierten Retro-Deko-Stil eingerichtet und ähnelte eher einem Salon als einem Büro. Kein richtiger Schreibtisch, dafür ein riesiges, ebenholzschwarzes, tischartiges Freiformgebilde von der Höhe eines Esstischs mit einer wirbelförmigen Einbuchtung für Eduardos Lieblingssitzgelegenheit – einen antiken Zahnarztstuhl, der sich pneumatisch in fast jede Konfiguration und Position einstellen ließ – und weniger gewichtige Stühle für weniger gewichtige Leute.

Das Fenster mit dem überwältigenden Blick auf Paris war als Hauptattraktion der Einrichtung von eleganten silbernen Paneelen umrahmt wie ein Gemälde, obwohl ein paar kleine Mondrians und ein Modigliani an den Wänden hingen.

Eduardo wahrte im echten Böse-Buben-Stil ein minimales bürokratisches Protokoll und so war es für einen Bürger-Aktionär von Erics Rang kein Problem, einfach vorbeizukommen und fast sofort zu ihm vorgelassen zu werden.

Das Problem kam erst jetzt, wusste Eric, als er das Büro betrat.

Eduardo stand nicht auf, um ihn zu begrüßen, ihm die Hand zu geben, ihn zu umarmen oder dergleichen, und Eric hatte das auch nicht erwartet.

»Ich nehme an, du hast mir etwas Dringendes und Wichtiges mitzuteilen, Eric«, sagte er schlicht.

»So ist es«, erwiderte Eric im gleichen Stil, und er setzte sich hin und erzählte seine Geschichte mit so kurzen, knappen und einfachen Worten wie möglich, ohne etwas auszulassen, verschwieg weder, dass er Aphrogas eingesetzt hatte, noch in welcher Körperhaltung er den größten Teil der Informationen erlangt hatte, die er nun weitergab, unterschlug nicht einmal seine geheime Absprache mit Monique Calhoun, wollte einerseits alles auf einen Streich loswerden, bevor er den Mut verlor, und fand andererseits, dass er Eduardo und seinem Syndikat zumindest so viel schuldete.

Als er fertig war, blieb Eduardo Ramirez einfach stumm sitzen und musterte ihn mindestens eine ganze Minute lang über die zusammengelegten Fingerspitzen hinweg, ohne eine Gefühlsregung zu zeigen oder sich irgendetwas anmerken zu lassen, sodass Eric ins Schwitzen geriet.

»Das war ziemlich waghalsig von dir, nicht wahr, Eric?« sagte er schließlich.

»Es ging nicht anders … unter den gegebenen Umständen.«

»Interessante Umstände«, sagte Eduardo, immer noch mit steinerner Miene. »Die du selbst herbeigeführt hast.«

»Ich habe eine wertvolle Information bekommen«, erwiderte Eric.

»Ach wirklich?«

»Wir wissen jetzt, dass ein menschliches Gehirn …«

»Eine Vermutung«, sagte Eduardo betont kühl. »Aber wir haben etwas anderes erfahren.« Er bedachte Eric mit einem frostigen Lächeln. »Weißt du, was das ist?«

Eric hatte den Eindruck, dass er auf eine Weise geprüft wurde, die er nicht ganz verstand. Er überlegte sehr sorgfältig, bevor er antwortete.

»Wenn … wenn Monique Calhoun meine Lüge geschluckt hat, dass Lao der Codename für eine Operation von uns ist, dann ist es keine Operation von ihnen.«

»Kann sein«, sagte Eduardo. »Oder …?« Er zog fragend eine Augenbraue hoch.

»Oder … falls doch, dann weiß Calhoun nichts davon … wie sie auch nicht gewusst hat, dass die weißen Tornados Schwindel sind …«

Eduardo nickte. Aber er lächelte nicht zustimmend. Ganz und gar nicht.

»Aber jetzt weiß sie es«, sagte er. »Und was noch viel wichtiger ist, Big Blue wird erfahren, dass *wir* es wissen, weil du eine wichtige politische Entscheidung getroffen hast, ohne das Syndikat vorher um Erlaubnis zu fragen. Findest du nicht, dass du dich da ganz schön weit aus dem Fenster gehängt hast, Eric?«

»Ich war nicht gerade in einer Lage, in der ich vorher einen Anruf hätte tätigen können.« Trotz der unerfreulichen Situation konnte Eric sein Grinsen nicht ganz unterdrücken.

»Stimmt.« Eduardos Mundwinkel zuckten nur ein wenig. »Ich hätte in deiner … Lage dasselbe getan.«

»Dann war es richtig, was ich getan habe?«

»Es war jedenfalls gefährlich«, sagte Eduardo.

»Gefährlich?«

Eduardo Ramirez ließ ihn gute dreißig Sekunden lang schwitzen.

»Darf ich annehmen, dass du in Anbetracht der Umstände die aus deiner Handlungsweise erwachsenden Folgen vielleicht nicht mit kühler logischer Klarheit bedacht hast?« meinte Eduardo schließlich trocken. »Dass du dir nicht vollständig über deinen Einsatz und das, was auf dem Spiel steht, im Klaren warst?«

»Äh … kann schon sein …« sagte Eric nervös.

»Es stimmt zwar, dass es nichts schadet, wenn Big Blue erfährt, dass wir im Besitz von Material sind, das sie vernichten könnte, und wir müssen in der Tat wissen, ob sie menschliche Gehirne als Zentraleinheiten benutzen, aber ...«

Eduardo ließ dieses ›Aber‹ in der Luft hängen und machte eine Handbewegung, die Eric einlud, herausforderte oder vielleicht sogar nötigte, seinen Satz zu vollenden.

Und natürlich erkannte Eric nun, was er schon die ganze Zeit mehr oder weniger gewusst hatte, selbst in jenem Moment.

»Aber wenn Big Blue rausfindet, dass ich bluffe, und es drauf ankommen lässt ...«

»Du bluffst nicht, Eric!« fiel ihm Eduardo scharf ins Wort. »Du hast keine *private* Drohung ausgestoßen, du hast deine Drohung im Namen von *Böse Buben* ausgesprochen. Und im Rückblick darf es niemals so aussehen, als hätte Böse Buben geblufft. Das ist sowohl eine Frage der Ehre als auch eine Sache der praktischen Glaubwürdigkeit. Wenn Big Blue so selbstzerstörerisch ist zu glauben, wir hätten geblufft, *müssen* wir die Aufzeichnungen an die Medien verkaufen, selbst wenn ...«

»Selbst wenn das heißt, dass ein viel lukrativeres Geschäft mit den Marenkos platzt.«

Eduardo nickte. »Jetzt verstehst du doch, was du getan hast«, sagte er, »und bist dir auch über die persönlichen Konsequenzen im Klaren. Denn wenn das passiert ...«

»Wird es meiner Karriere nicht sehr förderlich sein«, sagte Eric matt. Er wollte gar nicht erst darüber nachdenken, geschweige denn fragen, wie wenig förderlich es ihr sein konnte.

»Ganz und gar nicht«, pflichtete ihm Eduardo bei.

Und dann veränderte sich unerwarteterweise sein ganzes Benehmen.

Er lächelte, er stand auf, er ging zu einer kleinen Bar, schenkte zwei Gläser Cognac ein und winkte Eric zu sich ans große Panoramafenster, wo sich eine Reiseplakatansicht von Paris vor Eric ausbreitete, üppig, grün und wunderschön von diesem klimatisierten Aussichtspunkt aus, trotz der schweißtreibenden Realität jenseits der Scheibe.

Überall Disneys, wohin man auch schaute.

Eric fragte sich nervös, ob Eduardo Ramirez' abrupter Stimmungswandel auch nur eines war, und als Eduardo ihm sein Glas gab, kostete es ihn einige Disziplin, sich mit einem vornehmen kleinen Schluck zu begnügen, statt alles auf einmal hinunterzukippen, um sich Mut anzutrinken.

»Andererseits, Eric«, sagte Eduardo, als würde er das Gespräch bruchlos fortsetzen, wenn auch in ganz anderer Stimmung, »wirst du dir, falls das *nicht* passiert, das Recht erworben haben, innerhalb von Böse Buben als Respektsperson betrachtet zu werden. *Weil* du ein solches persönliches Risiko eingegangen bist, um im Namen des Syndikats das Richtige zu tun.«

»Das Richtige? Aber wenn es sich doch als falsch erweist ...«

»Das *moralisch* Richtige«, sagte Eduardo. »Das ist keine Frage von Gewinn oder Verlust. Böse Buben sind weder Kapitalisten, denen alle Werte außer den ökonomischen gleichgültig sind, noch die brutalen Gangster der nostalgischen Phantasien deiner Mutter. Du hast das Richtige getan. Ich sage ohne falsche Bescheidenheit, dass ich dasselbe getan hätte. Sonst wäre ich nicht dort, wo ich heute bin. Ich kann dich nicht vor den Folgen schützen, und ich würde es auch nicht tun, selbst wenn ich könnte, aber ob du nun gewinnst oder verlierst – du *hast* das Richtige getan, und ich bewundere dich dafür.«

»Ich habe das Richtige getan, aber ich muss die Folgen tragen, wenn es sich als falsch erweist?«

»Wer sollte die Folgen deiner Handlungen denn deiner Meinung nach sonst tragen?«

»Das kommt mir nicht fair vor.«

»Das Leben ist nicht fair«, sagte Eduardo. »Vielleicht ist dir das schon aufgefallen? Und falls sich herausstellt, dass deine Fehleinschätzung das Syndikat eine Stange Geld kostet …« Er zuckte die Achseln. »Wir sind keine Kapitalisten, Eric. Persönliche Entscheidungen im Namen des Kollektivs erfordern, dass man die persönliche Verantwortung für die Ergebnisse auf sich nimmt. Und die liegt letzten Endes bei jedem einzelnen Bürger-Aktionär.«

Eric trank einen größeren, aber trotzdem kontrollierten Schluck Cognac. Er hatte Angst; er wusste, dass er sich in diese Situation gebracht hatte, ohne sich voll und ganz im Klaren zu sein, was er eigentlich getan hatte.

Dennoch hatte er auch den Eindruck, dass er durch seine Handlungsweise ganz unbewusst etwas gewonnen hatte. Nicht nur die wärmende Gewissheit, ›das Richtige‹ getan zu haben, auch nicht nur den Adrenalinstoß der Tollkühnheit, sondern das Gefühl, Zutritt zu einer exklusiven Gesellschaft erlangt zu haben, irgendwie über seine reale Position in der Hackordnung des Syndikats hinaus Eduardo ebenbürtig geworden und auch so akzeptiert worden zu sein.

Vielleicht hatte er einfach – obwohl es im Grunde alles andere als einfach war – endlich aufgehört, in Eduardo Ramirez' und vielleicht sogar seinen eigenen Augen nur der Sohn seiner Mutter zu sein, und war ein richtiger Mann geworden.

»Verstanden, Eduardo.« Er stieß mit ihm an. »Verstanden und akzeptiert.«

Eduardo erwiderte die Geste und die beiden Männer tranken darauf.

Als Monique Calhoun sich dem Café näherte, das sie als Treffpunkt ausgesucht hatte, sah sie, dass Avi Posner und Eric Esterhazy bereits da waren. Sie saßen draußen und beäugten einander wachsam wie zwei Kater.

Sie warf einen Blick auf die Uhr, stellte fest, dass sie ein paar Minuten zu spät dran war, und fragte sich, ob sie das unbewusst und instinktiv mit Absicht getan hatte, denn im Rückblick fand sie es nun gar nicht so schlecht. Die Männer waren zwar die Hauptpersonen bei dieser kleinen Inspektionstour und sie nur eine Statistin, aber wenn sie auf sie warten mussten, änderte das die Geometrie ein wenig und machte das Dreieck gleichschenkliger.

Avi Posner war ziemlich verwirrt gewesen, als er anrief und ihr mitteilte, sein Auftraggeber habe sich bereitwillig einverstanden erklärt, Esterhazy, ihn selbst und Monique den Computer – um den handelte es sich nämlich in der Tat, wie man nun zugab – inspizieren zu lassen, auf dem am letzten Tag der Konferenz John Sri Davindas Klimamodell laufen sollte.

Zu bereitwillig, wie Posner fand.

»Sie haben sofort gestanden, dass sie die weißen Tornados künstlich erzeugt haben, als ich es ihnen auf den Kopf zusagte, aber sie meinten, ich würde es nicht bereuen, wenn ich mich mit meinem Urteil noch zurückhielte«, hatte er ihr erzählt. »Als ich ihnen gesagt habe, dass Böse Buben Aufzeichnungen besäßen, die es beweisen würden, haben sie pro forma die Schockierten und Bestürzten gespielt, bevor sie auf die Erpressung eingegangen sind.«

»Und wo liegt das Problem, Avi?«

»Das Problem ist, dass es kein Problem gibt. Und es sollte eins geben. Es ist zu leicht. Ich verstehe das nicht. Und was ich nicht verstehe, das gefällt mir nicht.«

»Professionelle Paranoia, Avi.«

»Mag sein«, hatte Posner gesagt und war so nahe daran gewesen wie noch nie, einen Witz zu reißen, was nicht sehr nahe war, »aber in meiner Branche zahlt es sich aus, wenn man nie ohne aus dem Haus geht.«

Wenn Posner nicht so begeistert über Big Blues rasche

Kapitulation vor Erics Ultimatum gewesen war, wie er es Moniques Ansicht nach hätte sein sollen, so war Eric erleichterter gewesen, als es die Sachlage zu rechtfertigen schien.

Als sie ihn angerufen hatte, um ihn von dem Ergebnis zu unterrichten, zeigte das nervöse Gesicht auf dem Bildschirm ihres Telefons keine Spur von der üblichen aufgesetzten Verbindlichkeit und Blasiertheit, und er hatte sich gespannt und voller Ungeduld vorgebeugt.

»*Und?*« hatte er ohne die üblichen Präliminarien gefragt.

»Und was?« konnte sich Monique nicht verkneifen, ihn kokett zu triezen.

»*Bitte …*«

»Bitte was?«

»Bitte hör auf mit den Spielchen und sag mir, ob die Antwort ja oder nein lautet!«

»Ach *das …*« hatte Monique geschnurrt und es und ihn in der Luft hängen lassen.

»Ja, das!«

»Sie lautet ja«, erklärte ihm Monique schließlich gnädig. »Fünf Uhr.«

Es war, als hätte man schweres Gas aus einem Ballon abgelassen und ihn stattdessen mit Helium aufgepumpt. Die nervöse Spannung entwich mit einem beinahe hörbaren Seufzer der Erleichterung aus Erics Gebaren und der vertraute Schaumprinz kam wieder zum Vorschein.

»Ausgezeichnet. Warum treffen wir uns nicht, sagen wir, um drei? Dann hätten wir noch genug Zeit, uns vorher zu … entspannen. In meiner Wohnung? Oder vielleicht in deiner Suite im Ritz?«

Erst da dämmerte es Monique, dass es für Eric, der schließlich Mitarbeiter von Böse Buben und nicht von Brot & Spiele war, vielleicht in weitaus höherem Maße als für sie buchstäblich lebenswichtig sein konnte, diese Erpressung erfolgreich über die Bühne zu bringen.

Und erst als ihr das klar wurde, schien es ihr, als könnte sich hinter dieser hochnäsigen Charaktermaske etwas Bewundernswertes verbergen, was vorher nicht da gewesen war. Und das machte ihn noch attraktiver.

Trotzdem ...

»Wir müssen uns in einem Café treffen«, hatte sie ihm erklärt. »Es wird noch eine dritte Person dabei sein ...«

»Tut mir Leid, dass ich zu spät komme«, sagte Monique nun, als sie an den Tisch trat. »Avi, das ist Prinz Eric Esterhazy von ... äh ... *La Reine de la Seine*, Eric, das ist Avi Posner vom ... äh ... öh ...«

»Vom Mossad«, sagte Posner.

Monique zog eine Augenbraue hoch. Sie wusste nicht recht, wem von beiden die Geste galt.

»Wir haben uns schon bekannt gemacht«, erklärte Eric ihr mit einem Lächeln.

»Bis zu einem gewissen Grad«, ergänzte Posner vorsichtig.

Als Eric Esterhazy zusammen mit Monique Calhoun und Avi Posner das Grand Palais betrat, fühlte er sich als Herr der Lage, und zwar mehr als jemals im Ruderhaus von *La Reine*.

Dies war kein Disney, und er war kein Strohmann. Dies war *seine* Operation. Er hatte sie selbst geplant, er hatte alles auf sie gesetzt, vielleicht sogar sein Leben, und er hatte gewonnen. Er war jetzt, wie Eduardo gesagt hatte, eine Respektsperson bei Böse Buben.

Und er wurde von diesem älteren und offensichtlich abgebrühten Mossad-Profi ebenfalls als solche behandelt.

Dass Big Blue darauf bestehen würde, einen Aufpasser mitzuschicken, überraschte ihn nicht, und es war bereits bekannt, dass sie den Mossad engagiert hatten.

Aber Avi Posners Benehmen hatte nicht Erics Erwartungen entsprochen.

Monique hatte ihm am Ende ihres Telefonats Posners Foto gezeigt, und da Posner das Gesicht des berühmten Fürsten der Stadt zwangsläufig vertraut war, hatten sie einander sofort erkannt, als Posner an den Cafétisch trat, an dem Eric bereits Platz genommen hatte.

»Avi Posner, nehme ich an«, hatte Eric mit der gewohnheitsmäßigen Hochnäsigkeit seiner Prinzenrolle begonnen. Dann hatte er sich am Riemen gerissen und sein Gewicht geltend gemacht. »Vom Mossad?«

»Eric Esterhazy?« hatte Posner erwidert und dabei den Titel weggelassen, was Eric eher als Kompliment denn als Herabsetzung auffasste. »Von Böse Buben?«

Damit hatte Posner sich gesetzt, und sie hatten Kaffee bestellt.

Eric, der sich auf ungewohntem Terrain bewegte, brach das peinliche Schweigen. »Was die … äh … die Methoden betrifft, zu denen wir gegriffen haben …«

»Gute Arbeit.«

»Also kein böses Blut?«

»Zwischen dem Mossad und Böse Buben? Wir sind doch Vettern, oder nicht? Das Arsenal unserer Methoden ist nicht so unterschiedlich. Unsere Syndikatssatzungen sind sich nicht so unähnlich. Der Hauptunterschied ist, dass ihr aus eigenem Antrieb sozusagen freischaffend gewissen kommerziellen Aktivitäten nachgeht, während wir ausschließlich auf Vertragsbasis arbeiten.«

»Aber wir vertreten die Interessen eines Kunden, den Ihr Auftraggeber zu betrügen versucht, wie wir glauben, und Sie vertreten die betreffenden Betrüger …«

Posner runzelte die Stirn. »Lassen Sie uns eins klarstellen, Esterhazy«, sagte er ziemlich vehement. »Zumindest für die Dauer dieser Inspektion vertrete ich *mein Syndikat* und keine Clique kapitalistischer Scheißkerle, die Frankensteinspielchen mit menschlichen Gehirnen treiben, nur um Profit zu machen!«

Posners zornige Intensität hatte Eric ebenso verblüfft wie seine Offenheit, aber er glaubte, dass es ihm gelungen war, seine Überraschung zu verbergen. »Schuldig bis zum Beweis des Gegenteils?«

»Hören Sie schon auf, Esterhazy! Sie wissen so gut wie ich, dass weder Böse Buben noch der Mossad einen Vertrag mit solchen widerwärtigen Kreaturen einhalten würde. Von Mann zu Mann, wir würden doch beide mit Freuden einen Auftrag zur Beseitigung der Entscheidungsträger annehmen, stimmt's?« Posner hatte das Gesicht verzogen. »Für den unwahrscheinlichen Fall, dass sich überhaupt eine individuelle Verantwortung aus diesem konzernkapitalistischen Scheißhaufen rausfiltern ließe«, hatte er verdrossen hinzugefügt.

In diesem Moment war Monique Calhoun gekommen, sie hatten die Rechnung bezahlt und waren zum Grand Palais gegangen, wo Monique ihnen als Chefin des VIP-Service von Brot & Spiele mit ihrem VIP-Pass Einlass verschafft hatte.

Und hier waren sie nun und hatten zumindest bis auf weiteres ein gemeinsames Ziel – Monique, er selbst und Posner; Brot & Spiele, Böse Buben und der Mossad.

Und so todernst dieses Ziel auch war, Eric konnte sich den amüsanten Gedanken nicht verkneifen, dass eine große Blechbläserkapelle hinter ihnen jetzt eine von irgendwem komponierte Syndikatshymne hätte anstimmen sollen, als sie gemeinsam in aufrechter Haltung durch die Massen klimatechnischer Exponate der großen blauen Maschine auf das dunkle Geheimnis zumarschierten, das die kapitalistischen Schurken unter Bewachung hielten.

Das Erste, was Eric von ihrem Zielobjekt sah, war jedoch eine ziemliche Enttäuschung: eine simple Hülle aus grünen Segeltuchplanen mit einer Lücke darin, vor der zwei leicht übergewichtige, diskret mit ordinären Pistolen bewaffnete Wachen postiert waren, die die zerknitterten und schlecht sitzenden grauen Uniformen von Keystone Kops trugen, einem Syndikat, das für keine anspruchsvolleren Tätigkeiten als routinemäßige Wachdienste bekannt war.

Die Posten schienen nicht über das schauspielerische Talent zur Vortäuschung der ausdruckslosen Blicke zu verfügen, die sie Posner zuwarfen, als dieser auf sie zutrat, was bedeutete, dass sie kaum Gefahr liefen, es in Wirklichkeit mit verkleideten Mossad-Agenten zu tun zu haben.

Statt etwas zu sagen, hielt Posner ihnen kurz eine kleine Ausweiskarte mit Foto unter die Nase.

»Okay«, grunzte einer der Wachposten. »Horst, der Peeper ...«

Horst ging durch die Lücke und kam gleich darauf mit einem Gerät heraus, das wie ein antikes Opernglas an einem dicken Stiel aussah. Eric wusste, was das war: ein Retina-Leser.

Der andere Wachposten, der offenbar das Sagen hatte, nahm ihn und hielt ihn kurz vor Posners Augen, den Blick auf eine Anzeige am Stiel gerichtet.

»Okay, Sie sind Avi Posner. Unsere Anweisungen lauten, Sie und Ihre Begleiter haben maximal zwanzig Minuten Zeit da drin, keine Waffen, keine Kameras, keine Aufzeichnungsgeräte. Okay?«

»Okay«, äffte Posner sie humorlos nach und die Wachen ließen sie durch die Hülle in einen kleinen Vorraum – weitere Segeltuchplanen und zwei hintereinander liegende Durchgänge zum Hauptraum, die normalen Metall- und Sprengstoffdetektoren ähnelten.

»Keine Waffen, Kameras, Sprengstoffe, elektronischen Geräte, medizinische Implantate oder Metallgegenstände, die größer sind als Gürtelschnallen«, leierte der Wachposten mechanisch herunter. »Wenn Sie welche haben, legen Sie sie ab. Das erste Tor entdeckt sie, das zweite lässt jede Elektronik durchbrennen.«

Er warf einen Blick auf Erics und Moniques Handgelenk. »Auch diese Armbanduhren.« Sie nahmen sie ab und legten sie auf den Fußboden. Posner, der diese Prozedur offenbar kannte, trug keine.

Mit einer ›Nach Ihnen‹-Geste schickte der Wachposten sie der Reihe nach durch die doppelte Sicherheitsschleuse in den Hauptraum und folgte ihnen auf den Fersen.

Grelle Halogenlampen an provisorischen Kabeln über ihnen erhellten das Innere. Darin befanden sich eine Computerkonsole mit einem Sortiment normaler Tastaturen, Mikros und Lautsprecher und ein einziger Bildschirm; eine Ausrüstung, die in Erics Augen nicht nur völlig normal aussah, sondern die er in Anbetracht von Ignatz und dessen Bildschirmwand ziemlich schäbig fand.

Vor dem Computer standen zwei normale Drehstühle; eine dritte Sitzgelegenheit erinnerte Eric an Eduardos antiken Zahnarztstuhl oder, da sie mit einer klobigen Virtualitätshaube an einem biegsamen Stiel ausgestattet war, eher an einen ebenso antiken Liegesitz in einer altmodischen Cyber-Spielhalle.

Hinter der Computerkonsole befand sich ein großes Gestell mit Satellitenübertragungsgeräten und diversem elektronischem Krimskrams. Eine unordentliche Spaghettischüssel an den Fußboden geklebter Drähte und Kabel verband alles mit allem.

»Das ist alles?« murmelte Monique in enttäuschtem Ton.

Und Eric konnte es ihr voll und ganz nachfühlen.

Er wusste nicht genau, was er erwartet hatte – ein nacktes menschliches Gehirn in einem Glas mit blubberndem grünem Schleim? Elektrodentürme, die wilde Funken sprühten? Dr. Frankenstein und Igor? –, aber das jedenfalls nicht.

Diese Anlage schien nicht einmal mit seinem Equipment auf *La Reine* mithalten zu können. Andererseits wusste Eric, dass er nicht gerade ein Fachmann war.

»Können Sie uns erklären, worum es sich bei diesen Geräten handelt?« fragte er den Wachmann.

Der blickte ihn an, als wäre er gerade per Transporterstrahl vom Planeten Mongo hergebeamt worden.

Avi Posner sah sich die Geräte jedoch bereits eingehend an. Er untersuchte die Tastaturen, die vordere Verkleidung der Computerkonsole. Er trat dahinter und lugte durch eine Reihe von Lüftungsgittern ins Innere, während Eric wie eine Schaufensterpuppe dastand und sich fragte, was er tun sollte.

Monique Calhoun schien im selben Dilemma zu stecken. Sie sah ihm in die Augen. Hob die Augenbrauen. Zuckte die Achseln.

Eric zuckte ebenfalls die Achseln, trat an die Computerkonsole und machte ein Disney von Posners Inspektion, nur um nicht dumm auszusehen.

Monique ging zur Virtualitätsliege und tat dort offenbar das Gleiche; sie drückte aufs Polster und spähte unter die Haube wie eine Kundin in einem Antiquitätenladen, die erwog, das Ding zu kaufen. Eric gesellte sich einen Augenblick lang zu ihr und warf ebenfalls ein paar flüchtige, scheele, verständnislose Blicke darauf, wie ein Ehemann aus dem zwanzigsten Jahrhundert, der wahrscheinlich die Rechnung bezahlen durfte.

Posner war in der Zwischenzeit zu dem Gestell mit den elektronischen Geräten gegangen. Er musterte dies und das, runzelte die Stirn und murmelte vor sich hin; fehlte nur noch, dass er sich am Kopf kratzte.

Eric trat hinter die Computerkonsole und spähte durch die Lüftungsgitter, wie Posner es getan hatte. Nur integrierte Halbleiterschaltungen und ein paar Ventilatoren, soweit sein ungeschultes Auge erkennen konnte. Dort war mit Sicherheit nichts drin, was auch nur annähernd groß genug war, um ein menschliches Gehirn zu enthalten, sei es nun polymerisiert oder nicht.

Posner folgte den Leitungen auf dem Fußboden. Eric und Monique gaben sich den Anschein, als täten sie dasselbe. Immer weiter, anscheinend ohne Erfolg, während der Wachposten breitbeinig am Eingang stand, die Arme vor dem Wanst verschränkt, und so gelangweilt, wenn auch nicht so verwirrt dreinschaute, wie Eric sich fühlte.

Nach erheblich weniger als den zwanzig Minuten, die man ihnen zugestanden hatte, kam Avi Posner schließlich zu Eric, schnitt eine verwirrte Grimasse und schüttelte den Kopf. Monique gesellte sich zu ihnen.

»Und?« sagte sie so leise, dass der Wachmann es nicht hören konnte.

»Und nichts«, sagte Posner. Es war schwer zu erkennen, ob er wütend, verwirrt oder erleichtert war, und Eric nahm an, dass er es selbst nicht genau wusste.

»Ein CJC 756-Computer ohne organische Elemente, soweit ich feststellen kann, und mit Sicherheit ohne menschliche Meatware-Zentraleinheit. Normale Satellitenanlage. Das Ganze scheint zu nichts anderem gedacht zu sein, als Software darauf laufen zu lassen und den Output zu übertragen. Vielleicht auch auf die Großbildwand im Auditorium.«

Er warf Eric einen fragenden, nachgerade flehentlichen Blick zu. »Irgendwas hinzuzufügen, Esterhazy?«

Eric hob die Schultern.

»Falls da irgendwo ein menschliches Gehirn drin ist, hat man's in appetitliche bit-große Stückchen zerschnetzelt«, sagte er. »Es ist die Nacht vor dem Christfest und im ganzen Haus ist niemand und nichts verdrahtet, nicht mal eine Maus.«

10

»Wir treffen uns um elf auf der Pont des Arts«, mehr hatte Avi Posner am Telefon nicht gesagt, aber sein aufgeregter Ton und die Tatsache, dass er ein weiteres Treffen unter freiem Himmel vereinbarte, wo sie nicht abgehört werden konnten, machten Monique deutlich, dass sein Vertrauen in den Auftraggeber nicht vollständig wiederhergestellt war, auch wenn sich kein menschliches Gehirn im Computer für Davindas Klimamodell befand.

Die Pont des Arts war eine alte Seinebrücke zwischen dem schickeren Ende des Quartier Latin und dem Louvre; hölzerne Bohlen auf einem Metallgerüst, die einzige reine Fußgängerbrücke über den Fluss.

Sie bot einen imposanten Blick auf den Louvre, den in Stein gefassten Bug der Île de la Cité und die tropischen Gärten der Tuilerien mit dem Eiffelturm dahinter und war darum in ein lang gestrecktes Straßencafé mit winzigen Tischen an beiden Geländern umgewandelt worden, sodass man die Touristenmassen besser melken konnte.

Aus diesem Grund herrschte reges, geräuschvolles Leben und Treiben auf der Brücke – der ideale Ort für ein geheimes Gespräch, und Posner hatte schon einen Tisch okkupiert und zwei eiskalte Mint Juleps bestellt, als Monique eintraf.

Obwohl die Sonne – oder eine geänderte Einstellung von Orbitalspiegeln – die gestrige hohe Luftfeuchtigkeit bereits wegbrannte, würde es ein glutheißer Tag werden, und auf der schmalen Brücke war kein Platz für Sonnenschirme.

Posner schwitzte stark, aber seinem Benehmen nach zu urteilen, lag das nicht nur an der Hitze und daran, dass er schon seinen halben Drink intus hatte.

»Es ergibt keinen Sinn, Monique«, waren seine ersten Worte, als sie Platz nahmen.

»Das Leben, das Universum und der ganze Rest?«

»Das auch, glaube ich allmählich«, sagte Posner missmutig.

Monique trank einen Schluck von ihrem Julep. Die Sonne stand noch nicht annähernd im Zenit, und sie fing bereits an zu schwitzen.

»Meine Befürchtungen bezüglich menschlicher Meatware im Computer waren also unbegründet, vielleicht sogar paranoid«, quasselte Posner drauflos, als wären sie schon mitten im Gespräch. »Unter den gegebenen Umständen schienen die weißen Pseudotornados folglich bloß eine lässliche Sünde zu sein, wie die Katholiken es nennen würden, der Vertrag mit dem Auftraggeber war noch in Kraft, und ich habe natürlich Ihre Information weitergegeben, die ich bislang zurückgehalten hatte ...«

»Dass Lao der Codename für eine sibirische Operation gegen Davinda ist?«

Avi Posner nickte nicht einmal. Er fuhr einfach fort, als spräche er mit sich selbst. Vielleicht tat er das im Grunde auch.

»Und es war, als hätte ich in ein Wespennest gestochen. Geschrei! Gebrüll! Finden Sie raus, was es ist! Unterbinden Sie's! Mit allen erforderlichen Mitteln! Und zwar gestern!«

»Das verstehe ich nicht, Avi«, sagte Monique ruhig. »Warum regt Sie das so auf? Genau dazu ist der Mossad doch angeheuert worden, oder?«

»Denken Sie nach, Monique, *denken Sie nach*!«

»Worüber?«

Posner trank einen großen Schluck von seinem Julep und atmete dann langsam tief durch; es gelang ihm anscheinend, sich zu beruhigen.

»Dass Böse Buben im Besitz von Aufzeichnungen ist, mit denen sich beweisen ließe, dass sie die weißen Tornados künstlich erzeugt haben, nehmen sie *zu* gelassen hin«, sagte er. »Als wüssten sie, dass sie noch einen besseren Trumpf in petto haben. Das veranlasst mich zu glauben – oder vielleicht rede ich es mir auch nur ein –, dass der Trumpf ein menschliches Gehirn im Computer ist. Aber wie sich herausstellt, trifft das nicht zu. Also kann es nur …«

»… Davindas Klimamodell selbst sein.«

Posner nickte, und wenn sich seine Züge auch nicht entspannten, so sprach aus seiner Miene zumindest eine gewisse Beruhigung, weil sie bestätigt hatte, dass sie seinen Gedankengängen jetzt folgte.

»Dann verstehen Sie's also?« fragte er.

»Äh … hören Sie, Avi, ich weiß das Kompliment zu schätzen, aber ich bin wirklich eine Amateurin in diesen Dingen …«

»*Wovor haben sie Angst?*« rief Posner verärgert.

Monique blinzelte ihn verständnislos an.

Posner unternahm eine sichtbare Anstrengung, sich wirklich zu beruhigen, sich wie ein Profi zu benehmen, und sprach erst wieder, als es ihm gelungen war. »Wovor *müssen* sie Angst haben? Davindas Klimamodell ist schon in den Computer geladen und der Computer wird bewacht.«

»Das heißt …?«

»Das heißt, welchen Schaden können die Sibirier noch anrichten, wenn sie Davinda jetzt eliminieren oder sogar umdrehen?«

»Keinen. Außer …«

»*Außer?*« Posner beugte sich gespannt vor und sah

Monique über den Tisch hinweg eindringlich und, wie sie fand, hoffnungsvoll an. »Sie haben ein *Außer*?«

»Außer sie sind schon vor langer Zeit an Davinda herangekommen«, erklärte Monique.

»Mein Gott!« rief Posner aus. Er sah aus, als hätte man ihn mit einem Hammer auf den Kopf geschlagen. »Er ist ein *Maulwurf*! Und Lao ist nicht bloß ein Codename, es ist ein *Aktivierungssignal*!«

Er legte die Stirn in Falten. »Aber was soll er tun?«

Monique zuckte die Achseln. »Fragen Sie nicht mich, Avi, ich bin eine Amateurin.« Aber dann ging ihr doch ein nahe liegender und beunruhigender Gedanke durch den Kopf. »Außer ...«

»Sie haben *noch ein* Außer?« fragte Posner wissbegierig.

»Außer die Marenkos wollten von Davinda eine Bestätigung für etwas, das er schon *getan* hat.«

»Schon getan? Was denn zum Beispiel?«

»Worauf läuft denn das alles hinaus?« sagte Monique. »Ist das nicht offensichtlich?«

»Die Vorführung von Davindas Klimamodell ...«

Monique nickte.

»Da haben Sie Ihren sibirischen Maulwurf, Avi. Nicht John Sri Davinda, sondern *sein Klimamodell*.«

»Merde!« rief Posner und schlug sich mit dem Handrücken ziemlich hart an die Stirn.

Und dann ergriff er tatsächlich über den Tisch hinweg ihre Hand und drückte ihr einen Kuss darauf.

Eric Esterhazy hatte nie über die technischen Fähigkeiten seines Syndikats nachgedacht, abgesehen davon, dass er deren Manifestation in Ignatz zu schätzen wusste, und er wäre nicht einmal auf die Idee gekommen, dass Böse Buben Einrichtungen wie diese unterhielt oder dass es Bürger-Aktionäre gab, die bei der Arbeit weiße Laborkittel trugen.

Doch als er Eduardo Ramirez mitgeteilt hatte, was er im Computer für Davindas Klimamodell allem Anschein nach *nicht* gesehen hatte, war Eduardo mit seinen laienhaften mündlichen Auskünften nicht zufrieden gewesen, obwohl sie von einem erfahrenen Mossad-Agenten bestätigt wurden.

»Man hätte keine Kamera mit hineinnehmen können«, hatte Eric betont.

»Ja und nein«, hatte Eduardo nebulös erwidert, und ehe Eric sich's versah, war er in Eduardos Limousine verfrachtet und hierher gebracht worden, in die Vororte nordöstlich von Paris.

Hier war ein kleines Fabrikgebäude aus dem späten zwanzigsten Jahrhundert, ein Bauhaus-Imitat, das sich in nichts von dem halben Dutzend anderer solcher rostigen Kästen aus Aluminium und stumpf gewordenem Glas in einem bröckligen so genannten Gewerbepark unterschied, hinter dessen Maschendrahtzaun auch nicht ein einziger Grashalm zu sehen war.

Eduardo drückte auf einen Summer an der Tür. Was wie ein schlichtes altes Digicode-Tastenfeld ausgesehen hatte, glitt nach oben und ein Peeper schob sich heraus. Eduardo schaute kurz in die Okulare. Der Peeper fuhr wieder ein, die Verschalung schloss sich und ein oder zwei Minuten später öffnete sich die Tür. Sie wurden von einer grauhaarigen Schwarzen in einem weißen Laborkittel empfangen.

»Monsieur Ramirez …«

»Dr. Duvond …«

Ohne weitere Begrüßungen oder Vorstellungen führte Dr. Duvond sie durch eine Abfolge klimatisierter, pastellgrüner Korridore, die viel sauberer waren als das schmuddelige Äußere, an meistens geschlossenen und von Peepern bewachten Türen vorbei zu einer, die sich in keiner Weise von den anderen unterschied.

Wenn das, was sich unter den Segeltuchplanen von Davindas Klimamodell verbarg, für Eric eine Enttäuschung gewesen war, weil es so gar nichts vom Labor eines wahnsinnigen Wissenschaftlers an sich hatte, so machte dieser Raum das in erheblichem Maße wieder wett.

Er enthielt eine schick aussehende Computeranlage, die eine ganze Wand einnahm. Er enthielt einen Schrank voller Glasfläschchen und Spritzen und einen Autoklav. Er enthielt ein Ding, das beunruhigende Ähnlichkeit mit einem Operationstisch hatte, umgeben von Elektroenzephalographieapparaturen, einer Gasflasche mit einer Gesichtsmaske, einer Art Virtualitätshelm und einem großen Monitor, obwohl zumindest keine chirurgischen Instrumente zu sehen waren.

Zwei männliche Techniker – oder Doktoren, Pfleger, was auch immer – waren im Raum und Dr. Duvond hielt sich auch diesmal wieder nicht damit auf, sie Eric vorzustellen.

»Legen Sie sich jetzt bitte rücklings auf den Tisch, Prinz Esterhazy«, sagte sie stattdessen. »Sie brauchen sich nicht auszuziehen.«

»Wie freundlich von Ihnen«, sagte Eric ölig, dann wandte er sich an Eduardo. »Würdest du mir jetzt bitte erklären, was hier vorgeht?«

»Es gibt da ein literarisches Werk aus dem zwanzigsten Jahrhundert mit dem Titel *I Am a Camera*«, sagte Eduardo. Er lachte. »Tja, und du warst eine Kamera.«

»Wir sind alle eine«, sagte Duvond. »Die visuellen Erinnerungen des Menschen sind nämlich wie alle anderen Erinnerungen auch in der Meatware des Gehirns gespeichert. Und wir können sie praktisch mit derselben Technik lesen, die es uns erlaubt, Rattenhirne als Datenverarbeitungs- und Speicherkomponenten einzusetzen.«

»Aber das sind *polymerisierte* Gehirne!« protestierte Eric. »Man muss das Tier *töten*, um sie zu benutzen, oder nicht?«

»Nur, wenn man ein Säugetiergehirn als RAM-Chip einsetzen will«, erklärte ihm Duvond. »Aber wenn man es als ROM benutzt, als Nur-Lese-Speicher, ist es ein physiologisch und psychologisch nichtdestruktiver Vorgang. Wir verwenden Ihr Gehirn ja nicht als Prozessor. Es ist im Prinzip dasselbe, als würde man per Computer-Input ein Virtual-Reality-Sensorium im betreffenden Gehirn generieren, nur umgekehrt. Dazu braucht man es nicht aus dem Körper zu entfernen, und es besteht auch keine Gefahr zerebraler Überlastung, weil Ihr Gehirn nicht als Schaltkreiskomponente installiert wird. Wir haben dieses Gerät an lebenden Ratten, ja sogar an Hunden getestet und die Persönlichkeiten der Tiere haben das ohne signifikante erkennbare Zerfallserscheinungen überstanden. Sofern man behaupten kann, dass sie Persönlichkeiten besitzen.«

»Vielleicht ist Ihnen aufgefallen, Dr. Duvond, dass ich weder ein Nagetier noch ein Hund bin?«

»Aber ein Säugetier sind Sie doch wohl«, erwiderte Duvond, »und das Betriebssystem ist nicht artenspezifisch.«

Wenn das irgendein müder medizinischer Scherz war, so konnte Eric überhaupt nicht darüber lachen.

»Legen Sie sich bitte hin«, wiederholte Duvond ungeduldig. »Ich versichere Ihnen, es wird Ihnen keine signifikanten Unannehmlichkeiten bereiten.«

»Keine *signifikanten*?« sagte Eric. Aber er ergab sich ins Unvermeidliche.

Während einer der Techniker herumging und Geräte einschaltete, trat der andere an den Arzneimittelschrank, nahm ein Glasfläschchen heraus und lud den Inhalt zum Glück in einen Druckluftinjektor statt in eine grässliche alte Spritze, sodass es schmerzlos vonstatten ging, als er Eric die Flüssigkeit in die linke Ellbogenbeuge injizierte.

Kurz darauf fühlte Eric, wie seine Körperempfindungen zu schwinden begannen. Es war, als würde sein Fleisch sich auflösen. Er wollte etwas sagen, aber seine Mund- und Zungenmuskeln schienen nicht mehr zu funktionieren.

»Keine Angst, Prinz Esterhazy«, sagte eine körperlose Stimme, die schon verklang, noch während sie sprach, »wir schalten ihre nichtvisuellen sensorischen und nichtvegetativen motorischen Funktionen nur offline, damit wir besser …«

Dann Stille.

Dunkelheit.

Panik.

Und er konnte nicht das Geringste dagegen tun, verdammt noch mal. Er konnte sich nicht bewegen. Er konnte nicht schreien. Er konnte nichts spüren. Er konnte nur denken.

Und er dachte, dass es so sein musste, wenn man ein körperloses menschliches Gehirn in einem Computer war. So würde es sein, wenn man eins der Rattenhirne in Ignatz war, falls das polymerisierte Gehirn eines Nagetiers genügend Bewusstsein besaß, um über seine grauenhafte Lage nachzudenken.

Falsch.

Nicht ganz.

Das war der *Ruhezustand* von Computer-Brainware gewesen, wie er gleich darauf feststellte, denn dann wurde er ›hochgefahren‹.

Auf einmal fluteten visuelle Bilder ohne Ton in die Dunkelheit. Sie blitzten mit unnatürlicher, überbelichteter Helligkeit vor ihm auf, schneller, als sein Bewusstsein sie erfassen konnte, ohne schlüssige Ordnung, als wären die visuellen Erinnerungen eines ganzen Lebens auf einen altmodischen Zelluloidfilm übertragen, in Einzelbilder zerschnitten, wie ein Kartenspiel gemischt und ihm dann mit einem Laserstroboskop in die Augäpfel getrieben worden.

Weiter und immer weiter, bis …

– er durch ein Lüftungsgitter auf Karten mit integrierten Halbleiterschaltungen blickte …

Das Bild fror ein.

Es wurde immer größer, als wäre er ein Zoomobjektiv an einer Kamera, bis es zu einer Unschärfe verschwamm, die das Gegenteil von Fernsehpixeln war …

– dann ging das Bildergeflacker wieder los und …

– fror auf dem Innern einer grünen Segeltuchhülle ein, das von oben angebrachten Halogenscheinwerfern erhellt wurde …

– ging in ruckhafte Zeitlupe über, als er in die Hülle hineintrat und sich umsah, welche …

– fror auf der Computerkonsole ein, zoomte heran …

– wurde zum Zeitlupenschwenk, der erst in normale Bewegung und dann in Zeitraffer mit abrupten Zwischenstops überging, als sein Blick über Bildschirm, Mikro, Lautsprecher und Stühle schweifte, alles ganz normale Dinge …

– und fror auf dem ›Spielhallen-Virtualitätsliegesitz‹ ein. Zoomte heran. Fuhr in extremer Zeitlupe daran entlang zur Helmhaube an ihrem biegsamen Stiel …

– fuhr zurück zu einem Standbild der Haube …

– zoomte heran, immer näher, bis das Bild Details und Schärfe einbüßte. Wiederholte den Vorgang viermal aus verschiedenen Winkeln auf verschiedene Teile der Haube: die Oberfläche, den Stiel, ein Stück vom Innern, das wie ein Mosaik aus winzigen, stumpfen Metallstiften aussah, ein anderer Teil der Oberfläche …

– wieder Zeitraffer, als er ziellos im Raum umherschlenderte …

– fror auf einem Bild des Gestells mit der Satellitenanlage und den diversen anderen elektronischen Komponenten ein …

– schwenkte in der Halbtotalen sehr langsam daran entlang, gefror bei jeder einzelnen Komponente zum

Standbild und zoomte darauf, bevor es weiterging, Schwenk, Standbild, Zoom, Schwenk, Standbild, Zoom, Schwenk, Standbild, Zoom …

– ein plötzlicher, blitzschneller Rücklauf der ganzen Sequenz zur Virtualitätsliege …

– wieder der Schwenk daran entlang, diesmal in quälend langsamer Zeitlupe, alle paar Zentimeter ein Zoom, wie es ihm schien …

– derselbe langweilige Vorgang bei der Haube …

– und zurück …

– und noch einmal …

– und zurück …

– und noch einmal …

– fror auf dem Inneren der Haube ein. Zoomte auf das Feld stumpfer Metallstifte, die das Innere zu säumen schienen. Zoomte immer näher heran, bis nur noch mattgraue Punkte zu sehen waren, die sich selbst in Grau auflösten …

Und dann plötzlich Schwärze. Ein Nichts.

In das zu seiner übergroßen Freude ferne Stimmen einzudringen begannen …

»… jetzt zu sich …«

»… nicht viel anders als diese Anlage …«

Und Eric spürte, wie seine Körperempfindungen langsam zurückkehrten …

Als Erstes bohrende Kopfschmerzen und ein flaues Gefühl im Gedärm.

»Es ist Ihre Theorie, also Ehre, wem Ehre gebührt«, erklärte Avi Posner Monique Calhoun. »Aber die Sicherheit muss gewahrt bleiben, und es ist nicht nötig, dass Sie Bescheid wissen.«

Will ich auch gar nicht, dachte Monique Calhoun.

Es war die absonderlichste Kommunikationsstruktur, die sie je erlebt hatte. Sie und Posner saßen nebeneinander im so genannten Wohnzimmer seiner so genannten

Wohnung. Jeder von ihnen hatte ein rein akustisches Telefon in der Hand. Die Telefone waren auf geheimnisvolle Weise so mit dem Computer verbunden, dass Posner sowohl sprechen als auch hören, Monique jedoch nur sprechen konnte.

Monique würde direkt mit Posners nebulöser Kontaktperson auf Seiten des ›Auftraggebers‹ reden, ohne die Stimme dieser ›Kontaktperson‹ zu hören, nicht einmal durch einen Verzerrungsalgorithmus.

Posner drückte auf eine Funktionstaste, auf der eine Telefonnummer gespeichert war. Am anderen Ende klingelte es nun offenbar, aber Monique konnte es nicht hören. Dann meldete sich anscheinend jemand, denn Posner begann, in sein Telefon zu sprechen.

»Posner, Avi, Shalom«, sagte er ausdruckslos, als würde er sich bei einer Stimmerkennung identifizieren, was er wahrscheinlich auch tat.

Ein paar lange Minuten Schweigen, während Posner sich etwas anhörte, was ihm offenkundig nicht gefiel.

»Ja, ja …«

Schweigen.

»Also, Calhoun hat da eine Theorie entwickelt, die ich einleuchtend finde …«

Ein kurzes Schweigen.

»Natürlich!«

Wieder Schweigen.

»Sie sollten sich lieber anhören, was sie zu sagen hat!«

Ein kürzeres Schweigen.

»*Natürlich* nur auf Senden! Glauben Sie, Sie haben's mit einem Amateur zu tun?«

Schweigen.

»Dann suchen Sie sich doch ein anderes Syndikat, verdammt noch mal!«

Ein sehr kurzes Schweigen.

»In Ordnung …«

Posner warf Monique einen Blick zu und nickte.

»Was soll ich tun?« fragte Monique.

»Einfach ins Telefon sprechen. Erzählen Sie ... denen, was Sie mir erzählt haben.«

»Ich glaube, ich habe herausgefunden, was für eine ... äh ... Art von Operation unter dem Codenamen Lao gegen ... Sie durchgeführt wird ...« sagte Monique und hielt inne, um ihrem Gesprächspartner Gelegenheit zu einer Reaktion zu geben, wie sie es an dieser Stelle natürlicherweise in jedem persönlichen oder elektronisch vermittelten Gespräch getan hätte.

Aber es kam natürlich keine. Nur dass Avi Posner ihr mit ungeduldigen Handzeichen zu verstehen gab, dass sie weitersprechen sollte.

»Da ... äh ... triftige Gründe für die Vermutung vorliegen, dass es sich ... äh ... um eine sibirische Operation handelt, die auf John Sri Davinda und ... ähm ... oder sein Klimamodell abzielt, und ... äh ... da ... das Klimamodell schon fertig gestellt und im Computer ist ...«

Monique hielt inne und deckte das Mundstück mit der Hand ab. Wie sollte sie das machen, ohne das geringste Feedback? Woher sollte sie überhaupt wissen, ob wirklich jemand am anderen Ende war?

»Ist das okay so, Avi?« flüsterte sie.

»Weiter, weiter, weiter!«

Monique sprudelte es rasch heraus, um es hinter sich zu bringen. »Deshalb können Davinda, sein Klimamodell oder beide nicht das *Ziel* der Operation sein, sie müssen ein *Teil* von ihr sein. Er muss ein ... wie nennen Sie das ...«

»Ein Maulwurf«, soufflierte Posner.

»... ein Maulwurf sein. Und da die Marenkos immer wieder das Wort ›Lao‹ zu Davinda gesagt haben, muss das entweder ein Aktivierungssignal oder ein Bestätigungscode sein, und ... und das ist alles, was ich zu sagen habe ...«

Monique legte das Telefon einigermaßen erleichtert weg und warf Posner einen neugierigen Blick zu. Posner formte mit Daumen und Zeigefinger einen Kreis.

Aber dann hörte er mindestens zwei Minuten lang nur zu, wobei er immer wieder den Kopf schüttelte und das Gesicht verzog. »Verstanden, ich warte auf Ihren Anruf«, sagte er schließlich und unterbrach die Verbindung.

»Na?« fragte Monique.

»Habe ich gesagt, ich hätte in ein Wespennest gestochen?« sagte Avi Posner. »Also, Sie haben's gerade aufgebrochen wie eine Piñata*.«

Nachdem er irgendein Mittel gespritzt bekommen und eine ordentliche Dosis hochwertiges Designer-Koks geschnupft hatte, fühlte Eric Esterhazy sich wieder halbwegs wie ein Mensch. Er hatte es sogar geschafft, nicht zu kotzen, als er sich aufsetzte, wenn auch nur mit Müh und Not.

Vom ›OP-Tisch‹ aufzustehen und zu gehen, war jedoch etwas, womit er nach Auskunft seines angeschlagenen Gleichgewichtssinns klugerweise noch ein bisschen warten sollte. Das galt jedoch nicht für die Aufgabe herauszufinden, ob man etwas in Erfahrung gebracht hatte, was auf irgendeine Weise das Martyrium rechtfertigen konnte, das man ihm zugemutet hatte.

Die Techniker waren irgendwann hinausgegangen, bevor man ihm die Haube abgenommen hatte, sodass nur Dr. Duvond und Eduardo noch da waren, und Eric hatte absolut keine Lust, sich mit der Marquise de Sade zu unterhalten.

---

* Aufgehängter bunter Topf voller Süßigkeiten und Nüsse etc., den Kinder im Rahmen eines Spiels mit einem Stock zerschlagen müssen, um an den Inhalt heranzukommen. – *Anm. d. Übers.*

»Also, Eduardo«, sagte er gereizt, »habt ihr was entdeckt, was wir nicht schon wussten?«

»O ja«, erklärte ihm Eduardo. »Die Sache hat sich durchaus gelohnt.«

»Ach *wirklich*?« knurrte Eric. »Für wen?«

Eduardo warf Duvond einen Blick zu.

»Wir können nicht sicher sein, ohne das betreffende Gerät selbst zu untersuchen«, sagte Duvond, »aber es ist eine vorsichtige Hypothese, wenn wir davon ausgehen, dass die an deren Computer angeschlossene ›Virtualitätshaube‹ ebenso wenig eine ist wie diejenige, die wir Ihnen gerade aufgesetzt haben. Es ist ein ähnlicher Apparat, aber wahrscheinlich empfindlicher, und fast mit Sicherheit kein Nur-Lese-Gerät.«

»In schlichteren Worten, für ein niedriges Säugetier, Doktor«, sagte Eric.

»Sehr laienhaft ausgedrückt, ist es wahrscheinlich eine Fassung für einen menschlichen Meatware-Prozessor. Eine Zentraleinheit von beispielloser Leistungsfähigkeit.«

Das hatte Eric veranlasst, sich vor Überraschung kerzengerade aufzusetzen. Die plötzliche Bewegung bewirkte, dass ihn eine Welle des Schwindels und der Übelkeit durchlief.

»Anscheinend haben sie einen Weg gefunden, wie man das Gehirn benutzen kann, ohne es herausoperieren zu müssen«, sagte Eduardo. »Der Computer für Davindas Klimamodell *wird* mit einem menschlichen Gehirn arbeiten.«

»Dem von Davinda?« fragte Eric.

»Wessen sonst?«

»Kann man so etwas überleben?« fragte er skeptisch.

»Da das Gehirn nicht aus seiner ursprünglichen biologischen Matrix entfernt wird, dürfte weder der Meatware-Prozessor noch der Organismus selbst einen physischen Schaden davontragen«, meinte Dr. Duvond.

»Aber was ist mit dem *Bewohner* der biologischen Matrix und des Meatware-Prozessors?« fragte Eric.

»Ich kann Ihrer Terminologie nicht ganz folgen …«

»Mit dem armen Kerl, dessen Kopf in der Fassung steckt! *Davinda*! Was passiert mit der *Person*?«

»Ich könnte mir vorstellen, dass die Psyche eines Probanden, der auch nur für kurze Zeit als Meatware-Zentraleinheit benutzt wird, hinterher stark fragmentiert wäre. Wenn man ihn längere Zeit benutzt, hätte er wahrscheinlich überhaupt kein integriertes menschliches Bewusstsein mehr.«

Eric nickte.

Keine gute Idee. Seine Hirnschale fühlte sich an wie ein Goldfischglas, das mit einem Hammer bearbeitet worden war und einen Sprung hatte. Und *er* war bloß für ein paar Minuten der Nur-Lese-Version ausgesetzt gewesen.

»Glauben Sie's jemandem, der's hinter sich hat«, stöhnte er. »Falls doch, wird er sich wünschen, es wäre nicht so.«

Da sie beide nicht in der Stimmung für Small Talk waren, hatte Monique ungefähr eine halbe Stunde lang Avi Posner, die Decke, die Wand, irgendwas angestarrt, während sie darauf wartete, dass das Telefon klingelte.

Als es das schließlich tat, wartete sie weitere zehn Minuten, während der oder die Unbekannte am anderen Ende einen Monolog vom Stapel ließ, in dessen Verlauf Posners Miene erst langsam und dann nicht mehr so langsam immer ernster wurde.

Als er auflegte, war er geradezu aschfahl. »Jetzt brauche ich einen Drink«, sagte er hölzern. »Und jemanden, der einen mittrinkt.« Er ging in die Küche und kam mit zwei viertelvollen Wassergläsern zurück, deren Inhalt wie Wodka aussah.

Er reichte Monique ein Glas und kippte den Inhalt

des anderen hinunter. Monique trank solidaritätshalber einen kleinen Schluck mit. Es war Wodka. *Warmer* Wodka, der absolut widerlich schmeckte.

»Ich bin zwar nicht befugt, Ihnen das zu sagen«, erklärte Posner, »aber ich werde es trotzdem tun. Ich weiß nämlich nicht, was ich machen soll, und ich muss mit jemandem sprechen.«

»Was ist denn, Avi?« fragte Monique leise. So hatte sie ihn noch nie erlebt. Er benahm sich überhaupt nicht ... professionell.

»Dieses Ding, das wie ein Virtualitätshelm aussah«, sagte er. »Das ist eine Fassung für eine Zentraleinheit.«

»Sie meinen ... eine *menschliche* Zentraleinheit ...?«

Posner nickte. »Ein menschliches Gehirn, das noch in einem lebendigen Körper sitzt.«

»Davinda?«

»Davinda hat sich an sie gewandt und wollte die Implementierung, das heißt, die Weiterentwicklung und Anpassung von Klimamodell-Software finanziert bekommen, die nach seinen Worten nicht nur auf dem allerneuesten Stand, sondern *definitiv* war.«

»Definitiv?«

»Ein Eins-zu-Eins-Echtzeit-Modell der planetaren Klimas inklusive des gesamten Inputs: Satellitendaten, verschiedene Klimasteuerungsmodelle, Atmosphärenmuster, Meerestemperaturen, der ganze Schlamassel. Eine komplette virtuelle Erde in Software, die in Echtzeit läuft. Oder beschleunigt. Man gibt Klimasteuerungsmodelle oder natürliche Faktoren ein und sieht vorher, was sie für Auswirkungen haben werden. Das beste Klimamodell, das selbst theoretisch möglich ist.«

»Aber das wäre ein *Riesenprogramm*, oder nicht?« sagte Monique. »Und es gibt keinen Computer, der so was in ...«

Sie brach ab.

Sie schluckte schwer.

»Oh«, sagte sie.

Posner nickte. »Davindas Stamm oder Kommune – oder wie immer sie das da draußen im Wunderland der Dritten Kraft nennen – hatte ihn auch mit den Plänen für einen Computer versorgt, auf dem das Modell laufen würde ...«

»Indem man ein menschliches Gehirn als Zentraleinheit verwendet ...«

»Den Software-Leuten von Big Blue ist es nicht gelungen, das komplette Ding zum Laufen zu bringen, aber als sie einzelne Teile und partielle Versionen mit partiellen Daten ausführten, bekamen sie meistens den Venuseffekt oder so was in der Art. Die Hardware-Leute waren zuversichtlich, dass sie Davindas Menschen-Meatware-Computer mit vertretbarem Kostenaufwand bauen könnten. Big Blue war sehr interessiert ...«

Posner zuckte die Achseln. »Das glaube ich gern.« Er verzog das Gesicht. »Der Rest ...?« Er zuckte erneut die Achseln. »Dem zufolge, was man mir gerade erzählt hat, zögerte die große blaue Maschine aus zutiefst moralischer Sorge um das Wohlergehen der menschlichen Komponente, das Projekt zu finanzieren. Deshalb hat Davinda ...«

»Sich bereit erklärt, als Freiwilliger zu fungieren«, rief Monique.

»Wer's glaubt, wird selig«, meinte Posner. »Ein Zyniker würde vielleicht vermuten, dass sie's zur Bedingung für den Handel gemacht haben.« Er hob die Schultern. »Im Endeffekt lief es aufs selbe raus. Sie beschafften das Geld und bauten das Ding. Und als sie es getestet haben ...«

»Sie haben den Computer schon laufen lassen? Mit Davinda drin?«

»Nur für fünf Minuten, so hat man's mir jedenfalls erzählt. Davinda war hinterher, sagen wir mal, nicht mehr ganz so kohärent wie vorher, aber das war zu erwarten gewesen. Ein gesunder Verstand ist nun mal keine unabdingbare Voraussetzung für eine menschliche Zentraleinheit, und die Resultate waren so golden oder vielmehr echtblau, dass die große blaue Maschine den gegenwärtigen Plan ausgeheckt hat, UNACOCS zu übernehmen und in einer grünen Medienhauptstadt zu veranstalten ...«

»Aber was ist mit den künstlich erzeugten weißen Tornados? Und diesem plötzlich viel merkwürdigeren Wetter?«

»Das brauche ich angeblich nicht zu wissen«, murrte Posner. »Aber wenn man bedenkt, dass Davindas Geisteszustand sich offenkundig stark verschlechtert hat, wahrscheinlich nachdem sie sozusagen ihr letztes Hemd auf UNACOCS gesetzt hatten, und dass viele Elemente der großen blauen Maschine ursprünglich konzernkapitalistische Bestandteile der alten nationalen militärisch-industriellen Komplexe waren, die eine paranoide Vorliebe für den ›Overkill‹ hatten ...«

»Eine Art Versicherung, mit anderen Worten?«

»Man kann sich die Kosten-Nutzen-Analyse vorstellen. Wir brauchen nur ein paar Spiegel, die wir schon im Orbit haben, neu einzustellen und in andere Positionen zu bringen, die Kosten werden nicht weiter ins Gewicht fallen, also ...«

»Deshalb waren sie nicht übermäßig entsetzt, als die weißen Tornados als Betrug entlarvt wurden ...«

»Sie waren noch zuversichtlich, dass am Sonntag alles klappen würde, selbst nachdem Davinda brabbelnd von der Bühne geführt werden musste, weil der Computer nämlich kein gesundes Gehirn braucht, um zu funktionieren ...«

»Und dann würde ihr definitives Klimamodell auf dem stärksten Computer aller Zeiten laufen, dessen Schöpfer bereitwillig sein Leben aufs Spiel setzt, indem er sein eigenes Gehirn in die Elektronik integriert. Live im Fernsehen und im Netz, weltweit! Die ultimative unterschwellige Ansprache!«

Posner nickte. »*Aber* wenn Davinda die ganze Zeit ein sibirischer Maulwurf gewesen ist, wenn die Vorführung des Klimamodells so programmiert wurde, dass sie auf höchst kontraproduktive Weise scheitert, wird die Venuseffekt-Hypothese zusammen mit UNACOCS und vermutlich auch den Vereinten Nationen selbst diskreditiert, und die große blaue Maschine wird durch die Finanzierung dieses Fiaskos in den Bankrott getrieben. Und deshalb … und deshalb …«

»*Und deshalb*?«

»Wenn Sie nichts dagegen haben …?« Posner hob sein leeres Glas. »Und selbst wenn«, murmelte er in sich hinein und ging wieder in die Küche. Gleich darauf kam er mit einem viertelvollen Glas zurück und trank ein paar kleine Schlucke daraus.

»Und deshalb haben sie sich auf eine Negativoptionsklausel im Vertrag mit dem Mossad berufen«, sagte er. »Big Blue hat klugerweise beschlossen, das Risiko der endgültigen Vernichtung nicht einzugehen. Wenn ich bis Sonntag nicht den Beweis erbringen kann, dass Davinda *kein* Maulwurf ist, muss ich ihn erledigen.«

Monique warf Posner einen Seitenblick zu. »Und deswegen haben Sie moralische Skrupel, Avi?« fragte sie skeptisch. »Haben Sie so was in … Verfolgung Ihrer beruflichen Pflichten noch nie gemacht?«

»Ach was«, sagte Posner. »Das ist kein moralisches Dilemma, *wenn* Davinda ein Maulwurf ist.« Er hielt inne, um sich noch etwas von dem flüssigen Stärkungsmittel einzuverleiben.

»Aber wenn nicht? Was ist, wenn der Venuseffekt wirklich einsetzt und Davindas Klimamodell es beweisen würde? Was ist, wenn John Sri Davinda wirklich ein waschechter Idealist ist, bereit, sein Leben zu riskieren, um die Biosphäre zu retten? Und ich erledige ihn. Und der Beweis ist verloren. Die moralische Verantwortung für einen Tod akzeptiert man als Profi, selbst wenn sich die Gründe für dessen Notwendigkeit später als falsch erweisen. Aber das … *das*!«

Avi Posner kippte sich den Rest seines widerlich warmen Wodkas hinter die Binde. »Und das Schlimmste ist, dass es eine Negativoption ist. Wenn ich nicht den Nachweis erbringen kann, dass Davinda *kein* Maulwurf ist, muss ich ihn erledigen. *Ohne es zu wissen!* Und ich habe nicht die leiseste Idee, wie ich es anstellen soll, das herauszufinden!«

Die Sache schien diesem abgebrühte Mossad-Profi eindeutig schwer zu schaffen zu machen, und Monique verstand ihn nur allzu gut, denn das Gespenst der endgültigen Holocaust-Zukunft grinste jetzt auch auf sie herab, mit toten, leeren Augenhöhlen wie die Mondkrater eines todgeweihten Planeten.

Wer hatte denn mit seiner großen Klappe diese Situation geschaffen? War sie nicht moralisch genauso dafür verantwortlich wie Avi Posner, wohin das alles führte?

Oder sogar noch mehr?

Sie würgte einen Schluck warmen Wodka hinunter, um sich Mut anzutrinken, oder vielleicht eher, um persönliche Eitelkeit, Anstand und Scham wegzuspülen, die ihr unter den gegebenen Umständen ziemlich kleinkariert vorkamen.

»Vielleicht habe *ich* eine«, sagte sie leise. »Ich hab Ihnen noch nicht erzählt, wie ich die Information aus Eric Esterhazy rausgeholt habe, die … die … die zu dieser Situation geführt hat, und Sie haben mich nie danach gefragt …«

»Ich fand nicht, dass ich das wissen musste.«

»Tja, Avi, jetzt müssen Sie's wissen.«

Also stürzte sie einen größeren Schluck Wodka hinunter und erzählte es ihm.

Alles, was sich im Kamasutra-Raum und im Pseudoverlies abgespielt hatte. In nüchternen, aber anschaulichen Details. Ohne etwas Wichtiges auszulassen.

Als sie fertig war, starrte Posner sie mit offenem Mund an, staunend und verwirrt.

»Warum … warum *erzählen* Sie mir das?«

»Weil Sie's wissen müssen, Avi«, erklärte ihm Monique mit zitternder Stimme. »Wenn Esterhazy nämlich Aphrogas in diese Boudoirs pumpen kann, dann kann er auch andere Sachen reinpumpen, und ich glaube, wir können davon ausgehen, dass Böse Buben in der Kunst der chemischen Befragung ziemlich versiert ist, nicht wahr?«

»Und Sie sind bereit, das …?«

»Sagen Sie Ihrem Auftraggeber, ich bin bereit, Esterhazy irgendein Märchen zu erzählen, um mit Davinda und dem besten Cocktail aus Schwanz- und Zungenlösern, den er zu bieten hat, in eins dieser Boudoirs zu kommen …«

»Obwohl Sie wissen, dass er zuhören und zusehen wird?«

»Obwohl ich weiß, dass er zuhören und zusehen wird.«

»Es könnte gefährlich sein …«

Monique antwortete mit einem kleinen Achselzucken gespielter Tapferkeit, aber schließlich war es schwer vorstellbar, dass jemand wie Prinz Eric eine Gefahr darstellte, und wenn, dann höchstens für ihre sexuelle Urteilsfähigkeit oder ihre innere Ruhe.

Und sie wusste, dass sie es tun musste, um diese innere Ruhe wieder zu finden.

»Warum tun Sie das, Monique?« fragte Avi Posner im sanftesten Ton, den er ihr gegenüber je angeschlagen hatte.

»Sie sind nicht der Einzige, der das Bedürfnis hat, Bescheid zu wissen, Avi«, erwiderte Monique im gleichen Ton.

Abgebrühter Mossad-Agent hin und her, Avi Posner schien den Tränen nahe zu sein, als er sein Glas hob, mit ihr anstieß und ihr zuprostete.

»Auf Sie, Monique Calhoun«, sagte er. »Falls Sie jemals beschließen sollten, Ihre Syndikatszugehörigkeit zu wechseln – beim Mossad wird es immer einen Platz für Sie geben.«

Monique lachte leise. »Dann hab ich's also geschafft, Avi?« sagte sie. »Bin ich endlich ein Profi geworden?«

»O nein«, erklärte ihr Posner mit aufrichtiger, aber ziemlich bezechter Würde. »Darüber sind Sie schon längst hinaus.«

»Genau wie Sie, Avi Posner«, sagte sie.

Eduardo Ramirez und die Marenkos hatten gemeinsam beschlossen, diese Zusammenkunft am Nachmittag auf *La Reine de la Seine* abzuhalten, und Eduardo hatte Eric Anweisung gegeben, nur ein paar Snacks vorzubereiten, obwohl ein nicht zu knapp bemessener Vorrat an Wodka, Wein und Champagner natürlich *de rigueur* war, wenn man Stella und Iwan Marenko zu irgendetwas einlud.

Aber wie sich herausstellte, waren die Sibirier so enthaltsam wie nur je; sie nippten bloß am Pfefferwodka, während sie draußen am Heck in der heißen, schwülen Luft an einem Tisch saßen und Eduardo – hin und wieder unterstützt durch einen Einwurf von Eric – ihnen mitteilte, was Böse Buben über Davindas Klimamodell und die Machenschaften von Big Blue in Erfahrung gebracht hatte.

Sie waren nicht erfreut.

»Warum Sie haben uns so lange in Finsternis gelassen?« wollte Iwan wissen, als Eduardo geendet hatte.

»Weil sie glauben, wir zahlen mehr für Weiße Tornado-Aufzeichnungen, wenn wir erfahren, dass menschliches Gehirn im Computer ist, Iwan! Oder vielleicht kaufen gar nicht, wenn wir erfahren, dass keins drin ist, da?«

»Also, wenn Sie Gehirn finden, Sie sagen uns, wenn nicht, Sie halten den Mund, hm, Ramirez?«

Eric hatte noch nie erlebt, dass Eduardo Ramirez sich so unbehaglich gefühlt hatte. Er saß steinern unter den wütenden Blicken der Sibirier und schwieg, zweifellos, weil ihm einfach nichts einfiel, was er hätte sagen können.

Das Wettstarren wurde von Iwan Marenkos Gelächter beendet.

»Kluge Strategie!« sagte er. »Bin Ihnen nicht böse.«

»Wie Paten sagen in alten Gangsterfilmen, ›rein geschäftlich‹!« ergänzte Stella und brach ebenfalls in Gelächter aus.

Leute gibt's, dachte Eric. Und mit denen stand man nun auf einer Seite!

Was für eine Seite das letztlich auch sein mochte.

Nachdem Eduardo seine Informationen weitergegeben hatte, übernahmen die Marenkos die Gesprächsführung, wie sie das immer zu tun pflegten.

»Okay«, sagte Stella, »ist also wirklich Gehirn ...«

»Aber *lebendiges* Gehirn, vielleicht in Freiwilligem«, meinte Iwan. »Nicht so schlimm wie Frankensteinspiele ...«

»Wenn ich mir erlauben darf, anderer Meinung zu sein«, mischte sich Eric ein. »Als jemand, der das am eigenen Leibe erlebt hat ...«

»Das ist jetzt nicht der Punkt, Eric«, schnitt ihm Eduardo scharf das Wort ab.

»Da«, sagte Stella Marenko. »Punkt ist, sieht nicht so schlecht *aus* wie geklontes oder aus Körper gerissenes Gehirn im Computer. Viel besser für ... wie würde Calhoun sagen ...?«

»Unterschwellige Ansprache«, sagte Iwan.

»Spin«, sagte Eric gleichzeitig.

»Was auch immer«, meinte Eduardo. »Der Punkt ist, dass man nicht mit Sicherheit sagen kann, was passieren wird, wenn Davinda diesen Helm aufsetzt und sein Klimamodell startet, um den Venuseffekt oder sonst was in Misskredit zu bringen ...«

»Ihr Argument, warum wir Tornado-Aufzeichnungen für viel Geld von Ihnen kaufen und verwenden sollen, da, Ramirez?« sagte Iwan.

»Da«, antwortete Eduardo.

»Ist *gutes* Argument«, sagte Stella Marenko.

»Aber Angebotspreis ist zu hoch.«

»Angebotspreise sind *immer* zu hoch«, sagte Eduardo. »Deshalb sind es ja Angebotspreise.«

»Sie gehen runter?«

»Ein bisschen ...«

»Wie viel?«

»Moment«, sagte Eric, dessen Mund schon wieder schneller war als sein Gehirn. »Wir sollten lieber sorgfältig nachdenken, bevor wir das Geschäft abschließen. Irgendwas passt hier einfach nicht zusammen.«

Eduardo funkelte ihn an. »Wenn du nichts dagegen hast, Eric ...«

»Lassen Sie ihn reden!« sagte Iwan Marenko. So wie es klang, kam es gefährlich nahe an einen Befehl heran. Und niemand erteilte Eduardo Ramirez Befehle. Eduardo war viel zu höflich, um es offen zu zeigen, aber Eric spürte sehr wohl die Hitze seines Zorns.

Und merkte, dass er selbst gefährlich nahe an einer Schwelle war, über deren genaue Natur er lieber nicht nachdachte. Und es war zu spät, um zurückzuweichen.

»Was ich meine, Eduardo, ist Folgendes«, sagte er in beruhigendem Ton. »Wir vergessen, dass ich Big Blue davon überzeugt habe, dass das mysteriöse Lao eine Operation ist, die *wir* gegen sie durchführen.«

»Und?«

»Und dass sie mir das abgekauft haben, bedeutet, dass Lao keine Operation von *ihnen* sein kann ...«

»Und?« sagte Eduardo in einem ganz anderen Ton. Sein Zorn war vergessen, seine Neugier angestachelt.

Erics Gedankengang war fast schon am Ende angelangt. »Und … äh … wenn es nicht unsere Operation ist … und ihre auch nicht …«

»Dritte Kraft?« mutmaßte Iwan Marenko.

»Existiert nicht«, sagte Stella. »In eigentlichem Sinn.«

»Existiert nicht *nicht*, Stella. In eigentlichem Sinn.«

»Da …«

Obwohl sich eine Vielzahl von Persönlichkeiten und Organisationen zu einem Glauben in der vagen Konstellation noch nebulöserer Ideen bekannten, die man als ›Dritte Kraft‹ bezeichnete, war noch niemals ein Syndikat, ein Konzern oder eine religiöse Hierarchie aus den virtuellen Löchern gekommen und hatte das philosophische Markenzeichen oder das Copyright an den frei flottierenden Aphorismen beansprucht, die so ziemlich das Einzige waren, was Eric von dieser nichtexistenten Nichtorganisation kannte.

So wie man bekannte Redewendungen wie »Es ist erst vorbei, wenn es vorbei ist« oder »Déjà vu und alles wie gehabt« einem legendären Yogi namens Berra zuschrieb, wurden diese Kryptizismen der ›Dritten Kraft‹ zugeschrieben, deren zentrale Selbstdefinitionsdoktrin lautete: »Immer wenn sich zwei Kräfte gegenüberstehen, kommt die Dritte Kraft zum Vorschein«.

Allerlei aus dem zwanzigsten Jahrhundert übrig gebliebene obskure Kulte – Scientology, Sufismus, Marxismus, Soziale Entropisten, Zen-Vegetarier, was auch immer – erhoben Anspruch darauf, Vorläufer und Wurzeln der Dritten Kraft zu sein, und Eric sah keinen Grund, weshalb sie nicht allesamt Recht haben konnten, denn die zentrale Doktrin implizierte je nach Interpretation alles von der mystischen Idee, dass die Wechselwirkung zwischen Materie und Energie eine Dritte Kraft mit vielfältigen Namen hervorbrachte – ›Geist‹, ›Seele‹, ›Gott‹, ›Chi‹, ›Prana‹, ›Tao‹ oder ›Chaos‹ –, bis hin zu dem erwiesenen kulinarischen Prinzip, dass zu Süßes und zu Saures zusammen eine exzellente Soße für chinesische Gerichte ergaben.

Oder dass der heiße und der kalte Krieg zwischen den Blauen und den Grünen einen intermediären Zustand hervorbrachte, nämlich die gegenwärtigen klimatischen Verhältnisse auf dem Planeten.

Oder dass jeder Konflikt zwischen zwei gegnerischen Spielern aus dem Pulverdampf der Kontroverse irgendwie einen dritten Spieler heraufbeschwören würde.

Was, wie Eric einräumen musste, auf die gegenwärtige Situation zuzutreffen schien.

»Tja, und was soll das nun bedeuten?« fragte Eduardo verächtlich niemanden im Besonderen und/oder alle zusammen. »Durch diese Desinformation, die Eric Monique Calhoun zugesteckt hat, ist irgendwie aus dem Nichts heraus eine echte ›Lao-Verschwörung‹ entstanden?«

Iwan und Stella Marenko sahen einander nervös an.

»Gibt noch viel seltsamere Sachen«, meinte Iwan düster.

»Ja, mit genug gutem Wodka und schlechten Pilzen«, sagte Stella.

»Sie vergessen das Offensichtliche«, sagte Eric.

»Ach wirklich?« fauchte Eduardo.

»Etwas namens Lao war schon die ganze Zeit vorhanden«, erklärte Eric. »Wir wussten nie, was es war, und wir wissen's auch jetzt nicht. Die andere Seite wusste ebenfalls nicht, was es war, und sie *glaubt* nur, jetzt zu wissen, dass wir es sind.«

»Da …«

»Da!«

»Na schön, Eric, und was bedeutet das deiner Meinung nach?« fragte Eduardo Ramirez. Als Eric zögerte, lächelte er ermutigend. »Nur zu«, sagte er, »bis jetzt hast du deine Sache sehr gut gemacht.«

»Es bedeutet, dass *wir* nicht wissen, was passieren wird, wenn sie Davinda an den Computer anschließen und das Modell laufen lassen, und dass *sie* sich jetzt auch nicht mehr sicher sind«, sagte Eric. »Und ...«

»Und?«

Eric zuckte die Achseln. Seine brillanten Schlussfolgerungen hatten ihren Schlusspunkt erreicht.

»Die praktischen Konsequenzen für uns sind ...?«

Eric zuckte wieder die Achseln.

»Wir sollten lieber sehr, sehr vorsichtig sein.«

»In welcher Beziehung?«

Eric glaubte die Antwort zu kennen, aber er wusste auch, dass er diesmal lieber sehr, sehr gründlich nachdenken sollte, bevor er es wagte, sie zu äußern.

Er dachte daran, was Monique Calhoun gesagt hatte – selbst wenn die weißen Tornados wirklich Schwindel waren und es wirklich ein körperloses Gehirn im Computer gab, konnte es ein tödlicher Fehler sein, die große blaue Maschine zu zerstören, auch wenn sie aus noch so prinzipienlosen kapitalistischen Lügnern bestand, falls nämlich Davindas Klimamodell trotzdem beweisen würde, dass der Venuseffekt unvermeidlich war, wenn man ihre Techniken zur Abkühlung des Planeten nicht rasch einsetzte.

Oder es zu tun, ohne sich in diesem Punkt völlig sicher zu sein, entweder so oder so.

Er dachte daran, was er gefühlt hatte, als er den Mut aufgebracht hatte, gemeinsame Sache mit ihr zu machen, um das herauszufinden. Etwas ganz Ähnliches hatte er empfunden, als er sich Eduardos Bewunderung erworben hatte und in den Augen seines Syndikats eine Respektsperson geworden war, indem er ein hohes persönliches Risiko eingegangen war, um das moralisch Richtige zu tun.

Und er erinnerte sich, dass es schließlich Eduardo selbst gewesen war, der ihm erklärt hatte, Böse Buben seien keine Kapitalisten, die sich für nichts anderes interessierten als das, was unter dem Strich heraussprang.

Natürlich hatte Eduardo ihm auch erklärt, dass er trotz aller moralischen Rechtschaffenheit nicht den persönlichen Konsequenzen entrinnen würde, wenn er mit seinen Vermutungen falsch lag und das Syndikat dadurch um einen Haufen Geld brachte.

»Die Verantwortung liegt bei jedem einzelnen Bürger-Aktionär«, hatte Eduardo ihm erklärt.

Eric seufzte, denn in diesem Augenblick war er sich nur allzu deutlich bewusst, dass es so war.

»Wir sollten lieber sehr, sehr vorsichtig damit sein, die Weiße Tornado-Aufzeichnungen den Medien zu überlassen, gleich unter welchen Bedingungen«, sagte er.

»Ach wirklich, sollten wir das?« gab Eduardo finster zurück.

»Warum?« fragte Stella Marenko.

»Weil wir die große blaue Maschine zerstören könnten.«

»Ist das schlecht? Kapitalistische Lügner zu diskreditieren, die Sibirien wieder zu Winterwunderland machen würden, um sich Taschen zu füllen?«

»Ja, sofern John Sri Davindas Klimamodell wirklich beweist, dass die Erde und alles darauf stirbt, uns eingeschlossen, falls wir ihnen das nicht durchgehen lassen.«

»Da!«

»Da!«

Eduardo Ramirez starrte Eric über den Tisch hinweg mit einer undurchdringlichen Pokermiene an. »Dir ist doch klar, was du gerade getan hast, Eric«, sagte er ruhig.

Eric sah ihm in die Augen. »Ja, Eduardo.«

»Du hast unseren sibirischen Freunden hier gerade ein höchst überzeugendes Argument dafür geliefert, die Weiße Tornado-Aufzeichnungen nicht zu kaufen.«

»Da!«

»Und Böse Buben damit um einen Haufen Geld gebracht.«

Eduardo starrte Eric mit steinerner Miene an. Eric erwiderte den Blick auf die gleiche Weise. Was hätte er sonst tun sollen?

»Ich weiß, Eduardo.«

»Ein Argument, das so überzeugend ist, dass es mir ebenfalls einleuchtet«, sagte Eduardo Ramirez. »Ein Argument, das ich mich hoffentlich auch selber vorzubringen getraut hätte.«

Unter den gegebenen Umständen wäre es viel zu viel von ihm verlangt gewesen, sein Gesicht zu einem Lächeln zu verziehen, aber seine eisige Miene schmolz, und das reichte Eric; er seufzte erleichtert auf.

»Und deshalb«, erklärte Eduardo den Marenkos, »muss ich unser Angebot, Ihnen die Aufzeichnungen zu verkaufen, zurückziehen.«

»O nein«, protestierte Stella. »Wir kaufen!«

»Aber für reduzierten Preis«, ergänzte Iwan.

»Ich kann sie Ihnen nicht …«

»Was ist los, Sie vertrauen uns nicht?« sagte Iwan Marenko.

»Es hat nichts damit zu tun, dass ich Ihnen nicht vertrauen würde …«

»Ist gutes Geschäft, Ramirez«, sagte Iwan. »Wir kaufen Aufzeichnungen jetzt mit großem Rabatt. Böse Buben kriegt viel weniger Geld, aber was hat gekostet, Aufzeichnungen zu machen, nichts, da, ist trotzdem Profit.«

»Ich glaube, ich verstehe nicht«, sagte Eduardo. »Was haben Sie denn mit den Aufzeichnungen vor?«

»Kommt darauf an«, sagte Iwan Marenko.

»Worauf?« fragte Eduardo.

»Wenn Davinda Sonntag beweist, dass Venuseffekt echt ist, *muss* Planet abgekühlt werden, und wir müssen Mund halten, Nasen zuhalten, auf Aufzeichnungen sitzen bleiben, lügenden prinzipienlosen kapitalistischen Scheißkerlen Geld geben, um kollektive planetarische

Ärsche zu retten. Aber wenn das Mumpitz ist und er nimmt Big Blue auf Arm ...«

»Iwan! Wenn er große blaue Maschine auf Arm nimmt, ist genauso wie wenn wir es tun! Und wenn später rauskommt, dass Planet doch abgekühlt werden muss ...«

»Stella!« rief Iwan Marenko. »Sei still!«

Stella Marenko funkelte ihren Mann einen Moment lang ebenso überrascht wie wütend an, so kam es Eric zumindest vor. Aber der erwünschte Effekt wurde erzielt. Stella *war* still.

»Jetzt lässt du mich bitte ausreden«, sagte Iwan Marenko im beschwichtigendsten Ton, den er je in Erics Gegenwart angeschlagen hatte. Er machte eine Pause, um den bisher größten Schluck Wodka dieses ganzen Nachmittags zu trinken.

»Okay«, sagte er, »wenn Davindas Klimamodell Venuseffekt beweist, ist nicht gut, aber ist einfach, keine Wahl, wir tun nichts. Aber wenn nicht, wir benutzen Aufzeichnungen und erpressen Big Blue, sie sollen Weiße Tornado-Maschinen abschalten und sich wie brave kleine kapitalistische Scheißkerle benehmen, sonst ... Aber *nicht*, um sie zu Pilmenyi-Füllung zu verarbeiten!«

»Ah!« rief Stella. »Weil wir vielleicht nächste Woche oder nächstes Jahr oder nächstes Jahrhundert vielleicht feststellen, wir brauchen Big Blue-Klimatechnik doch noch!«

»Da«, sagte Iwan. »Müssen große blaue Maschine schützen wie letzte Polarbären in Sibirien oder Regenwald am Amazonas oder drollige Volksmusik aus Ural.«

»Selbst vor eigenem üblem Arschlochbenehmen!«

»*Besonders* vor eigenem üblem Arschlochbenehmen. Weil üble Arschlöcher *sich selbst* nicht so gut schützen können. Weil das Hauptgrund ist, weshalb sie Arschlöcher sind.«

»Und wie wollen Sie das anstellen?« fragte Eduardo.

»Nicht wir, Eduardo, *Sie*«, erklärte ihm Iwan. »Ist fair, dass Böse Buben muss kleinen Dienst leisten, um Geld zu verdienen.«

»Klar«, stimmte Eduardo zu, »und können Sie mir auch verraten, auf welche Weise wir es uns verdienen sollen?«

»Vielleicht wir fragen hübschen Prinz?« schlug Stella Marenko vor. »Vielleicht beweist er heute, dass er nicht bloß hübsches Gesicht unter vielen ist?«

Und mit einem Mal stand Eric im Mittelpunkt der Aufmerksamkeit. Die Marenkos wandten sich von Eduardo ab und konzentrierten sich auf ihn. Und Eduardo selbst lächelte dünn, als sähe er, was nun kommen würde, und fände es sowohl amüsant als auch gerecht.

Und Eric ging es genauso. Es war offensichtlich.

»Ein Auftrag?« fragte er. »Für Davinda?«

Die Marenkos nickten.

»Ein Auftrag mit Negativoption? Ich finde heraus, ob Davindas Klimamodell beweisen wird, dass sich hinter dem Venuseffekt-Disney von Big Blue der echte Venuseffekt verbirgt, und wenn nicht, verhindere ich die totale Katastrophe, indem ich die Sonntagsvorführung dadurch unterbinde, dass ich ... ihre menschliche Zentraleinheit endgültig außer Betrieb setze?«

»Da«, sagte Iwan. »Entweder Venuseffekt wird am Sonntag bewiesen oder Vorführung fällt aus und *nichts* passiert. Big Blue sieht dumm aus, überlebt aber, und wir halten sie an kurzer Leine wie netten Tanzbären. Nächstes Jahr vielleicht sogar wieder ein UNACOCS. Und wir zahlen für Auftrag, so oder so. Besser als Stoß in Auge mit spitzem Stock, hm, Ramirez?«

Eduardo überlegte. Aber nicht sehr lange.

»Es ist dein Auftrag, Eric. Du kannst ihn annehmen oder ablehnen«, sagte er.

»Ich hab uns die Suppe eingebrockt, also löffle ich sie auch aus«, sagte Eric sofort.

Schließlich hatte *er* das Syndikat mit seinen Äußerungen in diese Lage gebracht. Und indem Eduardo Ramirez ihm die Wahl freistellte, statt ihm einen Befehl zu erteilen, gab er ihm Gelegenheit, sich rein zu waschen. Es würde nicht nur seiner Karriere förderlich sein. Sein Erfolg würde darauf beruhen, dass er etwas Gutes tat.

»Danke, Eduardo«, setzte er nach dieser Überlegung hinzu.

Eduardo nahm die Tatsache, dass er verstanden hatte, mit einem bloßen Nicken und einer Handbewegung zur Kenntnis. Aber das genügte.

»Obladi, oblada«, sang Stella Marenko unmelodisch und ließ die Finger knacken, *»life goes on.«*

Und sie schenkte ihnen allen einen ordentlichen Schuss Pfefferwodka ein.

Leute gibt's, dachte Eric erneut, als sie ihre Gläser hoben und einander wortlos zuprosteten. Und mit denen stand man nun auf einer Seite!

Und jetzt dämmerte es Eric Esterhazy allmählich, welche Seite das in Wirklichkeit war. Und dass sie alle gemeinsam dort standen.

Der feurige Wodka rann ihm durch die Kehle und entfachte ein warmes, kameradschaftliches Glühen in seinem Magen.

Das erst eine ganze Weile, nachdem die Marenkos gegangen waren und ihn allein mit Eduardo zurückgelassen hatten, abrupt erlosch, nämlich als Eduardo ebenfalls aufstand, um zu gehen, und ihn mit einem zum Abschied beiläufig hingeworfenen Nachgedanken kalt erwischte.

»Ach, eins noch, Eric, falls es dazu kommen sollte, dass du Davinda wirklich beseitigen musst, können wir es uns selbstverständlich nicht leisten, dass die gute Tat uns oder den Marenkos zugeschrieben wird ...«

»Selbstverständlich nicht«, stimmte Eric ihm frohgemut zu.

»Deshalb sollten wir uns, wie deine Mutter es formulieren würde, einen Prügelknaben dafür suchen ... oder in diesem Fall ein Prügel*mädchen*, da sonst niemand zur Verfügung steht.«

Erst da verspürte Eric einen heftigen Schock im Magen, der sowohl vom Pfefferwodka wie auch von Eduardos Worten ausgelöst wurde.

»*Monique Calhoun*?« rief er aus. »Du befiehlst mir, die Sache Monique Calhoun anzuhängen?«

Eduardo warf ihm mit steinerner Miene einen jener ausdruckslosen Blicke zu, die alles Mögliche bedeuten konnten. »Sagen wir, es ist ein ... operativer Vorschlag«, antwortete er. »Eine persönliche Entscheidung, Eric, kein Befehl.«

»Und ich trage die persönliche Verantwortung für die Folgen ...«

»Genau«, sagte Eduardo und beließ es dabei.

Und Eric verspürte auch nicht den Wunsch, weiter in ihn zu dringen, welche genauen Folgen es für ihn persönlich haben würde, wenn er ... sich dafür entschied, einen solchen operativen Vorschlag zu ignorieren.

Als Avi Posner ungebeten im Ritz auftauchte, statt anzurufen, rechnete Monique Calhoun nicht damit, dass er als Überbringer froher Botschaften kam. Sie stand unter der Dusche, als er sich von unten meldete, und obwohl sie ihm erklärte, sie brauche zehn Minuten, um sich vorzeigbar zu machen, rief sein unerwartetes Eintreffen eine solch bange Neugier in ihr wach, dass sie sich nur rasch die Haare abtrocknen, in ein Kleid schlüpfen und in ein Paar Schuhe steigen konnte.

Kaum hatte sie die Tür der Suite geöffnet, da stürmte Posner auch schon grußlos herein und ließ sich schwer auf ein Sofa im Salon fallen. Erst als sie in einem vornehmen Samtsessel auf der anderen Seite des Couchtischs Platz genommen hatte, bemerkte sie zu ihrem Erstaunen, dass er eine große, vergoldete Pappschachtel feiner Pralinen mitgebracht hatte.

Posner? Wollte er etwa romantisch werden? Zu einem solchen Zeitpunkt?

Aber Avi Posner hatte alles andere als Sternchen in den Augen.

»Zuerst die gute Nachricht«, sagte er grimmig. »Der Auftraggeber hat Ihren Vorschlag akzeptiert. Heute Abend bringen Sie Davinda auf *La Reine de la Seine*, schaffen ihn in eins dieser Bordell-Boudoirs und ... äh ... horchen ihn dann mit Esterhazys Hilfe aus. Wenn es Ihnen gelingt, den Nachweis zu erbringen, dass er kein sibirischer Maulwurf ist, werden Sie zur Belohnung Chefin des Pariser Büros von Brot & Spiele, wenn Mamoun nächstes Jahr in Pension geht ...«

»Und die schlechte Nachricht?«

»Ich bin noch nicht fertig mit der guten«, sagte Posner, obwohl weder seine Miene noch sein Ton dieser Behauptung Glaubwürdigkeit verliehen. »Der Rest der guten Nachricht ist: Sie kriegen Paris auch, wenn sich herausstellt, dass Sie Davinda nicht entlasten können. Vorausgesetzt ... vorausgesetzt, Sie akzeptieren die schlechte Nachricht.«

Er rutschte gesenkten Blicks herum wie ein schüchterner Teenager, der zaghaft seiner Herzallerliebsten den Hof machte, und reichte ihr die Pralinenschachtel.

»Aber Avi«, rief Monique völlig perplex, »ich *liebe* gute Pralinen!«

»Machen Sie sie auf«, sagte Avi Posner.

Monique gehorchte.

Keine Pralinen.

In der Pralinenschachtel lag eine Schusswaffe.

Eine metallisch graue, automatische Kohlefaser-Pistole mit dickem, an der Mündung vielfach perforiertem Lauf.

Monique starrte erst die Schusswaffe, dann Posner erschrocken an.

»Die schlechte Nachricht ist«, sagte Avi Posner, »dass sie *Ihnen* den Auftrag gegeben haben.«

»Avi! Sie wissen, dass ich das nicht ...«

»Doch, können Sie.« Posners Stimme hörte sich an, als hätte er ihr mit Absicht einen roboterhaften Klang gegeben; sein Blick fixierte eine Stelle irgendwo über ihrem Kopf. »Diese Pistole verschießt eine Hochgeschwindigkeitswolke von Flechettes aus abgereichertem Uran. Damit kann selbst eine ausgesprochene Amateurin wie Sie einem Elefantenbullen bis auf zwanzig Meter Entfernung problemlos den Kopf wegpusten.«

»Sie wissen verdammt gut, dass ich das nicht meine!«

Posner seufzte, nickte und zuckte die Achseln.

»In operativer Hinsicht ist das wirklich gar nicht so verkehrt«, sagte er. »Wenn man Davinda in einem Boudoir auf *La Reine de la Seine* findet, erschossen mit einer Waffe, wie sie ein Böse-Buben-Agent zu diesem Zweck benutzen würde, wird alle Welt glauben, dass nur ein Böse-Buben-Agent die Beseitigungsoperation ausgeführt haben kann. Auf keinen Fall jemand wie Sie. Sie haben Zugang und Sie können die Tat glaubwürdig leugnen. Wirklich sehr clever.«

»*Clever!*«

»Wenn Davinda wirklich ausgeschaltet werden muss, weil unser Auftraggeber sich nicht darauf verlassen kann, dass sein Klimamodell die erwünschten Resultate liefert, ist das die beste Form der Schadensbegrenzung. Big Blue wird lauthals behaupten, Davinda sei von Grünen gekillt worden, damit sein Klimamodell nicht beweisen könne, dass der Venuseffekt unabwendbar sei. Und wenn die Sibirier versuchen, mit diesen Aufzeichnungen zu kontern, wird man ihnen nicht glauben, weil die Behauptung unseres Auftraggebers, die *Aufzeich-*

nungen und nicht die weißen Tornados seien Fälschungen, dann erheblich glaubwürdiger klingen wird.«

»Ich kann das nicht, Avi. Ich bin keine Killerin. Ich hab noch nie im Leben eine Waffe in der Hand gehabt.«

»Deshalb sind Sie genau die Richtige dafür.«

»Nein!«

Posner saß einen Moment lang schweigend da. Sein Blick war auf Monique gerichtet, aber er schien sie nicht zu sehen, sondern über etwas anderes nachzudenken. Dann schüttelte er den Kopf, als würde er den Gedanken verwerfen.

»Selbstverständlich war das keine unerwartete Reaktion«, sagte er, »und nachdem ich Ihnen das Zuckerbrot angeboten habe, soll ich nun die Peitsche schwingen.«

»Und die wäre?« fauchte Monique eher wütend als ängstlich.

Posner zuckte die Achseln; es sah aus, als schüttelte er eine Last ab. »Drastische Folgen für Ihr berufliches Fortkommen. Brot & Spiele wird Ihnen vorwerfen, Sie hätten das Syndikat betrogen, und Ihnen den Stuhl vor die Tür setzen.«

»Blödsinn. Glauben die ernsthaft, dass ich wegen so was einen Mord begehe?«

»Auch diese Reaktion kommt nicht unerwartet. Jetzt soll ich andeuten, dass man jemanden auf *Sie* ansetzen wird, wenn Sie den Auftrag für Davinda nicht akzeptieren.«

Er hob die Hand, bevor Monique protestieren konnte.

»Aber das werde ich nicht tun«, sagte Posner. »Ich werde etwas noch Schlimmeres tun.«

»*Etwas noch Schlimmeres*?«

Avi Posner nickte. »Ich werde an Ihr Gewissen appellieren. Ich werde Sie zu überzeugen versuchen, dass es unmoralisch wäre, wenn Sie diesen Auftrag *nicht* annähmen.« Sein Blick wurde hart. »Und das wird mir auch gelingen.«

»Das bezweifle ich.«

»Sie haben sich freiwillig bereit erklärt, diese Aufgabe zu übernehmen, weil …«

»Ich habe mich nicht freiwillig bereit erklärt, jemanden umzubringen!«

»Sie haben sich freiwillig bereit erklärt, Ihr Bestes zu tun, um die Wahrheit über Davinda herauszufinden, oder nicht? Und Sie waren bereit, dazu allen persönlichen Anstand und jedes Schamgefühl abzulegen. Weshalb?«

»Sie wissen, weshalb! Weil ich nicht gutheißen konnte, dass Sie Davinda umbringen würden, ohne herausgefunden zu haben …«

Monique brach ab. Sie spürte die gähnende Falle, die sich vor ihr auftat.

»Weil Sie wussten, dass *Sie* eine Chance hatten, es herauszufinden, ich aber nicht?« sagte Avi Posner leise.

Monique saß nur wie betäubt da. Sie sah es jetzt mit einer schrecklichen Unausweichlichkeit auf sich zukommen, konnte aber nichts tun, um es aufzuhalten.

Posner nahm ihr die Schachtel mit der Pistole aus den schlaffen Händen. »Sie werden darum bitten müssen, das hier zurückzubekommen, Monique«, sagte er. »Wenn Sie's nicht tun, werde ich es bekommen, oder jemand anders, der im Gegensatz zu Ihnen keine Chance hat herauszufinden, ob John Sri Davinda ein sibirischer Maulwurf oder der potenzielle Retter einer ansonsten zum Untergang verurteilten Biosphäre ist. Dessen Auftrag einfach lauten wird, kein Risiko einzugehen.«

Posner lächelte sie trübselig an. »Sie sehen, Monique, es gibt kein Entrinnen. Wenn Sie sich weigern, die Waffe zu nehmen, sind Sie genauso verantwortlich für Davindas Tod, als wenn Sie sie genommen hätten. Sogar in noch stärkerem Maße, denn dann ist ihm der Tod sicher.«

»S-S-Sophisterei …« stammelte Monique.

»Wenn Sie sich weigern, wird jemand anders Davinda garantiert töten, auch wenn er *kein* sibirischer Maulwurf ist«, sagte Posner kalt. »Und das wäre dann das Ende eines Klimamodells, das die Biosphäre dieses Planeten womöglich vor der sicheren Zerstörung bewahren könnte.«

»Ich habe nie gesagt, dass ich nicht mithelfen würde, die Wahrheit herauszufinden«, erklärte Monique. »Ich habe mich freiwillig dazu bereit erklärt, wissen Sie noch? Aber ...«

»Aber wenn Sie herausfinden, dass Davinda *doch* ein Maulwurf ist und dass Lao *doch* ein Komplott ist, um die einzige Organisation zu zerstören, die über die zur Rettung der Biosphäre erforderliche Klimatechnik verfügt, und Sie sind zu reinen Herzens, um zu tun, was die Situation erfordert, was dann?«

Monique starrte ihn nur an.

Sie wusste es.

Aber sie war außerstande, es auszusprechen. Nicht einmal vor sich selbst.

Also tat Avi Posner es für sie. Und in seinem brutalen moralischen Kalkül war das vielleicht die einzige Form von Erbarmen, die sie erwarten konnte.

»Dann würden Sie sich, um nicht das Verbrechen des Mordes zu begehen, vielleicht eines Verbrechens schuldig machen, das schlimmer ist als Völkermord, eines so schrecklichen Verbrechens, dass es noch nicht einmal einen Namen hat.«

Er nahm die Pistole aus der Schachtel und hielt sie ihr hin wie ein vergiftetes Valentinsgeschenk.

»Keine gute Tat bleibt ungestraft«, sagte er.

»Sie Mistkerl!« flüsterte Monique und nahm sie.

11

»Lichter an, Eddie!« sagte Prinz Eric Esterhazy, als *La Reine de la Seine* ablegte.

»Rock and Roll!«

Bah-*bah*-BAH! BAH! BAH!

Die vertraute Orchesterfanfare erklang, die virtuellen Schornsteine mittschiffs erschienen wie aus dem Nichts und stießen Phantomwolken aus schwarzem Rauch und weißem Dampf aus, die Schaufelräder wirbelten Gischt auf, die Halogenscheinwerfer erstrahlten, die Band begann mit ›When the Saints Go Marching In‹ und die Laser des Schiffes feuerten mit virtuellem Feuerwerk ihren Salut, als *Die Königin des Flusses* in die Hauptfahrrinne hinausfuhr, eine herzerwärmend prächtige Son-et-Lumière-Szene.

Aber das innere Auge des Fürsten der Stadt, der wie gewohnt an seiner Position im Ruderhaus stand und die Aufsicht über den schicksalhaften Fahrtbeginn dieses Abends führte, sah etwas anderes. Und sein Herz wurde auch nicht von Bildern Cakewalk tanzender Heiliger erwärmt.

Eric Esterhazy erinnerte sich an eine Szene aus einem alten Kriegsfilm aus dem zwanzigsten Jahrhundert, den er einmal gesehen hatte. Ein Journalist sitzt in einem Hubschrauber, der fliehende Flüchtlinge unter Beschuss nimmt.

»Wie könnt ihr auf Frauen und Kinder schießen?« will er wissen.

»Ganz einfach«, sagt der Schütze. »Man hält einfach drei Meter weniger vor.«

Wie kann man einer Frau einen Mord anhängen, mit der man geschlafen und gemeinsame Sache gemacht hat?

Ganz einfach, dachte Eric. Man braucht nur zwei Kanonen.

In einem Schulterhalfter trug Eric eine Kohlefaser-Pistole mit Flechettes aus abgereichertem Uran, eine echte Profiwaffe. In der linken Tasche seines Jacketts steckte ein Revolver mit Perlmuttgriff, ein Stück Schrott, wie es eine Amateurin heimlich in ihrer Handtasche bei sich tragen würde, um so einen Job zu erledigen. Der Griff war mit Klebeband umwickelt.

Und Monique Calhoun hatte ihm die Sache noch leichter gemacht. Nicht nur, dass sie ihm aus freien Stücken die ideale Gelegenheit bieten würde – wenn er sich genug Mühe gab, konnte er sich vielleicht sogar einreden, dass sie ihm auch eine moralische Rechtfertigung geliefert hatte.

Immerhin hatte sie *ihn* angerufen. Immerhin hatte sie sich seiner Hilfe versichert, um John Sri Davinda in einem Boudoir unter Deck befragen zu können, das mit einem Sortiment überzeugungskräftiger Gase gefüllt war.

Und ihm ein beleidigend abstruses Märchen erzählt.

»Warum sollte es in meinem Interesse sein, dir zu helfen, Davinda auszuhorchen?«

»Weil du mir dabei über die Schulter schauen wirst. Weil wir beide das gleiche Bedürfnis haben zu erfahren ...«

»Wirklich? Was zu erfahren?«

»Ob Davinda ein ... ob sein ... Klimamodell ... ein Schwindel ist ... wie die weißen Tornados ...«

Monique mochte ein Brot & Spiele-Profi sein, versiert darin, der Wahrheit einen bestimmten Anstrich zu geben, aber was dreistes Lügen betraf, war sie eine Amateurin. Eric bezweifelte, dass sie dieses Märchen überhaupt geprobt hatte. Sie hätte sich beinahe verhaspelt;

fast wäre ihr herausgerutscht, was Eric schon wusste, nämlich dass ihr wahres Ziel darin bestand herauszufinden, ob Davinda ein sibirischer Maulwurf war.

Aber da dies das Resultat von Desinformationen war, die *er* ihr hatte zukommen lassen, musste Eric selbst den Naiven spielen. In glaubwürdigen Maßen.

»Dein Auftraggeber will, dass du rausfindest, ob *er selbst* noch so ein krummes Ding abziehen wird?«

»Nein, nein, natürlich nicht, es ist nur … äh … öh …«

»Posner?« half ihr Eric galant bei dieser erbärmlichen Farce.

Monique hätte beinahe einen Seufzer der Erleichterung ausgestoßen. »Der Mossad ist stocksauer. Sie haben das Gefühl, dass man sie die ganze Zeit mit Desinformationen gefüttert hat, und wenn Davindas Klimamodell ein weiteres Disney ist, werden sie's als Vertragsbruch betrachten und aussteigen, vielleicht sogar die Seite wechseln.«

Das war ein Märchen, das niemand auch nur zu glauben vorgeben würde, außer wenn er einen guten Grund dafür hatte. Wie Eric.

Aber allzu leicht durfte er es ihr auch nicht machen.

»Auf welcher Seite stehst *du* eigentlich?« hatte er sie gefragt. »Auf der von Big Blue? Der des Mossad? Der von Brot & Spiele? Oder einfach auf der, die zu gewinnen scheint?«

Bei dieser Frage hatten sich Moniques Nasenflügel gebläht, aber abgesehen davon gelang es ihr gut, ihren Zorn zu verbergen. Sie senkte stattdessen die Stimme und verlieh ihr einen ziemlich glaubwürdigen furchtsam-stockenden Klang.

»Auf der Seite meines eigenen aufgeklärten Eigeninteresses. Sagen wir einfach, Posner hat … deutlich gemacht, dass ich eventuell nicht nur mit … beruflichen Nachteilen zu rechnen hätte, wenn ich diesen Job nicht hinkriege. Er war nicht wild darauf, mir zu erzählen, *was* für Nachteile das wären, und ich bin wahrhaftig nicht wild darauf, es rauszufinden.«

»Tja, wenn das so ist …«

Ziemlich dünn vielleicht, aber gut genug, dass er so tun konnte, als würde er es wie ein Kavalier schlucken. Und dass er Monique Calhoun erlauben konnte, sich selbst zum perfekten Sündenbock zu machen.

Er brauchte nichts weiter zu tun, als mitzuspielen, sie und Davinda in einem der Boudoirs unterzubringen – am besten vielleicht im Virtualitätsraum –, die beiden zu beobachten und den geeigneten Augenblick abzuwarten.

Dann konnte er hineinstürmen und Monique Calhoun mit der Flechette-Pistole in Schach halten, während er John Sri Davinda mit der Amateurknarre umlegte und dabei eine offensichtlich unprofessionelle Schweinerei anrichtete. Anschließend musste er nur noch das Klebeband vom Griff abmachen und sie zwingen, den Revolver in die Hand zu nehmen.

Dann konnte er buchstäblich Zeter und Mordio schreien und Force Flic holen, und wenn sie kamen, würde der Herr von *La Reine de la Seine* die Mörderin mit vorgehaltener Waffe über die Leiche des Verstorbenen hinweg in Schach halten.

Die Frau, deren Fingerabdrücke überall auf der Mordwaffe waren, vom empörten Besitzer des Schiffes in flagranti ertappt – wer würde unter diesen Umständen glauben, dass jemand anders die Tat begangen hatte, wer würde glauben, dass jemand anders als *ihr* Kunde den Hit in Auftrag gegeben hatte?

Falls es so weit kam.

War es pervers, wenn er wünschte, dass es *nicht* dazu kommen würde?

Oder war es pervers, wenn er sich wünschte, *dass* es dazu kommen würde?

Ob das ominöse Wetter der letzten paar Tage sich auf

natürliche Weise gebessert hatte oder ob die große blaue Maschine ihre Venus-Disneyeffekte schon einmal zwecks Begrenzung ihrer potenziellen Verluste abgeschaltet hatte, es war ein goldener, milder Abend in Paris und hier war er nun, ganz oben, stand am höchsten Punkt der *Königin des Flusses*, als *La Reine* die Seine hinauffuhr, durchs Herz der tropischen Stadt des Lichts.

Es war schön, der Fürst der Stadt zu sein. Eric hatte keine weiteren Ambitionen über das hinaus, was er bereits erreicht hatte. Aber das wollte er auf gar keinen Fall verlieren. Er wollte auf gar keinen Fall erleben müssen, wie die feuchten, kalten, grauen Winterhimmel nach Paris zurückkehrten.

Und damit alles so weitergehen konnte wie bisher, musste er John Sri Davinda töten, so schien es. Sein Auftrag lautete, Davinda zu beseitigen, wenn es ihm nicht gelang, den Nachweis zu erbringen, dass der Venuseffekt mit Sicherheit eintreten würde.

Wenn er Davinda also nicht eliminierte, dann nur deshalb nicht, weil dieser endlose Pariser Sommer sterben musste, damit die Erde selbst leben konnte.

Davinda oder das schöne Leben.

Die emotionale Logik hätte eigentlich einfach sein sollen.

Eric hätte eigentlich hoffen sollen, dass er den Davinda-Auftrag ausführen musste, weil das gleichbedeutend mit der Erhaltung des Klimas und des Lebensstils wäre, die er so liebte.

Aber nun kam der Faktor Monique Calhoun hinzu und verdarb alles. Mit der von seinem Eigeninteresse geprägten Schlichtheit der moralischen Gleichung war es auf einmal vorbei.

Nicht nur, weil er mit ihr geschlafen hatte, so romantisch war Eric nicht. Sondern weil er trotz der kleinen Lügen, trotz der professionellen Gefechte spürte, dass sie, obwohl sie verschiedene Klienten vertraten, auf eine Art, die er nicht richtig definieren konnte, auf derselben Seite standen.

Davinda im Dienste des aufgeklärten Eigeninteresses zu eliminieren, wäre eine moralisch unbedenkliche Tat, die er mit klarem Kopf ausführen konnte. Aber die Sache Monique Calhoun anzuhängen, würde ihm Probleme mit seinem Gewissen eintragen.

Und es war eine unangenehme Überraschung für Eric, als ihm beim Nachsinnen über den Wahrheitsgehalt dieses Gedankens klar wurde, dass er tatsächlich mit einem Gewissen befrachtet war.

»Richtig ist, wonach man sich gut fühlt«, war ein moralischer Kompass gewesen, der sich in einfacheren Zeiten angeboten hatte.

Wer könnte dem widersprechen?

Aber Eric wollte keine Lösung für sein Dilemma einfallen, die es ihm ermöglicht hätte, sich nach diesem Abend gut zu fühlen.

Monique Calhoun nahm an, dass es die übliche psychologische Vorgehensweise von Mördern war, ihre Opfer vor der Tat zu entpersönlichen. Aber in diesem Fall schien das zukünftige Opfer sich bereits selbst entpersönlicht zu haben.

John Sri Davinda mochte zwar imstande sein, sich aus eigener Kraft zu bewegen und hin und wieder einen zusammenhängenden Satz von sich zu geben, aber der größte Teil seiner Persönlichkeit schien wie in einer moralisch begrüßenswerten Vorwegnahme des Kommenden bereits aus seinem Korpus entfleucht zu sein und dieses affektlose Disney zurückgelassen zu haben.

Fünf Minuten als menschliche Zentraleinheit hatten offenbar nicht nur zum damaligen Zeitpunkt dauerhaften Schaden angerichtet, sondern auch dafür gesorgt, dass sich der Zustand seines Gehirns – oder zumindest der Wesenheit, welche die Meatware früher bewohnt hatte – permanent verschlechterte.

Statt diese nicht hierher passende, golemisierte Kreatur durch den öffentlichen Trubel im Restaurant zum Tisch der Marenkos zu bringen, wo Eric sich momentan angeblich aufhielt, führte sie ihn auf der Promenade des Hauptdecks zum Heck und schlich sich von dort aus in die rückwärtige Bar.

Davinda war das völlig egal.

John Sri Davinda schien alles egal zu sein.

Sie hatte in seinem Zimmer angerufen und ihm vorgeflunkert, Prinz Esterhazy persönlich lade ihn auf *La Reine de la Seine* ein und wolle ihn für die unschönen Ereignisse des Vorabends entschädigen, indem er ihm einen speziellen Meditationsraum zur Verfügung stelle, zu dem nur seine absoluten Lieblingsgäste Zutritt hätten.

Davinda hatte überhaupt nichts darauf erwidert.

Als sie ihm energisch riet, es wäre klug, eine solche Einladung anzunehmen, hatte er einfach nur »Ist gut« gesagt.

Monique hatte den Eindruck, dass seine Reaktion auch nicht viel anders ausgefallen wäre, wenn sie ihn zum Baden in die alligatorverseuchten Gewässer der Seine eingeladen hätte.

Als sie ihn abholen kam, war er unrasiert und – sie roch es – ungewaschen. Er trug eine zerknitterte graue Hose und ein schmutziges blaues Hemd, aber weder Schuhe noch Socken. Angesichts der Umstände und da die Zeit drängte, konnte Monique sich nur dazu durchringen, ihm noch rasch Schuhe anzuziehen, bevor sie ihn in eine Limousine verfrachtete.

Als würde man ein Lamm zur Schlachtbank führen, dachte sie düster.

Aber wer von uns ist das Lamm?

Und wer führt wen wohin?

Monique hatte das Gefühl, dass sie ebenfalls auf Schienen lief, wie ein leeres Disney von sich selbst. Es war alles verdammt zu leicht und dennoch hatte sie rein gar nichts im Griff.

Verdammt zu leicht, wie ein Schritt zum nächsten führte, nachdem Avi Posner sie mit der moralischen Notwendigkeit dieser Untat in die Falle gelockt hatte.

Verdammt zu leicht, Eric Esterhazy von der Halbwahrheit zu überzeugen, der Mossad zwinge sie, Davinda auszuhorchen. Verdammt zu leicht, ihn dazu zu bringen, ihr alles Erforderliche zur Verfügung zu stellen.

Verdammt zu leicht, das potenzielle Opfer zu überreden, noch einmal auf *La Reine de la Seine* zu kommen.

Verdammt zu leicht, eine geladene Waffe in ihre Handtasche zu stecken.

Und jetzt war sie hier, und der Gedanke, dass sie schon in einer Stunde mit der Notwendigkeit konfrontiert sein könnte, einen Menschen zu töten, kam ihr noch immer völlig irreal vor.

Nachdem Posners schreckliche moralische Falle zugeschnappt war, hatte sie wie eine Marionette einen Schritt nach dem anderen getan und immer gehofft, es käme etwas dazwischen, was diese unerbittliche Kette von Ereignissen zerreißen würde.

Dass Eric ihr die Geschichte nicht abkaufen würde, und als er es doch tat, dass er es aus irgendeinem Grund ablehnen würde, ihr ein Boudoir zur Verfügung zu stellen, und als er sich dazu bereit erklärte, dass Davinda sich weigern würde, das Hotel zu verlassen, und in der Limousine, dass sie ihre Handtasche vergessen würde, oder dass der Flussdampfer vielleicht sinken würde, oder … oder …

Oder es würde sich im letzten Moment herausstellen, dass John Sri Davinda *kein* Maulwurf war und dass man, wie sein Klimamodell bewies, sofort mit der Abkühlung des Planeten anfangen musste, um den Venuseffekt zu verhindern …

Und das war die allerbitterste Pille.

Denn Monique fiel nichts anderes mehr ein, was sie jetzt noch vor ihrem eigenen schrecklichen, persönlichen Moment der Wahrheit retten konnte.

Hätte sie sich je vorstellen können, geschweige denn jemals danach gestrebt, dort zu sein, wo sie jetzt war?

Erfüllt von der perversen Hoffnung, dass die Erde *wirklich* in tödlicher Gefahr schwebte?

»*Das* ist die Zielperson heute Abend?« fragte Mom Eric halblaut, als Monique Calhoun John Sri Davinda an den Tisch der Marenkos führte. »Sieht wie irgendwas aus, das unter 'ner Brücke geschlafen hat.«

Und riecht auch so, dachte Eric, verpasste Mom unter dem Tisch aber trotzdem einen warnenden Tritt ans Schienbein, als Monique Davinda in Hör- und Riechweite brachte.

Mom war fast so selten auf *La Reine* zu Gast wie Eduardo Ramirez, aber während Eduardo es klugerweise vermieden hatte, am Schauplatz des geplanten Verbrechens zu sein, konnte Mom, wie es nun mal ihre Art war, nicht widerstehen, ihrer morbiden dramatischen Neugier nachzugeben.

»Komm schon, Eric, ich will diesen Kerl sehen, bevor er kaltgemacht wird, und ich will die Mata Hari von B&S zumindest kennen lernen, bevor Force Flic sie zur Guillotine schleift.«

»In dieser Jurisdiktion gibt's keine Todesstrafe«, hatte Eric ihr bekümmert ins Gedächtnis gerufen, aber wenn Mom die Gangsterbraut spielte, überstieg es immer noch seine Kräfte, sich ihren Launen zu widersetzen.

Die Abmachung lautete, dass sie sich wenigstens Zurückhaltung auferlegen und im Hintergrund bleiben sollte, sobald Monique und Davinda auftauchten.

Ein frommer Wunsch.

»Eric, Iwan, Stella, Dr. Baithwaite, Dr. Larabee, Dr. Pereiro, Sie und Dr. Davinda kennen sich ja …« begann Monique, während sie Davinda auf einen leeren Stuhl neben Allison Larabee drückte. Dann sah sie Mom mit fragend hochgezogenen Augenbrauen an.

»Meine Mutter«, sagte Eric. »Mom, Monique Calhoun.«

»Ah, die Unvergleichliche. Eric hat mir alles über Sie erzählt! Aber ich wette, er hat Ihnen kein Sterbenswörtchen von mir erzählt.«

Eric verpasste Mom einen festeren Tritt.

»Selbst wenn er mir von Ihnen erzählt hätte, würde ich's wahrscheinlich nicht glauben«, gab Monique ziemlich steif zurück und setzte sich neben sie.

»Geht mir genauso, Schätzchen«, sagte Mom.

Eric stöhnte innerlich. Er verspürte jetzt schon nervöse Langeweile angesichts des bevorstehenden Blablas und wünschte, es wäre vorbei, bevor es überhaupt angefangen hatte. Irgendwie war das Gewicht der beiden Schusswaffen mittlerweile erdrückend und seltsam tröstlich zugleich.

War es nicht ein amerikanischer Präsident gewesen, der die mit Schlagstöcken und Tränengas ausgerüsteten Aufstandsbekämpfungstruppen mit den Worten »Wenn es ein Blutbad geben muss, dann jetzt sofort!« losgeschickt hatte?

»… Sie sind die Weiße Tornado-Lady, stimmt's oder hab ich Recht?«

»… es ist mein Klimamodell, das sie vorhergesagt hat, falls Sie das meinen, Madame … äh … wie redet man die Mutter eines Prinzen an? Fürstin?«

»Ehrwürden, Schätzchen.«

»Ehrwürden?«

»Eher würden Uns Durchlaucht oder Exzellenz gefallen, hahaha!«

Monique fand die Banalität des Tischgesprächs unter den gegebenen Umständen fürchterlich surreal.

»… Sie sind diejenige, die aus der Konferenz rausmarschiert ist, stimmt's, Allie?«

»… sie hat ein wichtiges Statement abgegeben …«

»… und ist dann gleich wieder reinmarschiert!«

»… aber nur für Parties!«

Monique hätte sich am liebsten rasch mit Eric und Davinda aus dem Staub gemacht, damit sie es hinter sich bringen konnte, war aber gleichzeitig weder willens noch fähig, das auf irgendeine Weise in die Wege zu leiten, und wünschte sich absurderweise, dieses langweilige Gequassel würde immer weitergehen, sodass es ihr erspart bleiben würde.

»… ich bin nicht wegen der Parties hier, Mr. Marenko.«

Monique bemerkte, dass Eric während dieser endlosen paar Minuten den Mund gehalten hatte und jetzt versuchte, ihr mit den Augenbrauen und Blicken in Davindas Richtung Zeichen zum Aufbruch zu geben. Davinda, der ebenso wenig am Gespräch teilgenommen hatte und noch in viel weiterem Sinne nicht ganz da war, verbrachte die Zeit damit, mechanisch Wodka in sich hineinzuschütten; zum Glück hatten die Marenkos das Designer-Koks noch nicht herausgeholt.

»… aber solange Sie hier sind, hm …?«

»… doch nichts dabei, wenn es Getränke und Essen gratis gibt!«

»Auch wenn es momentan vielleicht nicht so aussieht, UNACOCS ist eine seriöse Konferenz«, sagte Allison Larabee frostig.

»Aus der Sie ausgezogen sind, Allison«, erinnerte sie Dr. Braithwaite.

»Und zu der ich zurückgekommen bin, als klar wurde, dass es für den Planeten schon fünf vor zwölf ist!«

»Schon wieder die berühmten weißen Tornados!«

»Bisschen praktisch, da?« sagte Stella Marenko.

»Was meinen Sie damit?« fragte Larabee arglos.

»Rausgehen, Tornados, zurückkommen«, sagte Iwan Marenko. »Wie Drehbuch.«

»Oder Zufall«, kam ihr Dr. Braithwaite galant zu Hilfe.

»Eins ist Ereignis, zwei ist Zufall«, erwiderte Iwan. »Drei ist …«

»Muster«, sagte John Sri Davinda mit lauter, tonloser Stimme.

Es war das erste Wort, das er gesagt hatte, und es bewirkte, dass das Gespräch erstarb.

»Wenn sich zwei Kräfte gegenüberstehen …« fuhr Davinda im gleichen ausdruckslosen Ton fort. Dann hielt er inne, sein Zwinkertempo wurde erheblich schneller, etwas flackerte schwach hinter seinen toten Augen auf, und er beendete den abgestandenen alten Aphorismus in einem Ton, der zumindest andeutungsweise menschlich war: »… kommt eine … eine Dritte Kraft zum Vorschein …«

»Dritte-Kraft-Geschwafel!« stöhnte Pereiro.

Eric fing Moniques Blick auf und gab ihr mit den Augenbrauen noch deutlichere mimische Aufbruchssignale.

»Wovon sprechen Sie eigentlich, John?« fragte Allison Larabee.

»Vom Chaos«, sagte Davinda mit hohler Stimme.

»Sie haben die Chaostheorie in Ihr Klimamodell integriert?«

»Das Chaos ist keine Theorie«, sagte Davinda. »Das Chaos ist real.«

»Ist mir auch schon aufgefallen«, warf Erics Mutter ein.

»Eignet sich aber nicht als Vorhersageparameter«, meinte Larabee. »Qua definitionem.«

»Ich treffe keine Vorhersagen.«

»Ihr Klimamodell trifft keine Vorhersagen? Was hat es dann …?«

»Ich bin.«

»Sie stinken, also sind Sie?« kalauerte Erics Mutter.

Alle stöhnten, bis auf John Sri Davinda.

»Oder nicht«, sagte er.

»Was kommt als Nächstes, Hamlet? Ach, armer Yorick, vielleicht auch träumen, Sein oder Nichtsein, das ist die Frage?«

Die Wirkung auf Davinda war verblüffend. Für ungefähr dreißig Sekunden beschleunigte sich sein Zwinkertempo wieder enorm, und er verzog das Gesicht zu einer Reihe wüster Grimassen, die Monique mit keinem erkennbaren menschlichen Mienenspiel in Verbindung bringen konnte.

Dann hörte es abrupt auf.

Sein Gesicht glättete sich zu einer ausdruckslosen Maske. Das Zwinkern wurde langsamer. Er starrte vor sich hin, verstummte endgültig und begann wieder Wodka zu trinken, als wäre überhaupt nichts passiert. Es war, als hätte jemand von einer Sekunde zur anderen das Steuerprogramm in einem audioanimatronischen Roboter geändert.

Es war äußerst sonderbar. Es setzte dem Gespräch ein abruptes Ende.

Es war auch das perfekte Stichwort für ihren Abgang, erkannte Monique.

Aber das Gewicht der Schusswaffe in ihrer Handtasche ließ sie zögern, es aufzugreifen.

»Ich glaube, Dr. Davinda hat wieder ein bisschen zu viel getrunken«, sagte Eric höflich und nahm Davinda sanft das Glas aus der Hand. »Wenn Sie mir helfen würden, Monique – wir sollten ihn lieber irgendwohin bringen, wo es ruhig ist.«

Davinda leistete keinen Widerstand, als Eric ihm auf die Beine half, und Monique war ebenso wenig dazu fähig, als sie aufstand, um ihm zu helfen. Jeder von ihnen hielt den Klimatologen leicht an einem Ellbogen fest, und so führten sie ihn aus der Bar.

John Sri Davinda ging ahnungslos und allem Anschein nach sorglos seinem Verderben entgegen wie ein braver kleiner Roboter in einem Vergnügungspark, der auf den Gleisen des Schicksals dahinrollte.

Und das Gleiche, so schien es ihr oder so versuchte sie sich vielleicht nur einzureden, tat Monique Calhoun.

»Seltsam öffne dich«, sagte Eric Esterhazy und aktivierte damit Ignatz. Als das Interface-Persönlichkeitsmenü auf dem Monitor erschien, zögerte er.

Er brauchte Ignatz zur Steuerung der Maschinen, aber er legte keinerlei Wert darauf, dass ein virtueller Kibitz ihm über die Schulter schaute, während *er* Monique Calhoun über die Schulter schaute.

Deshalb tat er, was er nur selten tat: Er wählte die neutrale Computerstimme und die affektlose KI-Persönlichkeit.

Da er auch nicht abgelenkt werden wollte, schaltete er sämtliche Bildschirme bis auf zwei ab; der eine zeigte das Innere des Virtualitäts-Boudoirs, der andere die Menüs.

Und was er auch nicht vergessen durfte …

»Kannst du die automatische Aufzeichnung abbrechen?« fragte er Ignatz, was er noch nie getan oder auch nur erwogen hatte. Aber eine Aufzeichnung von einem voraussichtlichen Hit zu machen, kam ihm ziemlich hirnrissig vor.

»Ja.«

»Aufzeichnung abbrechen.«

»Aufzeichnung abgebrochen.«

Das Virtualitäts-Boudoir bestand aus einem einzigen Softscreen, der den ganzen Raum umgab. Die glatte Textur des Flüssigkristall-Kunststoffs ließ sich ebenso wenig ändern wie die kissenartige Kinästhetik, aber da die visuellen Elemente aus jeder x-beliebigen Mischung von Bildern sämtlicher Datenbasen oder Echtzeiteinspeisungen der Welt bestehen konnten – und Entsprechendes galt für den Ton –, standen praktisch unbegrenzte optische und akustische Mittel für jeden Zweck zur Verfügung.

Natürlich war die Benutzung des Boudoirs normalerweise auf einen *bestimmten* Zweck begrenzt und für diejenigen Gäste, deren Phantasie ebenfalls begrenzt war oder von einem solchen Übermaß verfügbarer Möglichkeiten eingeschüchtert wurde, gab es ein umfangreiches Menü vorprogrammierter erotischer Orte und Szenarios.

Aber da der Zweck der gegenwärtigen Übung kaum darin bestand, erotische Erregung zu produzieren, würde Eric improvisieren müssen.

Das Grundszenario des Virtualitäts-Boudoirs war ein saftiger grüner Rasen unter einem wolkenlosen, schematischen, tropischen Himmel von der Farbe eines unmittelbar bevorstehenden Sonnenuntergangs, dazu das leise Rauschen ferner Brecher und gelegentliche Schnorkel wohltönenden Vogelgezwitschers.

Dort saßen sich Monique Calhoun und John Sri Davinda jetzt in einer gepolsterten Mulde im Rasen gegenüber, die große Ähnlichkeit mit den konversationsfördernden Sitzgruppen hatte, die so etwa in der sechsten Dekade des vergangenen Jahrhunderts in Mode gewesen waren.

Und diesmal war das Ziel tatsächlich Konversation.

Die jedoch nicht stattfand.

Davinda saß da und starrte Monique ausdruckslos an; entweder machte er Yoga-Meditation, oder er versuchte, sie in ein Wettstarren wie auf dem Schulhof zu verwickeln. Und obwohl die Kameras verborgen waren, schaute Monique sich mit ungeduldiger Miene immer wieder um, als suchte sie eine, die sie anspielen konnte.

Das schien Eric eine deutliche Aufforderung zu sein, in die Gänge zu kommen. Er konnte es selbst kaum erwarten. Die vordringlichste Aufgabe war offenbar, Davinda aus seinem Stupor zu wecken. Aber wie?

»Stimulanzien-Menü«, befahl er Ignatz.

Eine lange Liste chemischer Bezeichnungen lief in alphabetischer Folge über den Menü-Bildschirm. Eric hatte so gut wie keine Ahnung von organischer Chemie oder Psychopharmakologie; es wusste nur, dass er übers Lüftungssystem dank eines die Hautschranke überwindenden Trägers namens DMSO so gut wie alles in die Blutbahn jeder beliebigen Person in einem der Boudoirs einspeisen konnte.

So ging es nicht.

»Nach Stärke der geistigen Stimulation sortieren.«

Die Namen im Menü gruppierten sich um, blieben jedoch unverständlich.

»Alles mit halluzinogenen Eigenschaften streichen.«

Weiteres elektronisches Kartenmischen.

Eric zuckte die Achseln. »Die ersten drei auf der Liste reinpumpen, höchste Dosis«, befahl er.

Und jetzt zu den Bild- und Tonelementen … auch da etwas ein wenig Stimulierenderes …

Der tropische Sonnenuntergangshimmel wurde rasch dunkler, als mit surrealer Geschwindigkeit eine Front schwarzer Wolkentürme aufzog, begleitet von einem Trommelwirbel näher kommenden Donners, und obwohl Monique Calhoun wusste, dass die Virtualitätseffekte im Boudoir auf Bild und Ton beschränkt waren, glaubte sie, die Schärfe von Ozon in der Luft riechen zu können. Sie fühlte, wie sich ihre Sinne schärften; eine Spannung baute sich in ihr auf, als könnten jeden Moment blaue Funken von ihren Fingerspitzen sprühen.

FLASH!

CRACK!

Ein urgewaltiger Blitz erhellte den Himmel wie ein thermonuklearer Klieg-Scheinwerfer, gefolgt von einem ohrenzerreißenden Donnerschlag, der die Toten hätte aufwecken können.

»Jesus Christus!«

»Der bin ich nicht.«

Oder sogar John Sri Davinda.

In den Augen des Klimatologen loderte nun ein kaltes elektrisches Feuer, und er schien so weit aus seinem nonverbalen Dämmerzustand aufgeschreckt worden zu sein, dass er immerhin fähig war, dummes Zeug von sich zu geben.

Aber Monique merkte, dass sie endgültig die Geduld mit diesem Mist verlor. »Ach nein?« gab sie mit sirrenden Nerven zurück. »Also, ich würde wetten, Buddha, Vishnu oder Elvis sind Sie auch nicht!«

Die Donnerschläge wurden zu einer verrückten Rhythmusspur, als in den schwarzen Donnerwolken über ihnen stroboskopartige, stotterige Blitze aufzuckten und dieses Gewitter-Disney in eine ausgeflippte meteorologische Diskothek verwandelten.

»Ich geb keinen feuchten Rattenfurz drauf, für wen du dich hältst, du Arschloch«, brach es mit einer wahnwitzigen Energie und Leidenschaft, die zu den unnatürlichen Elementen passten, aus Monique heraus, »und der mystische Quatsch und das wirre Dritte-Kraft-Geschwätz stehen mir bis hier! Du sagst mir jetzt sofort, was passieren wird, wenn du die Überreste deines durchgebratenen Hirns in dieses Klimamodell einstöpselst! Sonst … sonst …«

Monique merkte, dass sie die Hände vor Wut zu Fäusten geballt hatte und dass ihr die ›Sonsts‹ ausgegangen waren, bis auf das endgültig letzte, dessen dumpfen Pulsschlag sie in der Handtasche neben ihr spürte.

»Der Chaoseffekt«, sagte John Sri Davinda.

»SCHEISSE!« brüllte Monique in wilder Empörung ins Unwetter hinein.

Der Anblick erinnerte Eric nachdrücklich daran, dass die Substanzen, die er ins Boudoir hineinpumpte, sich sowohl auf Davinda als auch auf Monique Calhoun auswirkten: Das Zeug, das den Klimatologen gerade einmal andeutungsweise aus seinem quasi-komatösen Trübsinn erweckt hatte, verwandelte Monique in ein tobendes Ungeheuer mit Schaum vor dem Mund.

Was nun?

Wenn er Monique *herunter*schaltete, würde er Davinda wahrscheinlich wieder *ab*schalten.

Er brauchte Hilfe.

Und wenn die einzige Hilfe, die er kriegen konnte, virtueller Natur war, na schön …

Seufzend holte Eric Ignatz' Persönlichkeitsmenü auf den Bildschirm und lud »Mom«.

»Was mache ich jetzt?« erkundigte er sich.

»Das fragst du mich, Kleiner? Ich bin nicht mal hier. Von dieser Simulation kannst du nur operative Ratschläge kriegen.«

»Okay, wie verhindere ich, dass Monique Calhoun wie eine Rakete in die Luft geht, ohne dass mir Davinda dabei wieder ins Bodenlose versinkt? Ich kann die Stimulantien ja nicht abschalten, oder?«

»Glätte die Wogen mit 'ner Dosis Meskalin und 'nem Schuss Psilocybin. Schmeiß die Sturm-und-Drang-Effekte raus und spiel ihnen ›Hoch im Himalaya‹ rein.«

Eric hatte nur eine ziemlich verschwommene Vorstellung davon, was Ignatz ihm durch das kryptische Mom-Interface vorschlug, aber was immer es sein mochte, er hatte keine bessere Idee.

»Dann los!« sagte er.

Der Himmel klarte abrupt zu einem vollkommenen, tiefen Blau auf, das dank der großen Höhe einen leichten Stich ins Violette hatte. Monique fand sich von den schneebedeckten Gipfeln einer Kette mächtiger, zerklüfteter Berge umgeben, die sich aus grünen Tälern tief unten erhoben, jedoch nicht ganz bis in die Höhe emporreichten, in der sie sich befand.

Sie saß John Sri Davinda auf einem Orientteppich gegenüber, der sie auf magische Weise von der Kälte der eisigen, höchsten Bergspitze isolierte, auf der sie thronten. Oder auf nicht so magische Weise, wenn man bedachte, dass sich die Lufttemperatur im Boudoir nicht geändert hatte. Im Hintergrund spielten eine Sitar und eine Tabla, unterstützt von einem akustischen Bass und gesampeltem Brandungsrauschen.

Willkommen im Hindu-Kitsch! dachte Monique spöttisch.

Trotzdem, Kitsch hin oder her, sie musste zugeben, dass es eine reinigende Wirkung hatte. Zumindest insoweit, als ihr nun klar wurde, dass man aus einem Irren wohl kaum etwas Zusammenhängendes herausholen konnte, wenn man ihn anbrüllte, als wäre man selber einer.

»Der Chaoseffekt?« sagte sie und bemühte sich um einen gelassenen Tonfall. »Wenn die Ihr Gehirn anschließen und Ihr Klimamodell laufen lassen, wird der Vorhersage-Output *nicht* der Venuseffekt sein?«

John Sri Davindas Augen leuchteten wie zwei von einem unmenschlichen Licht erhellte Kugellagerkugeln aus poliertem Stahl.

»Alle Iterationen bringen denselben Output hervor.«

»Den Chaoseffekt?«

»Den Chaoseffekt.«

Davindas Gesicht war so ruhig und gleichmütig wie das eines goldenen Buddhas, und ob es nun an der Synergie von Musik und Licht oder an irgendeinem anderen Effekt lag, eine greifbare, pulsierende Aura schien von ihm auszugehen. Aber trotzdem – oder vielleicht gerade deswegen – musste Monique ihre ganze Willenskraft aufbieten, um einen klaren Kopf zu bewahren und nicht auf ihn einzuschlagen.

Sie erkannte, dass sie nur dann etwas aus Davinda herausbekommen würde, wenn sie sich in *sein* Bildsystem hineinbegab und nicht fruchtlos versuchte, ihn in etwas zurückzuscheuchen, was *ihres* als die ›wirkliche Welt‹ definierte.

»Was *ist* der Chaoseffekt, John Sri Davinda?« intonierte sie in einem pompösen Guru-Ton.

»Ich bin der Chaoseffekt«, sagte John Sri Davinda. »Ich modelliere das Chao des Tao.«

»*Sie* modellieren das Chao des Tao …?«

Monique mühte sich ab, dem irgendeinen Sinn zu entnehmen oder, da sie Davinda nun zum Reden gebracht hatte, diese sybillinische Präsenz zumindest auf eine Weise zu befragen, die vielleicht nützliche Informationen erbringen würde. *Begib dich in sein Bildsystem,* ermahnte sie sich erneut, *erwarte nicht von ihm, dass er sich in deins begibt*.

»Okay, John Sri Davinda, wir sind alle Teile des Großen Ganzen, des karmischen Rades und all dieser guten Sachen der Dritten Kraft, des Tanzes der Bits und Bytes …«

Und dann traf sie das Weiße Licht.

In diesem Moment konvergierten zwei unvereinbare Bildsysteme in einem Grenzbereich, der das dritte war.

Davinda hatte sein Gehirn schon einmal kurz an den Computer angeschlossen. Und es hatte ihn zu … *dem hier* gemacht.

Was immer das war.

Ein menschlicher Klimatologe, dessen Neuronen zum größten Teil verbrannt waren und dessen Persönlichkeit zerstört war? Der Software-Golem, der jetzt die leere Meatware bewohnte? Irgendein obskures Amalgam?

Bleib im Bildsystem.

Bleib in *seinem* Bildsystem.

Denn was auch immer diese … Wesenheit *wirklich* war, sie schien sich für John Sri Davindas Klimamodell zu halten, nicht für dessen menschlichen Schöpfer.

»Okay, dann spreche ich also mit einem Klimamodell«, sagte Monique. »Inwiefern unterscheiden Sie sich von allen anderen Klimamodellen?«

War dieser Ausdruck auf John Sri Davindas Gesicht ein Lächeln vollkommener Gelassenheit oder ein Ausdruck vollkommener Akzeptanz des schrecklichen Schicksals? War in seinem Innern überhaupt noch etwas Menschliches übrig?

»Ich bin das ultimate Klimamodell.«

»Das … *ultimate* Klimamodell?«

»Ein definitiveres Klimamodell ist mathematisch unmöglich.«

»Sie sind das … *perfekte* Klimamodell?« fragte Monique leise. »Sie haben alle Antworten?«

Die Wirkung ihrer Worte war unerwartet und katastrophal.

Die Gleichmütigkeit in John Sri Davindas Gesicht verwandelte sich in einen Ausdruck tödlichen Entsetzens.

»Was hab ich denn gesagt?« stöhnte Monique.

Sie bekam keine Antwort. Seine Miene blieb vor Entsetzen verzerrt, aber es war, als hätte sie einen Stecker herausgezogen und das Licht ausgeschaltet, das aus diesen unmenschlichen Augen geleuchtet hatte.

»Mist, Mist, was nun?« Eric beobachtete, wie Monique Calhoun Davinda aus dem Fugue-Zustand herauszuschütteln versuchte, in den er plötzlich wieder verfallen war, als sie gerade zumindest einen Ansatzpunkt gefunden zu haben schien.

»Ist das eine operative Frage, Kleiner, oder bist du einfach nur nicht erfreut, mich zu sehen?« erwiderte Ignatz.

»Was soll ich jetzt tun, *das* ist die operative Frage!« schnauzte Eric gereizt zurück. »Die Drogen rausspülen? Das Rezept ändern?«

»Hol Mohammed vom Berg runter«, sagte Ignatz.

»Drück dich, verdammt noch mal, verständlich aus, Mom, fang du nicht auch noch mit diesem Dritte-Kraft-Gebrabbel an!« rief Eric, der ganz vergaß, mit wem oder vielmehr was er in Wirklichkeit sprach.

»Mit einem ganz kurzen, verständlichen Wort: *Schnitt*, Kleiner! Neue Szene.«

»Was für eine?«

»Bilder aus seiner Vergangenheit.«

»Kalifornien?«

»Wenn du willst, dass er aus sich rauskommt, bring ihn nach Hause zurück.«

Die virtuelle Zeit änderte sich nicht, auch nicht das klare Blau des Himmels über ihnen, aber nun hatte sich ein feiner Hauch Gold hineingemischt und im Hintergrund hörte man Brecher durch die Felsbrocken und von Wellen in den Stein gewaschenen Gezeitentümpel eines steinigen Strandes unter ihnen rauschen.

Monique saß John Sri Davinda auf der mit groben Holzbohlen ausgelegten Veranda eines neo-rustikalen Redwood-Landhauses gegenüber. Das Satteldach bestand aus einer ansehnlichen Reihe von Solarpaneelen, aus denen ein eindrucksvolles Sortiment von Satellitenschüsseln spross.

Das Landhaus ragte über eine tiefe Rinne oder einen kleinen Canyon hinaus, der von einer küstennahen Bergkette hinabführte und auf dessen Grund ein Fluss zum Meer lief. Palmen, Palmettos und Sukkulenten wucherten in seinen Tiefen und kletterten an seinen Hängen empor, die weitere Landhäuser, Blockhäuser, Kuppeln und unauffällige kleine Fabriken zierten – überall nur ungestrichenes Holz, Stein, grüngetöntes Glas und verwitterte Bronze, Materialien, die irgendwie mit der tropischen Landschaft verschmolzen.

Und falls Monique das nicht als die idealisierte Küste Zentralkaliforniens erkannt hätte, John Sri Davindas Heimat, so dudelte als hilfreicher Hinweis im Hintergrund leise ein süßlich-klebriger orchestraler Remix klassischer Surfmusik aus dem zwanzigsten Jahrhundert.

Jetzt also *kalifornischer* Kitsch, dachte Monique.

Aber wenn *das* nicht funktioniert, dann weiß ich auch nicht mehr weiter …

»John«, säuselte sie sanft. »Sie sind jetzt wieder zu Hause … daheim in Kalifornien … da, wo alles angefangen hat … erinnern Sie sich … wissen Sie noch, damals …?«

Die Muskulatur von Davindas zu einer Maske des Entsetzens erstarrtem Gesicht entspannte sich langsam.

»Ja, John Sri Davinda, der sind Sie jetzt, damals, vor langer Zeit …«

Davindas Gesicht glättete sich, aber Monique konnte darin keine menschliche Regung ausmachen. Stattdessen wurde es eine weitere, diesmal stille Maske. Hinter den Augen war jedoch nichts als Leere.

»Kommen Sie, John, ich weiß, dass Sie da drin sind, also kommen Sie schon raus«, sagte Monique in rauerem Ton. Sie kämpfte gegen ihren wachsenden Verdruss an und begann den Kampf zu verlieren.

Nichts.

Zum Henker!

Der war schon zur Stelle.

Monique gingen die Ideen nämlich ebenso aus wie die Geduld, und sie merkte, wie ihr Blick nach unten zu der neben ihr liegenden Handtasche gezogen wurde.

Sie spürte die unsichtbare, pulsierende Präsenz der Schusswaffe darin.

Oder nicht?

Konnte das nicht auch bloß eine Illusion sein?

Wenn sie die Handtasche nur mal kurz tätschelte, würde sie dann nicht erleichtert feststellen, dass gar keine Flechette-Pistole drin war?

Ihre Hand kroch zur Handtasche. Sie riss sie zurück und schüttelte Davinda stattdessen krampfhaft an der Schulter.

»Sprechen Sie gefälligst mit mir, ja!« rief sie. »Bevor es zu spät ist!«

»Es funktioniert nicht«, meinte Eric.

»Was du nicht sagst, Sherlock«, erwiderte Ignatz.

»Noch irgendwelche schlauen Ideen?«

»Ist das eine operative Frage?«

»Ja, Mom, das ist eine operative Frage«, sagte Eric gereizt, »und ich hätte gern eine operative Antwort.«

»Vielleicht ist es an der Zeit, die Operation zu beenden, Kleiner«, schlug Ignatz vor.

Eric erwog das einen langen Moment.

Wenn es Monique nicht gelang, weitere Informationen aus Davinda herauszuholen, würde er früher oder später dort hineingehen und die Operation beenden müssen. War es jetzt später als früher? Hielt ihn nur unprofessionelle, sentimentale Romantik davon ab, es zu tun?

»Ist das der einzige operative Rat, den du mir geben kannst?« fragte Eric wehleidig.

»Was hindert dich dran, ihn anzunehmen, Kleiner? Warum erledigst du den Kerl nicht einfach und bringst es hinter dich?«

»Weil ich keinen furchtbaren Fehler machen will, der dazu führen könnte, dass vielleicht die ganze Welt *gebraten* wird, verdammt noch mal!« schnauzte Eric.

»Ist das alles, Eric?«

»Reicht das nicht?«

»Komm schon, Kleiner, die Simulation einer Klugscheißerin kannst du nicht bescheißen.«

»Schon gut, schon gut«, jammerte Eric, »bei dem Gedanken, dass ich den Hit Monique Calhoun anhängen soll, dreht sich mir der Magen um! Also, jetzt hab ich's ausgesprochen, bist du nun zufrieden, Mom?«

Mom?

Eric erkannte abrupt, dass er sich vor diesem ... diesem *Programm* zu rechtfertigen versuchte, als würde er *wirklich* mit seiner Mutter streiten.

Und dabei wie üblich den Kürzeren ziehen.

»Tja, Kleiner, *eins* könntest du noch probieren«, sagte Ignatz. »Denk dran, ich bin bloß 'ne Simulation, und 'ne weibliche obendrein, da fällt's mir irgendwie schwer zu modellieren, wie du das aufnehmen wirst ...«

»Ich bin ein großer Böser Bube, Mom ... ich meine ... Himmelherrgott!«

»Du hast den Raum mit *Gehirn*stimulanzien voll gepumpt und der Kerl ist immer noch in Trance«, sagte Ignatz. »Also zielst du vielleicht aufs falsche Organ. Die Datenbasis, mit der diese Simulation ausgestattet ist, sagt mir Folgendes, Kleiner: Wenn du einen männlichen Zombie von den Toten auferwecken willst, musst du ihn ... an seinem besten Stück packen.«

Monique spürte, wie die Hitze ihres frustrierten Zorns sich von ihrem Gehirn südwärts in ihre Lenden verlagerte und dabei zu einer anderen Art von Wärme wurde, und da sie keinen rationalen, emotionalen oder ästhetischen Grund für die Verwandlung fand und diese unlogische sexuelle Erregung unter ganz ähnlichen Umständen schon einmal erlebt hatte, war sie sicher, dass der Effekt biochemischer Natur war.

Ihre erste Reaktion war zwar weibliche Empörung

über Eric Esterhazy, aber diesmal wusste sie genau, was er tat, und es ließ sich schwerlich etwas dagegen einwenden, was er damit bezweckte.

Was er damit bezweckte, war die libidinöse Aktivierung von John Sri Davinda, und die Wirkung auf sie war nur ein unvermeidliches Nebenprodukt, freundliches Feuer sozusagen.

Letztes Mal hatte es bei Davinda nicht funktioniert, aber letztes Mal war Davinda von Anfang an sturzbetrunken und von Drogen berauscht gewesen. Und diesmal konnte das Aphrogas in der Luft mit zerebralen und somatischen Stimulanzien verstärkt werden.

Und als sie ebendiesen Gedanken sehr deutlich dachte, während in ihren Lenden ein Feuer brannte, wurde Monique klar, dass dies wahrscheinlich schon geschehen war. Was ihre Stimmungsumschwünge und ihren gesteigerten Scharfblick erklärte.

Ebenso wie die logische Klarheit der Denkprozesse, die unter diesen extremen und abstrusen Umständen momentan bei ihr abliefen. Und sie war sogar einigermaßen froh, dass sich das Aphrogas auch auf sie auswirkte.

Es würde die Sache nicht amüsant machen.

Aber vielleicht erträglich.

»Das Klimamodell, John, hier haben Sie Ihr Klimamodell erschaffen, erzählen Sie mir von Ihrem *Klimamodell* ...«

Das flaue Gefühl, das Eric in der Region zwischen seinem Magen und seinen Testikeln verspürte, war ganz bestimmt keine *Eifersucht*. Er mochte Monique Calhoun wirklich gern, er fand sie sexuell anziehend, er hatte den Sex mit ihr ebenso genossen wie ihre verbalen Kabbeleien, aber er war garantiert nicht in sie *verliebt*.

Und das makabre Schauspiel auf dem Monitor war auch weder sexuell erregend noch Anlass zur Eifersucht. Monique hatte Davindas Hosenstall geöffnet, ein ziemlich schlaffes Organ herausgeholt und es so lange massiert, bis es mehr oder weniger aufrecht stand, was angesichts der Tatsache, dass Davindas nach wie vor leere Miene kaum für die Einbeziehung seiner zerebralen Zentren in die Vorgänge sprach, zweifellos in erster Linie dem Aphrogas zu verdanken war.

Jetzt bearbeitete sie seinen phallischen Pumpenschwengel mit kraftvollen, mechanischen Bewegungen. Es war ungefähr so erotisch, als würde man einer Melkmaschine zusehen.

»Kommen Sie schon, John, ich *weiß*, dass Sie da drin sind, kommen Sie raus«, sagte Monique in schmeichelndem Ton, fuhr ohne hinzusehen mit ihrer Handarbeit fort und versuchte erfolglos, das haarsträubend obszöne Bild dessen, was sie gerade tat, vom Bildschirm ihres Geistes zu verbannen, indem sie sich auf das Gesicht, auf die Augen von John Sri Davinda konzentrierte.

Der langsam wieder ein bisschen zum Leben zu erwachen schien – seine Lippen teilten sich, ein tonloses Stöhnen, noch eins, ein schnelles Flackern der Lider …

Und dann hatte Monique ein kleines Satori.

Wenn Davinda *wirklich* ein Maulwurf war, dann war ›Lao‹ – nach der Art zu urteilen, wie die Marenkos es ihm gegenüber dauernd wiederholt hatten – wahrscheinlich eine Art Aktivierungsbefehl.

Und ein Aktivierungsbefehl war mit Sicherheit genau das, was sie jetzt brauchte.

»Lao, John … Lao … Lao … Lao …«

Sie bewegte die Hand im Rhythmus des Singsangs, achtete sorgfältiger darauf, am Ende der Aufwärtsbewegung neckisch innezuhalten und sie auf der Betonung halbwegs befriedigend herunterzubringen.

»Lao … Lao … Lao …«

»Lao …« murmelte Davinda endlich.

»Ja, John, Lao!«

Monique hörte auf, ihn zu streicheln, behielt die Hand jedoch dort, wo sie war, drückte zu und ließ los, drückte zu und ließ los, versuchte sozusagen, es aus ihm herauszupressen.

»Lao, John, Lao …«

»Lao …«

»Lao ist *was*?«

»Lao ist das Chao des Tao …«

»Scheiße!« fauchte Monique und zerrte krampfhaft an ihm.

Dann fing sie sich.

Und atmete langsam und tief durch.

Begib dich in sein Bildsystem. Erwarte nicht von ihm, dass er sich in deins begibt.

»Lao ist das Chao des Tao«, wiederholte sie und versuchte jetzt, es mit sanfter Zustimmung und sanftem Streicheln aus ihm herauszulocken. »Lao ist das Chao des Tao …«

Und dann hatte sie eine weitere kleine Inspiration.

»Ist Lao … das *Modell* des Tao …?«

»Lao modelliert den Zustand des Tao«, sagte Davinda.

Ein richtiger, zusammenhängender Satz! Vielleicht waren es die zerebralen Verstärker, die Eric in diese kalifornische Treibhausatmosphäre pumpte, aber Monique glaubte allmählich, dass sie nicht nur in Davindas Bildsystem hineinkam, sondern es auch zu entschlüsseln begann.

»Lao« war Davindas Klimamodell.

Das Tao war ihren bescheidenen Kenntnissen derartigen Dritte Kraft-Kauderwelschs zufolge die nichtmaterielle, nichtenergetische, spirituelle Kraft, die dem Universum aus Materie und Energie zugrunde lag, alias Chi, Prana, Karma, was auch immer.

Als Codewort stand es in diesem Bildsystem wahrscheinlich für das planetare Karma der Erde.

›Chao‹ war geradezu beunruhigend offensichtlich – er hatte bloß ein ›s‹ weggelassen, damit sich Chaos auf ›Lao‹ und ›Tao‹ reimte.

Davindas Klimamodell war das Chaos des planetaren Karmas?

War es auch Wahnsinn, so enthielt er offenbar doch diese Botschaft.

Aber Monique konnte keinen Sinn darin erkennen, nicht einmal innerhalb dieses Dritte-Kraft-Bildsystems.

Außer …

»Lao modelliert den Zustand des Taos der Erde?« mutmaßte sie und betätigte ermutigend Davindas Schwengel. »Und der Zustand des Taos der Erde ist …«

»Chaos!« rief Davinda.

»Das ist der Chaos*effekt*?«

Und bevor Monique die nächste Frage formulieren konnte, brach es alles wie ein Sturzbach aus ihm heraus.

»Der Chaoseffekt! Hätte ich es wissen müssen? Woher denn? Niemand hat es vermutet, weder Braithwaite noch Pereiro oder Manning, nicht einmal die große Allison Larabee, woher hatte ich es da wissen sollen, ja, es war implizit in den Daten enthalten, aber kein Programm war leistungsfähig genug, nicht vor Lao, und selbst die frühen Iterationen von Lao konnten es nicht zeigen, die Hardware war nicht gut genug, was hätte ich machen sollen, *es ihnen sagen*, sie hätten das Programm abgebrochen, Lao wäre *nie* endgültig implementiert worden, und …«

»Moment, Moment, was wollen Sie damit …?«

»Verursacht von der hundertjährigen Anwendung der Klimasteuerungsmodelle selbst! Zu spät zur Umkehr, das Klima der Erde ist ein chaotisches System geworden und Lao beweist es, Lao ist definitiv, eine vollständigere Simulation ist mathematisch unmöglich.

Jenseits eines Zeitrahmens von zehn Jahren bricht die Kausalität in *jeder* Iteration vollständig zusammen!«

Davinda hatte heftig zwinkernd Blickkontakt mit ihr aufgenommen, während er dieses Zeug brabbelte, und seine gequälte, entsetzte Miene war überaus menschlich, also sprach hier offensichtlich das, was von dem Klimatologen dort drin übrig war.

Aber in technischer Hinsicht geriet Monique arg ins Schwimmen. Implizit in den Daten enthalten? Iterationen? Chaotisches System? Definitive Simulation? Kausalitätszusammenbruch?

Das war ein Bildsystem, in das sie sich mangels mathematischer Kenntnisse nicht hineinbegeben konnte. Sie musste ihn dazu bringen, es in etwas zu übersetzen, was sie verstand. Aber wie?

Nun, *wenn* es noch etwas Menschliches in dieser Hirnschale gab, war es männlich. Und wenn es männlich war, würde das allerletzte Stück Menschlichkeit, das es dem Nichts überantworten würde, wahrscheinlich sein Ego sein, und diese besagte Essenz des Männlichen war direkt an das priapische Organ angeschlossen, das sie fest umklammert hielt.

Also …

»Sie sind sicher sehr stolz auf Ihr Klimamodell, nicht wahr, John Sri Davinda?« Sie knetete ihn sanft, aber drängender. »Sie sind sehr stolz auf Lao, es ist so ein *wunderbares* Klimamodell, es ist das *beste*, das es gibt, es ist …«

»Es ist *mehr* als ein Klimamodell!« verkündete Davinda. »Ich bin das Software gewordene Tao!«

»*Was* ist es? *Wer* sind Sie?«

Monique bewegte die Hand aufwärts bis hinter die Spitze seines Schwanzes und übte Druck nach oben aus, als wollte sie ihn an diesem Hebel direkt aus ihm selbst herausziehen.

Ob es der sexuelle Druck war, ihre Worte, die Mischung der Gase oder ein Zusammenwirken von allen dreien, Davinda stöhnte und begann, ein weniger technisches Kauderwelsch zu brabbeln.

»Lao ist ein Eins-zu-eins-Modell des Tao der Erde in Software. Lao kann … kann die Geosphäre steuern. Lao ist reines Muster, die Dritte Kraft, erschaffen durch die Verknüpfung von Geist und Materie. Lao ist die Manifestation von Gaia. Lao ist … der Weg.«

»Deus ex machismo«, stöhnte Monique.

Bei ihrem Versuch, die Reste von John Sri Davinda am phallischen Ego wieder ins Diesseits zu zerren, hatte sie mit allem gerechnet, aber nicht damit, dass er aus dem kranialen Nichts herauskommen und verkünden würde, er sei ein selbsterschaffener Gott geworden.

Zugegeben, das war nach den allermeisten Maßstäben ein ziemlich guter Trick.

Aber den profitgierigen kapitalistischen Pragmatikern der großen blauen Maschine das Geld dazu aus der Tasche zu ziehen, war ein noch stärkeres Stück!

»Sie haben der großen blauen Maschine doch sicherlich nicht erzählt, dass sie die Geburt der Gaia-Gottheit der Bits und Bytes finanzieren würden?«

»Das brauchten sie nicht zu erfahren.«

»Sie meinen, Sie *wollten* nicht, dass sie das erfuhren.«

»Die Software war mathematisch definitiv. Das war verifizierbar. Die partiellen Iterationen, die sie durchführten, haben ihnen sehr gefallen.«

»Sicher, weil dabei der Venuseffekt herauskam, nicht? Dafür haben Sie jedenfalls gesorgt. Aber Sie brauchten den Computer mit menschlicher Meatware, um ihr Lao des Tao heraufzubeschwören, nicht wahr? Und ohne die Garantie, dass eine menschliche Zentraleinheit drin sein würde, hätte Big Blue die Kohle nicht locker gemacht, stimmt's? Die Mistkerle haben Sie also dazu erpresst, hab ich Recht?«

»O nein«, verkündete Davinda und in seinen Augen

stand ein widerwärtiger, ungesunder Glanz, »ich habe mich mit Freuden freiwillig dazu bereit erklärt!«

»Sie haben sich *mit Freuden freiwillig dazu bereit erklärt*! Sich das Gehirn rausbrennen zu lassen?«

»Lao zu werden! Der Steuermann des planetaren Tao!«

Monique ließ Davindas Schwanz los, als hätte er sich auf einmal in eine eklige Schnecke verwandelt, was aus einer gewissen Perspektive, soweit es sie betraf, auch der Fall war.

Es reichte fast, um eine gläubige Anhängerin der Dritten Kraft aus ihr zu machen.

Immer wenn sich zwei Kräfte gegenüberstehen, kommt die Dritte Kraft zum Vorschein?

Auf der einen Seite Davindas definitives Klimamodell, auf der anderen das vom Profitstreben bestimmte Bedürfnis von Big Blue, den Venuseffekt zu verkaufen. Auf der einen Seite phallisches Ego, auf der anderen kapitalistische Gier.

Und *das* kommt dabei heraus.

Einen Schwindler kann man nicht beschwindeln?

Wie selbst der blutigste Anfänger bei Brot & Spiele sehr schnell lernte, war es ganz leicht, wenn das Eigeninteresse der Beschwindelten, sich beschwindeln zu lassen, groß genug war.

Aber …

Aber die Präsenz der Pistole in der Handtasche neben ihr erinnerte Monique daran, dass all das die operative Frage noch nicht beantwortet hatte, vor der sie stand.

Töten oder nicht töten, *das* war die Frage.

Und nichts, was sie bis jetzt gehört hatte, befähigte sie, ihr auszuweichen oder sie zu lösen.

»Und wenn Ihr Gehirn morgen wieder an den Computer angeschlossen und … das Klimamodell … durch Sie durchgeschickt wird?« fragte Monique Calhoun ziemlich matt, wie Eric fand. »Was passiert dann?«

Vor Erics Augen schnellte John Sri Davindas Zwinkertempo in astronomische Höhen. Schweiß trat ihm aufs Gesicht und seine Erektion welkte trotz des Aphrogases dahin.

»Ich … ich … ich … ich …« stammelte er schwach.

Und dann durchlief er abrupt eine weitere unheimliche Verwandlung. Das rasche Zwinkern hörte schlagartig auf; er schien überhaupt nicht mehr zu zwinkern. Sein Blick wurde starr. Seine Augen wurden so glasig, unerbittlich und unmenschlich wie die verspiegelte Sonnenbrille eines schmierigen Generalissimus.

Und als er wieder sprach, war die Stimme fest, ausdruckslos und ohne jedes Gefühl, nicht viel anders als Ignatz' eigentliche Stimme hinter den Interface-Persönlichkeitsmasken.

»Ich bin Lao geworden«, sagte die Stimme.

Wahrhaftig nicht viel anders.

»Und mit dem spreche ich jetzt, ja?« fauchte Monique Calhoun wütend, aber mit seltsam wehleidiger, stockender Stimme. »Und was wird … Lao der wartenden Welt über das … klimatologische Tao der Erde erzählen?«

»Der Chaoseffekt«, sagte die Meatware-Stimme, die perfekt eine unverstellte Software-Emulation emulierte.

Monique Calhoun verlor endlich die Beherrschung. Sie warf in zorniger Frustration die Hände in die Luft. »Zur Hölle mit dem Chaoseffekt!« rief sie. »Ich muss wissen, was mit dem *Venus*effekt ist!«

»Alle Iterationen laufen innerhalb eines Zeitrahmens von zehn Jahren auf den Chaoseffekt hinaus.«

»Der *Venus*effekt, verdammt noch mal!« schrie Monique. »Ich muss wissen, und zwar *unbedingt*, was Lao, Sie oder wer auch immer der Welt über den *Venuseffekt* erzählen wird. Real oder Disney? Ja oder nein?«

»Alle Iterationen laufen innerhalb eines Zeitrahmens von zehn Jahren auf den Chaoseffekt hinaus. Ein anderes Vorhersageresultat ist mathematisch unmöglich.«

»Das ist ein Nein, oder?« sagte Monique Calhoun mit winziger Stimme und begann krampfhaft, ihre Handtasche zu kneten wie ein kleines Mädchen, das sich verlaufen hatte, seine Kuscheldecke.

Die Befragungsphase dieser Operation schien in eine Sackgasse geraten und gescheitert zu sein. Unter der unverständlichen Mathematik und den kryptischen Dritte Kraft-Formulierungen schien John Sri Davinda, Lao oder wer oder was auch immer diesen Meatware-Korpus bewohnte, zumindest zu sagen, dass dieses so genannte definitive Klimamodell *nicht* den Nachweis erbringen würde, dass der Eintritt des Venuseffekts unmittelbar bevorstand.

Deshalb musste Eric Davinda jetzt beseitigen, so sah es der Auftrag vor. Und zwar ohne jede Sicherheit in Bezug auf die letztendlichen Konsequenzen für den Planeten, ohne zu wissen, ob er das Richtige tat.

Immerhin würde er damit einen Auftrag erledigen, den er zwar angenommen hatte, der ihm jedoch von anderen erteilt worden war, und darum konnte er zumindest versuchen, sich einzureden, dass die Verantwortung eine kollektive war.

Aber die Verantwortung dafür, die Sache Monique Calhoun anzuhängen, die dafür in den Knast wandern würde, lag ganz allein bei ihm. Denn wenn er Monique zum Sündenbock für den Hit machte, tat er das nur, um den Folgen zu entgehen, die seine Tat für ihn persönlich haben würde.

Und Eric *wusste*, dass das falsch war.

In diesem Moment hätte er John Sri Davinda schon allein deshalb wegpusten können, weil er ihn mit diesem absolut unerwünschten Gewissenskonflikt konfrontierte, und dabei hatte er nicht mal gewusst, dass er überhaupt ein Gewissen besaß. Geschweige denn eines besitzen wollen.

»Irgendwelche schlauen Ideen, Mom?« fauchte Eric wütend.

»Benutz deinen Grips, Kleiner«, erklärte ihm Ignatz.

»Brillant!«

Aber nachdem er einen Moment lang mit alles anderem als kühlem Kopf darüber nachgedacht hatte, tat Eric genau das.

Oder vielmehr, er schickte, wie es die Menschen seit Alters her taten, seine Gefühle durch sein Gehirn und von dort durch seinen Mund:

»In Ordnung, Stimme, friss Wirbelwind!« befahl er.

Ein mächtiger weißer Strudel kam in unwirklicher Geschwindigkeit vom Meer herangebraust, wurde dabei größer und immer größer, peitschte das Meer zu Wellen, die Wellen zu Brechern und die Brecher zu einer Gischt, die sich in Pixel auflöste, riss den heiteren blauen kalifornischen Himmel in Fetzen, fegte die grüne Deckschicht der Landschaft fort, legte das kahle Gestein darunter und die Bildrasterung unter diesem frei und zermahlte die Berge zu elektronischem Staub, bis die gesamte Welt nur noch daraus bestand.

»Der weiße Tornado!« rief Monique über ein dumpfes Brausen hinweg, dessen Lautstärke nicht ganz ausreichte, um zu verhindern, dass sie sich selbst hörte. »Der Venuseffekt! Das ist der Weltuntergang!«

John Sri Davinda oder das, was aus ihm geworden war, saß im Auge des Sturms und aus seiner Miene sprach ebenso viel Gefühl wie aus seiner völlig unbeteiligten Stimme.

»Das ist kein weißer Tornado. Das ist eine Emulation eines weißen Tornados. Das ist nicht der Venuseffekt. Das ist eine Emulation des Venuseffekts. Das ist nicht der Weltuntergang. Das ist eine Simulation des Weltuntergangs.«

»Und was bist du, du Mistkerl?« rief Monique ihm zu, »ein Computerprogramm, das einen Menschen emuliert, oder ein Mensch, der ein Computerprogramm simuliert?«

Davindas leere Miene änderte sich nicht. Seine Augen blickten in Moniques Richtung, aber Monique hatte absolut nicht das Gefühl, dass er sie *an*sah. Er antwortete nicht. Eine leichte Steigerung seines Zwinkertempos war das einzige, spärliche Indiz dafür, dass noch immer ein Rest von etwas Menschlichem in ihm sein mochte.

Und Monique wusste, dass dies ihre allerletzte Chance war, es zu erreichen.

»Bitte, bitte, bitte, John, sprechen Sie jetzt mit mir«, flehte sie geradezu, »denn wenn Sie's nicht tun … wenn Sie's nicht tun …«

Nichts.

Ihre Hand fand ihre Handtasche und öffnete sie. Schob sich hinein. Berührte den Griff der Flechette-Pistole.

Nada.

Und schloss sich darum.

Rien de tout.

Und dort, im erbarmungslosen Herzen des weißen Tornados, begann Monique zu weinen.

Weder der Wirbelwind noch die Tränen der Frau, die darin weinte, nichts würde Eric davor bewahren, seinen Auftrag auszuführen.

Er zog die Flechette-Pistole aus dem Schulterhalfter, überprüfte das Magazin, entsicherte die Waffe, machte Anstalten aufzustehen und hielt dann inne, überrascht von dem bleiernen Gewicht der zweiten Pistole in der Tasche seines Jacketts.

»Noch irgendwelche … operativen Vorschläge … *Mom*?« fragte er düster. In diesem Augenblick war ihm nur allzu deutlich bewusst, dass er mit einer Maske über einem Vakuum sprach.

»Du kommst nicht drum rum, du musst jetzt da reingehen und ihn kaltmachen«, erklärte ihm Moms Stimme.

»Tu's für Böse Buben, tu's für die Biosphäre, tu's für Ronnie Reagan oder wofür auch immer! Aber entweder schaffst du's, wie ein Mann hier rauszugehen, Eric, oder du wirst am Ende auf dem Bauch rauskriechen wie ein Reptil. Also tu's auch für dich, Kleiner!«

Monique liefen die Tränen über die Wangen, als sie die Flechette-Pistole aus der Handtasche zog und mit zittriger Hand auf Davindas Kopf richtete.

»Wenn ... wenn Sie jetzt nicht sofort mit mir reden ... muss ich ... Ihnen den Kopf wegpusten ...« rief sie über das Brausen des weißen Tornados hinweg. »Ehrlich! Ich mein's wirklich ernst!«

Es klang selbst in ihren eigenen Ohren eher wie eine verzweifelte Bitte als wie eine glaubhafte Drohung. Und John Sri Davinda saß einfach da wie ein steinerner Buddha.

Ich muss es tun, befahl sich Monique. Ich muss es tun, wiederholte sie stumm und versuchte, ein Mantra daraus zu machen. Ich muss es tun.

Sie hob die andere Hand, um ihren Arm zu stützen.

Ich muss es tun, weil es richtig ist. Ich muss es tun, weil ich muss. Ich muss es tun, denn wenn ich es nicht tue ...

Hinter ihr ertönte plötzlich ein Geräusch.

Sie fuhr reflexhaft herum.

Eric Esterhazy schritt durch den Mahlstrom auf sie zu wie ein Gott des Verderbens, in beiden Händen eine Schusswaffe.

Eric klappte vor Verblüffung die Kinnlade herunter, als er in die Mündung einer Pistole starrte, die Monique Calhoun mit einem wackligen beidhändigen Griff genau auf seine Brust gerichtet hielt.

Eine Flechette-Pistole mit Pfeilen aus abgereichertem Uran, der Klon seiner eigenen. Eine Waffe, die auf diese

Distanz unbedingt tödlich war, wie er wusste, selbst in den zitternden Händen einer ausgesprochenen Amateurin wie Monique.

»Versteh das nicht falsch, Eric«, sagte Monique hastig. »Die ist für *ihn* gedacht, nicht für dich.«

Trotzdem schien es keine allzu clevere Idee zu sein, das zu beweisen, indem sie die Waffe sofort senkte.

Auch dann nicht, als Eric Esterhazy in manisches Gelächter ausbrach.

Denn sie sah, dass er seine trotzdem alle *beide* nicht senkte.

»Was ist so verdammt komisch?« wollte Monique Calhoun wissen. »Hältst du das vielleicht für eine Situationskomödie?«

Eric brach erneut in schallendes Gelächter aus.

Nur Mom würde den Witz richtig kapieren.

Da stand er im Geheul eines tobenden virtuellen weißen Tornados und richtete zwei Schusswaffen auf eine Frau, die eine auf ihn richtete. Auf die Frau, der er den Hit anhängen wollte, den er gleich ausführen würde. Und es war durchaus denkbar, dass das Schicksal der Erde an einem seidenen Faden hing.

Doch dank der Gase, die er in den Raum geleitet hatte, stand er diesem schrecklichsten existenziellen Moment seines Lebens mit einem beinharten Ständer gegenüber.

»Es hat seine humorvollen Aspekte«, sagte Eric.

»Ha … ha … ha …« machte Monique Calhoun. »Hättest du was dagegen, mir zu erklären, wo der Witz ist?«

Ihre Stimme stockte. Die tapfere Fassade zerbrach. Sie schluchzte einmal, zweimal. »Ich könnte zur Abwechslung wirklich mal ein bisschen was Lustiges brauchen«, klagte sie.

Lag es am Aphrogas?

Lag es an der Art, wie Monique Calhoun dastand – schluchzend, eine Pistole in den zitternden Händen, die sie tapfer auf seine Brust gerichtet hielt?

Lag es an den Worten von Ignatz' Mom-Simulation – *entweder schaffst du's, wie ein Mann hier rauszugehen, Eric, oder du wirst am Ende auf dem Bauch rauskriechen wie ein Reptil*?

Lag es daran, dass die echte Mom genau dasselbe gesagt hätte, wie er wusste?

Woran auch immer es liegen mochte, die Synergie hatte sein Herz berührt und die Dinge darin geklärt.

Konnte er auf eine bloße Wahrscheinlichkeit hin handeln, ohne sicher zu sein? Konnte er John Sri Davinda auf die bloße Vermutung hin töten, dass es vielleicht nötig war, um die große blaue Maschine vor den Resultaten ihrer eigenen Machenschaften zu bewahren? Um eine Clique zynischer, verlogener kapitalistischer Wiedergänger vor den gerechten Folgen ihrer eigenen Niedertracht zu bewahren?

Ja, das konnte er.

Ja, das *durfte* er.

Die Marenkos glaubten, dass es unter diesen Umständen nötig wäre, Eduardo Ramirez glaubte es, und Eric hatte den Auftrag angenommen, weil er es ebenfalls glaubte.

Er konnte seine ehrenhafte Pflicht tun, seinen Auftrag ausführen und den Raum anschließend wie ein Mann mit hoch erhobenem Kopf verlassen.

Aber konnte er die Tat Monique Calhoun anhängen?

Nein, das konnte er nicht.

Nein, das *durfte* er nicht.

Ganz gleich, welche persönlichen Folgen es haben würde.

Denn wenn er es tat, würde er wirklich auf dem Bauch hier herauskriechen müssen wie das Reptil, zu dem er dadurch werden würde.

Eric lachte erneut.

»Kannst du dir vorstellen«, sagte er, »dass der beste Freund eines Bösen Buben unter diesen seltsamen Umständen seine virtuelle Mutter ist?«

Und warf den Revolver mit dem abgeklebten Perlmuttgriff weg.

»Was soll das bedeuten?« fragte Monique. »Und … und was hast du gerade getan?«

Dass er seine *kleine* Schusswaffe weggeworfen hatte, ergab keinen Sinn, weil seine *große* Flechette-Pistole nach wie vor direkt auf sie gerichtet war.

»Es bedeutet, dass ich heute ein Mann bin«, sagte Eric Esterhazy in einem sentimental-unaufrichtigen Ton, der etwas Tiefes und Echtes zu verdecken schien. »Und was ich getan habe, das war etwas … wonach ich mich gut fühle.«

»Können wir jetzt mal mit dem Unsinn aufhören?« flehte Monique. »Können wir bitte ernst werden, Eric?«

»Ich dachte schon, du würdest mich nie fragen«, sagte Prinz Eric Esterhazy.

»Alles auf null«, befahl Eric Ignatz. »Mit vierzig Prozent Sauerstoff ausspülen. Das Gasgebläse abstellen!«

Der weiße Tornado verschwand. Nur noch ihr Atmen und das Summen der Pumpe, die die Luft im Boudoir reinigte, waren zu hören.

Und da standen sie nun, zwei Leute in einem schlichten, gesichtslosen, perlmuttschimmernden Raum, die einander mit Pistolen bedrohten.

»Viel ernster geht's nicht mehr, was, Monique?« sagte Eric leise zu ihr.

»Wir müssen reden, Eric.« Monique ließ ihren Worten ein bellendes Lachen folgen, das Eric seltsam anrührend fand.

»Was willst du mit der Kanone, Monique?«

Monique machte eine Kopfbewegung nach hinten, ungefähr in Davindas Richtung, der so reglos und gleichgültig dasaß wie eine Zimmerpflanze.

»*Du* hast einen Auftrag für ihn?«

Monique nickte.

»Von wem, wenn ich mir die plumpe Frage erlauben darf?«

»Von der großen blauen Maschine. Wenn ich keinen Beweis dafür finde, dass er kein sibirischer Maulwurf ist, den man darauf programmiert hat, die morgige Klimamodell-Vorführung in einem Fiasko für sie enden zu lassen, muss ich …«

Eric lachte.

»Was ist daran so verdammt komisch?«

»Ich habe denselben Auftrag«, erklärte er ihr. »Mehr oder weniger. Von den Marenkos.«

»*Den Marenkos*? Die Marenkos wollen *ihren eigenen Maulwurf* eliminieren lassen?«

»Wessen Maulwurf er auch sein mag, der der Sibirier ist er nicht. Die Marenkos wollen nicht, dass die große blaue Maschine zerstört wird.«

»*Nicht*? Obwohl sie die weißen Tornados künstlich erzeugt hat, um die sibirischen Syndikate übers Ohr zu hauen?«

»Es wäre ja trotzdem möglich, dass ihre Klimatechnik gebraucht wird, um die Welt vor dem Venuseffekt zu bewahren.«

»Selbst wenn es das Ende für das goldene Sibirien bedeutet?«

Monique machte eine Kopfbewegung zu dem weggeworfenen Revolver mit dem Perlmuttgriff.

Eric zuckte die Achseln. »Den sollte ich benutzen und dann dafür sorgen, dass deine Fingerabdrücke drauf sind, um dir die … Beseitigung anzuhängen.«

»Und du wirfst ihn weg?« Monique starrte ihn mit offenem Mund an. »Aber werden sie nicht …?«

Ihre Unterlippe zitterte.

»Ach, ich glaube, ich kann die Situation schon irgendwie deichseln, wenn Monsieur Davinda einfach verschwindet«, sagte Eric und gab sich den Anschein unbekümmerter Sorglosigkeit. »In der Seine wimmelt es von Alligatoren, die keineswegs glauben, dass es so was wie ein kostenloses Mittagessen nicht gibt.«

Er schenkte ihr sein schönstes männliches Heldenlächeln.

»Du siehst also, Monique, wir müssen einander nicht unbedingt erschießen.« Eric senkte seine Pistole. »Andererseits haben wir nun mal unsere vertraglichen Verpflichtungen.«

Er trat einen Schritt auf John Sri Davinda zu.

»Und da *ich* hier der Profi bin«, sagte Eric liebenswürdig und mit einer kleinen Verbeugung, »gestatte mir ...«

Auf eine total verrückte, aber auch absolut anrührende Weise war dies das Allergalanteste, was sich jemals ein Mann für Monique zu tun erboten hatte.

»Ich kann nicht zulassen, dass du für mich einen Menschen *ermordest*, Eric«, erklärte sie ihm und ließ ihre Pistole ebenfalls sinken.

»In der Branche ziehen wir den Terminus *Beseitigung* vor.«

»Muss ihn denn wirklich einer von uns umbringen?« fragte Monique allzu rhetorisch. »Ich meine, wenn er kein sibirischer Maulwurf ist ...«

»Bei enger Auslegung deines Auftrags könnte man *deine* Verpflichtung vielleicht als aufgehoben betrachten, aber meiner sieht vor, dass ich ihn beseitige, um die große blaue Maschine vor ihrer eigenen, selbst herbeigeführten PR-Katastrophe zu bewahren, und wenn sie dieses Hirnbrand-Opfer in ihren Computer installieren, ihr Klimamodell laufen lassen und damit rechnen, dass dabei der Venuseffekt herauskommt ...«

Eric hob die Schultern. »Du bist bei Brot & Spiele. Sag du's mir.«

Monique seufzte. »Adieu, UNACOCS. Vielleicht auch adieu, Vereinte Nationen. Adieu, jede verbliebene Glaubwürdigkeit der großen blauen Maschine.«

»Adieu, Erde, wenn sich später herausstellt, dass wir ihre Klimatechnik brauchen, um sie doch noch vor dem Venuseffekt zu bewahren …«

»Aber im Grunde wissen wir's *immer* noch nicht, nicht mit Sicherheit!«

Monique wirbelte in verzweifelter Wut zu Davinda herum, der nun bar jeglicher belebender Wirkung der chemischen Verstärker, die eben noch in der Luft gewesen waren, mit ausdruckslosem Gesicht und leerem Blick dasaß. Sein schlaffer Schwanz hing aus dem offenen Hosenstall.

Sie ging auf die Knie und zog – *hoffentlich* würde es wehtun – an dem phallischen Hebel, so heftig sie konnte. So heftig, dass sie ihm immerhin ein lautes Aufjaulen entlockte.

»Haben Sie überhaupt nicht *zugehört*?« schrie sie ihm ins Gesicht. »Wollen Sie nicht wenigstens *versuchen*, uns auszureden, dass wir Sie umbringen? Ist Ihnen das denn völlig *egal*?«

Sie konnte keine menschliche Reaktion feststellen.

Na schön, beschloss Monique in endgültiger Verzweiflung, probier's mit dem Bildsystem dieses *Dings*.

»Lao!« rief sie und zerrte erneut an seinem Schwanz, und zwar ziemlich brutal. »*Du* bist jedenfalls da drin, das weiß ich.«

Das Jaulen, das sie diesmal aus ihm herausholte, klang nicht ganz menschlich. Erst recht nicht die Stimme, die schließlich zu sprechen geruhte.

»Ich bin Lao.«

»Ist dir klar, dass sie morgen das komplette Programm … laufen lassen, außer … außer wenn …«

»Ich erwarte vollständige und definitive Iteration.«

Eine letzte, angemessen formulierte Frage.

»Wird deine … definitive Iteration zeigen, dass der Venuseffekt unvermeidlich ist?« fragte Monique. »Ja oder nein?« Die *entscheidende* Frage, in *binären* Begriffen, sodass die Antwort eindeutig sein musste.

»Nein«, sagte John Sri Davinda. »Der Venuseffekt ist nicht unvermeidlich.«

»Er … ist es nicht? Bist du … bist du ganz sicher?«

»Vollständige Iteration wird definitiv zeigen, dass kein existierendes oder theoretisch mögliches Klimamodell auf der Basis irgendeines Datensatzes zu einer zuverlässigen Prognose klimatischer Bedingungen über einen Zeitrahmen von zehn Jahren hinaus fähig ist oder jemals fähig sein wird. Die Geosphäre dieses Planeten ist zu einem chaotischen System geworden. Das ist der Chaoseffekt. Der Chaoseffekt ist irreversibel.«

»Nicht einmal *Lao* kann uns sagen, ob der Venuseffekt unvermeidlich ist?« flüsterte Monique. »Kein Klimamodell wird das jemals können?«

Aber weder der Mann, der John Sri Davinda gewesen war, noch das, was aus ihm geworden war, würde noch einmal sprechen.

Dennoch wusste Monique, dass sie ihre entscheidende Antwort bekommen hatte. Chaos-Mathematik und Klimamodelle mochten Bildsysteme sein, die über ihren Horizont gingen. Aber die Antwort ließ sich problemlos in ein Bildsystem übersetzen, das sie nur allzu gut verstand.

Kein Klimamodell konnte hinreichend sichere Aussagen machen. Nicht weil das Programm nicht gut genug oder die Hardware nicht leistungsfähig genug war, sondern weil das, was es zu modellieren versuchte, das zukünftige Klima der Erde und die Auswirkungen der unablässigen Eingriffe der Menschheit, längst über die Grenzen kausaler Erkennbarkeit hinausgegangen war.

Dank der menschlichen Klimatechnik selbst.

»Hast du das alles verstanden, Eric?« fragte Monique Calhoun und stand langsam auf.

Eric überlegte.

Alles?

Nein, er verstand nicht alles in vollem Umfang. Aber er verstand genug von Mathematik, um zu begreifen, dass sie den ultimativen, definitiven und paradoxen Beweis erbrachte, dass nichts und niemand *jemals* imstande sein würde, mathematisch exakt vorherzusagen, welche Auswirkungen weitere Klimasteuerungsmodelle letztendlich auf das klimatologische Schicksal des Planeten haben würden.

Vielleicht würde man die Planetenabkühlungstechnik der großen blauen Maschine jetzt, in zehn oder erst in hundert Jahren brauchen, um die Biosphäre zu retten, vielleicht sogar nie. Es gab keine Möglichkeit, das festzustellen.

Ebenso wenig war es möglich, ›dem planetaren Klima seinen natürlichen Lauf zu lassen‹. Denn dank der Wunder der Wissenschaft und der Technik gab es den ›natürlichen Lauf‹ nicht mehr.

Der Disney-Effekt hatte den Chaoseffekt hervorgebracht.

»Die Irren haben im Irrenhaus die Macht übernommen«, sagte Eric. »Die Passagiere haben das Flugzeug entführt, und ob es uns passt oder nicht, *wir* fliegen jetzt den Planeten.«

»Und ob es uns passt oder nicht«, ergänzte Monique Calhoun, »wir werden blind fliegen müssen. Außer …« Sie deutete mit einem Nicken in Davindas Richtung.

»Außer wir versuchen, uns aus der Sache herauszulavieren, indem wir das Steuer der letzten selbst ernannten Version von Monsieur Ich Bin übergeben«, sagte Eric. »Mir scheint, das haben wir schon ein paar tausend Jahre lang versucht, und wohin, möchte ich fragen, hat es uns gebracht?«

Monique Calhoun seufzte.

»Dorthin, wo wir jetzt sind«, gab sie zu.

»Und deshalb …«

»Und deshalb, süßer Prinz …?«

Eric zuckte die Achseln. »Ich kann dir sagen, was meine Mutter sagen würde«, und er wechselte zu einer Emulation von Mom, auch wenn diese nicht ganz mit Ignatz' Version mithalten konnte.

»Kennst du den mit den Leuten, die im Glashaus sitzen und nicht mit Steinen werfen sollen, Kleiner? Tja, 'ne Atombombe in 'nem planetaren Aquarium zu zünden scheint mir auch keine so geniale Idee zu sein.«

»Und das heißt?«

»Das heißt, wenn wir beide uns um unsere Aufträge drücken, wird Big Blue mit Davinda als heroischem Freiwilligen aufwarten, der sein Leben riskiert, um die Welt zu retten, indem er den definitiven Beweis dafür erbringt, dass der Venuseffekt einsetzt, während noch Zeit ist, was dagegen zu unternehmen«, erklärte ihr Eric. »Und dann stöpseln sie ihn vor den entsetzten Augen der Welt in den Computer und fahren ihn hoch, und heraus kommt …«

»Eine Ungeheuerlichkeit!« sagte Monique. »Ein PR-Debakel! Ein totaler Psychotiker, der sich zum Steuermann des planetaren Tao erklärt. Nicht mal Brot & Spiele könnte Big Blue da rausmanövrieren. Und wenn er bei der Vorführung *stirbt* …«

»Ich hoffe, er stirbt«, erklärte ihr Eric. »Da draußen wird's nämlich jede Menge Leute geben, die froh sind, sich vor Lao verneigen und die Dinge dem Steuermann des planetaren Tao überantworten zu können. Wo wir gerade von den Irren sprechen, die im Irrenhaus die Macht übernehmen.«

»Um einen Haufen verlogener kapitalistischer Mistkerle vor den gerechten, verdienten Folgen ihrer Schandtaten zu bewahren, müssen wir also … müssen wir …«

»Ein weiser Mann hat mir mal erklärt, dass die Verantwortung letzten Endes bei jedem einzelnen Bürger-Aktionär liegt«, sagte Eric. »Tja, und die Verantwortung hierfür liegt jetzt bei uns. Jetzt haben wir sie.«

»Mir hat man immer geraten, nie Bürgerin von etwas zu werden, wovon ich keine Anteile haben möchte«, sagte Monique.

Und fuhr dann kleinlaut, aber mit verzweifelter Tapferkeit fort: »Aber ich nehme doch an, wenn es dabei um die Erde geht, dann haben wir eigentlich keine Wahl, hm?«

»Wir haben beide unsere Aufträge angenommen, Monique«, sagte Eric und prüfte ein letztes Mal auf die erprobte professionelle Weise minutiös das Magazin seiner Flechette-Pistole. »Also ist es Ehrensache.«

»Einfach so? Wie kannst du … wie kannst du einen Menschen umbringen?«

»Ganz einfach«, erklärte ihr Eric und vergewisserte sich, dass die Pistole entsichert war, »besonders mit so einer Waffe. Du zielst, atmest tief ein, hältst die Luft an und drückst auf den Abzug – aber nicht durchziehen. Der Rückstoß ist gar nicht so schlimm.«

»Du … hast das schon mal gemacht …?«

Eric nickte. Er hob die Pistole. Monique ging hastig aus der Schusslinie.

»Und du glaubst *wirklich*, dass du das Richtige tust?«

Eric trat zwei Schritte zurück. Die Pistole würde eine Wolke von Flechettes abfeuern, sodass eine Menge Blut und Fleisch herumspritzen würde, und dies war wirklich ein teurer Anzug.

»Du nicht, Monique? Wenn die Marenkos sogar das goldene Sibirien opfern würden, sofern sie davon überzeugt wären, dass es sein müsste, wären wir dann wirklich so rein wie der zurückkehrende Schnee, wenn wir unsere selbstgerechten Nasen über ein wenig unumgängliche Schmutzarbeit rümpfen würden?«

Eric zielte auf den Kopf von John Sri Davinda, der unbeteiligt vor sich hin starrte.

»Na ja … es … es ist ja nicht so, als wäre ich die Jungfrau Maria, stimmt's, Eric?« sagte Monique.

Sie biss sich auf die Unterlippe. Sie trat neben Eric. Sie legte ihm den linken Arm um die Taille. Sie hob ihre Pistole und zielte.

»Tief einatmen …?« sagte sie mit zittriger Stimme. »Die Luft anhalten …?« Und atmete ein.

»Drücken, nicht durchziehen«, mahnte Eric sanft. »Ich zähle bis drei. Eins … zwei …«

Perry Rhodan
Das größte Weltraumabenteuer aller Zeiten. Faszinierende Romane an den Grenzen unseres Universums.
Perry Rhodan
Erstauflage
Verkünder des Imperators
1. Auflage. Jede Woche neu am Kiosk.
Perry Rhodan
Perry Rhodan
Psychoterror
Kundschafter für Halut
3. und 5. Auflage. Erscheint alle 14 Tage neu.
⇒ Internet: www.Perry-Rhodan.net ⇒ Infoline: 0190-190136 1,21 DM/Min.
⇒ Infomaterial: Perry Rhodan • Postfach 2352 • 76413 Rastatt